환대의 공간

환대의 공간

장이지 문학평론집

현실문화

서문

이 책은 2007년에서 2013년까지 필자가 여러 문학 매체에 기고한 글들을 한데 모은 것이다. 근 6, 7년의 시간적 편차가 이 책에 실린 글들 사이에는 있는 셈이다. 그 사이에 시에 대한 생각도 조금씩 변했을 것이지만, 시를 둘러싼 환경도 눈에 띄게 변해온 것이 아닌가 싶다. 시를 둘러싼 환경의 변화는 심대한 것이어서 지금까지 필자가 써온 글들의 근간이 되어온 전제들을 위협하기에 이르렀다. 무언가 다른 이야기를 해보기 위해서라도, 더 늦기 전에 지금까지의 작업을 정리해두지 않으면 안 되었다.

지금은 그렇지도 않지만, 필자가 처음 비평을 쓰기 시작할 무렵에는 시 전문 비평가가 드문 편이었다. 필자도 박사학위논문을 쓸 무렵, 학위논문도 썼으니 시 비평을 해보아도 되지 않겠느냐는 선배들의 강권에 못 이긴 척 얼렁뚱땅 비평을 쓰게 된 셈이다. 그러나 이제 와서 돌이켜보면, 시 연구자로서 비평을 한다는 기분은 아니었다. 필자는 한 사람의 시인으로서 시에 대한 글을 쓴다는 기분으로 비평을 써왔다. 2000년대의 시인으로서 2000년대의 시를 해석해왔고, 이러한 작업이 거꾸로 필자의 시를 새롭게 구성해가는 계기들을 만들어왔다고 감히 말할 수 있다.

2000년대의 시는 그전의 시들과는 질적으로 전혀 다른 것이었는지도 모른다. 2000년대에 가장 주목을 끌었던 시들은 2000년 이전의 시에 쓰인 한국어와는 전혀 다른 '한국어'로 쓴 것들이었다. 거기에는 영어나 일본어 같은 외국어가 그대로 노정되어 있기도 했다. 온전한 문장으로 보이지 않는 불완전한 구문들도 많았다. 줄글, 대화체, 요설체의 범람도 특기할 만하다. 1990년대 중반 이후 한국에서 유행한 흑인음악, 특히 랩처럼 외국어가 그대로 드러나고 불완전한 구문들이 횡행하는 새로운 '한국어'가 2000년대의 시에 흘러 들어왔다는 것은 하나의 사건으로 기록될 만하다. 물론 대중음악의 영향만으로 한국시의 풍향이 바뀐 것은 아니겠지만, 이러한 변인에 대해서도 충분한 검토가 필요하다.

2000년대의 새로운 '한국어'는 IMF 이후의 지구화와도 무관하지 않다. '민족'이나 '국가' 혹은 '모국어'와 같은 근대문학의 전제들이 그 원광을 상실한 시대에 시를 쓴다는 것은 여러모로 착잡한 일이다. 시인들은 더 이상 자신들의 언어에 민족정신의 정수가 담겨 있다고 주장할 수 없게 된 것이다.

사실 근대문학이 종언을 고한다고 해서 그리 슬퍼할 일은 아니다. 종언 이후에는 종언 이후의 문학이 있고, 문학 너머의 어떤 것이 우리를 기다리고 있을 것이기 때문이다. 국가나 민족의 절대성이 사라졌다고 해서 당장 민중의 일상이 달라지는 것은 아니다. 국가나 민족이라는 말에 동원되지 않고, 그런 것을 떠올리지 않아도 되는 지점에서 삶을 이어나가면 그만인 것이다.

그러나 사정은 그리 간단하지 않다. 우리가 그것을 믿음으로써 사회를 지탱해왔던 근대의 공통전제가 무너진 다음, 세계는 모든 가치를 교환논리로 환원해버리는 '이상한' 등질공간으로 바뀌어버렸다. 이나바 신이치로(稲葉振一郎)는 이 등질공간의 예로 '테마파크'를 들고 있다. 다시 말하면 우리는 테마파크의 규칙을 자발적으로 내면화하면서 테마파크 안에 스스로 유폐되고자 한다. 이 테마파크의 비유는 푸코 (Michel Foucault) '판옵티콘'의 업그레이드 버전이면서, 신자유주의 시대에 대한 뼈 있는 농담으로 여겨지지만, 2000년대 시가 처한 궁지에 대한 비유로서도 그 나름대로 유효성이 있다.

2000년대의 시인들은 경험이 일천한 경우가 많다. 그것을 제도권 교육의 창작법이나 인터넷으로 보완해왔다고 해도 과언은 아니다. 최근 시들에 알레고리가 많은 것은 어떤 의미에서는 경험의 일천함을 드러내는 것일 수도 있다. 2000년대 시인들의 시에는 레시피만 있고 음식이 환기하는 감동이 없다. 이것을 경험주의자의 편협한 견해로 치부해버리기는 쉽겠지만, 가능하다면 자기비판으로 읽어주면 고맙겠다. 요즘 시들은 그야말로 못 썼다고 하기 힘든 것들이 많지만, 그것은 그저 이야기가 이런 식으로 전개되면 그럴듯하다는 참고서의 작법을 그대로 반복한 것에 지나지 않을 때가 많다. 예상을 벗어나지 않는다. 이러한 현상이 상당히 광범위한 현상이라는 데 문제의 심각성이 있다.

대개 여기까지가 2000년대 시와 시인들에 대한 이 책의 기본적인 입장이다. 그러나 이 책에서 필자가 어떤 계몽을 시도하고 있는 것은 아니다. 이 책은 해결책을 제시하지 않으며 문제의 소재를 확인하는 데서 멈춘다. 개별 작가론이나 작품론에서 필자는 불평가가 되기보다는 호기심이 많은 악동이 되어 대상에 접근했다. 총론과 각론 사이에는 세부적으로 불연속성을 띤 부분도 있기 때문에, 상세한 것은 본문을 직접 읽고 확인해주셨으면 한다. 각론에서 필자는 어떤 전형성을 띤 예들과 함께 예외적인 지점들에 대해서도 다루었다.

이 책을 읽는 분들 중에서는 거시적인 이야기보다 작가론이나 서평, 단평 등에 더 흥미를 느끼는 경우도 있을 것이다.

사실 첫 비평집은 작가론과 서평만으로 엮고 싶은 욕심이 있었다. 이 책에 실린 작가론과 서평은 두어 편을 제외하고는 자청하여 쓴 것들이다. 개인적으로는 평소에 만난 적이 있는 시인이 아니면, 작가론이나 서평은 잘 쓰지 않는 편이다. 직접 만나서 대화를 하다 보면 그 시인에 대해 더 많은 것을 알 수 있게 된다. 물론 시를 읽기 전에 시인을 먼저 만나면, 시에 대한 선입견이 생길 수도 있다. 그럼에도 시인을 직접 만나 시에 대해 오래 이야기하다 보면, 그 시인조차 미처 모르고 있던 시의 비밀을 발견해내는 때도 있다. 비평이 시나 소설과 같은 창작과 어깨를 나란히 하면서 독자성을 띠게 되는 순간은, 문체의 아름다움과 같은 것에 의해서가 아니라 바로 이 '발견'에 의해서 열린다.

이 책은 어떤 기준에 의거하여 책을 몇 개의 범주로 구획하는 방식을 의도적으로 피했다. 적어도 그 구획이 가시적인 것이 되지 않게끔 노력했다. 그래서 주제론과 서평, 작가론과 단평, 총론과 정담이 교차하는 모양새가 되었다. 이러한 편집 방식이 다소 산만해 보이는 면도 있지만, 한편으로는 읽는 입장에서는 비슷한 길이의 글들이 반복되는 데서 오는 지루함을 피하는 효과도 있을지 모르겠다.

이 책의 제목은 당초 '현대시, 등질공간의 미아(迷兒)'로 할 생각이었다. 그러나 '등질공간'이 독자들에게 익숙한 술어가 아니어서 결국 '환대의 공간'으로 바꾸었다. 사실 당초 생각했던 제목이 지나치게 계몽적인 느낌이어서 고민이었는데, 편집부에서 제목을 바꾸면 어떻겠느냐고 해서 그냥 그 자리에서 지금의 제목으로 하자고 했다. 서문을 쓰는 자리에서 '환대'에 대한 필자의 생각을 조금 직접적으로 말해두는 것도 나쁘지는 않을 것 같다.

이 책에서 필자는 '환대'를 '공동체'라는 술어를 대체/보완하기 위해 썼다. 전근대적인 공동체를 논외로 한다면, 공동체를 형성하는 주체, 혹은 담당자는 역시 시민일 것이다. 이 시민들이 특정한 의제를 둘러싸고 모임을 만들면 그것이 신사회운동에서 말하는 '공동체'가 된다. 문학계 주변에서 말하는 '공동체'의 주체, 혹은 담당자도 시민일까. 일단 거기서부터 회의적이다. 시민의식이 결여된 사람들의 공동체는 필연적으로 폐쇄적인 공동성에 함몰될 수밖에 없다. 문학계에서 말하는 '공동체'는 상당히 수사적으로 여겨질 때가 많다. 문학계에서 공동체는 자주 에콜(école)과 같은 것이 된다. 문학계만큼 여러 겹의 진입 장벽이 있고, 그 진입 장벽이 절대적인 곳도 드물다. 학교별, 등단매체별, 가입단체별, 지역별 등……. 카스트제도 같은 것을 등에 짊어진 채 '공동체'를 말한다면, 그것을 누가 진심으로 믿어주겠는가. 여기에 공공성과는 배치되는, 공동체 자체에 내재한 위험요소로서의 공동성이 있는 것이다. '환대'는 이 공동성이 극복된 친밀한 공간을 창출한다. 서로 비슷한 생각을 지닌 사람들뿐 아니라 서로 다른 생각을 지닌 사람들끼리도 만나서 즐겁게 대화하는 장이 '환대의 공간'이다. 아니, 오히려 다른 생각을 지닌 사람들에 대한 환대야말로 의미 있는 것이다. '환대의 공간'은 이질적인 것들이 용인되는, 국경선이 없는 공간이다. 여기에서는 등질공간에서 자주 벌어지는 전체주의의 촌극도 벌어지지 않는다. 그런 맥락에서 '등질공간'이라는 술어로 필자가 당초 이 책에서 비판하려고 했던 것들에 대해서도, '환대의 공간'이라는 이 책의 제목이 무관심하지 않다는 것을 말해둔다.

이 책에서 필자는 전혀 다른 질감의 언어를 구사하는 타자들과 만나 '환대의 공간'을 창출하려고 노력했다. 보기에 따라서는 어떻게 리얼리스트가 모더니즘 시에 대해 긍정적일 수 있는가 의문을 품을 수도 있고, 구조주의자가 후기 구조주의의 이론으로 시를 설명하는 것이 가당키나 한가 불만을 품는 분들도 계실 것이다. 그러나 한옥의 대가가 때로는 양옥의 장단점을 설명할 수도 있을 것이며, 그 반대도 물론 성립할 수 있으리라고 생각한다. 물론 필자가 대가를 자처하는 것은 아니다. 어떤 고정된 정체성을 고집하지 않으면서 타자들과 만나려고 했으나, 결과적으로는 타자를 주관성 속에 녹여버린 것이 아니냐는 질타를 받을 수도 있을 것이다. 그 점에 대해 별로 변명을 하고 싶지는 않다. 그러나 '환대'가 타자를 용인하는 척하면서 내팽개쳐두고 결국은 혼잣말로 귀착하는 사이비 상대주의와는 다른 것임을 밝혀두는 것도 좋을 것이다. '환대'는 서로의 이질적인 언어를 섞는 과정에 비견할 수 있다.

이 책의 출간에 즈음하여, 이 책에 등장하는 모든 시인들께 머리 숙여 감사의 뜻을 전하고 싶다. 특히 작품론을 쓰도록 허락해주신 마종기 선생님과 강우식 선생님께 깊은 사의를 표한다. 함께 정담을 해주시고 이 책에 정담이 실릴 수 있도록 허락해주신 김병호 사형과 이이체 씨의 우정에 대해서도 특별히 기억해두고 싶다. 혹시 이 책에 실린 글 때문에 마음이 언짢은 분들이 계실까 불현듯 걱정이 된다. 이 책에서 필자가 한 모든 비판은 결국 필자 자신에게로 돌아오는 비판이라는 것을 새삼 밝혀둔다. 그리고 그 비판들은 악감정에서 나온 것이 아님에 대해서도 확언할 수 있다. 그렇기는커녕 필자는 이 책에서 언급한 모든 시인들에게 신세를 졌고 무언가 한 가지씩은 배웠다고 할 수 있다.

지난 해 번역서 『게임적 리얼리즘의 탄생』(아즈마 히로키)을 낸 이래, 이 책은 현실문화연구와 두 번째로 호흡을 맞춘 작업이었다. 상업성과는 거리가 먼 책의 출판을 선뜻 떠맡아주신 김수기 사장님의 후의에 그저 몸 둘 바를 모르겠다. 좋은 책을 만들기 위해 이것저것 세세하게 신경을 써주신 편집부의 이정남 형께도 고마운 마음을 전한다.

시와 시인들을 사랑하는 필자의 마음이 이 책을 읽는 독자들에게도 전해졌으면 좋겠다. 비록 서툴고 막연한 글이지만, 시를 이해하는 하나의 실마리를 이 책이 독자들에게 던져줄 수 있기를 기대해본다. 그렇게 된다면 매우 기쁠 것이다.

2013년 7월
장이지

차례

등질공간에서 시의 공공성을 묻다

1

한 대학의 시창작연습 시간. 시는 소멸을 향해 가고 있다고 말하자 한 학생이 이렇게 질문했다. "시는 소멸하면 안 되나요?" 순간 나는 당황했다. 나도 모르게 나는 시는 소멸해서는 안 되는 것이라는 전제하에 이야기를 하고 있었다. 시는 소멸해서는 안 되는 것이지만 현실적으로는 소멸해가고 있기 때문에 무언가 애도에 휩싸인 기분이었던 것이다. 그러나 근본적으로 시가 왜 소멸해서는 안 되는 것인지에 대해서 그때까지 나는 한 번도 진지하게 생각하지 않았다.

시는 매일 반복되는 물질대사와는 다른 것, 소비되어 없어지는 것과는 다른 것이라고 나는 믿어왔다. 그러니까 시는 건축과 같은 것, '작업=작품(work)'의 영역에 속한다고 생각해왔다. 그러나 이 '작업'의 영역이 점차 '노동'의 영역처럼 변해가면서 문화는 위기를 맞는다.* '작업=작품'은 모든 인간사를 유용성 여부로 판단하는 '등질공간'에서 빛을 잃고 소모품으로 전락한다.

우리가 서 있는 현실세계는 이런 소모품들로 둘러싸인 인공환경이 되어가고 있다. 시 역시 더 이상 건축물과 같은 지속성을 띠고 우리 앞에 출현하지 않는다. 시는 커피나 담배처럼 되어가고 있다. 문화정책을 입안하고 실행하는 측에서 볼 때, 그리고 동종업계에 종사하고 있는 동업자 측에서 볼 때, 이와 같은 주장은 매우 당돌하게 비칠 수도 있다. 시인들에게는 '창작지원금'이나 '창작공간의 지원'이 필요하다. 그러한 지원이 의미하는 바는 '시'가 어떤 공공성을 띠고 있기 때문에, 공적 자

* 익히 알려져 있는 대로 '활동적 삶'이라는 용어로 한나 아렌트(Hannah Arendt)는 인간의 세 가지 근본 활동인 노동, 작업, 행위를 나타낸다(한나 아렌트, 이진우·태정호 옮김, 『인간의 조건』, 한길사, 1996, 55~57면 참조). '노동'은 물질대사와 같이 반복되는 것, 소모되어 사라지는 것이라면, '작업'은 건물을 짓는 것과 같이 지속성을 띠는 것이다. '행위'는 그런 작업의 영역에서 인간과 인간이 관계를 맺는 것, 다시 말해 정치적인 영위라고 할 수 있다.

금을 투입해서라도 보호하고 육성할 필요가 있다는 것이다. 그러나 커피나 담배처럼 되어버린 시에 여전히 어떤 공공성이 있다고 주장하거나, 있으리라고 기대하는 것은 온당할까.

시는 사라져도 아쉬울 것이 없다고 말하려는 것이 아니다. 시가 커피나 담배처럼 되어버렸다고 하는 내 주장은 어느 정도 과장된 것이지만, 근대문학에서 출발한 우리들이 시의 가치에 대해 이야기하기 위해서는 시가 소멸되어서는 안 된다고 하는 그 '자명성'에 대한 반성을 먼저 해야 한다고 나는 주장하고 싶다. 아마도 내가 시의 소멸을 요구하고 있다고 오해할 분들은 없을 것이다. 나는 그저 시의 소멸이라고 하는 것이 얼마나 아쉬운 일인지에 대해 말하고 싶을 따름이다. 그러기 위해서는 우선 '공공성'에 대한 개념부터 점검할 필요가 있다.

2

공공성에는 적어도 세 가지의 함의가 있다. 첫째, 국가에 관계된 공적인(official) 것이라는 의미에서의 공공성이다. 이때의 공공성은 국가가 법이나 정책을 통해 국민을 대상으로 하여 실시하는 활동과 관련이 있다. 둘째, 특정한 누군가가 아니라 모든 사람들과 관계된 공통적인 것(common)이라는 의미에서의 공공성이다. 이때의 공공성은 특정한 이해에 치우치지 않는다는 긍정적인 함의를 가지는 반면, 권리의 제한이나 '인내'를 요구하는 집합적인 힘, 개성의 신장을 억누르는 불특정 다수의 압력이라는 의미도 있다. 셋째, 누구에게나 열려 있다(open)는 의미에서의 공공성이다. 이때의 공공성은 누구의 접근도 거부하지 않는 공간이나 정보 같은 것을 가리킨다. 공공성의 개념을 정리하는 데 있어서 가장 어려운 점은 바로 이 세 가지의 공공성이 때로 상호모순된다는 점이다. 국가 활동은 자주 '공개성'으로서의 공공성과 배치되고, 모두에게 공통된다는 것은 본질적으로 '닫혀 있지 않은' 것으로서의 공공성과는 반대된다.*

민족정신의 정수가 시에 담겨 있다는 민족문학의 공리가 허물어지고, '모국어'라는 말이 탈신화화되고 있는 오늘날의 시점에서 시의 공공성은 그 근거를 상당 부분 잃어버렸다. '민족문학'이나 '모국어'의 신화가 자명한 것으로 받아들여지던 시절의 시는 그것이 한국어로 쓰였다는 바로 그 사실 하나만으로도 어떤 '공동성(共同性)'을 형성할 수 있었으며, 일견 그것은 '공공성'으로도 받아들여졌다. 물론 공동성과 공공성은 반대된다. 공동체가 닫힌 영역을 형성한다면, 공공성은 누구나 접근할 수 있는 공간을 창출하기 때문이다. 오늘날 민족문학이나 모국어가 탈신화화되고 있는 배경에는 이 공동성의 '닫혀 있음'에 대한 자각과 반성도 한몫을 하고 있다.

한편 누구에게나 열려 있다는 의미에서의 공공성은 오늘날의 시에 있어서도 여전히 생각할 부분이 있다. 다시 말해 시의 공공성은 '자유의 확장'이나 '배제에 대한 저항'이라는 정치적 가치와 더불어 고찰할 필요가 있다. 이런 주장은 시의 공공성에 대한 논의를 정치시, 혹은 정치적인 시에 대한 논의로 오해하게 할 소지가 있다. 이 점에 대해서는 부연이 필요할지도 모르겠다. 공공적인 테마에 관해서 논의하는 시만이 시의 공공성에 기여하는 것은 아니다. 공공적 공간은 공사(公私)의 경계를 둘러싼 담론의 정치가 행해지는 장소지, 공공적인 테마에 관해서만 논의해야 하는 장소가 아니다.** 예를 들어 민주주의의 진전에 기여하는 시만이 공공성을 띤다고 주장할 수는 없다. 민주주의나 자유에 대해 '직접적으로 말하는' 시만이 공공적인 것은 아니다. 오히려 누

*   사이토 준이치, 윤대석·류수연·윤미란 옮김, 『민주적 공공성』, 이음, 2009, 18~19면 참조.
**   위의 책, 36면 참조.

구나 이해할 수는 없는 시와 누구라도 이해할 수 있는 시를 비교하는 담론의 정치가 시의 공공성과 더 밀접한 관계에 있다. 그 문제는 민주주의에 대한 태도나 자유에 대한 태도 문제를 부각시킨다.

여담이지만, 2008년 무렵에 한 선배 시인과 '촛불 집회'에 대해 이야기를 하다가, 나는 시인들이 FTA에 대해 공부할 필요가 있다는 취지의 말을 한 적이 있다. 그러자 그 선배 시인은 그것도 의미 있는 일이지만, '아마추어로서의 실감'을 시로 쓰는 것도 소중한 일이라는 이야기를 내게 들려주었다. 이 에피소드야말로 모든 사람이 모든 것에 대해 말할 수 있다는 층위에서 '시의 공공성'을 아주 적확하게 표현하고 있다고 나는 생각한다. 어떤 해결책이나 답을 제시하는 것으로서의 전문가적인 발언만이 아니라 문제를 제기하고 불만을 터뜨리는 아마추어적인 육성(肉聲)도 필요하다는 것이다. 그러나 물론 모든 사람이 모든 것에 대해 **말할 수 있다는 것**은 모든 사람에게 모든 것에 대해 **말할 수 있는 능력이 있어야 한다**거나, 모든 사람이 모든 것에 대해 **말해야만 한다**는 의미는 아니다.* '총표현사회(總表現社會)'가 가장 공공적인 사회는 아니다. 우선 '들을(聞) 준비'가 되어 있어야 한다. 모든 사람이 모든 것에 대해 말할 수 있다는 것도 중요하지만, 모든 사람에게는 우선 그들의 이야기를 들어줄 타자가 필요하고, 또한 모든 사람에게는 서로에게 기꺼이 그 타자가 되어줄 아량이 있어야 하는 것이다.

---

* 「두통: 앎의 해방에서 봉기로」라는 글에서 히로세 준(廣瀨純)은 모든 사람이 모든 것에 대해 말할 수 있다는 랑시에르적인 의미에서의 '정치'가 모든 사람이 모든 것에 대해 말할 수 있어야 한다고 강요하는 신자유주의의 논리와 서로 구분되지 않는 것처럼 보인다는 점에서 '고민(=두통)'이라고 말한다. 이러한 고민에서 그는 모든 사람이 모든 것에 대해 말할 수 있다는 것의 함의가 모든 사람이 어떤 문제에 대해 '해결책으로서의 답'을 내놓을 수 있다는 것을 의미하지는 않으며, 어떠한 답으로도 환원되지 않는 순수한 '물음'을 생산하는 힘에 대해 더 주목해야 한다고 주장한다(히로세 준, 「두통: 앎의 해방에서 봉기로」, 김경원 옮김, 『봉기와 함께 사랑이 시작된다』, 바다출판사, 2013).

3

미리 말해두지만, 난해한 시를 쓴다고 해서 독자들에게 '닫혀 있는' 것은 아니다. '어렵다/쉽다'의 정도 문제가 아니다. 이것은 '태도'의 문제다. 독자에 의해 받아들여지고 무언가 응답을 받기 위해 쓰는 것이 아니라, '실험을 위한 실험'이라면 지극히 '사적인 것'이라고 하지 않을 수 없다. 그러한 평가가 지나친 것이라면, 적어도 '실험을 위한 실험'은 매우 적은 사람에게만 '열려 있는' 것이라고 말해야 할 것이다.

예를 들어 초현실주의는 그것이 '정신'의 문제든 혹은 '스타일'의 문제든 '자유'를 구가했지만, 결과적으로는 지극히 폐쇄적인 영역 속에 틀어박혀 버렸다. 그들은 근대적 계몽주의자들이 '리얼'이라고 하는 '약속'에 틀어박혀 버린 것에 대해 반발하면서 더 철저한 '리얼', 더 철저한 '자유'를 부르짖었지만, 결국 자기들만의 살롱에 만족해버린 셈이다.* 하물며 오늘날에도 초현실주의의 유해(遺骸)를 품에 안고 20세기 전반기에 미래파나 다다가 했던 실험을 반복하고 있는 시인들은 명분이 없는 싸움을 하고 있는 것처럼 보여서 안타까울 때가 많다.

그 미래파와는 다른 '미래파'에 대한 이야기가 되지만, 2005년 이후 '미래파 담론'에서 '미래파 비판론자'들이 주된 논거로 내세웠던 것은 젊은 시인들이 '사어(私語)'의 영역에 안주하고 있다는 것이었다. 그 것은 충분히 제기할 수 있는 문제였다고 생각한다. 물론 세부적으로는 단순히 이해할 수 없기 때문에 안 좋은 시라고 치부해버리는 경우도 없지 않았을 것이다. 그러나 옹호파의 경우에도 단순히 새롭기 때문에 일단 상찬하고 보는 기회주의나 편의주의가 없지 않았다. 요컨대 '미래파'를 둘러싼 찬반 양론은 논자에 따라 그 타당성을 따로 점검하는 세

---

* 稲葉振一郎, 『モダンのクールダウン』, NTT出版, 2006, 92~96면.

밀함이 필요하다. 그러나 여기에서 그 작업을 할 여유는 없다. 나는 단지 젊은 시인들의 시에 나타나는 '사어'의 문제에 대해 좋고 나쁨을 떠나 검토하는 것은 그 나름대로 의의가 있다는 것이다. 그것은 시의 공공성 문제와도 얽혀 있다.

'사어'라고 했지만, 그것은 세계에 대한 관심이 저하되고 있다는 것에 대한 문제 제기가 아니었을까. '미래파'들은 세계에 대해 쓰기보다는 문화코드들이나 사적인 환상과 망상을 자주 그렸다. 이렇게 말하면 분명히 '미래파'의 알레고리 편애에 대해 말하면서 반론을 펴는 사람이 있을지도 모르겠다. 이를테면 알레고리는 세계에 대한 관심이 아닌가 하고 말이다. 물론 그런 면도 있을 것이다. 특히 김중일의 경우가 그렇다. 모든 알레고리를 일률적으로 규정하는 것은 위험한 발상일 수도 있지만, '미래파'의 알레고리는 세계에 대한 관심이 붕괴된 지점에 가설(架設)된 '메타세계'라는 점에 주의해야 한다. 알레고리는 그 자체로 '세계의 붕괴'를 나타내는 징표다. 그것은 세계에 대한 관심이라기보다 세계에 대한 의심이다. '음모론'이 세계의 부패나 그로 인한 균열에서 활성화되는 것이라면, 알레고리 역시 그와 같은 세계의 '위기'에서 출현한다. 그리고 음모론과 마찬가지로 그것은 어느 쪽이 더 진실에 근접한 것인지를 놓고 세계와 경쟁한다. 한편 문화코드들이나 패러디도 일종의 '메타세계'를 구성한다. 그러나 그것들은 세계에 대한 관심을 촉구하기보다는 세계를 상실한 채 자기만의 공간에 안주하는 기능을 하고 있는 것은 아닐까.

어떤 사람들은 문화코드들이나 패러디야말로 혹은 알레고리와 같은 것이야말로 독자 측의 공감 위에서 작동하는 것이라는 점에서 공공성을 형성하는 것들이라고 주장할지도 모르겠다. 그러나 그것은 공공성을 만든다기보다 공동성을 만든다. 오늘날 시집의 독자들이 점점 줄어들어 거의 '시인=독자'의 상태가 되어가고 있는 것은 시가 세계를 상실하고 있는 현상과 무관하지 않다. 이것을 어떤 '공동체'라고 불러도 사실은 마음이 따뜻해지지 않는다. 세계를 상실한다는 것은 타자를 잃는다는 것이며, 타자를 잃는다는 것은 나의 말이 타자에 의해 받아들여지고 타자에게 응답을 받을 가능성을 잃는다는 것을 의미한다.

알레고리가 딱히 나쁜 것은 아니다. 알레고리에는 도덕적 기능도 있다. 그러나 알레고리는 세계와 '리얼'을 놓고 경쟁하고 있으며 그것이 '이야기의 세계'에 어떤 과부하를 일으키고 있는 것은 아닌가 하는 의심을 나는 하고 있다. 알레고리는 세계 상실과 연동을 하고 있다. 알레고리는 '이야기의 세계'를 점점 **구조만 있는 세계**로 변화시키고 있다. 공공성의 관점에서 세계 상실은 안타까운 현상이다.

4

세계에 대한 관심이 점점 저하되고 있는 데는 세계 자체가 등질공간화하고 있는 것에도 그 원인이 있다. 등질공간에는 타자가 없으며, 바로 그 때문에 대화가 존재하지 않는다. 언제부터 그랬나 할 정도로 부지불식간에 등질공간은 마치 자연이 우리가 존재하기 이전부터 거기 있었던 것처럼 선험적으로 존재하기 시작했다. 텔레비전과 한류와 인터넷 포털 사이트로 이루어진 이 인공환경에서 우리는 한 명의 수인(囚人)이라고 할 수도 있다. 그러나 자발적으로 우리는 갇히는 쪽을 택하고 있다.

미야자키 하야오(宮崎駿) 감독의 애니메이션 「센과 치히로의 행방불명」(2001)은 "이것은 분명히 테마파크의 잔해다!"라고 하는 '아버지'의 외침으로 시작해서 '치히로' 가족이 '유바바'라는 마녀가 지배하는 일종의 '테마파크'를 떠나는 것으로 끝나는 체제를 취하고 있다. 이 끝장면을 유심히 보면, 색종이가 휘날리는 가운데 '큰 머리'를 특징으로 하는 인형탈을 쓴 비현실적인 존재들이 '치히로' 가족을 전송하고 있다는 것을 알 수 있다. 그러니까 이 애니메이션은 그 자체로 이미 '테마파크' 다! 이 애니메이션에서는 '테마파크'의 바깥이 존재하는 것처럼 묘사되고 있지만, 이미 우리가 살고 있는 세계는 '바깥으로 나가는 문을 찾을 수 없는' 거대한 테마파크가 되어가고 있다.

텔레비전을 틀면 '금검(金劍)'의 비밀을 파헤치기 위해 모험을 떠나는 '런닝맨'들이 등장하는 테마파크가 나온다. 시청자들은 이 「런닝맨」(SBS)이라는 엔터테인먼트 프로그램을 RPG처럼 즐긴다. 「무한도전」(MBC)도 「1박 2일」(KBS)도 일종의 RPG로서의 경험을 시청자들에게 제공한다. 우리가 이 프로그램들에서 느끼는 '친밀감'은 사실 타자와의 관계에서 나온 것은 아니다. 그것은 텔레비전 앞에 '버려진' 사람들의 가상체험에서 비롯된 감정이다. 그것은 '대리' 충족이다. 이 테마파크에는 유명 탤런트의 섹스 스캔들과, '돈·여자·권력'이라는 흥미 요소로 무장한 게이트 사건 등이 가장 공공적인 토픽의 프로그램으로 연달아 배치된다. 그리고 이 모든 스캔들은 또 다른 스펙타클에 의해 밀려나게 되어 있으며, 그렇게 곧 잊히게 되어 있다.

테마파크가 공장과 다른 점은, 테마파크에서 우리는 '소비자=왕'으로 군림하며 자발적으로 이 공간에 남기를 원한다는 점이다.* 이 테마파크에서 인간사는 유용성 여부로 판단된다. 교환가치에 의해 이질적인 차이들이 등질적인 것으로 봉합된다. 이 봉합에서 시, 혹은 문학도 전적으로 자유롭다고 말할 수 없다. 대형 출판사에서 책을 내기 위해 원고를 보내놓고 2, 3년씩 기다리는 시인들이 많은 것은 대형 출판사에서 책을 내야 책이 팔리기 때문이다. 물론 대형 출판사의 권위를 이

* 　上揭書, 130~135면 참조.

렇게 단순하게 말할 수만은 없겠지만, 그것도 대형 출판사의 브랜드 파워를 만드는 순환 구조 안에서 분명히 한몫을 하고 있다는 것만은 부인할 수 없다.

정치권에서는 그렇게 해서 '두꺼운 독자층=유권자 수〔動員力〕'를 거느린 작가나 시인을 정치권으로 포섭하곤 한다. 그 작가나 시인의 가치는 철저하게 수치적(數値的)으로 치환되어 현시된다. 시인이 국회의원이나 각료가 된다고 해서 그것을 '시의 정치'라고 부를 수는 없을 것이다. 그것은 결국 현실 정치에 시가 동원되는 것이며, 그 동원의 방식이 어떤 수치화에 의해 작동하는 것이라면, 그것은 '공공성'과는 정반대의 벡터라는 것을 알아야 한다.

시인이 국회의원이 되는 방식으로는 시의 공공성을 담보하기 어렵다. 시가 소멸해서는 안 되는 것이라고 주장할 수 있으려면, 시는 이 등질공간에 '작은 균열'을 낼 수 있어야 한다. 모든 것이 교환가치로 환원되고, '물신'이 위력을 발휘하는 이 획일화된 세계에서 교환가치로 환원될 수 없는 것이 있음을 보여주지 않으면 안 된다. '차이'를 옹호해야 한다.

기왕에 「센과 치히로의 행방불명」 이야기가 나와서 말이지만, 이 애니메이션에서 '가오나시'라는 캐릭터가 주인공 '치히로'에게 사금(砂金)을 주었을 때, '치히로'는 그것을 단호히 거절한다.* 이러한 '거절'은 시의 공공성을 생각하는 데 있어서도 결코 그 의미가 얕지 않다.

---

*   무라세 마나부(村瀬學)는 '가오나시'를 지브리센터의 '위장(胃腸)'으로 파악하면서, '지브리'가 상업적 성공만을 추구해서는 아이들의 마음을 얻을 수 없다는 미야자키 하야오의 생각이 이 '거절' 장면에 잘 표현되어 있다고 해설한다(무라세 마나부, 정현숙 엮음, 『미야자키 하야오의 숨은 그림 찾기』, 한울, 2006, 201~203면 참조).

5

'차이'에 대해 말하면 또 논의가 '수월성'으로 샌다. 그러나 내가 말하는 '차이'는 경쟁에 의해 승패를 가르는 차이는 아니다. 경쟁에 의해 승패를 가르는 차이는 지금도 충분히 많이 존재한다.

시집에 '문학상 띠지'를 둘러서 파는 차별화 방식은 '수월성의 신화'에 기여한다. '올해의 좋은 시'라는 타이틀을 붙인 앤솔로지도 마찬가지다. 이런 차이화는 타자를 배제하고 문학의 지형에 '정의롭지 않은' 위계를 만든다. 그런 경쟁의 산물로서의 '수월성 신화'가 공공적이라고 한다면, 마케팅이야말로 가장 공공적인 분야라고 해야 할 것이다.

엘리트주의적이고 영웅주의적인 관점에서의 차이화도 있다. 이들은 '범용한 것들'과 대결하면서 자신만의 영역을 특화한다. 이들이 특화한 영역은 분명히 '차이'라고 부를 만한 것들이다. 그러나 등질공간으로 변해버린 인공환경에 출현한 이와 같은 '차이'는 금세 아류를 만들어냄으로써 빛이 바래간다. 탁월하고 걸출한 것들은 출판자본에 의해 더 빈번하게 조명을 받지만, 이 프로모션의 결과는 더 빨리 소모된다는 것이다. 아류들이 늘어간다는 것은 오리지널의 '차이'마저 범용한 것으로 퇴색되리라는 전조다. 탁월하고 걸출한 것과 범용한 것들의 경계는 사실 고정불변의 것이 아니라 날마다 조금씩 움직이고 있다.

어떤 사람들은 범용한 것들이야말로 가장 공공적인 것이 아닌가 하는 의견을 피력한다. 범용한 것들이야말로 누구나 읽을 수 있고 또 이해하기 쉬운 것이라고 믿는 경향이 있다. 그러나 범용한 것들은 등질공간에 출현하여 바로 거기서 사라지는 덧없는 것들이다. 범용한 것들이야말로 등질공간을 장식하고 또 그것을 산출한다. 범용한 것들은 등질공간에 복무하고 그것에 기여한다. 범용한 것들은 우리에게 익숙한 것들이기 때문에 그 이름으로 불린다. 그것들은 타자가 아니다. 범용한 것들은 우리의 마음에 머물러 있지 않고 우리를 유령처럼 통과해버린다. 범용한 것들 사이에서 우리는 '마치 존재하지 않는 것처럼' 살아갈 수밖에 없다. 그래서 그런 것들과는 다른 것을 우리는 필요로 하는 것이다.

내가 말하는 '차이'는 경쟁의 산물이나 그 결과로서의 그것이 아니라, 공공적인 담론이 만들어지기 위한 '조건'으로서의 '차이'다. 그 '차이'를 군이 우열의 이분법으로 위계화해야만 하는 필연성은 없다.

6

시가 소멸해간다고 하는 것이 비장미를 띠는 이유는 시에 공공성이 있다고 믿어왔기 때문이다. 시는 우리와는 다른 타자로서, 혹은 타자와 만날 수 있는 장소로서 거기에 있는 것이다. 시만이 그런 장소를 만들어낼 수 있는 유일무이한 매체인 것은 아니지만, 그렇다고 해도 그것은 분명히 그러한 매체들 중 하나다.

모든 가치가 교환가치로 환원되어버리는 고도자본주의의 지형에서, 이 획일화된 등질공간에서 시는 지금 악전고투 중이다. 수월성을 기준으로 차이를 내세우는 엘리트주의가 지극히 사적인 공간으로 퇴피하는 한편, 테마파크처럼 변해버린 세계에 범용한 것들의 퍼레이드가 등질공간의 매끈한 표면 위를 미끄러져가고 있다. 머지않아 수월성을 내세우는 차이들도 그 오리지널리티를 상실하고 범용한 것들과 구분할 수 없는 것이 되어갈 운명에 있다는 것은 앞에서 이미 말한 바 있다. 그것은 이미 몇 가지 사례로도 확인할 수 있다. 2000년대 후반 '미래파' 담론의 퇴조는 '미래파'가 더 이상 '소수'라고 할 수 없는 지경에 이르러 가속화된 것이다. 시는 공공적인 것과는 다른 것이 되어가고 있다. 상황이 이렇기 때문에 시가 소멸해간다고 하면서 슬픈 표정을 짓는 것에 대해 일반 독자들은 좀처럼 공감을 하지 못하는 것이다.

이명박정권 말기에 유행한 '시와 정치'라는 담론은 시의 공공성으로 편폭을 넓힐 수도 있었지만, 그렇게 되지 못했다. 의아할 정도로 비슷한 이야기만 하다가 그 담론은 사그라들었다. 내가 '시의 공공성'에 대해 이야기하고 싶다고 하자, 어떤 친구는 "김수영이나 신동엽에 관한 글이 되겠군." 하는 반응을 보였는데, '시와 정치'라는 주제야말로 김수영이나 신동엽을 염두에 두고 답안지를 채워나가는 식이었다. 어쩌면 그 담론이야말로 지극히 '닫혀 있는' 담론이었던 것은 아닐까.

'시와 정치'라는 담론이 힘을 발휘한 시기를 전후로 하여 '공동체'라는 말도 힘을 얻었다. 사람들끼리 몸을 부대껴가면서 같은 일을 함께한다는 것은 의미 있는 일이다. 그러나 세계에 대한 다양한 관점을 잃지 않는 것도 중요하다. 개별자는 누구와도 동일하지 않다. 그것이 인간의 한 조건이라는 것을 인정해야 한다. 2000년대 이후에 등장한 시 동인들이 동인지를 안 내는 것에 대해 비판하는 분들도 있지만, 그 동인지가 동인들의 '동일성(identity)'으로 경화된 것이라면 그것은 공공성과는 배치되는 것인지도 모른다. 『느낌의 공동체』(2011)라는 신형철의 평론집도 있지만, '느낌'을 공유한다는 의미에서의 '공감'이 반드시 '공동체'를 전제로 할 필요는 없다. 나는 이 비평집이 지향하고 있는 것이 어떤 경화된 공동체라고 생각하지는 않는다. 오히려 그것은 경계선이 상당히 느슨한 '친밀한' 지대로서도 성립할 수 있을 것이다. 시의 공공성을 되찾기 위해서는 이 친밀하면서도 느슨한 지대, 친밀하면서도 이질적인 것들이 서로 부딪치고 반향하는 '환대의 공간'을 회복하는 일이 우선 필요할 것이다.

시적 환경의 변화와, 환경 부적응자의 이상한 옹호

— 고도자본주의 웹 기반 사회에서의 시

딴전 피우기

개인적으로 나는 박용래를 좋아한다. 영향을 받았느냐고 하면, 어느 부분에 있어서인가는 분명히 영향을 받았다고 해야 하겠지만, 나는 내 시가 박용래의 시풍과는 상당히 거리가 있다는 것을 의식하고 있다. 역시 한참 못 미친다고 자인하지 않을 수 없다. 박용래를 흉내 낼 수는 없지만, 그래도 박용래를 좋아할 수는 있다고 생각한다. 나는 박용래가 좋다. 『먼 바다』(1984)에 실려 있는 박용래의 사진도 매우 좋아한다. 어쩌면 나는 이 사진 때문에 박용래를 좋아한다고까지 말할 수 있을지도 모르겠다. 사진 속의 시인은 털모자를 썼다. 머플러도 둘렀다. 입가에 주름을 만들면서 웃고 있다. 눈매도 어딘가 선하다. 대학 시절의 나는 이 사진을 보고 시인들이란 으레 이러려니 했다. 푸근했다. 왠지 시를 '엄청' 잘 쓸 것 같은 포스를 느꼈다. 지금에 와서 보면 포스라기보다 오히려 힘을 뺀 듯이 보이지만 말이다. 간혹 요즘 시집이나 계간지에 실린 시인들의 사진을 보곤 하는데, 박용래보다 시를 더 잘 쓸 것처럼 보이는 사진은 찾지 못했다. 이런 말을 해놓고 보니 대단히 실례가 되는 말이어서 도로 집어넣고 싶지만, 사실이 그러니 어쩔 수 없다. 내 사진에 이르러서는 두말할 필요도 없지만, 그것은 원판이 부실하기 때문이니까 어쩔 수 없다고 체념하고 있다. 물론 박용래보다 시를 더 잘 쓸 것처럼 보이지는 않아도, 실제로는 좋은 시를 많이 쓰고 있는 시인들이 굉장히 많다는 것을 부정하는 것은 아니다. 이것은 단지 개인적인 느낌을 말한 것이니까 널리 양해를 구하고 싶다.

2000년 무렵의 잡지에 실린 시인들의 사진 중에는 증명사진도 제법 섞여 있었다. 나도 한동안 증명사진을 잡지사에 보냈다. 요즘 문학소녀들이 그 무렵의 잡지를 보았다면, 어떻게 될까. 문학에서 떠나버리는 것은 아닐까. 위험하다. 그러나 요즘 잡지에는 훨씬 자연스러운 포즈의 사진이 실리고 있으니까, 쓸데없는 걱정은 하지 않는 편이 낫겠다. 그래도 나는 왠지 10년 전의 증명사진이 그립다. 박용래보다 더 푸근해 보이는 시인은 등장하지 않는가. 않아도 좋은가. 독자에게 잘 보일 생각이 없는 시인은 필요 없는가.

이렇게 딴전을 피우는 것은 역시 어떤 시를 옹호해야 할 것인가 하는 물음에 대해 답변하기가 궁색하기 때문이다. 어떤 방식의 답변이라도 일면적일 수밖에 없는 것은 아닐까.

좋은 시의 조건

어떤 시를 옹호해야 할 것인가 하는 물음은 좋은 시란 무엇인가와 같은 질문과 비슷한 것일까. 일단 아니라고 말해놓고, 좋은 시에 대해 조금 이야기해보는 것도 추후의 논의를 위해 나쁘지 않을 것이다.

좋은 시란 구조적으로 완결성을 띤 시라는 주장이 있을 수 있다. 시상의 흐름에 일관성이 있어야 하고, 비유에도 통일성이 있어서 난삽하지 않아야 한다. 시어들은 시적 메시지에 도달하기 위해 필연적으로 제자리에 경제적으로 배치되어 있어야 한다. 요즘에는 '상황시'라고 할 만한 것들이 많은데, 상황에 설득력이 있어야 한다. 기승전결이 분명하면 더욱 좋을지 모르겠다.

성찬경은 '밀핵시(密核詩)'를 주창하면서, 한 단어에 될 수 있는 한 많은 의미를 부여하려고 한 적이 있다. 이 방법은 궁극적으로는 은유나 상징에 집중하는 길로 이어져 있다. 이와 같은 발상은 시어를 중심으로 시의 성패를 논할 수 있는 근거를 마련해준다. 물론 그 이전에도 형용사·부사 위주의 시는 인생의 본질을 구명하기 어려우므로 명사·동사 중심의 시로 나아가야 한다는 식의 이야기를 서정주가 한 적 있다. 개인적으로는 무언가 자기만의 이야기를 하려고 하는 시인의 시에서는 명사가 많이 쓰일 수밖에 없다고 생각한다. 대학생들이 학과 성적을 얻기 위해 억지로 쓴 시에는 명사가 아주 적게 쓰인다.

독창성이 있는 시가 좋은 시라고 말하는 사람들도 많다. 전대미문의 소재라든지 발화의 새로움 등이 독창성의 지표라고 할 수 있다. 새로운 것을 추구하다 보면, 보편성을 잃은 사적 세계에 함몰하기 쉬우므로 항상 경계해야 한다. 독창성보다는 고유성을 찾는 게 필요하고, 그 고유성이 보편성과 잘 어우러질 수 있도록 고민하는 것이 중요하다.

사실성을 좋은 시의 첫째 조건으로 꼽는 사람들도 많다. 이 계열의 사람들은 핍진성과 개연성을 중시한다. 이 주안점은 오랜 세월에 걸쳐 고집스럽게 지켜져왔다. 그러나 가끔은 원본으로서의 세상은 유수처럼 변하고 있는데, 그 재현인 시는 수십 년 전의 풍경과 비슷해서 놀랄 때가 있다. 인생의 본질적인 요소는 바뀌지 않는다지만, 우리가 재현하고 있는 것은 본질일까 표피일까.

좋은 시에 대해 말하는 것은 복잡하기는 하지만 어렵지 않은 일이다. 세상에 좋은 시, 나쁜 시가 따로 있느냐고 볼멘소리를 하는 시인들을 가끔 만나지만, 아마도 그들은 이 질문을 윤리적인 문제로 이해한 것이 아닌가 싶다. 이론가들에게, 그리고 분명히 사려 깊은 시인들에게 이 문제는 별로 어려운 문제가 아니다. 다만 별개의 좋은 시들을 다시 좋은 순서대로 늘어놓는 일은 역시 합의가 쉽지는 않을 것이다. 게다가 이런 논의는 분석적 읽기의 전통이 공고할 때에나 가능한 일이므로, 애초에 좋은 시에 대해 말하는 것은 어렵다고 해야 했을지도 모르겠다. 나조차도 시집을 읽을 때는 분석적으로 읽지 않는다. 감상문을 써야 할 때가 아니라면, 두 번 이상 읽는 시집도 드문 편이다.

시에 친숙하지 않은 사람들에게도 이 문제는 간단한 문제일까. 그것은 그렇지 않다. 대중은 시에도, 이론에도 익숙하지 않기 때문에, 곧 잘 자신들의 육체적 반응—눈물이나 전율—에 근거하여 시를 선택적으로 향유한다. 요즘은 다른 사람이 뭐라고 하건 자신만의 육체적 반응을 맹신하는 사람들이 늘어나고 있다. 가령 『세상의 중심에서 사랑을 외치다』가 좋은 소설인 이유는 우리를 울려주기 때문이라고 누군가 주장한다면, 다른 누군가가 나타나서 "나는 안 울었는데."라고 반론을 펼 수 있게 된 것이다. 대중의 평판과 전문가들의 평가가 일치하지 않는 것은 묻지 않아도 알 수 있다. 그러나 이 경우 전문가들은 대중을 계몽해야 하는가. 대중의 감수성에 감상주의라는 오명을 씌우면서, 우리는 우리의 감식안을 옹호해야 하는가. 어떤 시를 옹호해야 할 것인가 하는 물음이 좋은 시란 무엇인가 하는 물음과 결렬하는 지점은 이런 데서도 발견할 수 있을지 모른다.

기질의 시인

좋은 시란 무엇인가라는 질문보다는 좋은 시인이란 어떤 사람인가 묻는 편이 더 낫다고 생각한다. 좋은 시란 무엇인가라는 질문은 결국 '문학적 수월성'이라는 다분히 형식주의적인 개념으로 귀결되고 만다. 이번 분기의 우수문예작품을 고르는 식이다. 세상에는 잘 구성된 시만 필요한 것이 아니다. '억지로 못 쓴 시'도 그 존재 가치가 없지 않다. 시성(詩性)을 거스르는 반항도 의미가 있다. 그런 것들을 역시 좋은 시라고 말할 수는 없겠지만, 그런 것들도 존재의 의미가 있다.

몇 년쯤 전에 요즘 시인들은 술을 잘 못 마시기 때문에 좋은 시를 쓸 수 없다고 고은이 말한 것을 들은 기억이 있다. 나는 술을 잘 못 마시기 때문에 이 의견에 대해 심정적으로 거부감을 느끼지 않을 수 없었다. 그런데 이제 와서 돌이켜보면, 고은의 지적은 '기질의 시인'이 사라저가고 있다는 것을 역설한 것이 아닐까 하는 생각이 든다. 아주 뼈아픈 지적이다.

이제 우리 주변에서 누구를 만나도 시에 대해 터놓고 이야기하기가 어려워졌다. 시에 대해 이야기하는 시인을 만나본 것이 언제인가 기억도 안 난다. 그저 요즘에는 누가 '핫(hot)한 신인'인가, 누가 문학상을 받았는가 누가 기금을 받았는가 등의 잡담밖에 들은 기억이 없다. 누가 대형 출판사에서 시집을 내는가, 시집 해설을 누구에게 맡겨야 더 주목을 받을까. 너무 영리한 것 같아서 아슬아슬하다고 생각될 때가 한두 번이 아니다.

기질의 시인이라고 하는 것은 시에 대해서 계속 떠들어대는 사람이다. 피 자체가 잉크가 되어버린 사람! 시로 삶에 맞서는 모험가, 삶과 시로 대결하는 모험가다. 시밖에 모르는 삶! 세사에 얽매이지 않는 삶! 배워서 시를 아는 것이 아니라 선험적으로 감지한 것을 행하는 사람이 기질적인 시인이다. 그들은 누구에게 보여주기 위해 그렇게 사는 것이 아니라, 원래부터가 그렇게 살아온 것이다. 세상에는 이 기질의 시인에 반한 나머지 밤낮 술이나 마시고 자기 시가 최고인 것처럼 착각하는 그냥 단순히 어리석은 시인들도 없지 않다. 그들은 기질의 시인이라고 할 수 없다. 시를 흉내 내려고 하면 안 된다.

우리 시사에서 기질의 시인이라면 이상(李箱)이나 서정주, 김수영이나 김종삼 등 그리운 이름들이 적지 않지만, 나는 유독 강우식의 색정적 세계도 기억에 남는다.

> 산문이 될성싶은 살일랑 아예 다 깎아 버린
> 이십대의 요양원에서의 내 몸 같은 너를 본다.
> 시퍼런 바닷물을 담은 물건만이
> 주체할 수 없이 탱탱하던 그때를 본다.

―강우식, 「가지」 전문

　이 시를 굳이 설명하자면 자연물에서 색정적인 세계를 찾아내는 그 편집증적 스타일에 대해 말할 수 있을 것이다. 『꽃을 꺾기 시작하면서』(1979)라는 시집 전체가 이런 식이다. 사회규범에 구애됨이 없이 본능을 날것으로 드러내는 이러한 화법은 오늘날에는 거의 실전되다시피 했다.

　강우식의 첫 시집 『사행시초』(1974)에는 이런 것도 있다.

　　　친구여, 흰 머리카락을 꽃술로 달고

　　　꽃피는 거 다 꿈으로 치면

　　　세월은 이웃 과부댁 넘보듯 하다 가버리고

　　　텅빈 골방을 지키는 마음이어라.

　　　―「사행시초 37」 전문

　이러지도 저러지도 못하고 허송세월한다는 것을 "세월은 이웃 과부댁 넘보듯 하다 가버리고"라고 한 것은 경탄할 만하다. 선입견이지만 이런 구절은 실제로 '넘본 적이 있는 사람'만 쓸 수 있다고 생각한다. 비유의 참신함이라는 차원을 넘어서 체험의 부피가 한참 다르다. 이렇게도 말할 수 있다. 체험한 것을 모두 시에 연결 지을 수 있는가. 「분홍 주의보」(『기담』, 2008)라는 시에서 김경주가 "화장실에서 오줌 누고 돌아온 후 / 방금 자지를 주물럭거렸던 손으로 / 여자의 두 손을 꼭 잡고 인생을 이야기하는 꼬락서니"라고 쓴 것을 보고 '이놈 보게' 하면서 웃었던 적도 있지만, 이런 것은 대학에서 가르친다고 배울 수 있는 것이 아니다.

　나는 기질의 시인들이 그립다. 앞에서 박용래 이야기를 꺼낸 것도 사실 그것을 말하고 싶어서였다. 그러나 이런 이야기를 복고주의로 오해하는 분들이 없었으면 좋겠다. 나는 전혀 젊은 세대의 시를 비판하고 있는 것이 아니다. 오히려 지금부터 내가 말하려는 것은 2000년대 이후의 시가 처해 있는 난처함에 대한 것이다. 2000년대 이후의 시에 대한 변호도 아니다. 결국 그 난처함에 어떻게 대응할 것인가 묻기 위해서 에둘러 가는 길이라고나 할까.

시적 환경의 변화

어떤 시를 옹호해야 할 것인가에 대해 답하기 위해서는 우선 시를 둘러싼 환경의 변화, 우리가 살고 있는 이 시대에 대해 점검하는 일이 선행되어야 한다. 이 주제에 대해서는 역사적 점검이 필요하지만, 그것은 내 능력을 넘어서는 것이어서, 나는 여기에서 시를 둘러싼 환경 변화의 극히 일부분에 대해서만 설명하는 데 그치고자 한다. 아마 다소 주관적인 이야기가 될지 모르겠다. 그러나 주관적인 느낌이라도 당대의 한 분위기를 적절하게 보여줄 수 있고, 그런 점에서 주관적인 것이 푸대접받을 이유는 없다.

2010년대의 시는 1990년대 후반 정도에 그 기원을 두고 있다. 물론 이렇게 선언적으로 말하면 거부감을 느낄 분들도 많이 계시겠지만, 나는 인터넷의 출현이 우리 시에 상당한 영향을 미쳤다고 보고 있다. 1990년대 중반 '윈도'의 출현에 많은 의미를 두고 있는 것이다. 2000년대에 등장한 젊은 시인들은 인터넷을 생활의 중추로 경험한 사람들이다. 이들의 인지 구조는 1990년대 중반 이전의 시인들과는 상당히 다르다. 그렇다고 해도 이 인지 구조의 변화는 매우 완만하게 진행되고 있고, 실제로는 개인차가 있기 때문에, 1990년대와 2000년대 시의 연속성을 입증할 만한 어떤 경향을 예로 들어서 내 견해에 대한 반론을 펼 수도 있을 것이다. 사실 시인들의 사회가 20·30세대만으로 이루어져 있는 것은 아니기 때문에, 내가 주장하는 변화를 체감하는 것이 어려운 분들도 분명히 많을 것이다.

웹 기반 사회의 이 젊은 시인들은 아즈마 히로키(東浩紀)의 용어를 차용하면 '과시성(過視性)의 세계'인 인터넷을 생활의 중추로 하고 있기 때문에, 심층보다는 표층에 더 집착한다. 심층에 있어야 할 것들이 지나치게 눈에 잘 띄는 표층에 삐져나와 있기 때문에 구조주의적인 관점에서 심층이 존재한다는 것에 흥미를 느끼지 못한다. 심층이라고 할 만한 타인의 마음을 이해하는 데 서툴다. 어쩌면 자신의 마음조차 이해하지 못하는 것은 아닐까. 표층에 집착하기 때문에 언어의 물신화 경향이 두드러진다. 지구화와 맞물려 외래어가 시어로 대량 유입된 것도 이런 경향에 한몫을 했다. 그러면서도 이들의 언어는 다소 단순해 보인다. 표층에 집착하면서도 어휘력이 부족하다. 슬픈 것과 서러운 것과 의기소침한 것과 풀이 죽은 것과 원통한 것과 억울한 것과 기타 등등의 마이너스 감정은 그냥 우울한 것으로 치부되고 있는 것은 아닐까. 요즘 대학생들이 입에 달고 사는 "짜증나."라는 불쾌감을 나타내는 말도 사실은 얼마나 큰 범주의 어휘들을 단지 한 단어로 대체하고 있는 것인지 짐작하기 어렵다. 그것은 때로 슬프다는 뜻일 수도 있고, 나 자신에게 실망했다는 뜻일 수도 있으며, 억울하다는 뜻일 수도 있다.

웹 기반 사회의 진전은 자본주의의 고도화와 함께 이루어지고 있다. 1990년대 중후반은 '윈도'의 시대면서, 우리나라의 경우 IMF의 시대기도 했다. 이제 누구나 신자유주의가 전파한 경쟁과 자기계발의 논리에서 자유롭지 않다. 이런 시대에 기질의 시인이 버틸 수 있을 리 없다. 2000년대에 등장한 젊은 시인들은 문학사와 경쟁했던 그들의 선배 세대들과는 달리 비슷한 연배의 시인들끼리 영향을 주고받고, 또 비슷한 연배의 시인들끼리 평단의 스포트라이트를 받기 위해 경쟁한다. 각종 문학기금 등 예전에 없던 제도적 장치들이 이 경쟁을 부채질했는지도 모르겠다(제도 무용론을 펴고 있는 것은 전혀 아니다).

나는 2010년대의 시가 1990년대 중반쯤 태동했으며, 웹 기반 사회로의 진입이 상당히 중요한 변인이었다고 앞에서 밝혔다. 그런데 어쩌면 여기에 스마트폰의 출현도 중요한 변인이 될 것이라고 부기해야만 할지도 모르겠다. 나는 요즘 사람들이 '휴대폰과의 분리'를 두려워 할 정도로 휴대폰을 신체의 일부로 인식하고 있다는 점, 휴대폰을 통해 인터넷에 엑세스하는 것이 가능해졌다는 점 등에 주목하고 있다. 이것과 관련된 여담인데, 「슈퍼스타K」(엠넷)라는 대국민 가수오디션 프로그램이 있다. 이 프로그램의 심사위원들이 오디션 참가자들에게 들려주는 심사평 중에서 가장 인상 깊은 것은 다음 스테이지에서는 '달라진' 모습을 보고 싶다는 것이다. 나는 이 말을 듣고 스마트폰의 애플리케이션을 떠올렸다. 우리는 매 순간 직면하는 상황에 따라 '달라진' 모습으로 신체를 바꾸도록 요청받고 있다.* 제대로 변신해야만 '스마트'하다는 칭찬을 받을 수 있다. 이러한 일화는 우리가 낙오자(loser)가 되는 것은 우리가 자기계발을 하지 않기 때문이라고 빈정거리는 사회적 분위기와 일맥상통한다. 문학에 대해서도 비슷한 이야기를 할 수 있다. 요즘 문학은 문학을 둘러싼 환경이 변하고 있는 만큼, 변신을 요구받고 있다. "전자책이 대세를 이룰 거라는데, 너희들 어쩔래?"

스마트폰의 출현은 스마트폰 유저가 항시적으로 웹에 접속해 있을 가능성을 배가시켰다는 점에서 무엇보다도 큰 의미가 있다. 자신의 마음도 잘 표현할 수 없으면서, '소통'만 한다면 모든 문제가 해결되리라는 믿을 수 없을 정도로 내용 없는 낙관이 횡행하고 있기 때문에, 스마

---

* 荻上チキ, 『社會的な身體』, 講談社, 2009, 65~72면.

트폰을 통해 인터넷에 엑세스하여 커뮤니케이션의 장(場)인 SNS에 접속하는 사람들이 많아지고 있는 현상은 그리 이상할 것도 없는 일이다. 이제 강의를 들으면서 SNS의 멘션을 작성한다든지, 카카오톡을 하면서 다른 친구들과 차를 마신다든지 하는 멀티 커뮤니케이션이 빈번하게 생성되는 시대가 되어버렸다. 그러나 앞에서도 말한 것처럼 자신을 형용할 수 없는 커뮤니케이션이 과연 성립할 수 있을까. 단순히 유대감을 만든다는 차원에서 이어져 있으려는 욕망을 커뮤니케이션이나 소통이라고 말하는 것은 앞에서 묘사한 '어휘력 부족'의 또 다른 예라고 할 수 있지 않을까 싶다.

스마트폰 발(發) 문학의 변화는 아직 가시적으로 목격되고 있는 것은 아니지만, 언젠가는 스마트폰 헤비 유저가 유망한 신인으로 등장하게 되어 있다. 시적 환경의 변화라고 했지만, 대략 이 정도의 이야기에서 그치고자 한다. 변신도 중요할지 모르지만, 이 같은 문학의 환경 변화에 어떻게 대응할 것인지 그 태도를 정하는 것이 더 급선무다.

자본주의 너머를 꿈꾸는 사유의 아름다움: 허수경의 경우

'시적 환경의 변화'에서 내가 말하고자 했던 것은 웹 기반 사회가 고도자본주의화와 연동하면서 빚어지는 몇 가지 현상이었다. 인터넷이 우리들의 '사회적 신체'를 경쟁에 적합한 형태로 변형시키고 있다는 것, 커뮤니케이션에 대한 욕망은 증폭하고 있지만 그것은 실제적인 의미에서의 커뮤니케이션이 부재하는 상황에서 커뮤니케이션의 채널만을 유지하고자 하는 욕망에 지나지 않는다는 것, 애초에 인터넷에 길들여진 세대에게는 자신의 마음을 표현할 어휘력이 부족하다는 것 정도였다.

아마도 변화된 시적 환경이 원상 복구되는 일은 없을 것이다. 자본주의는 더욱 고도화될 것이다. 과거에는 다차원적으로 결정되던 '가치'가 단일한 척도, 교환의 논리에 의해 결정되어 수치화되는 세상이 되었다. 그럼에도 시는 그러한 흐름에 쉽게 동의해서는 안 된다. 그것을 용인해 버리는 순간, 시는 끝장이라고 생각한다. 우리는 이 자본주의의 논리에 맞서는 시의 논리를 옹호해야 한다.

> 아이들은 장갑차를 타고 국경을 지나 천막 수용소로 들어가
> 고 할미는 손자의 손을 잡고 노천 화장실로 들어간다 할미의
> 엉덩이를 빛은 어루만진다 죽은 아들을 낳을 때처럼 할미는
> 몽롱해지고 손자는 문 바깥에 서 있다 빛 너머로 바람이 일어
> 난다
>
> 늙은 가수는 자선공연을 열고 무대에서 하모니카를 부른다
> 둥근 나귀의 눈망울 같은 아이의 영혼은 하모니카 위로 날아
> 다닌다 내 영혼은 오래되었으나 빛 속으로 들어간 것처럼 아
> 이의 영혼에 엉긴다 그러니까 누군가를 기다리는 영혼처럼 허
> 덩거리며 하모니카의 빠각이는 이빨에 실핏줄을 끼워넣는다
>
> 내 영혼은 오래되었으나 장갑차에 아이들의 썩어가는 시체를
> 싣고 가는 군인의 나날에도 춤을 춘다 그러니까 내 영혼은 내
> 것이고 아이의 것이고 내 영혼은 오래되었으나
> ─허수경, 「내 영혼은 오래되었으나」 전문

이 시에서 허수경은 타자와 구분되는 '나'를 내세우지 않는다. '나'에게는 주체성이 없다. '나'는 '오래된 영혼'이다. 오래되었기 때문에 어디서부터 어디까지가 '나'인지도 알 수 없다. '내 영혼'은 내 것이기도 하지

만 전쟁으로 죽은 아이의 것이기도 하다. 나는 이런 사고법에 흥미가 있다. 유기체가 죽으면 그 영혼은 어딘가 3차원의 공간으로는 나타낼 수 없는 곳으로 흘러가 서로 섞이고 다시 그것이 새 생명을 생성한다고 하는 발상법이라고나 할까. 이것은 윤회와 비슷한 것일 수도 있지만, 오히려 나는 이것이 불교에서 말하는 '불이(不二)'의 사유에 더 가깝다고 생각한다. 너와 나가 둘이 아니고, 삶과 죽음이 둘이 아니라면, 너와 나가 오랜 세월 동안 섞이고, 삶과 죽음이 이어져 있는 것이라면, 각각의 개체가 서로 죽이려고 하는 행위는 애초에 무의미한 일이라고밖에 할 수 없을 것이다.

허수경의 '구분하지 않는 사유'야말로 나는 시의 본바탕에 가까운 사유라고 믿는다. 그녀가 이러한 사유에 도달한 것은 그녀가 전공하고 있는 고고학의 힘인지도 모른다. 서구 형이상학의 합리주의에 맞서는 신화적 사고, 근대의 직선적 시간관과 대결하는 고대의 순환적 시간관은 그녀 시의 개성적인 무늬가 되어왔다. 자본주의의 물신들이 그녀 앞에 어슬렁거린다고 해도 오래된 도시와 문명의 폐허를 목격한 자의 겸허한 정신 앞에서는 아무런 의미도 지니지 못하는 것이 아닐까. 겸허함도 겸허함이지만, 이 고도자본주의 웹 기반 사회가 그녀에게는 어떤 묵시록적 비전으로 다가오는 것은 아닐까, 그런 생각도 잠시 해본다. 도시의 파멸을 예언한 자가 받는 박해도 잠시 떠올린다. 시인은 그래도 물에 잠기는 도시, 항존하는 테러와 항존하는 테러와의 전쟁, 자연에 가하는 인간의 폭력 앞에서 가슴이 뜨거워져야 한다고 허수경은 말하지 않을까 싶다. 그래서 『빌어먹을, 차가운 심장』(2011)을 나는 좀처럼 잊지 못하고 있다.

고도자본주의 사회에서, 더구나 웹 기반 사회에서 개인은 끊임없이 '예스(Yes)'와 '노(No)' 중에서 하나를 선택하도록 요청받는다. 삶이냐 죽음이냐, 안이냐 바깥이냐, 인간이냐 동물이냐? 경쟁이냐 도태냐 그 선택에 따라 인생이 좌우된다고 하는 생각이 힘을 얻는다. 그 선택의 책임은 개인에게 있다. 하루하루가 긴장의 연속이다. 커뮤니케이션의 채널을 항상 유지해야 한다. 누군가 상대방이 더 이상 나를 필요로 하지 않게 되어서 나와의 커뮤니케이션 채널을 끊으려고 한다면 큰일이다. '소통'에 집착하는 사회, 커뮤니케이션에 집착하는 사회. 그러나 카카오톡으로 주고받는 이야기들에는 사실상 메시지가 없다. "뭐해?" "놀아." "그렇구나." "그렇지." "힘내." "응." 전혀 힘을 낼 수 없다. 지그문트 바우만(Zygmunt Bauman)은 우리가 SNS에 항상 접속해 있는 상태이기 때문에 '고독'을 잃어버렸다고 했는데, 그 말 그대로다(『고독을 잃어버린 시간』).

나는 이 선택지들을 무효화하는 시를 옹호한다. 어느 길로 가든 과정은 다소 다를지라도 종국에는 늙어갈 것이고, 저마다 비슷한 깨달음에 이르게 되리라고 하는 헛소리를 듣고 싶다. 경쟁을 뚫고 살아남으라고 고무하는 신문 사설 같은 말보다는 힘이 들 때는 하늘의 별을 보라고 하는 소년다운 말을 옹호하고 싶다. 그 말만 믿었다가 낭패를 본 사람들이 책임을 묻더라도 절대 책임지지 않는 '쿨한' 시인을 옹호하고 싶다. 그것이 쿨한 것인지는 책임질 수 없지만 말이다.

(여기까지 쓰고 보니 내가 시에 대해서 상당히 보수적인 생각을 가진 것처럼 비칠 것 같아 조금 걱정이 된다. 나는 시가 변화된 현실을 반영하는 것을 두려워해서는 안 된다고 생각한다. 그러나 시가 전자 미디어에 어떻게 적응할 것인가와 같은 문제에 대해서는 좀 불안하게 느끼고 있는 것이 사실이다. 세계가 전자화된다든지 웹이 신체의 일부처럼 인식되기에 이르렀다고 하는 일련의 변화들은 '시를 위해서' 일어난 것이 아니다. 어떤 미디어가 나오면, 그것이 마치 책을 더 편하게 볼 수 있게 하려고 나온 것처럼 광고하는 것을 심심치 않게 본다. 그러나 나는 책을 읽기 위해 전자기기를 구입한다고 하는 것은 믿기 어렵다. 또 누구나 이 기기들에 가까이 갈 수 있는 것은 아니다.

나는 그런 사람들의 기분도 문학하는 사람들이 알아주었으면 좋겠다.)

옹호한다는 것의 의미

옹호한다는 것은 감싸 안아 지킨다는 의미일 것이다. 감싸 안아 지킬 것이 있는 사람은 행복한 사람이라고 생각한다. 우리가 옹호하는 것이 옹호할 가치가 있고, 우리의 옹호를 필요로 하는 것일 때, 더욱 그렇지 않을까. 혹은 우리의 옹호를 필요로 하는 것이야말로 옹호할 가치가 있다고 말할 수도 있을 것이다. 그러한 사고방식도 있을 수 있다. 우리의 옹호를 필요로 한다는 것은 우리가 감싸 안아 지켜주어야 할 필요가 있다는 말이다. 우리가 감싸 안아 지켜줄 필요가 없는 것들도 많다. 스스로 강한 것, 스스로 훌륭한 것은 우리의 옹호가 없더라도 소멸되거나 하는 일은 없을 것이다.

내가 우리 비평계에 대해 다소 아쉽게 생각하는 것은 옹호가 필요 없는 것들, 이를테면 이미 충분히 옹호를 받고 있는 것들을 '거듭' 옹호하는 경향이다. 어떻게 보면 지금 우리는 다른 누군가가 옹호하고 있는 것을, 바로 그것이 옹호를 받고 있다는 그 이유로 옹호하고 있는 것은 아닐까. 옹호하는 지점이 다르다면 사정이 다르지만, 우리는 동어반복의 옹호를 하고 있는 것은 아닐까.

옹호의 방식에 대해서도 성찰이 있어야 한다. 옛 선인들은 사랑하는 제자일수록 칭찬을 아꼈는데, 오늘날의 비평가들도 그런지 모르겠다. 때로는 가만히 좋아해주는 것이 현명한 방식일 수도 있다. 가만히 지켜보아 주는 것이 좋은 옹호인지도 모른다. 지금은 표현이 조금 서툴지만, 자신이 딛고 선 시대 현실에 대응하면서 자기 언어를 모색하고 있는 사람들에게는 관심과 격려가 필요한 경우도 있다. 문학적 수월성만으로 그들을 평가하는 것은 우리 시의 발전에 별로 도움이 되지 않는다. 독자들에게 사랑받는 상품 가치가 입증된 시인들을 옹호하기보다 주목받지 못하지만 시에 진지한 신인을 감싸고 그가 시적으로 더 성장할 수 있도록 도와주는 것이 비평가의 소명이다. 내가 알기로는 선대의 비평가들은 이 소명을 저버리지 않았다. 그런 의미에서 한국 비평은 지금 실험대에 올라 있다는 것을 나는 지적하고 싶다.

자본주의는 강하고 시는 소멸을 향해 간다. 고도자본주의 사회에서 시는 존경을 받지 못한다. 시는 존중을 받지 못한다. 화폐의 순환이라고 하는 거대한 고리에 끼어들지 못한다. 그러나 바로 그렇기 때문에 우리는 시를 옹호해야 한다. '어떤 시'가 아니라 우선 '시'를 옹호해야 한다. 모든 것을 교환의 논리로 환원해버리는 자본주의의 폐단을 '용인'해서는 안 된다. 바로 그 용인이야말로 시의 종언을 알리는 타종(打鐘)이다. 시가 어떠해야 한다는 당위성을 우리가 시에 요구할 수 있다면, 우리는 시에 자본주의의 '바깥'을 상상해야 한다고 요구해야 한다. 꿈을 깨지 말라고 해야 한다. 그것 이외에는 우리가 시에 요구할 수 있는 것이 없다. 시는 우리가 딛고 서 있는 현실을 그려야 하고, 현실이 바뀐만큼 다른 풍경을 그릴 것이다. 그러나 그 외의 것을 우리가 시에 요구할 수는 없다. 시가 변하기를, 시의 몸이 바뀌기를, 애플리케이션을 장착하고 다음 스테이지를 준비하기를, 소멸하지 않기를 기대해서는 안 된다. 시는 이미 소생할 수 없는 운명이다. 이 비관론을 체관으로 넘어가서는 안 된다. 소멸을 두려워해서는 안 된다. 소멸할 때 하더라도 시는 이 세계의 '바깥'을 궁리해야 한다. 나는 그런 시를 옹호하고 싶다. 자본주의는 강하지만 그래도 소멸을 향해 가고 있다. 이 시대에 적응해가는 시는 영원한 과거의 시에 머물 것이다. 나는 미래를 낳는 시를 옹호하고 싶은 것이다.

+ 보유(補遺)

허수경의 고고학적인 마인드가 자본주의 너머의 사유를 담고 있다고 하는 것은 사실 나카자와 신이치(中澤新一)의 『대칭성 인류학』(2004)을 읽고 든 생각이다. 그는 신화적 사고가 과학적 사고와 마찬가지로 '이진논리(binary logic)'에 기반을 두고 있으면서도, 과학적 사고와는 전혀 다른 '대칭성의 논리'(이것은 정신분석의 마테 블랑코의 용어임)에 의해 독자적인 사상을 탄생시키려 했다고 주장한다.

합리주의적 사고에서는 '클라인의 병'형의 사고 활동을 억압해, 모든 것을 삼차원의 공간에서 일어나는 것으로 처리하려고 하지만, 신화적 사고에서는 안과 바깥, 부분과 전체가 구분되지 않는 '클라인의 병'형의 사고를 통해 더 고차원의 공간을 창출한다. 고차원적인 무의식이 이야기하고자 하는 것을 삼차원적인 현실세계의 논리에 맞추려고 하면, 압축이나 치환에 의한 비유나 상징이 출현하게 된다. 신화에 비유나 상징이 많은 것은 바로 그 때문이다.

나카자와 신이치는 프로이트가 무의식의 활동의 특징으로 제시한 '압축'이나 '치환', '통사법의 무시', '정동의 혼란' 등을 분열증에서도 발견할 수 있는 특징으로 규정하고, 이것이 신화의 '대칭성의 원리'와도 부합하는 것이라고 주장하면서 '무의식=유동적 지성'이라는 도식을 만들어낸다. 프로이트는 무의식을 '억압'과 관련하여 어두운 것으로 묘사했는데, 나카자와 신이치는 무의식이야말로 현생인류가 네안데르탈인과의 경쟁에서 살아남을 수 있었던 '마음'이라는 생각을 피력한다.

원래 인간의 마음은 모든 것을 분할해 비균질화하는 현실적인 비대칭적 사고와, 여러 부분들을 하나로 잇는 동질성을 발견하는 대칭적 사고가 '복논리(bi-logic)'로 되어 있었으나, 일신교가 출현하고 국가 권력이 강화되면서 대칭적 사고를 억압하게 되었다. 나카자와 신이치는

'증여'와 '교환'의 복논리에 의해 현생인류의 경제가 작동해오다가 '증여'의 원리가 '교환'의 원리에 의해 억압을 당함으로써 현재의 글로벌한 경제에 귀착하게 되었다고 설명한다. 그는 모든 것이 교환의 논리로 환원돼버리는 자본주의 경제 체제에서 증여의 논리를 지켜내기 위해서는 계량적으로 나타낼 수 없는 '무한소'의 개념에 기반을 둔 '순수증여'를 상정해야만 한다는 흥미로운 증여론을 전개한다. 순수증여라는 것은 현실에서는 불가능한 것인지도 모르지만, 그것의 존재를 상정하지 않고는 증여라는 행위가 교환의 논리 속으로 휩쓸려버릴지도 모른다.

순수증여를 믿는 마음이야말로 시의 존재 의의를 옹호하는 마음이라고 나는 생각한다. 교환논리가 제패한 세계는 각박하기 이를 데 없다. 대칭성 사고를 복원해야 하는 것은 우리 시대의 사명인지도 모른다. 만약 그렇다면 시인은 그 사명을 기꺼이 짊어져야 할 것이다. 허수경의 신화적 사고가 환기하고 있는 것은 바로 이 점이다.

영원회귀의 에티카, 혹은 아무튼 씨의 탈주선

—김중일론

들어가며

김중일은 2002년 동아일보 신춘문예로 등단하여『국경꽃집』(2007) 과『아무튼 씨 미안해요』(2012) 두 권의 시집을 출간했다. 김중일의 첫 시집 제목은 '태양건설'이 될 뻔했다. '태양건설'과 '국경꽃집' 사이에서 그는 조금 망설였다. '태양'은 그의 '트레이드마크'라고 할 정도로, 그의 시를 이해하는 데 핵심적인 상징이다. '해'와 '달'의 주기적인 교대는 그에게 삶의 메커니즘을 현시한다. 그러니까 삶은 곧 '기계'라고 말하는 것이다. 누구도 이 기계의 작동을 멈출 수 없다. 그런 의미에서 그의 작업은 실존주의적이라고 말할 수도 있을 것이다.

『국경꽃집』에서『아무튼 씨 미안해요』로 넘어오면서 그의 세계관은 크게 달라지지 않았다. 적어도 본질적인 부분은 변하지 않았다. 그는 여전히 세계를 기계로 파악한다. 그는 세계를 알레고리화하여 이해하며, 활유법이나 직유법 등 수사적 장치에 의해 이미지들을 차곡차곡 쌓아가는 매우 개성적인 시작을 추구하고 있다. 그럼에도 변한 것이 있다면, 그의 시에 국가 장치가 그 맨 얼굴을 드러내고 있다는 점이다. 그것은 현실 정치의 난맥상에 대한 시인의 관심과 응전 의지를 보여준다. 그 밖에도 익명성을 벗어나 이름들에 기반을 둔 시를 쓰게 되었다는 것도 눈에 띄는 부분이다.

김중일은 소위 '미래파 담론'이 유행할 무렵에는 주목받지 못했다. 그것은 그가 어떤 의미에서는 '미래파'로 불리는 일군의 시인들보다도 더 낯선 세계를 구축했다는 데 대한 반증이 아닐까 한다. '미래파 담론'에 뛰어들었던 평론가들은 확실히 그를 놓쳤다. 그들은 김중일의 시에 뛰어들었어야 했다. 그랬다면 '미래파'는 지금보다는 더 자랑할 만한 타이틀이 되었을지도 모른다.

영원회귀, 차이 나는 것들의 반복

 김중일 시의 시간은 원환에 가깝다. 불교에서 말하는 윤회를 떠올릴 수도 있지만, 그것과는 관련이 없다. 그의 시간은 흐르기도 전에 해묵은 채 출현한다. 그는 "늙은 애인"(「구름의 주름」), "늙은 고양이"(「불면의 스케치」)처럼 '늙은'이라는 형용사를 즐겨 쓴다. 그런데 이 늙음은 시간의 오랜 반복의 결과로 여겨진다. 날마다 '어젯밤' 지켜지지 않았던 약속에 대해 반추하면서, 약속 시간에 나오지 않은 당신에게 편지를 쓴다. 그리고 곧장 구겨버린다(「까만 편지지 하얀 연필」). '어젯밤'에 연연하는 오늘밤은 끝없이 이어진다. "지금은 영원한 폐곡선의 계절"이다(「완벽한 원」). 이 지속과 반복을 무엇이라고 설명해야 할까.

　　빈집을 찾아들어가 손잡고 나란히 누워보면 알 수 있다
　　지금 우리의 등 밑에서 도돌이표처럼
　　달라붙어 있는 우리의 그림자가 우리를
　　세상의 모든 후렴들의 소각장으로 돌려보낼 것이란 걸
　　―「새벽의 후렴」 부분

　　내가 태어났던 밤이 아직도 도래하지 않았음을 하늘에 뜬 기별로 기어이 알고 말았다. 나는 부유하는 새의 그림자를 심장으로 갖고 살아야 하는 보잘것없는 부족의 일원이었음을. 내 손등의 핏줄은 새의 앙상한 푸른 발이었음을.
　　나는 그저 누구도 귀 기울이지 않는, 몇백만번째 반복되는지 모르는, 다음과 같은 몇 마디의 흥얼거림으로 대를 이어 떠돌고 있었다는 얘기다.
　　―「아스트롤라베―흥얼거림으로의 떠돎」 부분

김중일은 영원회귀의 반복에 대해 노래한다. 그가 구축한 세계는 천체의 엄밀한 주기 운동에 의해, 다시 말해 일출과 일몰에 의해 끝없이 되풀이된다. 슬픈 것, 서러운 것, 약자들의 절규, 혹은 "새의 그림자를 심장으로 갖고 살아야 하는"(「아스트롤라베」) 자들의 넋두리인 노래는 어둠의 세계에서 생겨났다가 일출과 함께 소각장으로 보내지고, 혹은 철거당한다. 단 한 번의 철거가 아니라 매일 반복되는 철거, 영원히 되풀이되는 소각이다. 이야기는 결코 끝나지 않는다. 끝도 없이 공연은 계속된다. 커튼콜을 위해 일평생 '나'는 "세수하고 밖으로 나간다."(「커튼콜」) 끝나지 않는 이야기는 피로감을 수반한다. "나의 탈진한 대역들에게"(「초의 시간」) 링거를 꽂고 있었던 것은 누구인가.

김중일은 이 피로감 속에서 피로에 젖은 자신의 그림자에게 '배역'을 주고 그들과 함께 "밤의 음계"를 조금씩 만들어간다. 물론 이 음악은 완성이 끝없이 지연되는 미완의 운명을 띤 음악이다. "매일 밤 음악적 신념을 갖고 꼬박꼬박 찾아오는" '오리'에게 어제도 했던 질문을 또 한다. '오리'의 눈에서는 어떤 슬픔도 찾아볼 수 없다(「새벽의 후렴」). 그것은 '오리'에게 진짜로 슬픔이 없기 때문은 아니다. 반복은 감정을 무디게 한다. '나'는 '오리'에게 몇 살이냐고 묻는다. '오리'도 '나'에게 몇 살이냐고 묻는다. '나'는 '오리'다. 모든 것이 "도돌이표처럼" 반복된다.

「아스트롤라베」는 여기에 어떤 가족력, "대를 이어" 지속되는 내력을 덧입힌 경우다. "이 집에서 내가 돋아나고 내 작고 까만 눈동자로부터 번진 밤이 서른세해 동안이나 계속되었다."고 고백한 '나'는 두려움에 떨며 '아버지의 손'을 붙잡는다. '아버지'도 '나'도 "식어버린 열망", 혹은 '잃어버린 꿈' 때문에 고뇌한다. 서로는 동류이기 때문에 안쓰럽고 동류이기 때문에 부정하고 싶다. 『국경꽃집』에서부터 김중일이 애착을 보여온 '부족'이라는 시어는 이 양의적 감정이 얼마나 유서 깊은 것인지 보여준다. 그가 구축한 '부족'의 세계는 영원회귀의 반복이라는 신화적 시간에 속해 있기 때문에 지도에는 나타나지 않는다.

그렇다고는 해도 엄밀한 의미에서 동일한 것의 반복은 아니다. 동일한 것의 반복이야말로 타성이고 반동이다. "이 편지는 무정한 수양버들 그 무수한 가지 중 한 가지에 빨간 머리핀처럼 매달아놓았으니 꼭 받으세요"(「까만 편지지 하얀 연필」)라든지 "그 속에 귀속된 마당의 파란 대문은 도돌이표처럼 부유하는 밤의 음표인 우리를 되풀이해 연주하고 있었다"(「아스트롤라베」)의 '파란 대문'은 모두 「나는 국경꽃집이 되었다」(『국경꽃집』)의 이미지들을 재소환한 것이다. 그러나 이 자기반영적인 언어들은 묘하게 원출처의 이미지들을 수정하면서 원본의 이미지에 '미분적으로' 회귀한다. '완벽한 원'이 아니라 약간 일그러진 형태로 '원'의 궤적을 그린다. 「고독의 셔츠」에서는 '형'이 죽고, 「새들의 직업」에서는 '동생'이 죽는다. 김중일이 그리고 있는 것은 차이가 나는 것들의 반복, 우발적인 것들의 연속인 반복, 그렇게 매일매일 새롭게 회귀하는 날들의 기록, 영원회귀의 반복이다. 매일매일 같은 일이 일어난다고 생각했는데, 잘 따져보면 그러한 반복에는 이미 균열이 내재해 있었다. 절망적으로 피곤하지만, 어딘가 이 세계에는 빈틈도 있었던 것이다. 밤의 음계는 완전히 포획되지 않는다. 철거는 완전하게 이루어지지 않는다. "오르간은 충치투성이 이빨로 / 오늘의 악보를 게걸스럽게 뜯어먹다가 / 새벽이란 후렴구만 앙상히 남기고 / 쫓기듯 강 쪽으로 도주했으니."(「새벽의 후렴」)

규율하는 국가 장치와 시의 건축술

김중일 시의 건축술에서 알레고리는 빼놓을 수 없는 부분이다. 김중일의 알레고리는 그 자체가 세계관이다. 그는 세계를 알레고리로 파악한다. 알레고리는 세계의 구조에 대한 그의 관심을 반영한다. 그는 세계가 '이야기'로 되어 있다고 믿는다. '해'와 '달'의 주기적인 교대가, 시간의 질서가 인간의 삶을 어떻게 제어하는지 그는 알고 싶어 한다. 세계는 동쪽 끝의 "구름이 구워지는 상점"과 서쪽 끝의 "Y의 부엌"으로 구성되어 있고, 'K'는 낮에는 구름이 구워지는 상점에서 일을 하고 밤에는 'Y의 부엌'으로 가서 휴식을 취한다(「구름이 구워지는 상점」). 이 세계에서 'K'는 점점 말수가 줄어들고 빈털터리가 되어간다. 세계의 어느 곳에선가는 '저녁'이 왜 도래하는가에 대한 마을회의가 나날이 열리기도 한다(「공룡」). 이런 것이 아니더라도 『국경꽃집』에는 세계를 '(주)태양건설'이나 'Sun/Moon_Light Company'와 같은 '회사'로 파악하는 세계관의 이야기가 넘친다. 그렇다고 해서 그의 시집이 거대한 설교집일 것이라고 예단해서는 안 된다. 그의 알레고리는 교훈을 줄 목적으로 동원된 것이 아니다. 그것은 세계가 '이야기'로 되어 있으며, 세계의 주민인 우리들은 이 '이야기'에서 좀처럼 벗어날 수 없다는 것을 보여주기 위해 동원된 것처럼 보인다. 주관적으로 들릴 것이 분명하지만, 그는 세계를 '재현'한다는 기분으로 그런 방식의 '쓰기'를 밀고 나가는 것처럼 보이기도 한다.

두 번째 시집인 『아무튼 씨 미안해요』 역시 알레고리의 축조술이 돋보인다. 그 주요한 목록들은 앞에서 '영원회귀의 반복'에 대해 설명하면서 이미 언급한 셈이다. 그런데 김중일의 두 시집에 나타난 알레고리의 양상들은 미묘하게 다르다. 비록 『국경꽃집』의 '국경'이 아버지의 법이나 가족의 테두리를 상징하는 것이고, 이 '국경'을 넘을지 말지 기로에 서 있는 것이 이 시집의 중요한 의의였다고 하더라도, 아니, 오히려 바로 그 때문에 『국경꽃집』은 '가족'을 괄호 속에 넣어두는 쓰기의 방식을 취할 수밖에 없었다. 이 배제의 원칙에 의해 『국경꽃집』의 알레고리는 군더더기 없이 '매끈한 표면'을 만들 수 있었다. 그에 비해 『아무튼 씨 미안해요』에는 '아버지'나 '형' 혹은 '동생' 등 가족에 대한 이야기가 많은 편이다. 이야기는 더 길어졌고, 인물들과 그 이름들은 더 많아졌으며, 알레고리는 더 복잡한 것이 되었다. 가족에 대해 쓰게 되면서 '기본현실'과 단절된 알레고리적 공간은 더 이상 그 자체완결성을 유지하지 못하게 된 것이다.

『아무튼 씨 미안해요』에서 '가족'이 중요한 코드로 부상한 것은 국가 장치가 개인과 가족의 삶에 대한 규율을 더 강화하고 있는 것과 관련이 있다. 이 시집에서 김중일은 두 편의 시—「구름의 곁」「잘 지내고 있어요」—에 '서울 2009'라는 부제를 붙이고 있는데, 2009년은 '용산 참사'와 '노무현 전 대통령의 자살'이라고 하는 비극적 사건이 일어난 해다. 김중일은 이 비극적 사건들을 '역사적 알레고리'로 재구성하면서 기념비화하는 작업에 한동안 매달렸다. 현실 세계에서뿐 아니라 상징의 세계에서도 마을 혹은 부족은 국가 장치와 대립한다는 것을 이 기념비화는 보여준다.

쉼 없이 북쪽으로 걷는다고 해서 구름에 가까이 이르는 것은 결코 아니다. 녹청이 잔뜩 낀 아스트롤라베가 그렇게 말하고 있다.

서울 한가운데의 폐건물 옥상 위로, 점거농성 중인 불길들. 열기구처럼 서서히 부풀어오르는 한 꽃송이 검은 구름도 보인다. 물대포처럼 커다란 구렁이가 사람들의 허리를 으스러뜨릴 듯 휘감고, 탈출을 위해 그들은 열기구 위로 오르려고 안간힘을 쓰고 있다.

그들 속에는 소년의 아버지도 있다.

헌신적인 아버지는 소년의 시험문제를 온몸으로 푸는 중이다.

팽창할 대로 팽창한 열기구가 서서히 이륙한다.

폐건물 옥상은 불길에 휩싸인 함선.
—「구름의 곁—서울 2009」부분

　용산 참사에 대해 쓴「구름의 곁」은 김중일 시에 있어서는 예외적으로 "서울 한가운데"를 배경으로 삼고 있는 작품이다. 그러나 이 민중 지향적 시에 그려진 2009년의 용산은 『아무튼 씨 미안해요』의 설화적·환상적 세계와 잘 구분되지 않을 만큼 기괴하다. 국가 장치가 주도하는 재개발 사업에 저항하여 삶의 터전을 지키기 위해 폐건물 옥상 위로 올라간 시민들에게 물대포가 발사된다. 김중일은 원관념이어야 할 '물대포'를 보조관념으로 전치시키는가 하면, 화염 연기의 보조관념인 '열기구'를 바로 다음 행부터 풍경을 구성하는 실질적 이미지로 승격시킨다. 그는 직유를 남발하고, 직유의 보조관념들까지를 풍경을 구성하는 질료로 삼아버림으로써 기괴하게 착종된 세계를 만들어낸다. 이미지들이 말꼬리를 잡고 연상적으로 증식한다. 이러한 증식은 계산에 의한 것이라기보다 다분히 우발적으로 이루어진다. 모든 우발적인 것은 아름답다. 김중일은 우발적인 것을 긍정함으로써 '규율하는 국가 장치'에 맞선다.

역사를 어떻게 횡단할 것인가

　역사에 대한 김중일의 탐구는 지나가 버린 과거를 들추어내는 방식은 아니다. 그가 역사로 호명하는 것은 2008년 이래로 현재 속에서 지속되고 있는, 현재와 섞여 있는 과거다. 촛불집회(「바람으로부터의 보호」), 천안함 사태(「눈물이라는 긴 털」), 노무현 전 대통령의 자살(「늙은 역사와의 인터뷰」), 용산 참사(「구름의 곁」) 등은 그 주요한 목록이다. 김중일이 의인화한 '역사(力士/歷史)'는 정의의 편, 약자들의 편이 되기에는 지나치게 늙고 왜소하다. 「눈물이라는 긴 털」의 화자는 "눈물의 숱이 적은 사람"을 이상형으로 꼽지만, 역사가 외면한 사람들의 삶은 눈물로 점철되어 있다. 아니, 2008년 이후의 역사에 대해 김중일은 '눈물의 기록'이라고 말할지도 모른다.

> 형, 우리가 이곳에 뾰족한 이파리처럼 돋아난 이후, 마당 위로
> 삼십년간이나 내리고 있는 검붉은 새벽을 이제는 정말 저녁이
> 라고 불러야 할까.
> 강변에 누운 상한 고기 빛깔 박명은 하늘의 속을 거꾸로 뒤집
> 어놓는다. 우리가 우리의 집을 버리기 위해, 아직은 다시 세워
> 야 할 새벽.
> 마당에는 그림자를 철거하는 작업이 한창이다. 사방은 어둑
> 신하고, 부엌신은 어둑어둑한 얼굴로 뒷짐 지고 정제 밖을 노
> 려보고 있으며, 우리 형제는 그림자가 말끔히 떼어내어지길
> 초조한 얼굴로 기다리고 있다.
> 케케묵은 펫장 같은 그림자가 벗겨지자 그곳에는 더이상 어떤
> 상징도 아닌 '새벽' 한 줌이 유골함 속에 담겨 있다. 꽃나무마
> 다 온통 하얗게 머리가 센 봄의 끝머리였는데, 참새는 전깃줄
> 에 어정쩡한 자세로 앉아 있다.
> 끓는 물에서 막 건져낸 태양. 그 껍질을 벗겨놓은 것 같은 조
> 각달들이, 달걀껍질처럼 빈 식탁 위에 흩어져 있는 새벽.
> 식탁을 마저 치우고 우리 형제는 다시금 움푹 파인 텅 빈 마당
> 한가운데로 나갔다. 우리 형제가 이번 생에 겨우 어쩌다가 세
> 운 허공이라는 유적. 저마다 혈관 속에 한구씩 누인 허공이라
> 는 시체.

지구는, 태양으로 매일 저글링하던 역사가 하품하며 흘린 감
정 없는 한 방울 눈물, 우주의 차가운 열기 속에서 조금씩 천
천히 흔적도 없이 말라붙을 것입니다,라고 나는 밤에 썼다.
　　―「거짓된 눈물의 역사」 부분

「거짓된 눈물의 역사」에서 김중일은 '거짓된 눈물의 역사'라는 구(句)
가 내장한 의미론적 가능성을 탐색한다. 그것은 '거짓된, 눈물의 역사'
(A)로도, '거짓된 눈물의, 역사'(B)로도 읽힐 수 있다. A이면서 동시에
B일 수는 없다. A와 B는 서로 이접 관계에 놓여 있다. 김중일은 이 두
개의 가능성을 점검한 뒤에 돌연 이 두 항을 무시하고 '거짓된 눈물의
역사'(C)라는 세 번째 버전의 이야기를 덧붙인다. 「거짓된 눈물의 역사」
는 이 세 가지 이야기의 반복, 혹은 변주로 구성되어 있다. C는 A와 B
의 단순한 종합이 아니다. 오히려 C는 A 혹은 B이고, 동시에 양자인
것은 아닌 항, '포함적인 이접'에 해당하는 항이다. 역사가 거짓된 것인
지, 눈물이 거짓된 것인지는 별로 중요하지 않다. '나'는 일체의 가능
한 술어(述語)들을 편력하고 횡단한다. 하늘에 떠 있는 것은 '태양'이든
'조각달'이든 둘 중 하나겠지만, 그것이 무엇이든 지금은 "빈 식탁 위에
흩어져 있는 새벽"일 뿐이다. "이탈한 음표처럼 튀어오르기 위해 셔츠
를 벗고, 나는 셔츠를 벗지 않는다"고 김중일은 쓴다(「고독의 셔츠」). 이
것은 착란이 아니다. '나'는 셔츠를 벗었거나 벗지 않은 두 상태 중 한
상태이면서, 두 개의 이접하는 상태의 술어를 가로지른다. "마음만이
투명한 뼈처럼 덩그러니 남아 담배 한모금을 마저 빨고, 고백한다, 고
백하지 않는다"(「건강」)고 그는 쓴다. 그러면서 "움푹 파인 텅 빈 마당
한가운데", 결여와 부재의 장소와 마주한다. 이 '형제'의 역사가, '집'과
'새벽'의 역사가 단지 '하품'과 같은 우연의 산물, '거짓된 역사'라고 하
더라도―인용한 부분은 이 시의 B부분에 해당한다―, 그리고 그것

이 머지않아 흔적도 없이 사라져버릴 기록이라고 하더라도, 이 '거짓된 역사'를 부정해서는 안 된다. "우리가 우리의 집을 버리기 위해, 아직은 다시 세워야 할 새벽."이라고 김중일은 쓴다.

역사가 늙고 왜소하고 심지어 제 발로 관에 걸어 들어간다고 해도, 그 역사를 긍정하지 않으면, 차이를 만들면서 회귀하는 역사를 기대할 수 없다. 그런 믿음을 김중일은 『아무튼 씨 미안해요』의 가장 밑바닥에 깔아두고 있다.

이름들의 절화(折化)

『아무튼 씨 미안해요』라는 시집을 한 마디로 줄인다면 역시 시집의 표제로 압축할 수 있겠지만, 개인적으로는 "모두들 그곳에서는 안녕하시오오?"라든지 "모두들 그곳에서는 안전하시오오오?"(「아무튼 씨 미안해요」)와 같은 '엽사'의 안부로 이 시집을 요약해보고 싶다. 이 안부는 「잘 지내고 있어요」라는 이 시집 제2부의 시의 제목과 반향하고, 「거짓된 눈물의 역사」의 거실에 걸려 있는 '잘 지내고 있어요'라는 제목의 판화와도 반향한다. 물론 잘 지내고 있다는 말을 그대로 믿기는 어렵다. 역사는 며칠 전 마지막 아들을 잃었고(「늙은 역사와의 인터뷰」), 학교에서 가르쳐준 대로 정의를 구현하려다가는 물대포에 맞거나 화염 속에서 목숨을 걸어야 하는 일(「구름의 곁」)이 생길 정도로, 사회의 공통전제가 무너져버린 상황에서 잘 지낼 수 있을 리가 없다.

서로의 안녕과 안전을 확인하지 않을 수 없는 이 한심한 사회를 김중일은 거대한 '병원'으로 규정한다. 「천문학자 안의 밖에 대한 매우 단순한 감정」「태양에 대한 나의 고심」「외과의사 늘의 긴 그림자」「건강」「폭설의 반대편 폭우의 건너편—이야기의 끝」 등 그는 병원과 의

사, 환자들이 등장하는 이야기를 즐겨 쓴다. 그리고 이 병원 이야기에는 다양한 인물들이 등장한다. 우리 시사에서 이렇게 다양하면서도 기괴하고 개성적인 '이름들'이 대거 등장하는 시집도 쉽게 찾아볼 수는 없을 것이다. 「아무튼 씨 미안해요」의 '아무튼 씨', 「깊은 밤의 무야 씨 그리고 보트캣」의 '무야 씨', 「천문학자 안의 밖에 대한 매우 단순한 감정」의 '안', 「태양에 대한 나의 고심」의 '아타왈파와 피사로', 「외과의사 늘의 긴 그림자」의 '늘', 「건강」의 '블루스 윈드 킴 씨', 「날개들의 추격전」의 '폴, (마리아), 피터, 사막쥐, 양귀비' 등 이루 헤아릴 수 없다. 『국경꽃집』이 'K'와 'Y'의 시집이었다면, 『아무튼 씨 미안해요』는 이 다채로운 이름들의 시집이었다고 할 수 있다.

김중일은 이 다양한 이름들로 사이코드라마를 펼친다. 그의 '병원'은 아마도 정신병원인지도 모른다. 아타왈파가 '내' 역할을 하고, '나'는 환자 역할을 하는 역할극이 전개되고, 부사인 '아무튼'이나 '늘'이 고유명사로 전치되는 이상한 이야기가 펼쳐지는가 하면, 새로운 이름들이 자꾸 생성되는 변화가 일어난다. 김중일은 자신의 그림자를 불러내 이름을 붙이는 분신술(分身術)의 대가(大家)다.

복도를 카펫처럼 뒤덮는 긴 그림자를 매달고 수술실로 걸어들어온다, 늘…… 그는…… 뭐랄까 지구의 자전과 공전은 오늘도, 늘 그가 잠든 사이 몰래 그의 그림자를 밤새 감아놓고, 늘 그는 태엽인형처럼 째깍째깍 수술대 앞으로 간다, 늘 그런 그의 그림자는 도시의 새이자 꽃, 빌딩이자 도로, 혹은 바람, 또는 자동차, 그리고 묵은 먼지들, 가령 오래된 건물이자 골목, 이를테면 담장이자 가로등, 목하 가로수 그러므로 여름 저녁과 겨울 새벽과 구름과 비와 빛, 그 밖의 온갖 잡동사니들. 무엇보다 희미한 별들의 문양으로, 늘 막 수술을 끝마친 그의

그림자는 더 깊고 더 무거워지고. 그림자는 필요 이상으로 비
대해진 내장기관. 그것은 몸의 모든 혈관들의 집결지. 늘 우울
한 심장의 은신처. 육체에 전력을 공급하는 태양열 발전기. 긴
그림자를 덮고 잠들었던 심장이 깨어나는 시간, 늘 그는 침착
하게 자신의 그림자 속으로 메스를 쑤셔넣는다.
　　　　　　　　　　　　　　　　—「외과의사 늘의 긴 그림자」 부분

　「외과의사 늘의 긴 그림자」에는 '-되기'의 목록이 길게 이어진다. '늘'
의 그림자는 도시의 온갖 잡동사니들이 된다. 이러한 '되기'는 '퇴행'이
아니라 '절화(折化)'라고 부를 만한 것이다. 분화의 정도가 가장 낮은
곳으로 가는 운동이 퇴행이라면, 절화는 주어진 복수 항들의 사이를
절단하면서 탈주를 위한 자기만의 블록을 형성해가는 운동이라고 규
정할 수 있다. '늘'이라는 부사가 고유명사화하는 품사의 절화 역시 문
장의 의미망에 의한 포획으로부터 탈주선을 만드는 한 비책으로 여겨
진다. 이 시의 후반부에서 이 '늘'은 다시 '그/늘'로 절화한다.
　물론 김중일의 시에서 이 '되기'의 생성변화는 늘 피곤한 작업으로
그려진다. 「외과의사 늘의 긴 그림자」는 "밤에 과연 자유일까"라는 다
소 슬픈 의문으로 끝난다. 밤에는 '불면'이 찾아올 것이다. 꿈은 "불면
이 휩쓸고 간 폐허"로 재림할 것이다(「내 꿈은 불면이 휩쓸고 간 폐허」).
이것은 이미 "일만삼천백사십" 번(「폭설의 반대편 폭우의 건너편」)도 넘
게 반복되어온 일이다. 반복이 계속되는 한 '되기'의 생성변화, 절화는
멈출 수 없을 것이다. 『아무튼 씨 미안해요』의 그 많은 이름들은 이 절
화의 흔적들이다. 실시간으로 그를 따라잡을 수 없다. 우리는 흔적으
로만 그를 추격할 수 있다. 그는 모든 의미망의 포획에서 탈주한다.

나오며

인간의 생(生)이란 세세연년 지속되고 있는 '메아리' 혹은 '후렴'과 같은 것이 아닐까, 하고 시인 김성규와 행한 어느 대담에서 김중일은 말했다. 자신은 세계의 지루함, 부조리함과 고독함을 견디고 있다고 하면서, 그럼에도 '변주'라는 것이 있기 때문에 삶은 허망한 것이 아니라고, 자신은 지루함에 찌들어 있기는 해도 무기력한 것은 아니며 그저 '묵묵할' 뿐이라고.* 이 글에서 나는 이것을 니체에서 들뢰즈로 이어진 '영원회귀의 반복'이라는 개념으로 설명해보려고 했으나 잘 되었는지 자신이 없다.

후렴이라고 하면 나는 처절한 고음과 절절한 흐느낌이 떠오른다. 김중일의 시는 그런 후렴과는 잘 어울리지 않는지도 모르겠다. 그의 시는 기승전결의 '이야기성'이 있다. 결코 후렴만 있는 시라고는 할 수 없다. 2000년대에 등단한 시인들 중에서 가장 복잡한 이야기를 하고 있지만, 결코 이야기의 흐름이 꼬이는 일을 본 적이 없다. 그렇다고 산문을 쓰고 있느냐고 하면, 고집스럽게 직유를 남발하고, 보조관념까지를 풍경의 질료로 삼아서 착종된 세계를 그리면서, 단어들의 교향악을 만들어가는 그 수법은 분명히 시에 가까운 것으로 여겨진다. 어느 곳에서나 돌올하게 출현하는 국가 장치의 그물을 피해, 의미의 포획을 피해, 자신이 만든 이미지들을 가로지르는 그의 횡단성은 젊은 시인들 사이에서도 단연 혁명적이다.

그의 시가 어떤 후렴의 양상을 띤 적이 있었다면, 「Sorrow shadow」를 그 목록에서 빠뜨려서는 안 될 것이다. 이 시는 『국경꽃집』의 맨 마지막에 실려 있다. 이 시에서 화자는 여러 동물들의 이름을 불러주면

* 김중일·김성규 정담, 「그 새가 우리의 체온 속으로 가마득히 떨어졌네」, 『현대시』, 2011년 8월호, 274면.

서 이제는 그만 쉬어도 좋다고 말해준다. 나는 이 시를 읽으면서 이것이 나에게 해주는 말이라고 착각할 뻔했다. 『아무튼 씨 미안해요』에서는 「이해해요」라는 시를 읽으면서 비슷한 느낌을 받았다. 이 시의 화자는 이런 것을 이해할 수 있겠느냐고 묻는다. 나는 '이해해요'라는 말을 그때 매우 듣고 싶었던 것인지도 모르겠다.

우리의 삶이 후렴인 것과는 별개로, 김중일의 시가 어떤 후렴의 양상을 띠고 있다면, 단지 영원회귀의 반복감이나 지속감 때문만은 아닐 것이다. 그는 묵묵하고 무뚝뚝하게, 역사의 후렴을 살고 있는 동시대의 사람들에게 공감을 구한다. 동시대에 대한 그의 기억은 현실적이지도 않고, 정확하지도 않지만, 정확하고 구체적이다. 정확하지 않지만 정확하다!

세계관과 상상력, 덧붙여 시의 언어

1

나는 무뚝뚝한 사람이다. 항상 친절한 사람이 되고 싶은 무뚝뚝한
사람이다. 나는 사람이 많은 곳에 가면 극심하게 조용해지는 편이고,
화가 난 사람처럼 침묵에 빠져든다. 이런 인상기에 대해 반론을 펼 수
있는 친구들도 적지는 않을 것이다. 나는 어떤 날에는 웅변가는 아니
더라도 달변가의 반열에 오를 만큼은 떠들어대기도 했던 것이다. 그러
나 나는 대개 말을 많이 하지 않는 편이며, 내 주변의 웅변가들은 내가
그들의 이야기를 잘 들어주기 때문에, 이상적인 말상대로 나를 고르고
는 하는 것 같다. 사실 나는 내가 표현이 서툰 사람이라고 주장하고 싶
다. 실제로 마음은 그렇지 않은데, 사람들에게 쉽게 말을 붙이지 못한
다. 오히려 그 반대라고, 다시 말해 다른 사람들이 내게 쉽게 말을 붙
이지 못하는 것이라고 고발할 사람들도 있겠지만, 그에 대해서 나는 전
혀 반론을 펼 능력이 없다. 나는 그렇게 생겨먹은 것이다.

이렇게 떠드는 사이에 나는 두 분의 시인을 떠올렸다. 일찍이 서정주
는 '부족방언의 요술사'라는 별명을 얻었다. 나는 그의 정치적 행보와
는 별개로 그의 말솜씨에 대해서만큼은 경외의 감정을 숨길 수 없다.
그는 한 마을에 오랫동안 살면서 그 마을의 이야기를 속속들이 알고
있는 촌장영감 같은 존재기도 했지만, 세계를 떠돌면서 세계 구석구석
의 소식들에 대해서도 구수하게 늘어놓을 줄 아는 원양어선의 선원 같
은 존재기도 했다. 한편 김종삼이라는 사랑스러운 시인도 떠올리지 않
을 수 없는데, 이 선인은 서정주와는 달리 유난히 말수가 적은 시만 고
집스럽게 썼던 것이다. 그저 한국어가 서툴기 때문에 짧게 썼다기보다
천성적으로 그는 무뚝뚝한 사람이 아니었을까. 하루 종일 음악다방에
앉아서 담배나 피우다가 아는 사람이 들어와 앞에 앉으면 '라산스카'
이야기나 좀 하다가 다시 입을 다물어버리는 식이 아니었을까. 물론 두

분 모두 직접 만나 뵌 적이 없는 나로서는 시를 보고 그저 추측이나 하는 것뿐이지만, 무뚝뚝한 나로서는 속으로라도 이런저런 생각을 해보는 재미로 살고 있기 때문에, 이런 것에까지 비난을 받는다면 매우 속상한 일이 될 것이다. 아무튼 나는 서정주처럼 말주변이 좋은 이야기꾼이 되고 싶은데, 현실은 김종삼처럼 눌변이다. 그러나 한편으로 김종삼 같은 눌변도 시인이 될 수 있다는 것에 대해 일종의 안도를 느끼는 경우도 있다.

달변인가 눌변인가를 떠나서 자기와 자기가 속해 있는 세계를 언어로 표현할 수 있는 사람과 그렇지 않은 사람의 구분도 있을 수 있다. 눌변도 자기와 자기가 속해 있는 세계를 언어로 표현할 수 있다면 시인이 될 자격이 있는 것이다. 아니, 오히려 눌변 중에서 시인이 나올 가능성이 더 높은 것이 아닐까. 이것은 로만 야콥슨이 말하는 '말더듬이 시인'을 염두에 두고 하는 말은 아니다.

내가 눌변가에, 감정 표현이 서툰 사람이 된 데는 가족들의 탓도 크다. 이 점에 대해 딱히 성토하고 싶지는 않지만, 아닌 게 아니라 우리 가족들은 나보다 눌변가들인 데다가 나보다 감정 표현에 인색한 사람들이다. 그래서 나는 이 눌변가들 틈에서 이 기색 저 기색을 살피느라고 호시절을 다 보내고 말았다. 그런데 결과적으로는 그 대가를 지금 받고 있다는 자기 위안 같은 것도 지금에 와서는 가능하게 된 것이 아닌가 싶다. 나는 표현이 서툰 사람들의 표현에 대해서 많이 알게 되었고, 그것을 시에 많이 쓴 편이다.

아직 외할머니가 살아 계셨을 적의 일화를 잠시 적어두고 싶다. 그때는 외할머니가 뇌졸중에서 회복 중이시던 시기로, 외할머니는 가벼운 치매를 앓고 있으셨다. 문병차 나는 부천에 있는 외가에 잠시 들렀는데, 외할머니는 자꾸 알아들을 수 없는 말과 함께 자신의 두 팔을 들어 보이셨다. 나는 그 의미를 잘 이해할 수 없었다. 그런데 이모는 당신의 어머니가 살이 많이 빠지셨다는 것을 외손자에게 하소연하고 있는 것이라고 통역 아닌 통역을 해주셨다. 나는 이것을 기억해두었다가 「용천역 부근」이라는 시에 그대로 써먹었다. 시인들의 세계에 문자로 된 언어만 있지는 않다는 것을 그 무렵에야 깨닫게 된 셈이다. 폭설의 밤을 뚫고 들어오면서 외투에 묻은 눈을 툭툭 터는 무뚝뚝한 너구리의 몸짓, 선술집에 앉아 직장에서의 고충을 한 잔 술로 달래는 아버지들의 등, 구질구질한 가난을 훤히 내비치는 '소매에 말라붙은 콧물', 야구중계를 보며 지는 팀을 응원하는 아저씨들의 오기, 울고 있는 주인의 곁을 떠나지 않고 지키고 있는 개의 눈, 난로 앞으로 파고드는 일용직 노동자의 젖은 양말, 은행을 줍는 할머니의 투박한 손, 손녀가 자신보다는 잘살기를 바라면서 손녀의 귓불을 빚어주고 있는 노인, 세상에 져서 집에 틀어박힌 사람의 더러워진 발뒤꿈치, 부모님이 덮고 주무시는 이불 밑에 손을 넣어보는 일…….

세계는 몸짓으로 가득 차 있고, 시인은 그 몸짓들을 통해 세계를 이해하는 사람이다. 물론 시인에 대한 정의는 많이 있고 시에 대한 정의도 많이 있지만, 일단 나는 세계를 이해하는 사람으로 시인을 규정하고 싶다. 시는 다른 것일 수도 있다. 그러나 시인은 세계를 이해하는 자이며, 또한 자신의 시를 통해 다른 사람들로 하여금 세계에 가득 찬 몸짓들을 이해하도록 요구하는 사람이다. 독자들은 언제나 시인들에 의해 세계를 이해하도록 요청받는 사람이고, 비록 언제나 그런 것은 아니지만 독자들은 시인들이 항상 알아듣지 못할 말만 한다고 불평을 한다. 그러나 원래가 그런 것이다. 시인들은 항상 절반은 불투명한 것들을 제시하고, 독자들에게 이해를 구하는 존재인 것이다.

2

나는 20세기 사람이고, 21세기에는 위화감을 느낀다. 내 친구 중 어떤 비평가는 내가 복고주의자로 오인받을까 상당히 전전긍긍하는 사람도 있지만, 나는 그저 20세기 사람일 뿐이다. 그것은 복고주의와는 다르다. 나는 옛날로 돌아가자는 것은 아니기 때문이다. 옛날이 다 좋았다고 주장한 적도 없다. 나는 20세기 사람이니까 21세기와는 잘 안 맞는 것뿐이다. 이런 논란들은 사실 그 거창한 타이틀에 비해 별로 실질적인 도움이 되지 못 한다.

21세기는 치사한 세기로 기록될 것이다. 댄디보이 이상(李箱)이 20세기에 대해 악평을 남긴 것보다 일층 심한 욕을 21세기에 퍼붓고 싶은데, 아까도 말했다시피 나는 표현이 서툴기 때문에, 이상의 '치사하다'는 욕을 표절할 수밖에는 뾰족한 수가 없을 듯하다. 아무튼 이상이 20세기에 대해 매혹을 느끼기도 했던 데 반해, 나로서는 21세기에 대해 쥐꼬리만큼의 매혹도 느끼지 않는다.

이 세기는 「네버엔딩 스토리」(볼프강 페터슨, 1984)라는 아동용 영화에서도 동화적으로 그려지고 있듯이 이야기의 세계가 붕괴 직전에 놓여 있는 세기다. 아이들이 이야기의 세계를 믿어주지 않으면, 이야기의 세계도 무너져버린다는 유치한 영화지만, 요즘 들어 나는 이 영화의 철학에 대해 소처럼 반추를 거듭하고 있다. 산타클로스를 믿지 않으면, 산타클로스의 세계는 붕괴된다. 유니콘을 믿지 않아도 그렇고, 흡혈귀를 믿지 않아도 그렇다. 이 공식에 신(神)을 갖다 붙여도 역시 성립해버린다. 가령 성경에는 '오병이어의 기적'이라는 것이 있는데, 모르긴 몰라도 실제로 다섯 장의 떡과 두 마리의 고등어로 백 명 이상의 사람들이 배불리 먹었다는 의미는 아닐 테고, 영적인 것을 믿는 생활의 충만함을 말한 게 아닐까 하는 생각을 최근에 해보았다. 오늘날은 고도자본주의 시대의 말류로서 영적인 것이 발톱 밑 때만큼도 남아 있지 않은 시대다. 신도, 흡혈귀도, 유니콘도, 산타클로스도 그 실효성을 상실한 시대인 것이다. 그것은 더 세속적인 표현으로 바꾸면, 종교나 법률, 사회규범, 이데올로기와 같은 것들이 그 실효성을 상실한 시대라는 말이다. 문학책이 아직 팔리고 있으니까 된 것 아니냐는 무식한 사람들이 버젓이 활보하고 있는 시대지만, 책이 팔리느냐 아니냐가 중요한 것이 아니라 책에 대한 존경이나 선에 대한 믿음, 타인을 이해하고자 하는 사랑이 점점 엷어지고 있다는 것이 중요한 것이다. 순수증여가 있느냐고 했을 때, 실제로 있는지 없는지 솔직히 나도 아리송하지만, 실제로 있는지 없는지가 중요한 것이 아니라, 있다고 믿을 것인가 믿지 않을 것인가가 문제다. 순수증여가 없다고 '한다면', 흡혈귀나 유니콘, 산타클로스, 신이 없다고 '한다면', 그 순간 인간의 삶에는 무엇이 남을 것인지 생각해보면 암담한 일이다. 결국 3억 원을 주고 매관매직을 한다거나 더 값싼 노동력을 활용하기 위해 비정규직을 대량 양산한다거나 취직이 안 되는 건 대학생들의 학력이 떨어졌기 때문이니 죽도록 자기계발이나 하라고 면박을 주는 일밖에는 없는 것이다.

나는 상상력에 대해 말하고 있다. 내가 현실정치에 대해 발언하는 것을 두고 어떻게 보아야 할지 모르는 분들도 있으시겠지만, 나는 그저 지극히 상식적인 수준에서 상상력에 대해 이야기하고 있을 뿐이다. 상상력을 위정자들이 장악할 때 국가발전을 위해 허리띠를 졸라매자는 둥 민중을 기만하는 '나쁜 언어'가 횡행했다는 것은 우리가 우리의 지난 역사를 통해 이미 잘 알고 있는 그대로다. 그러나 상상력 자체가 나쁜 것은 아니다. 그것이 없다면 인간 역사의 진전은 더 이상 가능하지 않은 것이다. 인간 이해의 상상력, 민주주의에 대한 상상력, 분단체제 극복에 대한 상상력, 우주에 대한 상상력……

3

어느 '시 낭송회'에서 있었던 일이다. 그날은 내 친구가 낭송회의 주인공이었다. 낭송회의 거의 모든 프로그램이 끝나고 마지막으로 사회자는 시를 쓰려는 청소년들에게 참고가 될 만한 이야기를 해달라고 주문을 했다. 시는 '기술'이 아니라고 내 친구는 말했다. 그러자 아주 놀라운 일이 일어났다. 적어도 내게는 이것이 매우 놀라운 일이었다. 물론 농담 섞인 비난이었지만, 사회자는 그런 '교과서적인 말'은 습작생들에게 아무 도움도 되지 않는다는 취지의 말을 했다. 나는 사회자의 이 멘트가 좌중을 불편하게 만들 줄 알았다. 그러나 관중들—거기에는 시인들도 몇 명 있었는데—은 아무 일도 없었다는 듯이 박수를 쳤다. 그것이 나에게는 두 번째 충격이었다.

기술이 시의 전부는 아니다. 물론 대학의 국문학과나 문예창작학과에서는 시의 기술에 대해서도 가르친다. 실제로 나도 시의 기술에 대해 가르친 적이 있다. 수사법 강의에서는 항상 은유의 원리에 대해 충실하게 설명하는 것으로 이야기를 시작한다. 그러나 나는 환유가 은유보다 훌륭하다든지 은유가 반드시 한 개는 있어야 시가 된다든지 하는 것을 가르친 적은 없다. 시의 형식에서는 분행 의식에 대해서 가르치곤 하는데, 나는 분행에 대해서는 다소 보수적이기 때문에 독자가 문맥을 혼동하지 않도록 구, 절 단위로 신중하게 행을 나누어야 한다고 말하는 편이다. 운율에 대해서는 비중 있게 다루지 않지만, 시와 산문이 다르다는 것 정도는 이야기해주고 있다. 어디에선가 요즘 시인들은 퇴고를 하지 않고 시를 발표한다고 어떤 선인이 지적하는 것을 읽었는데, 운율에 대해 이야기할 때 나는 항상 퇴고에 대해 강조한다. 자기 시를 두고두고 읽어보면서 행갈이도 하고, 어순을 바꾸기도 하고, 새로운 표현을 넣는다든지 불필요한 부분은 빼는 것이다. 이 작업은 시의 언어를 시인의 호흡에 맞추어가는 일이므로 운율 부분에서 다루고 있다. 이런 기술들을 숙련자가 초심자에게 가르칠 수 있다는 전제가 없다면, 아마도 문예창작학과는 그 존립 기반을 잃게 될는지도 모른다. 그러나 이런 기술들은 편의적인 것이지 시의 본질은 아니다.

『아무튼 씨 미안해요』의 시인 김중일은 한때 자기가 쓴 시를 산문으로도 바꾸어보고, 행갈이를 해보기도 하고, 온종일 형태를 바꾸어가면서 읽어본다고 내게 말한 바가 있다. 그는 운율에 대해 상당히 회의를 품고 있어서 산문 형태의 시들을 많이 쓴 편이지만, 그에게서 배울 수 있는 것은 소위 '기술'이라고 부를 만한 것들은 이렇게 그때그때 읽어가면서 가장 그럴듯한 것을 취하면 된다는 것이다.

기술이 편의적인 것이라면 본질적인 것은 무엇인가. 나는 세계관을 확립하는 일이 중요하다고 생각한다. 순수증여가 있다고 믿을 것인가 믿지 않을 것인가 정하는 것도 그 일환이다. 『새들의 역사』의 시인 최금진은 우리 사회를 지독한 격차 사회로 보고, 사회에 대한 원념을 시로 분출하였다. 그 나름대로의 세계관이 명확했기 때문에 그가 주목을 받았던 것인데, 우리에게는 그가 그 원념을 분출해야 할 곳에 제대로 분출하고 있는지 검토할 권리가 있다. 소설가 김성중은 「허공의 아이들」이라는 단편에서 세상 모든 사람들이 갑자기 사라져버린 세계에 남겨진 소년·소녀의 사랑을 다루고 있는데, 이러한 설정도 일종의 세계관이라고 할 수 있으며, 독자들은 이 세계관의 개성과 함께 정당성에 대해서도 점검해볼 권리가 있는 것이다. 나는 두 분의 동료가 구축한 세계가 매우 개성적이며 우리가 함께 읽고 고민해볼 만한 것이라고 확언할 수 있다. 그러니까 환유를 만들기 위해 문장을 이렇게 저렇게 비틀고 꼬는 것부터 배워서는 전혀 좋은 작품을 쓸 수 없다는 것을 말하고 싶은 것이다. 세계관이 서면, 거기에 입각해서 자기만의 이야기를 할 수 있다. 그 세계관의 우열은 독자들로부터 검증을 받아야 하며, 사회의 변화와 작가의식의 변화에 따라 세계관도 변할 수밖에 없다.

4

마지막으로 시의 언어에 대해 몇 마디 덧붙이는 것으로 글을 줄일까 한다. 『나는 유령작가입니다』라는 소설집에서 소설가 김연수는 사라져가는 우리말을 애써 찾아서 쓴 것 같다는 인상을 받았다. 나도 이 소설집의 영향으로 잊혀가는 우리말을 일부러 활용해보기도 했다. 그러나 사어(死語)가 된 것까지를 일부러 찾아서 활용하는 것은 온당하지 않을지도 모른다. 잊혀가는 우리말에 애착을 갖는 것은 매우 훌륭한 일이지만, 언어는 사회적·역사적 산물이기 때문에, 작가는 자기가 속해 있는 사회·역사의 산물로서의 언어를 매개로 자기 작품을 써 나가야 할 것이다.

사실 '모국어'라는 말은 논란을 불러일으킨다. 나는 이 말을 좋아하는 편인데, 내 주변의 비평가들은 이 말을 별로 좋아하지 않는다. '모국어'라는 말은 민족어를 신화화한다는 것이다. 내가 '모국어'라는 말을 좋아하는 것은 앞에서 상상력에 대해 말한 것과는 무관하다. 나는 독자에게 '모국어'를 상상하라고 하고 싶지는 않다. '민족'에 대해서도 마찬가지다. 나는 '모국어'를 포기하는 대신에 '모어' 정도의 타협안을 내놓고 싶은데, 아마도 내 주변의 비평가들은 이 제안에 대해서도 난색을 표할지 모르겠다. 내 지인들이 '모국어'라는 표현에 대해 품은 반감은 '표준어'라는 표현에 대해서도 그대로 적용된다. 우리를 둘러싼 실제 언어생활은 그렇게 균질적이지 않다는 것을 나도 잘 알고 있다. 잘 알고 있다기보다 내 말이 바로 그 말이다.

작가는 사회적 존재기 때문에 당대의 언어로 말하는 것이 당연하다고 바로 앞에서 지적했다. 그런데 작가가 접하는 최초의 사회는 가족이며, 그것도 모계라는 말을 하고 싶다. 내가 '모국어'라고 부르는 것은 관념으로만 존재하는 표준어를 어머니와 결부시킴으로써 신화화한 개념이 아니라, 지극히 개별적인 차원에서, 다시 말해 어머니와 자식 간의 상호작용 속에서 형성된 개인어라고 할 수 있다.

내가 이렇게까지 모국어를 변호하는 것은, 이 어머니의 말이야말로 사실은 가장 선한 언어이며, 시인의 초심에 이어져 있는 언어라고 믿기 때문이다. 시가 딱히 선할 필요는 없지만, 시인은 선함을 믿어야 하고 그 안에서 선과 악, 또는 선악에 미달하거나 선악을 뛰어넘는 것들을 그릴 수 있는 것이다. 그러나 이런 말들은 여전히 원론적인 수준을 넘어서지 못하는 것들이고, '교과서적인 말'이기 때문에 인기를 끌 수 없을 것 같다는 생각도 든다. 내가 시를 연예인 기분으로 쓰고 있는 것은 아니니까 딱히 인기 같은 것이 필요한 것은 아니다.

나는 내 시론이 어떤 근본적인 착오 위에 놓여 있을지도 모른다고 생각한다. 그것이 불안한 것도 아니다. 나는 헤매면서 배운다. 시를 쓰는 청소년들에게, 혹은 나보다 젊은 후인들에게 창작에 대해 도움이 될 만한 이야기를 내게 부탁하는 사람이 있다면, 나는 제발 그들을 내버려두라고 말하고 싶다. 어른들에게는 연소자들이 실패할 수 있는 기회를 빼앗을 아무런 자격도 없기 때문이다.

그래서 나는 청탁을 받아야 시를 쓰는 시인들에 대해서도, 뮤즈 운운 하는 아이들에 대해서도, 문장을 이상하게 비비 꼬는 것부터 배운 멋쟁이들에 대해서도, 오늘은 저 신라 불상에 깃든 천년의 미소와 같은 미소를, 아니 그것이 좀 부담스럽다면 그냥 아쉬운 대로 내 특유의 '상냥한' 미소를 보내고 싶다.

게임적 불안, 분기형 미로에서의 결단

— 데이터베이스 소비 시대의 시를 사유한다

'시와 게임'의 사회학

시와 게임이라는 조합은 잘 어울리지 않는다. 왠지 이런 조합을 떠올리는 것 자체가 불온하다는 느낌을 지울 수 없다. 우리가 언제부터 게임을 했다고 '시와 게임'인가 하는 불만의 목소리가 터진다고 해도 전혀 이상하지 않다.

게임에 대한 가장 오래된 기억은 '오락실'에 관한 것이다. 오락실에 레버와 버튼으로 커맨드 조작을 할 수 있는 게임기가 몇 대인가 놓여 있고, 방과 후 초등학생들이나 중학생들이 오락실을 가득 메우고 있는 풍경이 눈에 선하다. 대개 1980년대에 초·중등학교를 다녔던 남자들이라면, 이 오락실에 대한 추억이 한두 가지쯤 있을 것이다. 그러나 이 시기의 게임은 시의 경계를 넘어오지 못했다. 1980년대에 오락실에 드나들었고, 1990년대에 주로 시작 활동을 한 시인들에게 게임은 그리 중요한 키워드가 아니었다. 그들에게는 오히려 오락실이라는 공간의 다양한 의미가 더 중요하게 받아들여지지 않았을까 싶다.

그러니까 시와 게임의 조합이라고 해도, 그것은 어디까지나 컴퓨터 게임 이후의 문제라는 것을 확인해두고 싶다. 물론 그 이행기에 국내에서 크게 유행했던 아케이드 게임들이 있었고, 그 흔적이 시에 반영된 사례도 없는 것은 아니다. 개인적으로는 「스트리트 파이터」와 같은 대전형 격투 게임이 인상에 많이 남아 있다. 구체적으로 어떤 게임들이 누구의 시에 어떤 양상으로 개입해 있는가를 밝히는 작업은 발품이 좀 들겠지만, 어쨌든 불가능한 일은 아니다. 그러나 지금으로서는 '게임을 소재로 한 시'와 같은 접근은 매우 진부한 루트처럼 여겨진다. 시와 게임이라는 조합에 시의 미래와 관련된 어떤 가능성이 있다고 한다면 소재주의와 같은 접근법으로는 그것을 탐색하기 어렵다. 만약 그것이 시의 미래와 관련된 가능성과 무관하다면, 시와 게임이라는 조합을 문제 삼는 것 자체가 그저 호사가 놀음에 지나지 않는다는 비난을 피하기 어려울 것이다.

게임을 소재로 한 시에 대해 묻는 것은 물론 더 진지한 과제와 이어져 있다. 시를 둘러싼 환경으로서 웹의 등장은 필연적으로 시에 어떤 영향을 주었으리라는 환경론이 바로 그것이다. 그런 환경 변화에도 아랑곳하지 않고, 시라고 하면 무조건 '음풍농월'이라는 식으로 지극히 폐쇄적인 사고를 하는 시인들이 아직도 건재를 과시하고 있는 데 비해 이런 사회학적 접근도 필요한 것을 부정할 이유는 전혀 없다. 그러나 '시와 게임'의 사회학이 현실과 게임을 구분하지 못한다거나 게임 폐인이 된다거나 시의 리얼리티를 심각하게 훼손하는 데로 이어졌다는 식의 게임 성토로 귀착하고 만다면, 그것은 매우 저널리즘적인 몰아가기 이상의 논의는 되기 어려울 것이다.

시와 게임이라는 조합이 시의 미래와 관련된 어떤 가능성을 내장하고 있다면, 이 조합의 의미를 이해하기 위한 더 폭넓은 이해가 필요하다. 게임을 소재로 한 시를 찾는 분들에게 이 글은 아무 도움도 되지 않을 것이다. 그런 분들에게는 프로스트(Robert Frost)의 「가지 않은 길」과 같은 시가 '게임적'이라는 동문서답을 드릴 수밖에 없다. 그러나 「가지 않은 길」이 '게임적'이라고 하는 것은 전혀 농담이 아니다.

『게임적 리얼리즘의 탄생』이 던진 화두

게임과 문학의 크로스오버에 관한 체계적인 연구는 아직 그리 많지 않다. 아즈마 히로키의 『게임적 리얼리즘의 탄생』이 거의 유일하게 이론적 토대를 제공하고 있는 것이 아닌가 싶다. 『게임적 리얼리즘의 탄생』에서 아즈마 히로키는 '미소녀 게임'이라고 불리는 '이야기 분기(分

岐)형 게임'을 중심으로 논의를 전개하고 있다. 그가 '이야기의 분기'에 대해, 다시 말해 '선택지'에 대해 주목하는 것은 그 나름대로 매우 중요한 의미가 있다. 그것은 다음의 논의에서 자연스럽게 드러날 것이다.

우선 아즈마 히로키의 '데이터베이스 소비론'에 대한 설명부터 하고 싶다. 데이터베이스란 궁극적으로는 웹을 기반으로 하는 상상력의 환경에 붙여진 이름이다. 그는 웹을 기반으로 하는 상상력의 환경이 변함에 따라 지금까지 선형적인 질서하에서 안정을 유지하고 있던 서사가 질적으로 다른 질서로 재편되고 있다고 분석한다. 서사가 선형적인 질서하에서 안정을 유지하고 있던 시대에 독자들은 한 편의 소설을 이야기로서 수용하고, 자신의 인생도 하나의 결말을 향해 나아가는 선형적인 이야기로 인식한다. 그러나 웹을 기반으로 하는 새로운 상상력의 환경에서 사람들은 하나의 콘텐츠를 개별적인 이야기로 수용하는 것이 아니라, 이야기들의 데이터베이스를 참조하면서 개별적인 이야기들을 세계관으로 파악해버린다.

예를 들어 몇 개인가의 아침드라마들이 별개의 스토리 라인을 갖추고 있음에도, 어떤 시청자들은 이 아침드라마들을 별개의 서사로 보기보다는 그 서사 뒤에 감춰진 '불륜'이라는 세계관만을 선별해서 수용하는 일이 실제로 벌어지고 있다. 시청자들은 '불륜'이라는 세계관을 중심으로 드라마를 보고 있는 것이기 때문에 만날 불륜 이야기뿐이라고 불평을 하기는 하지만, 개별 드라마가 웰메이드인가와는 무관하게 여전히 텔레비전 앞으로 모여든다. 또한 하나의 이야기 평면에서 만들어진 캐릭터가 다른 이야기 평면에서도 역시 캐릭터로서 기능을 할 수 있게 된 점도 특기할 만하다. 예를 들어 할리우드에서 만들어진 두 캐릭터인 '에일리언'과 '프레데터'는 원칙적으로 그들이 속해 있는 서로 다른 이야기의 평면에서만 존재하기 때문에 서로 마주칠 일 따위는 없지만, 새로운 상상력의 환경에서 사람들은 이 독특한 두 캐릭터가 서로 만나 싸우는 새로운 서사에 대해 별로 거부감을 느끼지 않게 되었다. 한 시트콤의 주요 캐릭터가 다른 시트콤에서 부수적인 캐릭터로 등장해도 사람들은 이것이 '반칙'이나 '꼼수'라고 생각하지 않고 자연스럽게 받아들여 버린다. 사람들은 캐릭터의 데이터베이스에 의거하여 콘텐츠를 소비한다. 비슷한 시기에 같은 방송사(SBS)에서 방영된 「내일이 오면」과 「내 딸 꽃님이」(2011~2012)라는 드라마에는 묘하게도 '바보' 캐릭터가 등장하지만, 이 캐릭터의 겹침에서 위화감을 느끼는 시청자들은 별로 없었을 것이다. 드라마에 나오는 캐릭터는 캐릭터의 데이터베이스에서 점점 유형화되고 있지만, 더 이상 이러한 상투화를 두고 드라마의 진부함을 비판하는 것은 큰 의미가 없다.

「울트라맨」이라는 특별촬영물에서 지구방위대는 왜 번번이 외계인들에게 지는지에 대해 대학생들에게 설문을 한 적이 있다. 대략 10퍼센트의 학생들이 지구방위대가 외계인에게 이겨버리면, 울트라맨은 등장할 일이 없기 때문이라고 아주 진지하게 답변을 했다. 이야기의 심층적인 의미에 대해 물었는데, 대학생들은 이야기의 차원이 아니라 이야기를 만드는 차원에서 자기 나름대로의 답변을 한 셈이다. 캐릭터들 간의 갈등과 그 해소를 따라가는 독해, 혹은 주제를 탐구해가는 독해와는 '다른 독해'가 데이터베이스 소비의 시대에는 더욱 확대된다는 것을 이 설문을 통해서도 확인할 수 있다.

데이터베이스 소비의 시대에는 이야기의 지위가 저하되고, 거대 서사의 공유 압력도 낮아지며, 캐릭터는 자율화·상투화된다. 이것은 사람들이 자신들의 인생을 '하나의' 이야기로 파악하는 데도 영향을 미친다. 웹은 이야기의 선형성을 교란한다. 이야기는 더 이상 순차적인 시간의 흐름 위에 있지 않다. 이야기는 인터넷의 링킹 시스템에 의해 비선형적으로 비약한다. 이야기의 심층은 검색창에 키워드를 입력하고 자판을 조작하는 단순한 과정을 거치면 이야기의 표면 위로 떠올라 버린다. 우리들의 인생은 게임을 비롯한 하이퍼텍스트들이 다양한 읽기 경로(multiple reading path)를 가짐에 따라 '활성화되지 않은 경로', 즉 '가지 않은 길'에 의해 항상 위협을 받게 되었다. 구현된 현실 속 우리의 삶은 그 '분신'이라고도 할 수 있는 구현되었을지도 모르는 가능성 속의 현실과 경합한다. 그 사이에 포스트모던의 '동물화한' 인간들의 고뇌가 있다는 것이 『게임적 리얼리즘의 탄생』의 저자가 우리에게 던지는 가장 심각한 화두가 아닌가 싶다. '시와 게임이라는 조합'에 대해 생각하는 우리에게도 이 화두는 지극히 본질적이라는 생각이 든다.

게임 서사, 실존문학으로서의 가능성

선택지가 거의 없는 '선형성을 띤' 게임 서사라고 해도, 게임은 리셋 장치가 있기 때문에 삶의 일회성, 혹은 죽음의 일회성을 교란한다고 받아들여진다. 게임에 몰입한 10대들이 쉽게 자살을 결정한다고 믿는 사회 일각의 선입견도 이 리셋 장치에 그 근거를 두고 있다는 것은 주지의 사실이다. 이러한 생명 경시는 자주 게임 서사를 진지하지 못한 것으로 평가 절하하는 근거가 되어왔다. 실제로 오쓰카 에이지(大塚英志)도 '죽음의 일회성'에 기반을 두고 있는 만화 서사의 가능성에 비해 리셋 장치에 의해 '죽음의 일회성'을 방기해버리는 게임 서사의 가능성을 낮게 평가한다. 그러나 『게임적 리얼리즘의 탄생』에서 아즈마 히로키는 리셋 장치에 기반을 두고 있는 게임 서사가 '실존문학'으로서의 가능성을 내포하고 있다는 논리를 편다. 그는 게임 같은 소설, 소설 같은 게임 등 게임 서사를 몇 가지 범주 속에서 점검하고 있는데, 예로 든 작품들이 게임이든 라이트노벨이든, 혹은 게임 같은 소설이든 우리나라의 독자들에게는 매우 생소한 작품들이다. 그래서 이 글에서는 우리나라의 독자들에게 덜 낯선 예를 들어볼까 한다.

이 글에서 다루어보고 싶은 것은 「옥탑방 왕세자」(SBS, 2012)라는 드라마다. 이 드라마는 조선시대 왕세자 '이각'(박유천 분)이라는 캐릭터가 세자빈의 죽음에 얽힌 미스터리를 추적하다가 타임슬립에 휘말려 300년 후의 서울에 떨어진다는 설정으로부터 시작된다. '이각'은 서울에서 300년 전 인물들의 환생으로 여겨지는 캐릭터들과 조우하면서, 세자빈 사건의 실체를 파악하고 다시 자신이 살던 시대로 돌아가기 위해서는 '지금 이곳'에서 300년 전의 세자빈 살인 사건을 재현해야 한다는 것을 깨닫는다. 그러기 위해서 '이각'은 세자빈과 닮은 '지금 이곳'의 캐릭터인 '홍세나'(정유미 분)와 혼인을 하기로 하고 일을 추진한다. 그 과정에서 300년 전 세자빈과의 혼인에 음모가 있었다는 것을 알게 되고, '홍세나'와의 약혼을 파기한다. 그다음에는 300년 전 모종의 음모에 의해 세자빈이 되지 못했던 '부용'의 환생이라고 여겨지는 '지금 이곳'의 '박하'(한지민 분)와 '이각'이 여러 가지 역경을 넘어서면서 300년 전 이루지 못한 사랑을 이루어가는 과정이 그려진다.

「옥탑방 왕세자」가 왜 게임 서사인가 의아한 분들이 있을지도 모르겠다. 이 드라마는 '홍세나'와 '박하'라는 두 여성을 남성 플레이어가 공략하는 미소녀 게임의 구조를 답습하고 있다. 플레이어는 세자빈의 죽음을 둘러싼 미스터리를 해결하기 위해 처음에는 '홍세나'에게 접근하는 시행착오와 리셋을 반복하게 되고, 차츰 '홍세나'가 아니라 '박하'가 '진정한 사랑'이라는 것을 깨닫게 될 것이다. 그리고 그 사랑을 지키기 위해 선택지가 있는 이야기를 따라가면서 계속 플레이를 하게 되는 것이다.

리얼리즘 전통에 익숙한 독자들에게 「옥탑방 왕세자」의 기괴한 설정이나 우스꽝스러운 에피소드들은 개연성 없고, 매우 경박한 이야기로 받아들여질지 모르겠다. 그러나 「옥탑방 왕세자」도 실존문학으로서의 가능성을 내포하고 있다. 이 드라마는 '이각'과 '박하'의 사랑이 이루어지고 300년 전의 미스터리가 해명된다고 해서 끝나는 서사가 아니다. 오히려 이제는 끝이라고 생각한 순간에 마지막 갈등, 마지막 선택지가 활성화된다. '박하'와의 사랑을 지켜낸 '이각'이 자신이 왔던 300년 전의 조선으로 돌아갈 것인지, 아니면 사랑하는 '박하'가 있는 '지금 이곳'에 머물 것인지 하는 문제가 바로 그것이다. 조선으로 돌아가는 것을 선택하면 사랑하는 '박하'가 있는 세계를 포기하는 것이 되고, '박하'를 선택하면 왕세자로서의 책무와 고향으로 돌아가고 싶어 하는 동료들의 기대를 저버리는 것이 된다. 어느 쪽을 선택하든 다른 쪽의 세계를 희생해야 한다는 딜레마가 '이각'을 기다리고 있다. 실제로는 '이각'에게 어떤 선택이나 결단의 기회가 주어진다기보다는 불가항력적인 '현상'에 의해 '이각'이 다시 조선 시대로 되돌아간다는 설정이었지만, 분명히 이 드라마의 마지막 회까지 본 시청자들은 이 이야기가 '이각'의 결단을 서사의 중심축으로 하고 있다는 것을 느꼈을 것이다.

'이각'의 딜레마는 물론 '이각'을 시점캐릭터로 선택한 플레이어 자신의 딜레마이기도 하다. 게임을 계속 플레이하는 것을 선택하여 이야기의 세계에 머물 것인가, 아니면 플레이를 멈추고 일상의 세계로 돌아갈 것인가 하는 딜레마가 플레이어 자신을 기다리고 있는 것이다.

게임과 시를 사유하는 철학

지금까지는 게임을 서사라는 지평에서 살펴본 셈이다. 『게임적 리얼리즘의 탄생』이라고 하는 책은 어디까지나 게임과 서사의 조합에 관한 사유를 기반으로 하고 있다고 보아도 좋을 것이다. 그렇다고 해도 『게임적 리얼리즘의 탄생』의 사유가 시와 본질적으로 무관하다고 보아서는 안 된다. 서사를 둘러싼 환경의 변화는 시를 둘러싼 환경의 변화와 별개일 수 없다.

시의 영역에서도 서사의 영역에서와 마찬가지로 데이터베이스 소비, 캐릭터의 자율화 현상이 나타나고 있다. 이러한 변화는 물론 웹 환경의 진전과 따로 떼어내 설명하기 어렵다. 예를 들어 웹 환경이 보편화되기 이전까지만 해도 시인들은 자신의 '체험'이나 김소월에서 김지하, 이성복, 황지우, 박노해에 이르는 선배 시인들의 다발로서 '문학사'를 참조하지 않고는 작품을 쓰기 어려웠다. 데뷔를 전후로 해서 시인들은 스스로를 리얼리즘과 모더니즘이라고 하는 대립되는 전통 사이에서 자신들의 정체성을 찾아가는 시험을 거치지 않을 수 없었다. 시인과 독자가 공유하고 있는 경험의 부피가 오늘날에 비해 큰 탓도 있겠지만, 독자가 자신의 경험에 비추어 작품의 코드를 풀어내는 구조주의 독법의 효율성이 오늘날에 비해 높았다. 웹 환경이 보편화되면서부터는 '체험'이나 '문학사'가 더 이상 기능을 하지 않게 되었다. 그 대신 데이터베이스가 기능을 하게 된 것이 아닌가 싶다. 오늘날 시인들은 백석을 깊이 읽음으로써 백석의 세계를 자신의 것으로 전유하려는 번거로운 작업은 하지 않는다. 그들에게는 자신의 고독이나 이질성을 강조하기 위해서는 '마녀'라고 하는 코드를 등장시킨다거나, 가족 내부의 상처를 드러내기 위해서는 밥상머리에서 어머니와 내레이터가 대화하는 장면을 삽입하고, 예술가 시에는 '현금(弦琴)'과 '악사'라는 코드를 사용한다. 문학사와 데이터베이스의 차이는 데이터베이스의 이 자동성, 심층(고민) 없음에서 찾을 수 있다.

세대론을 의식하는 신인들은 자신들의 시에 어른들에 대한 조롱이나 어른들을 희화화하는 회화를 끼워넣곤 한다. 2000년대 이후로 여성주의 시들에서 우리는 빈번하게 신체의 해체나 기형의 판타지를 목도했다. 디테일이 약간씩 다를 뿐이지 세계관은 놀라울 정도로 똑같다. 그 외에 외국여행의 끝없는 변주, '앨리스'의 끝없는 변주, 야구의 끝없는 변주, 메타시의 끝없는 변주 등이 있다. 김경주만의 문식(文飾)이라고 할 만한 것들이 시의 데이터베이스에 기입되어, 후배 시인들이 김경주의 문식을 활용하는 일들이 심심치 않게 일어난다. 그래도 그것을 지적하는 사람이 거의 없다는 점은 시에 있어서도 데이터베이스 소비 현상이 상당히 일반화되었다는 것을 방증한다.

2000년대는 이 데이터베이스 소비에 익숙한 젊은이들이 대거 시인이 되어, 창작의 기반 자체를 '체험'이나 '문학사'에서 '데이터베이스'로 대체해버렸다는 점에서 격변의 시기였다. 이것을 '미래파 현상'으로도, '서정의 진화'나 '뉴웨이브'로도 부르고 있는 것이다. 그러나 이런 명칭들은 궁극적으로는 내용의 변화나 감각의 변화로 사태를 단순화한 감이 있다. 2000년대 이후의 변화는 내용이나 감각의 변화와 같은 것이 아니라 인지 구조 자체의 변화와 같은 더 거시적인 변화였다고 생각한다.

그런 맥락에서 시와 게임이라고 하는 조합에서 우리가 시의 내용에 게임의 영향이 어떻게 반영되는가와 같은 물음에 매달리는 것은 지엽적인 것을 본질로 오해하는 일이 될 것이다. 지금 우리가 해야 할 일은 웹 기반의 변화된 상상력의 환경에서 살아가는 현존재로서 시인이 자신의 언어 구조물을 데이터베이스에 의거하여 소비해버리는 독자들 사이에서, 어떻게 하면 그래도 쓰기를 멈추지 않고 데이터베이스에 삼켜지지도 않으면서 자기만의 세계를 만들어갈 수 있는가에 대한 모색인지도 모른다.

우리는 다양한 읽기 경로를 가진 웹의 세계, 이야기 분기형 게임의 세계에 살고 있다. 내가 살고 있는 '구현된 현실'은, 구현될 수도 있었지만 결과적으로는 구현되지 않은 현실과 경쟁한다. 결과적으로는 구현되지 않았지만 지금과는 다른 현실이 구현되었을지도 모른다는 가능성은 우리를 불안케 한다. 이렇게 출렁거리는 현실에서 우리는 살고 있다. 선형적 세계에 비해 이것은 얼마나 불안하고 초조한 일인지 모른다. 자본가들이 노동자들을 불안정고용과 성과급 제도의 유동성 속으로 몰아넣고, 노동자들의 불안한 심리를 관리·통제하려고 하는 이 치사한 현실 세계는 게임적 불안으로 점철된 우리 현실의 사회학적 응용편으로서 일상을 점령하고 있다. 시가 게임을 사유한다고 하면, 그리고 또 그것이 시의 미래와 관련이 있다면, 바로 이런 것이 되어야 하는 것은 아닌지 모르겠다. 우리는 이 각박한 일상에서 구원될 수 있을까. 설사 구원이 없다고 하더라도, 우리는 그것을 부단히 모색하면서, 여러 선택지들의 미로에서 우리가 가야 할 방향을 결정할 수밖에 없다. 시는 이 결단이 현명한 것이기를 꿈꾸는 공간인지도 모른다.

하이퍼텍스트 시대의 인간형식과 물질성

미디어와 물질성

인쇄술에 기반을 둔 전통적인 형태의 텍스트가 서서히 퇴조하고 하이퍼텍스트의 시대가 도래하고 있다. 이 패러다임의 혁명적 전환은 보드리야르(Jean Baudrillard)가 '시뮬라크르의 자전(précession des simulacres)'이라고 부르는 현상과 맞물려 진행되고 있는 것처럼 보인다. 시뮬레이션이 현실보다 앞서나가고 현실을 압도하기 때문에 '현실'은 현실과 시뮬레이션의 차이가 있을 수 없는 영역인 '하이퍼리얼'로 내파하고 있다.* 그 내파의 와중에 '미디어 생태학'이라고 부를 만한 미디어들 사이의 재조정이 일어나고 있다. 텔레비전 화면처럼 보이는 컴퓨터 모니터, 컴퓨터 모니터처럼 복수의 창을 가진 텔레비전 화면 등이 그 단적인 예다.** 하이퍼텍스트의 출현과 약진은 이와 같은 미디어들의 '물질적 환경의 변화'와 함께 이해하지 않으면 안 된다. 작업의 물질성을 통해 의미가 창출되지 않는다는 것은 불가능하기 때문이다.

하이퍼텍스트는 '명기(銘記) 테크놀로지'라는 물질성에 의해 규정된다. 다시 말해 하이퍼텍스트는 '다양한 읽기 경로(multiple reading paths)'와 '적당한 길이를 지닌 덩어리로 된 텍스트(chunked text)'면서 '링크를 걸 수 있는 메커니즘(linking mechanism)'을 구비하고 있는 '테크노텍스트'다. 하이퍼텍스트가 지닌 물질성은 자주 그것이 문학 연구, 혹은 문학 이론의 영역에 들어오는 것을 방해해왔다. 아직도 많은 문학 연구자들이 하이퍼텍스트를 인쇄물의 방계거나 중요한 고찰의 대상이 되기에는 아직 이른 것으로 치부하고 있다. 하이퍼텍스트는 인쇄술

---

* 장 보드리야르, 하태환 옮김, 「시뮬라크르의 자전」, 『시뮬라시옹』, 민음사, 1992, 9~19면 참조.

** N. Katherine Hayles, "Preface", *Writing Machines*, The MIT Press, Cambridge & London, 2002, p. 5.

에 기반을 둔 선형적 텍스트에 비해 작품성이 떨어진다는 선입견에서 아직 자유롭지 않다. 게다가 하이퍼텍스트가 생산되고 소비되는 유통 구조와 방식에 대한 관심 역시 미미한 수준이다.

물론 하이퍼텍스트가 손쉽게 종이책을 대체하리라는 환상을 품는 것은 어리석은 일일 것이다. 그러나 하이퍼텍스트가 문제시되는 것은 전통적인 텍스트들조차도 작금의 하이퍼모던 환경에서는 '하이퍼텍스트적으로' 소비된다는 점 때문이다. 이것은 아즈마 히로키가 '트리형 세계에서 데이터베이스형 세계로의 이행' 혹은 '데이터베이스 소비'로 설명한 현상과 같은 맥락에서 이해할 필요가 있다. 근대 세계가 표층과 심층으로 이루어져 있고 표층을 통해 감추어진 심층을 이해해야 하는 구조였다면, 포스트모던 세계는 심층이 사라지고 표층만이 있으며 그 표층에 나타난 양상을 결정짓는 심급이 심층에 있는 것이 아니라 데이터베이스를 읽어내는 유저(user) 쪽에 있다. 거기다 유저들이 소비하는 것은 작품의 메시지가 아니라 데이터베이스라는 것이다.* 이 '데이터베이스형 세계'에서 전통적인 의미의 저자는 죽고, 전통적인 의미의 독자는 문화 콘텐츠의 소비자로 진화한다. 문화 콘텐츠의 소비자들은 생산-소비의 구조에 고착되고 싶어 하지 않는다. 그들은 콘텐츠를 '사용(use)함으로써' 이 생산-소비의 구조를 교란한다. 이 '유저(user)'들은 지금까지의 독자와는 급진적으로 다른 인간 형식을 지닌 존재, 휴머니즘 너머의 존재, 다시 말해 포스트휴먼이라는 점을 올바르게 인식해야만 한다.

이 글은 미디어 생태학으로 표상되는 물질 환경의 변화가 하이퍼텍스트를 유도하고, 기존의 선형적인 텍스트를 '하이퍼텍스트적'으로 소비·사용하게 하는 메커니즘을 아즈마 히로키와 캐서린 하일즈의 이론

---

* 아즈마 히로키, 이은미 옮김, 「데이터베이스적 동물」, 『동물화하는 포스트모던』, 문학동네, 2007, 67~70면 참조.

작업을 통해 가시화하는 데 그 목적이 있다. 두 학자는 공통적으로 종이책에서 하이퍼텍스트로의 명기 테크놀로지의 이행으로부터 논의의 시발점을 삼고 있으며 미래 문학의 존재 형식에 대한 논의를 포함하고 있다는 점에서 함께 논의할 만하다.

표상적 신체와 확률적 동일성

1950년대 앨런 튜링(Alan Turing)은 향후 30년간 인공지능 연구를 위한 어젠다를 설정하는 중요한 실험을 수행했다. 그 실험은 두 개의 버전이 있다. 첫 번째는 피실험자가 컴퓨터 터미널을 이용해 자신이 볼 수 없는 다른 방에 있는 두 실체가 남자인지 여자인지 결정하는 실험이었다. 피실험자는 전적으로 자신의 질문들에 대한 상대방의 반응에 따라 어느 쪽이 남자고 어느 쪽이 여자인지 결정해야 했다. 두 번째는 같은 조건에서 피실험자가 어느 쪽이 인간이고 어느 쪽이 컴퓨터 프로그램인지 정해야 하는 것이었다. 보이지 않는 방의 두 실체 중 한쪽만이 피실험자가 올바른 추측을 하도록 도우려고 하며 다른 한쪽은 컴퓨터 터미널에 나타난 '말'을 통해 다른 실체의 성격들을 흉내 냄으로써 피실험자를 혼란에 빠지게 하도록 되어 있었다.*

앨런 튜링의 실험은 단순히 "누가 생각할 수 있는가"의 문제로부터 "무엇이 생각할 수 있는가"라는 문제로의 인지 능력 확장에 대해서만 문제를 제기하고 있는 것은 아니다. 그는 오히려 현실 세계의 '발생된 신체'와, 전자적 환경에서 언어나 언어 외적인 기호들에 의해 구성된 '표상된 신체' 사이의 식별에 대해 이야기하고자 했다고 생각한다.

---

*   N. Katherine Hayles, "Prologue", *How We Became Posthuman*, The University of Chicago Press, Chicago & London, 1999, pp. xi~xii.

만약 우리가 첫 번째 실험에서 어느 쪽이 남자고 어느 쪽이 여자인지 정확하게 식별한다면, 우리는 효과적으로 '발생된 신체'와 '표상된 신체'를 동일한 젠더 정체성으로 재통합할 수 있을 것이다. 그러나 그 실험은 우리가 컴퓨터 인터페이스에서 젠더를 구분하는 것이 매우 어렵다는 것을 시사한다. 앨런 튜링이 말하고자 하는 바는 '발생된 신체'와 '표상된 신체'의 결합이 더 이상 자연적 필연성이 아니라 테크놀로지에 의해 기획된 우발적 산물이라는 것이다. 다시 말해 '체현'이 그 자체로 남성과 여성의 차이, 혹은 생각할 수 있는 인간과 생각할 수 없는 기계의 차이를 보여주는 것이 아니라, 체현은 '사고(思考)'를 규정하는 체현의 형식에 좌우될 수밖에 없다는 것이다. 앨런 튜링은 '체현'을 소거함으로써 '지능'이 인간 생활 세계에 대한 규정이라기보다 상징들에 대한 형식적 조작의 총합이라는 것을 보여주고자 했던 셈이다.

미국의 대표적인 TV 드라마 시리즈인 「스타 트렉」(Star Trek)의 '순간 이동' 역시 그와 비슷한 아이디어를 극적으로 보여주었다. 그 드라마 시리즈의 제작자들은 신체가 정보의 패턴으로 비물질화하여 아무 변화도 없이 다른 먼 곳에서 다시 물질로 환원하는 것이 가능하다는 '순간 이동'에 관한 환상을 널리 유포했다. 한스 모라벡(Hans Moravec) 역시 근미래에는 인간의 의식을 컴퓨터로 다운로드할 수 있으리라는 생각을 피력한 바 있다.[*] 물론 이런 발상들은 과학이 통속화된 결과로 생긴 공상으로 취급되기 일쑤다. 최근 네티즌들이 재미 삼아 만들고 있는 '연예인의 두뇌 구조도'는 의사(擬似) 과학의 외피마저도 벗어버린 경우다. 네티즌들은 특정 연예인이 각종 매체를 통해 드러낸 행동이나 언어의 패턴을 통계적으로 수치화하여 연예인의 가치관이나 관심사를 도식화한다. 이렇게 작성된 '연예인의 두뇌 구조도'는 그 연예인과 '현

---

[*]   위의 책, 1면.

상적 동일성'으로 곧장 이어져 있지는 않지만 '데이터베이스적 동일성'을 가지고 있다. 특정 연예인의 관심사나 습관 등의 모티프가 모자이크 상태로 분해되어 네티즌들에 의해 향유되고 있는 것이다.

우리나라 네티즌들이 애용하는 1인 미디어 '네이버 블로그'의 '태그(tag)'에도 역시 인간의 의식을 컴퓨터로 옮길 수 있다는 발상의 흔적이 남아 있다. 그것은 단순히 정보 분류의 편의성 제고만을 위한 장치는 아니다. 그것에는 블로거의 관심사를 통계적으로 나타내는 기능도 있다. 네이버 블로그에서는 동일한 '태그'가 달린 포스트가 많아질수록 '태그 구조도'에서 그 태그가 더 크고 굵은 활자로 표시된다. 이 '태그 구조도'는 원리적으로 '연예인의 두뇌 구조도'와 동일한 것이며 궁극적으로는 한스 모라벡의 상상을 낮은 기술 수준에서 구현한 것이다. 자신의 모든 관심사를 블로그에 포스트로 남기고 그 포스트마다 합리적인 태그를 붙이는 블로거의 경우 '그/그녀'의 의식은 컴퓨터 안으로 상당 부분 다운로드되었다고 할 수 있다. 우리는 그 블로거의 확률적 정체성을 태그 구조도를 참조함으로써 한눈에 알아볼 수도 있다.

여기서 중요한 것은 '데이터베이스의 외재화(外在化)'라는 현상이다. 소위 IT 혁명의 진전으로 지금까지는 개인의 머릿속에 들어 있던 데이터베이스가 전자 정보의 형태로 웹상에 게시되게 된 것이다. 이제 우리가 사회 환경의 유동성 과잉이 극에 달한 고도 정보화 사회에서 '개성 시스템(personality system)'의 안정성을 확보하기 위해 참조할 수 있는 것은 '현상의 동일성'이 아니라 확률적 전략을 취하고 있는 '데이터베이스의 동일성'뿐이다.* 이와 같은 현상은 '자아의 세계화'라는 맥락에서도 살펴볼 수 있다. 오늘날 우리는 '자아의 해체와 개인주의의 강화'라는 모순되는 현상을 목도하고 있다. 이제 개인의 자의식은 기호가 범람

---

* 宮台眞司·東浩紀 對談, 「データベース的動物の時代」, 東浩紀 編著, 『批評の精神分析』, 講談社, 2007, 11~12면 참조.

하는 외부 세계, 각 개인들이 잘 안다고 생각하는 친구나 친지 또는 유명 인사들이 난무하는 세계를 반영한다. 특히 인터넷 공간에서의 자아 정체성은 끊임없이 요동치고 있다. 인터넷 공간에서의 '인격'은 '셰이프 시프팅(shape shifting)'이라는 표상을 얻게 되었다.* 수많은 네티즌들이 인터넷 공간에서 여러 개의 '아이디(ID.)'를 사용하고 있고 또 변덕스럽게 '아이디'를 바꾸곤 한다. 그러나 역설적으로 '정체성'을 확인할 수 있는 공간은 인터넷 공간뿐이다. 다시 말해 우리가 타자의 정체성을 규정하기 위해서 참조하는 것은 대면 관계라기보다는 인터넷 스페이스에서의 관계라는 것이다.

현실 세계에서의 개인은 극단적으로 단자화되어 그 정체성을 규정할 수 있는 사회적 근거들을 점차 상실해가고 있으며, '표상된 신체'의 영역이 점점 팽창해감에 따라 '표상된 신체'와 '발생된 신체' 사이의 정체성 분리가 활성화되고 있다. 물론 인터넷 공간에서의 정체성이 현실 세계의 정체성과 혼동되는 병리적 상황은 매우 극단적인 예가 되겠지만, 오늘날 많은 사람들이 이 두 개 이상의 정체성을 혼동하지 않고 두 개 이상의 세계로 나누어 유지하고 있다는 사실은 의미심장하다.

데이터베이스 소비론: 아즈마 히로키의 공학적 인간 이해

전통적인 문학 연구 혹은 이론은 지나치게 이상화된 독자만을 상정한 나머지 포스트모던 시대의 '해리적(解離的)' 독자의 출현이 지닌 의미를 과소평가하는 경향이 있다. 그러나 '해리적 인간'으로서 독자는 이제 작가가 되어 귀환하고 있다. 이 문제는 2005년 무렵부터 '미래파'

---

* 　도미니크 바뱅, 양영란 옮김, 「포스트 에고」, 『포스트휴먼과의 만남』, 궁리, 2007, 104~110면 참조.

라고 불리고 있는 일군의 젊은 시인들이 지닌 극단적인 개인주의 경향과도 맞물려 있는 것처럼 보인다.

'미래파'로 불리는 젊은 시인들은 대부분 1970년대 태생이고 인터넷 세대이며 '국민의 정부' 이후 문단에 나왔다. 그들은 정치적으로 대부분 이상주의적 진보주의를 지향하면서도 그것을 창작에 있어서 리얼리즘 미학으로 표출하기는 꺼려 하는 '해리적인' 특징을 공유하고 있다. 이 점은 바로 그 앞 세대들이 지니고 있었던 정치적 냉소주의나 정치적 무관심과도 다른 것이다. 2000년을 전후로 하여 등장한 미래파 신인들은 정치적 신념과는 달리 재현의 원리가 아닌 가상인 이야기, 알레고리나 거짓 기억 등에 매달리는 경향이 있다. 근대 서사의 심층에 놓여 있던 '큰 이야기'(라캉의 상징계)가 실추되고 사회규범이 기능부전의 상태에 놓여 있는 시대에, 종교나 사회 규범과 같은 실추된 '공통전제'의 빈자리를 메우기 위해 미래파들은 가상현실에 매달리고 있다. 가령 황병승 시의 서브컬처는 그 대표적인 예다.

태양남자 애인 하나 없이 46억 년 동안 하루도 빼놓지 않고 지구를 비췄다. 왜, 무엇 때문에, 무슨 영화(榮華)를 누리겠다고. 여름, 일 년에 한 번 나 자신을 강렬하게 책망했다

늙은 나무들 과수원 바닥에 사과 배 대추 감, 열매들이 떨어질 땐 너희들이 먹어도 좋다는 게 아니고 우리들이 또 한 번 포기했다는 뜻이다, 가을

미스터 정키 어떤 계절은 남녀를 가리지 않을 정도로 뜨겁고 또 어떤 계절은 순식간에 싸늘해져서 남자도 여자도 그 어느 누구도 사랑할 수 없을 정도로 뿌리부터 차가워지지

힙합 소년 j 친구들은 늘 우정이 어쩌구 선후배가 어쩌구 떠들
어대지만 스윗 숍(sweet shop) 앞을 지날 때면 부모 형제도 몰
라봅니다 친구들은 커서 달콤한 가게의 핌프(pimp)가 되겠죠
나는 다릅니다 나는 생각이 있어요 붓질을 잘하면 도배사 하
지만 글을 배워서 서기(書記)가 되지는 않을 거예요

이소룡 청년 차력사인 아버지의 쉴 새 없는 잔소리에 머리가 늘
깨질 듯이 아팠다 쌍절곤 휘두를 힘도 없다 가끔 정키 씨를
불러 리밍을 시켰다
　　　　—황병승, 「에로틱파괴어린빌리지의 겨울」 부분

　이 시의 젊은 독자들은 개별 작품의 메시지를 잘 이해하지 못하면서
도 이 시에 대해 호감을 가지고 있는 경우가 많다. 그것은 그들이 이 시
의 서브컬처적인 요소들을 '모에(萌え)'적인 것으로 추출하여 수용하
기 때문이다.* 이 시는 어떤 단일한 체험을 서술하고 있지도 않고, 풍
경을 노래하고 있지도 않다. 첫 연부터 마지막 연까지 논리적 순서가
있는 것도 아니다. 이 시에서 특징적으로 내세워지고 있는 것은 매 연
마다 '굵은 글씨'로 강조되고 있는 '캐릭터들'이다. 마치 소설의 등장인
물들처럼 캐릭터가 소개되고 있지만 이 시가 어떤 줄거리를 가지고 있
는 것은 아니다. 이 시에서 중요한 것은 각각의 캐릭터들이 '굵은 글씨'
로 부각되어 있다는 점이다. 그것은 이 캐릭터들이 텍스처(texture) 속
에 녹아들어 있는 것이 아니라는 점을 웅변적으로 보여준다. 독자들은
이 시의 텍스처를 꼼꼼히 읽기보다는 굵은 글씨로 표기된 캐릭터들을

---

*　'모에(萌え)'는 '무언가에 열중하다'라는 의미의 '모에루(萌える)'에서 온 용어로, 특정한
외양이나 특성에 대한 열광을 의미한다. '모에적 소비'란 작품의 전체적 메시지보다는 작품의
표층을 구성하고 있는 특정만을 취하는 문화 소비 현상을 가리키는 말이다.

소비한다. 다시 말해 '정키'라든지 '힙합'이라든지 '이소룡'과 같은 문화 코드들을 편집증적으로 소비하는 것이다. 각각의 캐릭터들을 '아버지' 나 '형' '친구' 등과 같은 기표로 대체할 때 이 시의 캐릭터가 가지고 있는 캐릭터로서의 '매력(구매력)'은 사라진다. 아마도 독자들은 '아버지' 나 '형' '친구'가 나오는 시가 이 시보다 내용이 빈약하다고 생각할 것이다. 이때 중요한 것은 실제의 내용이 아니라 기표의 차이, '모에적 요소' 의 차이인 것이다. 독자들은 '힙합 소년'이 지닌 반항적인 태도나 '이소룡 청년'이 지닌 동성애적이고 근친상간적인 불온한 분위기에 열광한다. 이것이 바로 '모에적'인 것이다. 그러나 이와 같은 모에적 요소는 보편성을 지니고 있는 것은 아니어서 극히 제한적인 집단에서만 통용될수 있는 코드라는 점에 주목할 필요가 있다. 황병승은 극히 제한된 집단만 알 수 있는 인유들을 끌어들이고 '에로틱파괴어린빌리지'와 같이 외국어와 우리말을 하이브리드적으로 조합한 조어들을 은어처럼 구사하면서 극히 개인주의적인 가상현실을 조작한다.* 이 가상 세계는 타자의 동의나 이해 없이도 성립되며 '결핍-만족'의 회로가 개인 안에서 완결된 철저히 밀폐된 공간이다. '동물화된 세계'인 것이다.

코제브가 말하는 '동물화된 세계'란 역사의 종언 이후 미국형 소비사회를 전제로 한 것이다. 매뉴얼화하고 미디어화하여 유통 관리가 잘보급되는 미국형 소비사회에서 소비자의 요구(needs)는 가능한 한 타자의 개입 없이 순식간에 기계적으로 충족되도록 매 순간 개량이 거듭된다.** '동물적'이라는 말은 시각을 달리 하면 '신체'를 강조하는 것이라고 이해할 수 있다. 요즘 젊은이들이 한국 소설보다 일본 소설을 많이

---

* 황병승 시에서 하이브리드적 조합은 두 개 이상의 인쇄체의 조합으로도 나타난다. '에로틱파괴어린빌리지' 역시 이탤릭체가 가미되어 있다. 이와 같은 낯설게 하기의 방법은 고전과는 다른 텍스처의 이질감, 서브컬처의 정크(junk) 분위기를 강조하는 효과를 노린 것으로 보인다.
** 아즈마 히로키, 이은미 옮김, 「데이터베이스적 동물」, 『동물화하는 포스트모던』, 문학동네, 2007, 148~151면 참조.

읽는 것은 나름대로는 작품성 때문인데, 그 작품성은 흔히 "울 수 있기 때문에 좋은 작품이다"라는 기준에 의해 결정된다. 작품의 의미나 구조는 상관없다. 다른 사람이 그 작품을 보고 울었다고 하더라도 자신이 울 수 없는 작품은 그것으로 실패작이라고 치부하는 경향이 있다. 오직 자신의 '신체적 반응'만을 절대시하는 것이다. 이런 맥락에서 아즈마 히로키는 스노비즘적 문화 소비자가 기호의 차이에 대해 '의식적으로' 반응하는 데 비해 동물화된 데이터베이스 소비자는 기호의 차이에 대해 '신체적으로' 반응한다고 지적한다.* 오늘날의 독자들은 '울 수 있는 방정식'을 소비하고 있는 것일 뿐 그것을 자신의 세계관을 형성하는 자양으로 받아들이지는 않는다. 이제 독서는 감동 없는 소비 활동이 되어가고 있다. 독서를 통해 새롭게 발견되는 심층의 '이야기'는 이미 사라졌다.

사람들은 자신의 인생을 하나의 이야기라고 생각한다. 그러나 1990년대에 이르면 그 인생을 스토리로 직접 묘사하는 것이 곤란한 단계에 들어선다. 사회가 그만큼 복잡해진 것이다. 그러나 자기 일을 브랜드에 투영하는 형태라면 말하는 것이 아직 가능하다. 이야기보다는 캐릭터가 전면에 나서게 된 것이다. 점점 더 패션이나 브랜드가 자기의 인생에 관한 이미지를 장식하는 의장이 되어가고 있는 것이다.** 예를 들어 TV 시트콤 「거침없이 하이킥」이 대중적으로 성공을 거둔 것도 내러티브의 연속성보다는 '야동 순재' '식신 준하' '꽈당 민정' 등 캐릭터가 주는 흥미 요소에 힘입은 바 크다. 이와 같은 문화 소비 양태를 '이야기 소비'와 견주어서 '데이터베이스 소비'라고 부르는 것이다.

근본적으로 '데이터베이스 소비'는 인터넷 웹 페이지에 표시되는 정

---

*   宮台眞司·東浩紀 對談, 앞의 책, 27면 참조.
**   大澤眞幸·東浩紀 對談, 「虛構から動物へ」, 東浩紀 編著, 『批評の精神分析』, 講談社, 2007, 64면 참조.

보들을 유저가 수용하는 메커니즘을 전제로 한 개념이다. 인터넷에는 심층이 없다. 인터넷 웹 페이지들을 일이관지하는 원리는 존재하지 않는다. 인터넷 웹 페이지에는 심층은 없고 기표들이 둥둥 떠다니는 표층만 있다. 웹 페이지 속에 포함된 각 요소의 논리적 관계를 지정하는 HTML 언어는 형식상 유저의 눈에 보이지 않지만, 유저가 마음만 먹으면 이 HTML 소스 코드를 에디터를 통해 열어서 확인해볼 수도 있다. 요컨대 보이는 것과 보이지 않는 것의 관계가 불안정하다는 것이다. 근대 학문의 체계는 보이는 것(표층)으로부터 보이지 않는 것(심층)을 추론하는 형태를 취해왔다. 구조주의의 원리가 그것이다.* 오늘날과 같이 '보이는 것'이 지나치게 많은 '과시성(過視性)의 세계'(아즈마 히로키의 용어)에서 구조주의적으로 사유하는 사람들은 낭패감을 맛보기 십상이다. 비근한 예로 대학생들은 인터넷에 떠도는 정보들을 편집해서 보고서를 작성하지만 그것이 표절이라는 사실을 제대로 인식하지 못한다. 그들은 단지 데이터베이스를 활용했을 뿐이다. 이 문제는 단순히 윤리적인 차원에서만 다루기 곤란한 면이 있다. 그들은 데이터베이스의 표층을 부유하는 정보를 '모에'적인 것으로 수용해서 공유했을 뿐이야기 자체를 흉내 내려고 했던 것은 아니기 때문이다.

아즈마 히로키의 데이터베이스 소비론은 일견 '과시성의 세계'가 지닌 깊이 없음을 비판하는 것처럼 보인다. 그러나 그는 미래 사회가 결국에는 '과시성의 세계'로 완전히 귀착되리라고 생각하며 온라인 게임이나 애니메이션 등 하이퍼텍스트가 사회를 비판하고 기성 문학, 기성 권력에 저항하는 대항 텍스트로 발전하리라는 믿음도 견지하고 있다.

---

* 김태환, 「문학 이론과 구조주의」, 『문학의 질서』, 문학과지성사, 2007, 40~43면 참조.

하이퍼텍스트의 물질성: 캐서린 하일즈의 미디어특성 분석

하이퍼텍스트를 종이 텍스트의 잠재력이 최대치로 발휘된 결과물로 보는 견해가 있다. 이를테면 종이책의 목차나 각주, 혹은 색인 등은 텍스트의 선형성에 구애받지 않는다는 점에서 하이퍼텍스트의 링킹 메커니즘에 대한 전조(前兆)로 볼 수도 있다는 것이다. 텍스트가 그 자체에 이미 선형성을 넘어선 상호 참조의 가능성을 가지고 있지만 그것을 활성화하지 못하고 있을 뿐이라는 것이다.* 그러나 이와 같은 견해는 하이퍼텍스트가 출현했기 때문에 비로소 종이 텍스트의 성질을 하이퍼텍스트와 비교하게 됨으로써 가능해진 것일 따름이다. 전통적인 의미의 텍스트와 하이퍼텍스트를 구분 짓는 변별적 자질 중 가장 중요한 것은 '선형성'이라기보다는 '물질성'이다. 앞에서도 밝힌 바와 같이 하이퍼텍스트는 '명기 테크놀로지'의 발전으로 인해 출현할 수 있었다. 우리들이 경험하고 있는 물질적 환경의 특수성은 인쇄 본위의 문학과 전자적 텍스트성 사이의 비교를 암암리에 요구하고 있다. 그러나 우리나라에서는 그 비교를 위한 문제틀이 아직 마련되어 있지 않은 것 같다. 그것은 하이퍼텍스트 문학이 아직 가시적인 예술적 성과를 내놓지 못하고 있다는 데 가장 큰 원인이 있다.

대학에서 국문학과의 입지가 점점 좁아지고 그 자리를 문화콘텐츠학과 혹은 디지털콘텐츠학과가 대체하고 있는 작금의 현상에 비추어 볼 때 하이퍼텍스트 문학의 현황과 미래에 대한 질문은 결코 가볍게 취급할 수 없다. 가령 국문학과나 문예창작학과가 문화콘텐츠학과로 재편되었을 때, 거기에서는 국문학과나 문예창작학과와는 '다른 무엇'을 가르칠 것인가 하는 점은 의외로 단순한 문제가 아니다. 종이책에

---

*   김태환, 「하이퍼텍스트와 비평」, 위의 책, 74~78면 참조.

이미 하이퍼텍스트'성'이 있었다는 것보다는 훨씬 더 전문적인 숙고가 요청되는 것이다.

하이퍼텍스트 문학은 지금 이 순간에도 그 영토를 확장하고 있으며 계속 발전하고 있다. 일례로 『문장』 웹진(http://webzine.munjang.or.kr)의 하이퍼텍스트에 대해 살펴보는 것도 좋을 것이다. 『문장』 웹진이 제공하고 있는 '멀티미디어 낭송시' 서비스나 '시 배달' '문장 배달' 서비스는 기존의 콘텐츠에 플래시 애니메이션과 배경음악, 작가의 육성이나 성우의 육성이 결합한 것이다. 『문장』 웹진이 제공하고 있는 서비스들이 지닌 근본적인 한계는 그것이 전적으로 '2차 창작'에 한정되어 있다는 점이다. 다시 말해 원본이 이미 종이 텍스트의 형태로 존재하고 오디오나 비디오 전문가들이 이 원본에 각각 오디오 기술이나 비디오 기술을 이미지로 덧입히는 것이 『문장』 웹진의 시스템이다. 여기서 문제가 되는 것은 원작자가 이 작업의 물질적 변화의 의미에 대해 잘 모를뿐더러 무관심하다는 것이다. 그래서 우리나라에서의 하이퍼텍스트 문학은 그저 종이책의 콘텐츠를 웹에 게시하는 정도의 문학으로 인식되곤 하는 것이다. 그러나 그와 같은 것만이 하이퍼텍스트 문학이라고 생각하는 것은 오산이다. 『문장』 웹진류의 하이퍼텍스트는 아직 완성된 물질적 형식을 얻지 못한 과도기적 단계를 보여주고 있을 따름이다.

마이클 조이스(Michael Joyce)의 「오후, 어느 이야기」(Afternoon, a story, 1987)는 하이퍼텍스트 문학을 거론할 때 가장 먼저 논의되는 작품들 중 하나다. 이 하이퍼텍스트 소설은 플로피 디스켓의 형태로 판매되며, 539개의 하위 텍스트가 951개의 링크로 연결되어 있다. 이 소설의 유저들은 주인공의 행동을 몇 가지 선택지에 따라 결정할 수 있으며, 이와 같은 상호 작용을 통해 매번 다른 결말에 도달할 수 있다.* 그

---

* 이 작품은 이스트게이트 사이트에서 구입할 수 있다. http://www.eastgate.com.

와 같은 선택지들을 컴퓨터 게임 방식으로 응용한 '노벨 게임'류나 '미소녀 연애 시뮬레이션'물 등도 하나의 독립적인 장르를 형성하고 있다. 아즈마 히로키는 노벨 게임이나 미소녀 연애 시뮬레이션과 같은 디지털 콘텐츠를 전통적인 의미의 문학이나 인문학적인 주제들과 연계시키고자 하는데 그것은 궁극적으로 종이 문학 시대와 하이퍼텍스트 시대의 물질성이 지니는 상이점들을 부각시키는 작업으로 귀착한다. 아즈마 히로키에 비해 캐서린 하일즈는 좀 더 엘리트주의적인 하이퍼텍스트의 유형을 보여준다. 국문학과를 고수하려고 하거나 국문학과가 인문학부 내에서 모종의 변화를 겪게 되더라도 문학의 독창성과 언어적 개성, 수월성 등의 가치만큼은 지키고 싶어 하는 학자들은 문학을 서브컬처와 같은 선상에서 다루는 아즈마 히로키의 이론보다는 새로운 물질성에 기반을 둔 새로운 창작 양식의 가능성을 제시하고 있는 캐서린 하일즈에 더 호감을 가지게 될는지도 모른다.

특히 캐서린 하일즈가 책임 편집을 맡은, ELO(Electronic Literature Organization)의 '전자적(電子的) 문학 컬렉션(vol.1)'은 의미심장한 성과라고 할 만하다.* ELO의 작가들은 인쇄 본위의 작업이 아니라 전자적 환경을 본위로 하여 창작에 임한다. 그들은 전자 테크놀로지를 예술적으로 활용할 수 있는 능력을 지녔거나 전자 테크니션과의 공동 작업에 적극성을 띠고 있다. 이번 컬렉션 중 도나 리슈만(Donna Leishman)의 「비정상적인 사람의 풍경: 크리스티안 쇼의 자산」(The Landscape of Deviant: The Possession of Christian Shaw)은 크리스티안 쇼에 관한 역사적 이야기에 바탕을 두고 있기 때문에 서사로부터 완전히 자유로울 수는 없지만 시각적이고, 전반적으로는 언어에 의존하지 않는 방식

---

* http://collection.eliterature.org 참조. 이 컬렉션의 공동편집자들은 캐서린 하일즈, 닉 몬트포트(Nick Montfort), 스콧 레트버그(Scott Rettberg), 스테파니 스트릭랜드(Stephanie Strickland) 등이다. ELO의 첫 컬렉션인 이번 기획은 2008년 3월 편집이 완료되었다.

(non-textual way)의 단편적인 이미지들의 조합으로 되어 있다. 이 작품에서 인터페이스는 활성화된 작은 입구들을 제공하고 있으며, 유저들은 그 입구를 클릭함으로써 메인 화면의 거대한 풍경 속에 감춰져 있는 단편적인 삽화들을 활성화할 수 있다. 문자와 구두 언어가 소거되어 있기 때문에 단편적인 삽화들에 표현되어 있는 무기력한 사건들을 이해하는 데는 노력이 필요하다. 이 움직이는 상호작용적 그래픽 작품은 하나의 이야기를 경험하는 새로운 방식들을 미스터리의 매혹과 불편한 긴장감, 유저의 사회적 책무를 환기하는 감각들을 통해 보여준다.* 도나 리슈만의 작업은 문학과 비디오 아트의 경계 위에서 이루어지고 있는 것처럼 보인다. ELO의 작품 컬렉션을 보면 하이퍼텍스트 문학이 기존의 종이로 된 텍스트에 비해 덜 창의적이고, 덜 복잡하며 예술적인 견지에서 조잡하다는 일반적인 관념이 편견에 지나지 않는다는 것을 알 수 있다.

문학의 전통적인 영역을 고수하고자 하는 학자들은 인쇄 본위의 텍스트와 전자 환경의 하이퍼텍스트를 스토리의 층위에서만 단순 비교하는 경향이 있다. 그러나 문학은 단지 단어들의 연쇄, 비물질적인 언어 구조물로 환원될 수 없다. 문학은 물질적 경험과 불가분의 관계에 있다. 마리-로라 라이언(Marie-Laure Ryan)은 인쇄 본위 텍스트와 전자 환경의 하이퍼텍스트가 지니는 물질적 차이를 대립되는 단어들로 나타낸 바 있다. 그녀에 의하면 종이 텍스트는 "일치(unity), 질서(order), 독백주의(monologism), 선형성(sequentiality), 고착성(solidity)" 등의 용어로 나타낼 수 있는 반면, 하이퍼텍스트는 "차이(diversity), 혼돈(chaos), 대화주의(dialogism), 평행성(parallelism), 유동성(fluidity)" 등

---

* 이 작품은 도나 리슈만이 2004년 9월 자신의 홈페이지에 처음 발표한 것이다. 도나 리슈만의 홈페이지에는 이 작품의 초기 스케치 등 창작 과정을 보여주는 자료들도 게시되어 있다. http://www.6amhoover.com 참조.

으로 나타낼 수 있다.* 하이퍼텍스트 문학은 인쇄술과 디지털 미디어의 포괄적인 역사에 관한 자기 반영적 지점들을 확보하기 위해 부단히 디지털 테크놀로지를 활용하고 있다. C. 번스타인(Charles Bernstein)은 그의 작품 「연안 지대」(Littoral, 1996)에서 마이크로소프트사가 지원하는 비(非)알파벳 폰트를 이용함으로써 원본의 필적을 판독 불가능한 모호한 것으로 바꾸어버렸다. 이러한 작업은 작업의 물질성을 부각시킨다.**

캐서린 하일즈는 "물질성을 무시하거나 아주 지엽적인 부분에서만 용인하는 것은 우리가 세계의 풍부한 육체와 상호작용을 할 때 일어나는 예측할 수 없는 모든 것의 열정적인 가능성으로부터 우리를 단절시킬 것이다."라고 주장한다.*** 하이퍼텍스트 문학의 확장은 컴퓨터 인터페이스의 확장이라는 물질적 환경의 변화에 수반되는 자연스러운 현상이다. 아마도 하이퍼텍스트 문학의 확장이 결과적으로 종이책을 완전히 고사시키지는 않을 것이다. 테크노텍스트적인 성격을 지닌 하이퍼텍스트 문학은 생각보다 테크놀로지에 대한 전문적인 식견을 요구하고 예술적 안목과 소질도 겸비해야만 하는 영역이다. 게다가 하이 테크놀로지를 장착한 하이퍼텍스트 문학을 창작하기 위해서는 종이책보다 많은 비용이 필요하다. 바로 여기에 캐서린 하일즈 이론이 지닌 난점이 있다. 저자와 독자, 문화 콘텐츠의 생산자와 소비자의 구조를 교란함으로써, 다시 말해 '독자'가 '유저'가 됨으로써 문학의 저변이 확대되고 사

---

* Marie-Laure Ryan, "Cyberspace, virtuality, and the Text", edited by Marie-Laure Ryan, *Cyberspace Textuality: Computer Technology and Literary Theory*, Indiana University Press, Bloonington, 1999, p. 102.

** Alan Gollding, "Language Writing, Digital Poetics, and Transitional Materialities", edited by Adalaide Morris & Thomas Swiss, *New Media Poetics: Contexts, technotexts, and theories*, The MIT Press, Cambridge, Massachusetts, 2006, pp. 275~276.

*** N. Katherine Hayles, "Embodiments of Material Metaphors", *Writing Machine*, The MIT Press, Cambridge & London, 2002, p. 107.

회의 많은 구성원들이 문학을 주체적으로 향유할 수 있다는 데 그 의의를 둔 하이퍼텍스트 문화가 오히려 소수만이 접근할 수 있는 하이테크놀로지를 끌어들인다는 것은 모순이기 때문이다.

문학의 죽음/문학의 진화

이 글은 하이퍼텍스트 시대의 도래 현상을 분석하고 이해하는 틀을 아즈마 히로키의 '데이터베이스 소비론'과 캐서린 하일즈의 미디어 특성 분석을 겹쳐 봄으로써 탐색해보려고 한 시론(試論)으로 쓰였다. 아즈마 히로키와 캐서린 하일즈는 모두 인쇄 본위의 텍스트와 전자 환경에서의 하이퍼텍스트를 비교하는 것을 이론의 출발점으로 삼고 있다는 점에서 함께 논의해볼 만하다. 아즈마 히로키는 포스트휴먼 혹은 포스트모던 시대의 인간형식을 인지과학적인 경로를 통해 탐색하는 공학적 인간이해를 주창해왔으며, 캐서린 하일즈는 컴퓨터 인터페이스의 확장이라는 물질적 환경의 변화가 포스트휴먼 혹은 포스트모던인의 주체성을 어떻게 재편하는가의 문제를 탐색해왔다. 두 학자의 이론은 모두 문학의 존재양식이 미래에는 어떤 양상을 띠게 될 것인지의 문제를 촉발시킨다.

아즈마 히로키는 구조주의 모델의 근대 세계가 후기 구조주의 모델의 포스트모던 세계로 이행하는 현상을 '트리형 세계에서 데이터베이스형 세계로의 이행'이라는 말로 설명한다. 근대 학문의 체계는 '보이는 것(표층)'에서 '보이지 않는 것(심층)'으로 거슬러 올라가는 시각적 초월성에 바탕을 둔 것이다. 그런데 포스트모던 세계는 '보이지 않는 것(데이터베이스)'이 계속 '보이는 것'으로 미끄러지는 '과시성의 세계'여서 끝없이 '데이터베이스의 초평면'을 전전할 수밖에 없다. 포스트모던 세계

에서 저자는 죽고 독자는 '이야기'가 아니라 '데이터베이스'를 소비하는 '소비자/유저'로 진화한다. 아즈마 히로키는 이 '소비자/유저'를 소비 사회와 관료시스템과 전자테크놀로지로 무장한 '동물'로 규정한다. 여기서 '동물화'한다는 것은 '간(間)주체적인' 욕망의 구조가 소멸하고 제3자(타자)의 심급에 기대지 않고 욕구를 충족할 수 있는 것을 암시한다. 이런 사회에서 텍스트는 '하이퍼텍스트적으로' 소비된다. 이제 작품의 메시지보다도 '모에(萌え)적인 요소'를 비롯한, '신체적 반응'을 유도하는 브랜드나 캐릭터가 전경화되고 있다. 아즈마 히로키의 이론은 인간이 '동물'로 귀착해도 좋은지의 윤리적인 문제를 항상 곤란한 문제로 남겨둔다.

캐서린 하일즈는 컴퓨터 인터페이스의 확장과 미디어들 사이의 생태학적 재조정이 문학에 미치는 영향에 대해 논구한다. 캐서린 하일즈의 이론에서 텍스트가 '하이퍼텍스트적으로' 소비되는 현상은 미디어 생태학적인 '재조정'의 관점에서 설명될 수도 있다. 그러나 캐서린 하일즈는 하이퍼텍스트에 대해서만 말한다. 그녀는 하이퍼텍스트 문학이 기존의 종이책 문학을 완전히 '대체'하지는 않을 것이라고 말하면서도 물질적 환경의 변화에 따라 작업 방식도 변할 수밖에 없다는 점을 은연 중에 강조하는 경향이 있다. 종이에서 전자 환경으로의 물질적 변화가 필사 시대에서 인쇄 시대로의 변화만큼 명기 테크놀로지의 혁신을 가져왔다는 점에서 그녀의 이론은 호소력을 발휘한다.

캐서린 하일즈는 '물질성'을 통해 저자-주체의 재편성과 문학의 진화된 존재양식에 대한 시사점을 제공해주었다. 캐서린 하일즈와 ELO 주변의 하이퍼텍스트 문학은 하이 테크놀로지가 장착된 하이퍼텍스트 형식으로서, 문학의 고유한 성질보다는 인접 예술인 비디오 아트나 그래픽 아트에 더 근접해가고 있는 것처럼 보인다. 그와 같은 하이퍼텍스트 문학은 우리나라 문학에서는 아직 요원한 일처럼 보이는 면이 있다.

아직 귀여니 인터넷 소설이나 웹진 문학이 하이퍼텍스트의 주종을 이루고 있는 상황에서 전통적인 문학 작품과 같은 미적 체계를 갖춘 1차 창작으로서의 하이퍼텍스트를 상정한다는 것은 아무래도 무리일 것이다. 우리는 하이퍼텍스트가 그저 인터넷에 콘텐츠를 '게시'하는 것에 불과하고, 그 수준도 개연성과 핍진성에서 전통적인 종이 텍스트에 미치지 못하는 조잡한 것으로만 생각하곤 한다. 그러나 캐서린 하일즈가 주창하는 하이퍼텍스트 문학은 문학이 종이 이외의 물질과 결합하여 진화하고 인접 예술의 경계를 가로질러 그 영역을 확장하는 가능성을 보여준다.

캐서린 하일즈의 미디어 특성 담론이 지닌 맹점은 그녀가 내세운 하이퍼텍스트가 하이 테크놀로지로부터 소외된 사람들은 접근할 수 없는 귀족적 양태로 존재한다는 데 있다. 어떤 의미에서 그녀가 보여준 하이퍼텍스트 문학들은 제작비를 댈 후원자를 작가 스스로 물색해야 하는 '패트론(patron) 문학'이 될 공산이 크다. 그러나 그 점은 바로 하이퍼텍스트의 민주주의적 공리와는 배치된다.

지금까지 하이퍼텍스트 문학은 여러모로 상찬보다는 비판을 더 많이 받아왔다. 하이퍼텍스트 문학이 제도권에 편입되기 위해서는 하이퍼텍스트가 가지고 있는 많은 자유와 가능성을 포기해야 할지도 모른다. 하이퍼텍스트의 생산자들은 기성 문학의 규범들을 더 고도로 절차탁마해야 할 것이고 문법을 준수해야 할 것이며 다른 유저의 콘텐츠를 활용하는 데 더 신중해야만 할 것이다. 그러나 그와 같은 시도들은 종국에는 교각살우로 그칠 것이다. 하이퍼텍스트가 인쇄 본위의 문학을 단순히 전자 환경에 게시하는 것에 불과하다는 인식부터 바꾸지 않으면 안 된다. 우리를 둘러싼 전자 환경 자체가 문학을 새롭게 규정한다. 앨런 튜링의 실험에서도 알 수 있듯이 새로운 전자 환경은 젠더 모순을 초월할 잠재력을 가지고 있다. 웹상에서 인간의 정체성은 성별과 인종, 민족과 국가를 초월하여 재편된다. 휴머니즘의 인간형식은 포스트 휴머니즘의 인간형식으로 대체되고 있다. 이 이행의 과정은 현재 진행형이기 때문에 인쇄 본위의 작품들도 하이퍼텍스트의 특성들을 띠기 시작했다. 이제부터의 문학 연구는 정신분석적 비평 모델에서 인지과학적 비평 모델로의 이행을 피할 수 없을 것이다. 그 과정에서 지난 세기의 고전들은 정전의 지위를 위협받게 될 것이다. 기존의 문학 연구는 너무나 적은 텍스트를 가지고 너무나 오랫동안 논의해왔다. 그 매너리즘과 식상함이 대학에서의 문학부의 위상을 잠식하고 있다는 점을 인정해야 한다. 인터넷상에서는 누구나 작가가 될 수 있다는 가능성은 정전의 지위는 위협하겠지만 문학의 저변을 더 확대하는 계기로 삼을 수 있다. 이 모든 권력의 이동이 문학의 죽음으로 이어질지 문학의 진화로 이어질지는 아직 분명하지 않다. 분명한 것은 하이퍼텍스트의 물질성과 인터넷 환경에서의 인간형식을 고려하지 않고서는 앞으로 도래할 문학을 제대로 이해할 수 없을 것이라는 점이다. 그것이 여전히 인쇄된 문학 작품이든 하이퍼텍스트든 마찬가지다.

정담: 세계의 구조, 가능성의 시[*]

김병호×장이지

[*]　이 정담은 월간 『현대시』 2013년 5월호에 게재된 것이다. 정담을 함께한 김병호 시인은 1998년 『작가세계』로 등단하였고, 시집으로 『과속방지턱을 베고 눕다』 『포이톨로기』 등이 있다. 이 정담의 제목은 필자가 붙였다.

장이지(이하 장): 안녕하세요, 선생님! 이렇게도 만나집니다. 반갑습니다(웃음). 작년(2012년) 성균관대학교 문과대학 학술제 때 뵙고, 이것으로 두 번째 만남입니다. 사실 오늘 저는 조금 걱정이 앞서는 게, 제가 원래 눌변인 데다가, 작년 학술제 때 뵌 선생님도 상당히 과묵한 편이라는 인상이 남아서 정담이 잘 될지 어떨지 청탁을 받아놓고 고민이 많았습니다(웃음). ……정담이라고는 하지만, 선생님의 시를 중심으로 이야기를 하는 것이니까요, 부담없이 시에 대한 선생님의 생각이나 입장을 이야기해주시면 좋겠습니다. 우선 그동안 어떻게 지내셨는지 근황을 좀 여쭙고 싶습니다.

김병호(이하 김): 교류가 많지 않은 사이임에도 이런 자리에 같이해주셔서 제가 고맙고 반갑습니다. 그런데 너무 깍듯하시니 내가 노인 취급을 받는 거 같네요(웃음). 그냥 비슷한 일을 하는 선배로 봐주세요. 저는 과묵한 편은 아니에요. 다만 공식적인 자리에서 나한테 말 걸어주는 사람이 별로 없어서 종종 오해를 받습니다. 술 한잔 먹으면 잘 떠들고 놉니다. 그런 자리에서 한번 뵙죠.

시 쓰는 사람이 당연히 시 열심히 쓰는 것이 근황이 되어야 하지만 시는 많이 게을러진 게 사실입니다. 새로운 기획을 꾸준히 하고 있기는 하지만 주로 머릿속에서 이루어지고, 시를 쓰려고 컴퓨터를 여는 일은 많이 줄었습니다.『현대시』덕분에 최근 머릿속에 있던 기획을 조금씩 옮기고 있어요.

한동안은 주로 '바깥 글'을 쓰면서 보냈습니다. 같은 동네에 사는 친한 시인이 한 분 있는데 그 양반 표현이에요. 문학 바깥의 글 말입니다. 전업 시인은 없잖아요? 혹시 있나요? 먹고살아야 하니까. 최근에 그분하고 작가협동조합을 하나 만들었습니다. 글로 먹고살 수 있나 실험해보는 차원입니다. 물론 바깥 글이 주가 되겠지만 일이 잘될지 긴장도 되고 그러다가 일하기 싫은 본능이 꿈틀거리기도 하고 그렇습니다.

〔장〕 전업 시인이 한둘 정도는 있을 겁니다. 그러나 역시 그런 것은 아주 예외적인 경우겠지요. '협동조합'이라니 뭔가 근사한 느낌입니다(웃음).

습작기 이야기를 좀 청해 듣고 싶습니다만.

〔김〕 고등학교 동창 중 하나가 국문과에 진학해 시를 쓰고 있었는데, 그 친구를 통해 이성복의 『뒹구는 돌은 언제 잠 깨는가』와 기형도의 『입 속의 검은 잎』을 소개받았죠. 그 시편들을 읽는 동안 잘 알 수는 없지만 굉장히 자극적인 뭔가가 자꾸 나를 건드리더라고요. 잊히지 않고 자꾸 생각나는 거예요. 막연하게나마 이런 생각을 했습니다. '절망'도 이렇게 화려할 수 있구나, 이런 '절망'이 문학이 될 수도 있구나, 하는. 그러고 나서 군대를 갔다 왔는데, 나도 모르게 학교를 그만두고 시 쓸 생각을 하고 있었습니다. 그런데 당장 학교를 그만둘 용기는 나지 않아서 휴학하고 시 공부하러 다녔죠. 2년을 그렇게 보내고 다시 복학해 졸업하고 보니까 남들 4년 다니는 학부를 군생활 포함해서 9년을 다녔더라고요.

그리고 시 공부하러 다닐 때 선생님들이 이시영, 정희성, 돌아가신 김남주, 이런 분들이었습니다. 들으면 아시겠지만 시를 시이면서 동시에 잘못된 현실에 들이대는 '칼날'로 사용하셨던 분들이지요. 흔히들 그때가 '시의 시대'였다고 많이들 회고하잖아요? 그렇게 그분들의 시와 인식을 통해 사회를 보는 눈을 깊게 하고 시를 바라보는 시각도 넓혀갔죠. 그런데 자연스레 시를 그들답게 쓰려다 보니까 잘 안 되는 거예요. 사회, 정치적으로야 그분들에게 백 퍼센트 동의하지만 시적으로는 속이 답답하고 안 되는 겁니다. 지금은 이렇게 생각합니다. 사람마다 자신만의 지문이 있고 성문(聲紋)이 있듯이 시의 발성도 그 사람과 맞는 것이 있다고. 그래서 이후로는 반대로 하는 데 열심이었습니다. 예를 들어 관념어 쓰지 마라, 이러시면 관념어로만 쓴다든가. 현실에서 출발하라고 하시면 현실을 거세한다든가. 이런 식이었죠. 그러고도 내 목소리를 찾는 데 긴 시간이 걸렸습니다. 물론 그 목소리라는 것이 환경과 길항하면서 계속 변하는 것이기는 하지만 내 목소리의 특성은 조금 알게 되었어요. 아, 그렇다고 해서 제가 리얼리즘 시론을 부정하거나 폄하하는 것은 전혀 아닙니다. 자기의 목소리를 찾는 과정을 얘기하는 거죠. 시론은 시를 바라볼 때 사용하는 것이지 시를 쓰는 전범(典範)이 되어서는 안 된다는 생각은 지금도 변함이 없습니다.

그다음은 나만이 말할 수 있는 내용을 찾아다녔습니다. 과학이 가진 미적 성취에 매달린 것도 그 하나죠.

[장] 좋은 분들에게 배우셨군요. 좋은 분들에게 배웠기 때문에 오히려 조금 더 빨리 자기 목소리를 찾으려는 생각을 하게 되신 것은 아닌지 모르겠습니다. 사람들에게는 고유의 성문이 있다. 시의 발성도 그렇다고 하셨는데, 그것은 아주 중요한 지적인 것 같습니다. 문장을 예쁘게 꾸미는 것부터 배워서는 안 되고, 자기의 발성을 찾는 것이 먼저 되어야 시의 길이 열린다고 생각합니다. 이것은 그저 경험치의 진리기는 합니다만(웃음).

신형철 씨가 『과속방지턱을 베고 눕다』(2006)를 "시간만을 위해 바쳐진 시집"이라고 논평한 것을 보았습니다. 『과속방지턱을 베고 눕다』는 총 7부로 구성되어 있고 각각의 부(部)는 특정한 시간을 제목으로 내세우고 있습니다. 원래 이런 체제를 염두에 두고 창작을 하셨을 것 같지는 않습니다만, 결과적으로는 원고를 정리하면서 이런 '시간'에 기반을 둔 체제를 취하게 되셨습니다. 이런 체제를 취하게 된 동기에 대해 여쭤보고 싶군요.

〔김〕 시 쓴 지 8년만에 등단했습니다. 1998년이었지요. 또 8년의 시간이 지나서 첫 시집을 냈습니다. 그런 첫 시집에서 전체적인 기획을 염두에 두고 시를 쓸 수는 없었죠. 시기로 보자면 20대 중반에서부터 30대 후반까지 넓게 퍼져 있는데, 어려운 일이었죠. 다만 시집을 묶으면서 어떤 응집력을 만들고 싶었습니다. 아시겠지만 그 당시에도 이미 소통의 폭에 대해서는 많이 포기한 부분이 있어서 전체적인 응집력과 맥락을 생각했어요. 그리고 '시간'이라는 것이 화두이기도 했습니다. 우리가 아는 단선적이고 비가역적인 시간이 아니라 종속적이고 유연한, 심지어는 불연속적이고 뒤집히는 시간의 다른 모습을 많이 생각하고 있었어요. 그때, 그래서 시간의 순서도 이리저리 뒤섞으려는 생각까지 해봤는데, 이걸 주제로 쓴 시는 있지요. 그런데 순서를 그렇게까지 하는 건 너무 심하다는 생각이 들어서 포기했죠.

〔장〕 아까 '나'만이 말할 수 있는 것으로서 과학에 대해 잠깐 말씀하셨습니다만, 대학에서 물리학을 전공하셨지요? 개인적으로 저는 국문학이나 문예창작학을 전공하지 않은 시인이나 소설가가 우리 사회에 더 많이 있었으면 좋겠다고 생각합니다만, 실제로는 매우 적은 편입니다. 그래서 아마도 선생님은 '물리학'이라는 전공과 시인이 된 동기에 대해 그동안 많은 질문을 받아오셨으리라 생각합니다. 『과속방지턱을 베고 눕다』를 읽다 보면, 「슈뢰딩거 방정식」이라든지 「뉴트리노」라든지 「리트머스 루페」와 같은 자연과학의 여훈(餘薰)이 느껴지는 시들이 제법 있더군요. '자연과학'이라고 하는 돋보기로 세계를 읽는다고 할까, 표피적 세계가 아니라 어떤 본원적 세계가 이 돋보기를 통해 드러내지는 것이 아닌가 하는 인상도 받았습니다. '자연과학' 혹은 '물리학'은 선생님

의 시에 있어서 어떤 의미가 있는 것인가요?

〔김〕 조금 전에 바깥일에 대해 얘기했지만, 이번에는 '바깥 시인'이라고 말해볼까요? 다른 전공을 가진 시인, 또는 학문 없이 독학한 시인들 말입니다. 많지 않지요. 더 많이 나와야 한다는 생각에 저도 동의합니다. 우리 시단을 풍부하게 만드는 일이니까요. 다양한 개성을 만날 확률을 높이는 일이기도 하고요. 그런데 이 바깥에서 시인으로 인정받는 일은 쉽지 않습니다. 일단 언어의 룰을 익히는 일도 상대적으로 환경이 좋지 않고 시에 마음을 두었다 하더라도 작정하고 찾아다니면서 공부하거나 모임을 만들어 버텨내지 않는 이상 포기하기 쉽습니다. 등단의 과정이나 이후 발표하는 과정도 상대적으로 더 큰 어려움을 뚫어야 합니다. 시와 가까운 전공자보다 조금 더 거친 가시밭길이라고 할까요?(웃음)

그건 그렇고 물리학에 관한 얘기는 할 말이 많지만 간단하게! 물리는 우주의 원리를 추적합니다. 시는 사람들의 원리를 새롭게 발견해나간다고 거칠게 말할 수 있죠. 사람도 우주의 원리 안에서 태어났기 때문에 당연히 그 원리를 따르고, 그와 동시에 그 자체로 '원리의 응축체'라고 할 수 있습니다. 왜냐하면 다시 우주를 관찰하고 자신을 돌아보는 정신을 가지고 있으니까요. 그 정신은 우리 우주의 것이기도 하죠. 결국 같은 일이라고 생각합니다. 시를 쓰는 일이나 물리를 공부하는 일. 저는 과학 안에서 느끼는 미적 원천을 시로 옮기고 싶습니다. 물리를 개척하는 일은 그쪽 연구자들이 하는 일이고 저는 그 결과물에 대해 미학적으로 접근하는 거죠. 지금도 노력하는 일이고요. 여기에 다시 시적 미학을 추가하고 싶습니다. 언어미학적으로! 사실 어떤 경우에는 제게 그것이 더 중요합니다. 시니까요. 우리 문장이 가진 여러 가능성을 활용한 미학적인 접근.

〔장〕 그렇군요. 『과속방지턱을 베고 눕다』는 '자연과학'이라는 돋보기로 본 세계를 담고 있기는 하지만, 그럼에도 오롯이 '자연과학'이나 그 '돋보기'와 같은 것에 회수되어버리는 세계라고는 여겨지지 않습니다. 오히려 이 시집의 절창들은 어느 쪽인가 하면 '찬밥 반쪽'으로 말라붙은 '생활'에서 누설된 것들이 아닌가, 이런 감상도 있을 수 있다고 봅니다. 세계와는 불화하고, 아버지와의 대화는 겉돌고, 어딘지 길 위에서의 비명횡사와 같이 음울하고 불편한 분위기도 있습니다. 선생님이 대결하고 있는 '생활', 선생님의 시선을 사로잡고 있는 '인물군상'에 대해 잠깐 이야기를 청해보아도 될까요?

〔김〕 오래된 일이라 기억이 잘 안 나는데(웃음), 시적 시선이 바깥을 향하는 경우도 있고 시적 자아에 집착하는 경우도 있죠. 그런데 첫 시집은 자아가 강했다는 느낌입니다. 몇몇 인물이 등장하지만 대개 음울하고 절망적이지요. 물론 근본적인 허망은 지금도 다르지 않지만, 그 허망을 좀 더 적극적으로 해석했다고 봅니다. 대개의 젊은 날처럼 강한 자기연민으로 해석된 인물이나 정황들에는 자신의 절망이 짙게 녹아 있습니다. 그래서 실제의 인물들이지만 절망이라는 필터로 많이 편광되어 있지요. 결국 내면의 풍경이 있고 그곳의 조명에 맞게 들어앉은 인물들입니다. 하여간 젊은 날에는 절망만큼 매력적이고 자극적인 테마가 또 있을까요? 많이 물이 빠지긴 했지만 저는 아직 철이 덜 들었습니다. 지금의 테마라고 할 수 있을까요? 물 빠진 절망?

〔장〕 딴은 물을 빼는 것이야말로 미학의 소관이겠지요(웃음). 기억이 안 나신다더니, 중요한 것은 잊지 않고 계신 게 아닌가 하는 인상을 받았습니다.

　그건 그렇고 『과속방지턱을 베고 눕다』에서 『포이톨로기』(2012)로 넘어오면서 시의 질감이 많이 변했다는 인상을 받았습니다. 시의 제목이 시 위에 오지 않고 시의 끝에 붙는다든지 하는 것도 매우 새로웠습니다. 우리 시인들은 자기 마음이라는 필터에 걸러진 풍경에 대해 묘사하는 사람들인데, 선생님의 시는 기존의 '서정시'와는 전혀 다른 '관념'의 영역을 누비고 있더군요. 이 발상의 새로움, 조금 거창하게 말하면 '시'에 대한 고정관념을 파괴하는 시도의 새로움에 대해서 경의를 표하고 싶습니다. 한편으로 그 새로움은 많은 사람들에게 낯섦 이상의 폭력으로도 비치지 않았을까 하는 생각도 있는 것이 사실입니다. 좀 알기 쉬운 것을 써달라는 독자 측의 주장에 대해서 항상 타자의 언어는 쉬울 수 없다고 주장해온 저이기는 하지만, 시인 측에서도 타자의 마음에 가닿기 위해 무언가 시도를 해야 하지 않을까, 목숨을 걸고서라도 도약을 해야 하는 것이 아닐까 하는 생각도 있습니다. 그렇게 하더라도 결국은 완전히는 이해될 수 없는 것이 언어의 숙명이니까, 받아들이는 쪽에서는 여전히 어렵다고 느낄 것이지만 말이죠.

〔김〕 '낯섦 이상의 폭력'이라는 말을 들으니까 생각나는 일이 있습니다. 제 시집을 본 어떤 이가 폭력적이라는 말을 한 적이 있습니다. 다시 조립하면 '언어폭력'인데 얘기인즉 '내 시를 읽고 마음의 상처를 받았다는 말인가?'라고 생각해본 적이 있어요. 읽는 일은 주체가 적극적으로 행하는 행위죠. 수동적으로 당하는 언어폭력과는 다릅니다. 오히려 제가 시에 있어서 폭력으로 느끼는 경우는 '소통에 대한 강요'입니다. 물론 독자들은 그런 말을 할 자격이 있고 자신에게 맞는 시를 골라 읽을 자유도 있습니다. 그러나 시단에서 시론이라는 잣대를 들이대면서 행해지는 소통에 대한 강요는 어떤 경우 폭력이라고 생각합니다. 생태계가 그런 것처럼 시도 다양해야 합니다. 생태계의 목적은 바로 생태계 자체의 번성입니다. 환경의 변화에 적응 못한 종은 사라지고 다른 종

이 번성해 결과적으로 생태계 전체가 풍성해지는 것이 목적이죠. 우리 시단도 더 많은 시적 형태를 품으면서 더욱 다양한 내용을 확보해야 시라는 장르가, 또 문학이 시대의 통각으로 살아남을 수 있는 것 아닌가요? 그래서 어떤 소통에 대한 어떤 강요는 획일화의 사심이 섞여 있고 이는 또 어떤 권력관계에 대한 욕망이 조금은 있지 않나 생각합니다.

이런, 두 번째 시집의 변화에 대한 얘기는 못했네요. 그럼 짧게. 막말로 하면 될 대로 되라, 뭐 이런 기분이랄까요? 더 한번 가보자. 눈치 보지 말고 하고 싶은 얘기 해보자. 그런 게 컸죠. 결과적으로는 시집을 낸 출판사에 폐만 끼치지 않았나 싶습니다. 안 팔리니까요.(웃음)

[장] 팔리는 시집도 있을까요?(웃음) 그것은 마케팅을 담당하는 분들의 몫인지도 모르겠습니다. 방금 '다양성'에 대한 이야기를 해주셨는데, 제가 말씀드린 것은 모든 시가 '균질적으로' 쉬워야 한다는 것은 아닙니다. 원론적인 이야기지만 작가든 독자든, 그들이 어떤 스타일을 가졌든 간에 서로를 향해 다가설 준비가 되어 있어야 한다는 것이고요. '소통'이란 말은 별로 좋아하지 않습니다만, '소통'이란 원래 그 자체로 불가능성을 내포하고 있다고 생각합니다. 그럼에도 오히려 이 불가능성 때문에 우리 인간은 타자를 향해 말을 거는 일을 멈추어서는 안 된다고 믿습니다. 『포이톨로기』는 "될 대로 되라"라는 기분으로 쓰셨다고 했지만, 제게는 이 '이질적인 언어'야말로 등질화되고 획일화된 작금의 시를 내파하면서 '대화의 가능성'을 향해 뚜벅뚜벅 걸어가는 언어로 비칩니다. 왜냐하면 등질화되고 획일화된 것들 사이에서는 '대화'가 일어나지 않기 때문입니다. 우리에게는 '타자'가 필요한 것이지요. 저는 그런 시적 태도에 대해 선생님께 조금 듣고 싶었던 것입니다(웃음).

이제 '환상'에 대해 조금 이야기해보기로 하지요. 『포이톨로기』는 '환상'에 매우 많은 것을 걸고 있는 시집 같습니다. 소위 우리가 '리얼'

이라고 부르는 것도 우리가 '인지하는 한의 리얼'일 뿐이며, 그런 의미에서 '리얼' 역시 '환상'의 일부에 지나지 않는다고 하는 주장을 펼치고 계신 것이 아닌가 싶습니다. 그런 의미에서라면 그것은 '하이퍼리얼'과 같은 말로 불렸어야 하는 것이 아닐까 생각되기도 합니다. 선생님에게 '환상'은 어떤 의미고, 왜 그것이 『포이톨로기』라는 시집을 구상하는 시점에서 중요했는지 여쭙고 싶습니다.

〔김〕 그런 간극이 있어야 대화가 일어난다는 지적은 제게 좀 아프게 다가옵니다. 어느 순간부터 그 대화가 가능한 거리에 대해서는 제가 애써 외면하지 않았나 하는 반성이 드네요. 그러나 변명의 여지는 있습니다. 첫 시집에서는 과학이 품고 있지만 보편적으로 전달되지 않는, 세계의 비밀을 담고 있는 '과학적 고찰의 산물들'을 저 혼자 느끼기에도 바빴습니다. 그리고 버릴 수 없는 내 절망들도 함께 섞어야 했죠. 그래서 지금 보면 조금 파편적이라는 느낌도 있습니다. 두 번째 시집은, 그래서 더욱 체계적으로 만들어보려고 했습니다. 현대과학이 파헤친 세계의 구조를 틀로 삼고 그 안에서 시적 내용물들을 엮으려 했던 거죠. 굴비들을 꿰는 새끼줄이 있어야 했습니다. 새끼줄은 과학의 맥락을 살리면서도 스스로 언어 미학적이어야 했어요. 그리고 줄기는 시편들과 서로 대비되면서 나름 유기적으로 엮여야 했기 때문에 더 이질적으로 보일 수밖에 없던 것은 아닌가 생각합니다. 그 결과 어디는 건조해지고 또 어느 부분은 더 난삽해지기도 했습니다. 이 시도가 만족스럽게 이루어지지는 못했지만 그것은 온전히 내 능력의 문제고요. 한마디로 힘에 벅찬 시도였죠. 독자와 손닿을 수 있는 거리를 유지하는 일까지 생각할 겨를은 없었습니다. 몇 가지 사안은 조금 뒤로 밀렸다고 할까요? '될 대로 되라'는 말은 이런 정황을 대변하는 표현입니다. 그러나 이런 앞뒤 돌아보지 않는 쓰기가 진정한 '대화의 가능성'을 만들어

나가는 일이라는 장이지 씨의 해석을 들으니 위안이 되고 힘도 나고 그렇습니다.

그리고 환상에 대한 얘기는 시집에 대한 구체적인 언술이라 내 입으로 말하기 조금 뭐한 부분이 있으니까 짧게 하죠. 『포이톨로기』의 전체적인 흐름은 세계의 구조를 상정하고 어느 부분에서 시가 태어났으며 시, 또는 예술이 그 구조 안에서 어떤 역할을 하는가 하는 맥락입니다. 이 중 환상은 무한대의 가능성을 품고 있는 대양 같은 것입니다. 우리의 현실은 그 가능성들 중 하나가 딱딱한 형태를 가지고 우리 눈앞에 드러난 것이지요. 물리에서는 이런 선택을 가능성이 붕괴했다고 말합니다. 시는, 예술은 이런 현실 안에서 우리를 다시 드넓은 환상의 영역으로 되돌리는 역할을 하죠. 어떤 '회귀'죠. 예술은, 환상은 회귀의 목적지고요. 뭐 그냥 한 사람의 개똥철학이라고 봐도 좋지만 나름 현대 과학이란 배경이 있습니다. 아니면 말고요(웃음).

〔장〕 아니요, 재미있습니다. 「환상의 결절」 앞부분에 '유령'이라는 말이 등장합니다. '유령'이라는 말은 고정된 현실, 선생님 표현대로 하자면 딱딱해진 현실이 아닌 '가능성'의 영역에 남겨진, 구현되지 않은 현실을 가리키는 것인지 어떤지 모르겠습니다. 지금 우리가 현실이라고 생각하는 것은 사실 우연의 소산이며, 확률적으로는 이렇게 되지 않을 수도 있었다는 것이지요. 지금 우리가 알고 있는 예수 그리스도는 우리가 알고 있는 그대로 구현되어 있기는 하지만, 어쩌면 예수 그리스도는 이것과는 다른 삶을 살 수도 있었지만 결과적으로는 그렇게 되지 않았습니다. 이 다른 삶을 살 수도 있었지만 결과적으로는 그렇게 되지 않은 예수 그리스도를 '유령'으로 부를 수 있을지도 모르겠습니다. 선생님에게 '유령'은 무엇인가요? '유령'은 구현된 현실에 대한 일종의 탈구축을 위한 장치인가요?

〔김〕 아, 그 문장, 『공산주의 선언』의 첫 문장에서 차용한 것입니다. 그리고 그 유령이라는 말, 너무 의미심장하더라고요. 장이지 씨 생각과 비슷한지 모르겠습니다. 선택 이전의 존재, 현실이라는 단면을 포괄하는 가능성의 존재, 모든 것과 상호작용하지 못하고 스쳐지나가야 하기 때문에 근원적으로 슬픈 존재지만 선택의 순간을 넘어서면 운명이라는 짐을 져야하는 제약된 존재, 말하고 보니까 둘 다 슬프네요. 물론 마르크스의 '유령'에서는 징후의 냄새가 많이 났지 그리 슬프지는 않았는데.

〔장〕 선생님과 정담을 하기로 해놓고, 저는 '포이톨로기'란 무엇인지 묻지 않아야겠다는 생각을 했어요. 그것은 이미 많은 사람들에게 들으셨으리라고 여겨집니다만, 그럼에도 묻는 방식을 좀 바꾸어서 이렇게 여쭤볼 필요도 있겠다 싶은 생각이 듭니다. 가령 『포이톨로기』의 직조 방식은 메타창작적인 것이라고 해야 할지, 세계관이라고 해야 할지, 관념적인 부분과 '알레고리'로 대표되는 문학적인 것이 교차하면서 편집되고 있는 것은 아닌가. 이런 교차 편집적인 방식의 의미, 왜 '알레고리'인가 하는 선택의 문제에 대해 여쭙고 싶습니다. 가령 선생님은 두 번째 시집으로 오면서 부쩍 '세계'라는 관념에 몰두하고 있다는 생각이 들었습니다. 사실 우리들 인간은 그런 것을 생각하면서 살지는 않지 않나요? 그런 거시적인 물음들은 「매트릭스」 같은 영화에 나올 법한 것이 아닌가, 그런데 알레고리라는 것도 '세계의 구조'에 대한 관심으로 여겨집니다.

〔김〕 세계는 인간에게 근본적으로 위험의 대상이자 호기심의 광장이죠. 우리는 그곳에 던져져서 먹을 것을 구해 생존해나가야 하는 숙명을 짊어졌죠. 또 이유는 알 수 없지만 다음 세대를 만들어야 하는 투

쟁의 장이기도 합니다. 그래서 내가 호기심과 공포를 끌어안고 살아남아야 하는 이 세계의 구조를 이해하는 일은, 아니 나름대로 세계의 구조에 대한 아이디어를 가지고 있어야 하는 일은 세계의 안에서 자신의 위치를 정하는 일입니다. 그리고 내가 하는 일은, 시 쓰는 일도 그중에 하나겠지만, 세계 안에서 내가 하는 행위에 방향성을 부여하는 일이기도 합니다. 사실 그것은 가치를 만들어나가는 일과 비슷한 말이기 때문에, 자족적인 행위의 하나라고 치부해버릴 수도 있지만 삶에 타당성을 부여하는 일로 볼 수도 있지요. 세계를 아는 일 말입니다.

　그런데 세계를 아는 일은 간단치 않습니다. 인문학적으로 말하면, 세계는 해석되는 것이기 때문입니다. 아마 누군가에 의해 명명된 이론이 있을 테지만, 실제로 자연은 이렇게 행동합니다. 저기에 뭔가 분명한 실체가 있는 것 같지만 가까이 다가가보면 흩뿌려 있는 가능성만을 발견합니다. 그래서 우리가 할 수 있는 일은 해석뿐입니다. 그러나 객관적인 해석 또한 없습니다. 거기에는 분명하게 관찰자의 의지가 개입됩니다. 내가 위치를 파악하려고 하면 속도가 희미해집니다. 속도를 물으면 위치가 흐려지지요. 자연의 본질입니다. 대답하는 이는 묻는 이의 의도를 눈치채고 다른 대답을 내놓습니다. 그런데 그 대답 또한 은유적입니다. 은유의 특성 중 하나는 고정되지 않는다는 것이지요. 보는 이에 따라 다른 답이 나옵니다. 자연이 그래요. 이런 은유의 중첩, 연속적으로 이루어지는 은유에 대한 해석이 알레고리 아닐까요? 어쩌면 진실을 말할 수 있는 유일한 방법이 알레고리일 수도 있다고 봅니다. 고정된 진실이 없으니 그 움직임 전체를 따라가야죠. 알레고리가 할 수 있는 일입니다. 그냥 그렇게 느낀다는 얘기지 내 알레고리만이 진실을 말하고 있다, 그런 건 아닙니다.

[장] '세계'에 대한 그런 관심의 역사는 그리 오래되지 않은 것인지도

모르겠습니다. 알레고리 자체는 유서 깊은 것이지만, '세계의 구조'를 알레고리를 통해 나타낸다고 하는 발상은 비교적 최근에 뚜렷한 흐름이 되고 있는 것 같아요. 그전에는 '세계'를 의식하면서 살지 않아도 됐지만, 오늘날에는 '세계'가 우리를 옭아매고 있으니까 자연히 '세계'에 대해 알아두지 않으면 안 된다고 하는 강박이 생기는 게 아닌가 저는 그런 접근도 가능하다고 생각합니다. 착각인지도 모르지만요(웃음).

『포이톨로기』는 '자유'에 대해서도 많은 이야기를 하고 있는 것 같습니다. "규율이라는 사슬을 푸는 일"이 '계몽'이라면, '계몽'의 과정은 '자유'가 확대되어가는 과정과도 무관하지 않을 것입니다. 『포이톨로기』에 나타난 '자유'란 어떤 의미인지요? 20세기 초의 아방가르드운동도 사실은 '자유'의 확장을 지향했다고 생각합니다. 계몽주의자들도 그랬지만, 아방가르드에 참여했던 사람들은 계몽주의는 불철저하다고 생각했던 것이지요. 그래서 자신들은 더 철저한 '자유'를 행해보려고 했던 것인데, 결과적으로는 그들의 '자유'는 계몽주의자들의 '자유'보다도 훨씬 비좁은 영역을 만들어낸 것이 아닌가, 저는 그렇게 배웠습니다. 그러니까 아방가르드가 보여준 '자유'라는 것은, 그것이 어떤 의미에서는 철저한 것인지도 모르지만, 한편으로는 더 많은 사람들이 공감할 수 있는 것은 아니었다는 이야기가 되겠습니다.

[김] 제가 슬쩍 넘어갔으면 하는 얘기는 꼭 꺼내는군요! '규율이라는 사슬을 푸는 계몽'은 제 아내의 관심분야였습니다. 저는 말 그대로 이해했고, 인용했죠. 계몽으로 자유가 확대되었지만 그 전제는 정신의 자유도를 넓히는 일이었을 겁니다. 저는 현실에서의 자유, 정치적인 자유는 억압과 투쟁으로 얻어지는, 그러니까 억압과 자유의 제로섬 게임 같은 개념이라고 상정했습니다. 반면 제가 등장시킨 자유는 정신적 영역의 확장이라는 쪽에 더 큰 무게가 있습니다. 따라서 자유는 무기이

죠. 예술이 단호하게 환상의 영역으로 복귀하려는 싸움에서 사용할 수 있는 가장 강력한 무기!

[장] 저는 『포이톨로기』와 같은 세계는 도저히 쓸 수 없을 것 같습니다. 그것은 정말 대단하다고 승복을 하지 않을 수 없었거든요. 저는 시라는 장르가 '글짓기' 정도의 수준에 그치는 것, 재치 있는 말을 연습해서 적당히 꾸며 쓰는 것에 멈춘다면, 별로 의미 있는 것이 될 수 없다고 생각합니다. 시에는 시인의 철학이 있어야 한다고 믿습니다. 그런 의미에서 『포이톨로기』는 매우 의미심장한 성과라고 생각합니다. 선생님은 요즘 시에 대해 어떻게 생각하세요? 『포이톨로기』라는 시집은 지금 우리 앞에 놓여 있는 것과 같은 형태로 '구현'되기는 했지만, 어쩌면 다른 형태로 될 수도 있었습니다. 그렇지 않고 지금과 같은 형태가 된 것은 이 시집을 둘러싼 환경으로서 다른 시집들, 다른 시인들에 대한 반작용도 일정하게 영향을 미쳤다고 보아야 할 것 같습니다. 그런 의미에서 동시대 시에 대해 이야기해주시면 좋겠습니다.

[김] 서울을 떠나 지금 사는 지방의 작은 도시로 이사한 지 십 년이 되었네요. 그 시간 동안 느낀 것이 있다면 수도권과 지방 사이에 아직 큰 격차가 있다는 점입니다. 그중 문화에 대한 접근성이 가장 두드러집니다. 아무리 인터넷이 생활의 중심에 서 있다고 해도 우리가 시집을 살 때에는 직접 손으로 만져보고 읽어보고 새 책의 냄새까지 맡아봐야 주머니에서 돈을 꺼내지 않나요? 나만 그런가요? 하여간 큰 서점에 가려면 차로 한 시간 가까이 움직여 인근의 대도시로 나가야 합니다. 그마저도 시집 코너는 구석으로 밀리거나 아예 없어진 곳도 많습니다. 이 얘기는 제가 요즘 시를 많이 못 본다는 변명을 하려고 꺼낸 말입니다. 또 동시대에 생산되는 시에 관해 이렇다 저렇다 얘기할 식견이 제게 있

는 것도 아니어서요. 다만 다양한 색깔을 가진 다양한 목소리가 나오고 있다는 점은 반길 일입니다. 시가 자본의 간택을 받지 못했고 또 그럴 가능성이 전무한 상태에서 근근이 명맥을 유지하고 있는 것도 대단한 일인데, 이런 상황 아래에서도 시를 쓰고 또 다양한 개성들이 움직이고 있다는 사실은 뭔가 감동적이기까지 합니다. 시가 감동을 주기 이전에 시가 살아 있는 일 자체로 감동을 받아야 한다니 좀 처연한 생각도 들지만, 또 딴 얘기가 길었네요. 여타의 시나 시론에 반발해 이런 난삽한 형식을 만들었다고는 생각하지 않아요. 물론 시를 배우던 예전에는 나를 구속하는 시론들이 답답해서 그 반대로만 써보려고 시도한 적이 있었죠. 그러나 지난 시집이 가진 형식과 내용의 동기를 따지자면 시로 할 수 있는 최대한의 자유를 맛보고 싶었습니다. 딴에는 그게 시의 영역을 넓히는 일이라는 자위도 함께 했죠.

〔장〕『포이톨로기』이후에는 어떤 작업을 하고 계신가요? 앞으로의 계획에 대한 물음이 되겠습니다만, 다른 사람들보다 먼저 선생님의 다음 작업에 대한 계획을 듣는 영광을 좀 주시지요?(웃음)

〔김〕궁금하면 500원이라고 했던가요?(웃음) 하나의 틀을 염두에 두고 있습니다. 지난 시집이 세계의 구조를 틀로 했다면, 다음에는 세계의 작동방식에 대해 작은 힌트를 얻었습니다. 아까 말씀드렸던 은유의 연속성을 기반으로 하는 해석의 문제와 관련이 있습니다. 다시 틀을 짜고 거기에 맞는 시를 써보려고 하는데 자기 전에 누워 생각해보니까 거창하고 힘들어요. 잘 될지 모르겠네요. 또 하나 문제는 이런 내용으로 어느 출판사가 책을 내줄지 그것도 걱정입니다. 하여간 해봐야죠. 명색이 시 쓰는 사람이니까 되든 안 되든 쓰는 게 도리 같아요.

〔장〕 긴 시간 동안 좋은 이야기를 들려 주셔서 고맙습니다. 아마도 선생님의 시를 이해하는 데 이 정담이 하나의 지침이 될 수도 있지 않을까 싶습니다. 개인적으로 저는 선생님의 다음 작업을 손모아 기다리고 있습니다. 앞으로도 시적으로, 인간적으로 선생님의 고견을 청해 듣고 싶습니다.

〔김〕 별말씀을요. 시적으로나 인간적으로 폐나 안 끼치고 사는 것이 제 목표입니다. 준비하시느라 들인 시간과 노력, 고맙습니다. 그런데 짧은 식견으로 무거운 질문에 답하느라 고생은 제가 했네요(웃음).

범용한 것들이 몰려온다
—2010년 봄의 한국시

들어가며

현대사회는 '과잉연결 사회'라고 부를 만한 상태가 되어가고 있다. 그 중심에 SNS가 있고, 스마트폰 등 기기의 진화가 이 현상의 촉매 노릇을 하고 있다. '총표현사회'라는 말도 있지만, 역사상 유례를 찾을 수 없을 정도로 누구나 '발신자'가 되고자 하는 표현 욕망에 사로잡혀 있다. 그러나 자기표현이라고 하는 것은 실상 오히려 위축되고 있다고 말하는 사람도 많다. 많은 사람들이 다른 사람의 생각을 자기 생각으로 착각하면서, 다른 사람의 생각을 '재발신'하는 숙주가 되고 있는 것이다. 이에 대한 반동으로 커뮤니케이션 자체를 거부하는 사람도 생겨나고 있는 모양이지만, 어쨌든 현대인들이 '과잉연결'되어 있다는 것은 부정할 수 없게 되고 말았다.

'과잉연결'은 결국 개성의 상실로 이어질 수밖에 없다. 각종 문예지에 실린 요즘 시들을 보면, 이게 누구의 작품인지 언뜻 봐서는 알 수도 없고, 언젠가 한번 보았던 작품 같다는 생각이 들어서 당황하게 되곤 한다. 근대문학의 기제가 '차이'를 만들어내는 것이었다면, 오늘날 그 기제는 절체절명의 위기에 처해 있다. 누구나 '비슷한' 차이를 만들어내고 있다. 범용한 것들이 몰려온다!

근자에 서정시에 대해 이야기하는 사람이 많아졌지만, 근대시로서의 서정시를 생각하면, 역시 서정시란 두 개의 관념―원관념과 보조관념―을 어떻게 '다른' 관점에서, '다른' 방식으로 연결할 것인가를 놓고 고민하는 양식이라고 할 수 있다. 그러나 2000년대에 들어서면서 이런 '다른' 관점이나 '다른' 방식은 서서히 그 차이가 상쇄되고 있다. 이러한 현상을 나는 현대시의 범용화라고 규정하고 싶다. 그렇다면 현대시의 범용화는 부정적인 현상인가 하면, 그렇게 주장하는 것은 아니다. 아니, 확실히 근대문학의 입장에서는 이 범용화야말로 위기 그 자체라고 해야 할 것이다. 그러나 그와 같은 가치판단을 하기에 우리는 이 현상의 안쪽에 깊숙이 자리 잡고 있다는 느낌이다.

문학의 기제가 바뀌고 있다. 혹은 문학을 둘러싼 근본환경이 바뀌고 있다는 것을 전제하면서, 이러한 변화의 전후를 비교해보는 것이 겨우 우리가 감당할 수 있는 일이다.

서정시의 장르적 매력

시적인 것이 있는지 없는지에 대한 논쟁이 한때 있었는데 이런 논쟁은 큰 의미가 없다. 시적인 것은 없다고 말하는 순간 이미 '시적인 것'을 염두에 두지 않을 수 없게 되기 때문이다. 시인들마다 시적인 것이 다를 수 있다는 점도 감안해야 한다. 그런데 장르론의 층위에서라면 시적인 것이란 어떤 것인지 탐구해볼 만하다. 이런 논의들은 대개 시인들로부터 환영을 받지 못하지만, 기본으로 돌아가 볼 필요는 있다. 처음에 우리는 왜 다른 장르가 아니라 '시'라는 것을 쓰기로 결심한 것일까. 어떤 시들을 암송하고 다녔고 공책에 어떤 시들을 적어 다녔으며 사람들에게 어떤 말을 하고 싶었는가. 어떤 마음에서 시를 쓰기로 한 것인가.

장르론에서 서정시는 자아와 세계의 동일성을 추구하는 서정적 자아의 독백을 시인이 최초로 엿듣는 양식으로 정의된다. 세계관이나 제시형식에서 이미 시적인 것은 규정된다. 아무리 현란한 언어를 동원한다 해도 스타일의 개신을 시도한다고 해도 시의 태생적 성격이 달라지는 것은 아니다.

「모노드라마」의 제시형식은 '엿들어지는 독백'으로서 서정시의 전형성을 띠고 있다.

요즘 나 말야 오래 입이 쓰고 내가 미워져 그런 날이 많아 막
차를 보내고 집까지 자주 걸어와 TV를 소리죽여 켜놓고 커
튼을 치고 숨만 쉬어 고마운 마음을 갖고 싶어 그런데도 손과
발가락은 움직이거든 친해지고 싶은 사람이 있었는데 이사를
가버리거나 맥박수가 달라서, 미안해요 시간이 없다고도 해
나는 거울을 많이 들여다보는데 내 속을 모르겠어 그럴 땐 음
악을, 지하철을 타고 음악을 들으면 모든 걸 잊고 잠이 오고
못 가는 곳이 없거든 매표소에서, 너 요즘 어때? 아저씨가 물
으면 괜찮아요 가을이 더 깊어지면 버섯을 따러 가야죠 생각
하고 웃기도 해 설명할 수 없는 날씨가 있지 변덕쟁이 같아 그
렇게 말해놓고 발만 동동 구르는, 그렇게 생각해놓고 잊어버
리는, 내 방식은 아니지만 가끔 내가 먼저 전화를 걸 때도 있
지 거긴 어때요? 자꾸만 뭔가를 흘리고 다니는 기분, 옥상에
서 숯불을 피우고 혼자 국수를 삶아먹고 내려다보면 골목길
엔 아무도 없고 옆집은 차례차례 비어가고 껴안지도 못할 화
분들만 늘어가 내일은 연극을 한 편 보려고 해 요즘 어때? 같
이 밥 먹을까? 그렇게 말해주는 연극, 이런 분위기, 사실, 예전
부터.

—박상수, 「모노드라마」 전문

이 시의 서정적 자아는 거울을 들여다보고 자기 자신에 대해 자주
생각하며 지하철에서는 이어폰을 꽂은 채 음악을 들으며 잠시 세상을
잊는 내적 인간(inner man)이다. 이 시의 내용은 그리 독창적인 것은 아
니다. 제목에서 표방하고 있는 '독백'의 제시형식도 새롭지 않다. 하지
만 어떤 현란한 수사적 장치에 기대고 있지 않으면서도 이 시는 세련된
느낌을 준다. 박상수는 단자화된 현대 도시인의 생활양식을 덤덤하게

진술한다. 그것은 이미 우리들에게 익숙한 풍경이지만, 우리 자신이기도 한 내적 인간이 혼자 있을 때 의외로 자기감정을 능숙하게 말하는 것에 우리 스스로도 놀라지 않을 수 없다. 이 의외의 달변가는 고독하면서도 감미로운 목소리로 독자들을 매혹시킨다. 독자들 또한 서정적 자아가 경험하는 내적 혼란에 대해 잘 알고 있다. 우리들은 우리들의 감정을 다른 사람들에게 온전하게 표현할 수 없어서 슬픈 사람들이다. 그래서 더 많은 말들을 하게 된다. "자꾸만 뭔가를 흘리고 다니는 기분", 그 기분이 정확히 어떤 것인지 말할 수 없지만 막연하게나마 "뭔가를 흘리고 다니는 기분"을 우리 모두 공유하고 있다. 이 시의 미덕은 그런 공감을 촉발시키는, 청각에 호소하는 서정성에 있다. 청각에 호소한다는 것은 어떤 것인가? 독자들은 이 시를 읽으면서 세련된 도시적 감수성을 지닌 젊은 남자의 목소리(어조)를 경험하게 될 것이다.

「갈대로 사는 법」 역시 독백으로 이루어진 시다. 그러나 「모노드라마」가 감미로운 슬픔이나 가벼운 멜랑콜리의 경험으로 우리를 이끄는 반면, 「갈대로 사는 법」은 이별의 극한 감정이라는 내적 경험으로 우리를 이끈다.

> 그와의
> 이별은 가벼움으로 격해지는 것
> 비밀을 묻을 데 없어
> 가릴 것 없는 갈대로 사는 것
> 고요에도 뼈가 있다면
> 뼈처럼 사는 것
>
> 그해
> 습지 모퉁이에서 피를 다 쏟았다

꿇을까 봐 아예 무릎을 없앴다

더 줄일 수 없는

가느다란 비밀만 남겼다

가끔

이별할 듯한 연인들이 찾아와 허옇게 피를 말리고 갈 때

아홉 번쯤 일어나 이빨 없는 치를 떨었다

갈대 속에서 세상이 흔들렸다

　　　　　　　　　—최문자, 「갈대로 사는 법」부분

「갈대로 사는 법」은 이별의 상처를 갈대의 형상으로 치환하는 은유적 시선의 깊이가 있다. 이 시에서 서정적 자아의 견인적 삶은 갈대의 형상을 얻음으로써 미적으로 승화된다. 시인은 점증하는 이별의 고통과 절망감이 실연 후의 인간의 삶을 어떻게 변형·왜곡할 수 있는가를 형상화한다. 가장 슬픈 것은 점점 야위어가는 갈대와 같이 안으로 삭이는 그 견인의 자세가 오히려 고통과 절망의 크기를 배가한다는 진실에 있다. 그러나 한편으로 "갈대 속에서 세상이 흔들렸다"라는 이 시의 마지막 한 줄은 끝까지 견뎌냄으로써 흔들리는 것이 서정적 자아 자신이 아니라, 다시 말해 '갈대'가 아니라 '세상'임을 역설하는 것처럼 이해된다. 한없이 연약해 보이지만 안으로 분노를 쟁여놓는 갈대의 강함이야말로 시인이 보여주고자 한 것인지도 모른다.

「갈대로 사는 법」 역시 새로움보다는 이별시의 전통적 문법을 안정감 있게 이어받은 작품이다. 이 시에 내장한 동일성의 시학은 인간의 궁극적인 삶의 방식이 자연과 닮아 있음을 확인시킴으로써 모종의 인지적 충격을 주기도 한다.

한편 「옛 가을의 빛」은 무료했던 과거의 어느 순간들을 특권화한다는 점에서 서정시의 또 다른 매력을 보여준다.

개들은 불안한 고독의 날개를 가진 나비를 쫓아다녔다
저수지에 고인 물의 살 속으로 깊이 침입하던 바람은
수초를 기슭으로 자꾸 보냈고
하여 저수지 기슭에는 붉은 물풀들이 행려거지처럼 누워 있
었다

고추가 마르던 집 앞에서 빛은 고독한 매운내를 풍기며 앉아
있었다
가지가 마르던 마당에 보랏빛으로 고여들던 어둠은
할머니가 피우는 담배연기 속으로 들어가 해맑은 죽음의 빛
으로 살아났다

벙어리가 종종거리는
맨드라미가 붉은 손을 자꾸 흔드는
그 마당에 가만히 앉아서 김칫거리를 다듬던 새댁의 눈 안에
고인 눈물빛
—허수경, 「옛 가을의 빛」 부분

「옛 가을의 빛」에서 정체감과 불안감을 유발하는 저수지는 '살'로 만
져지는, 양감이 있는 물질로 기억된다. 고추가 마르던 집 앞의 빛은 후
각적 이미지와 분간할 수 없으며 가지가 익어가는 마당에 고여들던 어
둠은 가짓빛의 색감을 띠어간다. 할머니의 담배연기에서는 죽음의 빛
이 엿보이기도 한다. 이 모든 빛들은 과거의 특별할 것 없는 순간들에
생기를 불어넣는다. 신화화된 기억 속에서 인간은 빛의 줄기로 자연에
이어져 있는 자신을 발견함으로써 자신이 소중한 사람이라는 것을, 자
기동일성을 새삼 확인하게 된다. 고유한 시간을 빛의 이미지로 복원하

는 이 아름다운 작업도 기실 서정시의 구성원리로서 비유에 절대적으로 기대고 있음은 물론이다. 훌륭한 비유가 반드시 좋은 시를 만드는 것은 아니지만, 좋은 시에는 훌륭한 비유가 있을 가능성이 높다.

은유에 대한 질문: 차이의 축

고대 수사학에서 원래 은유는 친숙하지 않은 것을 친숙한 것으로 바꾸어 말하는 의사소통의 한 기술이었다. 원관념이 청자에게 익숙하지 않기 때문에 청자가 잘 이해할 수 있는 보조관념으로 바꾸어 말하는 것이 곧 은유의 원리다. 그러던 것이 현대 시학으로 내려올수록 원관념과 보조관념 사이의 거리가 점점 벌어지게 되었다. 저녁이 하늘을 등지고 번지는 모습을 "수술대 위에 누워서 마취되어 가는 환자"의 의식에 비유했을 때(『알프레드 프루프록의 연가』), 두 관념 사이의 동일성은 즉시 찾을 수 있는 것이 아니라 고도의 지성과 위트의 도움이 필요하다. 모더니즘의 전통은 이처럼 '차이'를 만드는 시학을 정전화해왔다. 그럼에도 이 '차이의 시학'은 여전히 동일성의 원리를 강조한다. 원관념과 보조관념 사이의 거리가 점점 벌어지고 있지만, 두 관념은 여전히 한 극단에서는 서로 만나는 지점을 공유하고 있어야 한다. 이 공통분모를 찾음으로써, 서로 멀게만 여겨왔던 것들이 사실은 가까운 것이었다는 점을 깨닫고, 사람들은 인지 확장의 쾌미를 얻는 것이다.

원관념과 보조관념 사이의 거리가 멀기로는 송재학의 시를 빼놓고 이야기할 수 없다. 그의 비유는, 발화는 낯설고 독창적이다.

일몰 무렵 평사낙안의 발묵이 번진다 짐작하자면 공중의 소리 일가(一家)들이 모든 새의 깃털로 바빴기 때문이다 희고 바

래긴 했지만 낮달도 선염법(渲染法)을 기다리고 있지 않은가
공중이 비워지면서 허공을 실천중이라면, 허공에는 우리가
갖추어야 할 것들이 있다 바람결 따라 허공 한 줌 움켜쥐자
내 손바닥을 칠갑하는 색깔들, 오늘 공중의 안감을 보고 만졌
다 공중의 문명이란 곤줄박이의 개체수다 새점을 배워야겠다
　　─송재학,「공중」 부분

　이 시의 화자는, 비어 있다고 생각한 '공중'의 실체를 새들의 생리
를 통해 유추해간다. 유추하고 있기 때문에 '공중'과 '새들'은 닮아 있
다. 랑그의 층위에서 볼 때, 양자는 유사성에 의해 닮아 있는 것은 아
니고 인접성에 의해 닮아 있다. 양자는 연상 관계로 서로 묶여 있다. 언
어 행위의 층위에서 볼 때, 양자는 어휘를 선택하는 수준이 아니라 어
휘를 결합하는 수준에서 관계를 맺고 있다. 하나의 원관념('공중')에 여
러 보조관념이 엮여 있다는 점에서 이 시는 확장은유를 활용하고 있
지만, 전반적으로는 환유를 기본 비유로 활용하고 있음을 알 수 있다.
구문상으로는 조건문과 등식문장(정의문)이 눈에 띈다. "공중이 비워
지면서 허공을 실천중이라면, 허공에는 우리가 갖추어야 할 것들이 있
다"는 조건문은 하나의 잠언처럼 보인다. 이 잠언의 함의는 '공중'이 스
스로 내부를 비움으로써 그 본질에 가까워지듯이 인간도 본질에 가까
워지기 위해서는 '공중'의 자세를 배워야 한다는 것이다. 시인은 마지
막에 새점을 배워야겠다는 엉뚱하게 들리는 결론에 귀착한다. "공중
의 문명이란 곤줄박이의 개체수다"라는 등식문장은 새들이 분주하게
돌아다니는 것이 '허공의 실천'과 관련이 있기 때문에 성립할 수 있다.
이 등식문장은 사실 고대 수사학에서 말하는 은유에 아주 가깝다. 물
론 보조관념은 친숙한 것이지만 다소 엉뚱하다. 원관념이 보조관념보
다 낯설기 때문에, 원관념 자체가 원관념을 감춘 상징('공중의 문명')이

기 때문에, 이 시는 신비해 보인다. 송재학의 복잡한 구문이 그래도 설득력을 유지하고 있다는 것은 중요하다.

「메타포의 질량」은 제목 그대로 은유에 대한 철학적 질문을 담고 있다.

맨 처음 우리는 귀였을 거예요 아마. 따스한 낱말과 낱말이 포켓 사전처럼 대롱거리는 귓불이었을 거예요 아마. 그때 우린 사전의 속살을 들춰 보았죠. 여긴 두 페이지가 같네요? 파본인가요? 그다음 우리는 그릇이었을 테죠 어쩌면. 아이스크림을 컵에 담듯 살아온 날들의 독백이 녹아 흘러내리지 않게 자그마한 그릇처럼 웅크려야 했을 테죠. 그때 우리는 맛있었죠. 그때 우리는 양 손바닥처럼 밀착되었을 테죠. 고해와 같았을 테죠 어쩌면. 딸기 맛과 멜론 맛이 회오리처럼 섞일 때면 하루가 저물었죠. 그런 후에 우리는 서로의 기록이었죠. 손목이 손을 놓치는 순간에 대해, 시계가 시간을 놓치는 순간에 대해, 대지와 하늘이 그렇게 하여 지평선을 만들듯이 윗입술과 아랫입술을 그렇게 하여 침묵을 만들었죠. 등 뒤에서는 별똥별이 하나씩 하나씩 떨어져 내렸죠. 그러곤 우리는 방울이 되었어요. 움직이면 요란해지고 멈춰서면 잠잠해지는, 동그랗게 열중하는 공명통이 되었죠. 환희작약 흐느낌, 낄낄거리는 대성통곡. 은총과도 같이 도마뱀의 꼬리와도 같이. 우리는 비로소 물줄기가 되었죠. 우리는 비로소 물끄러미가 되었죠. 이제 우리는 질문이 될 시간이에요. 눈먼 자가 자기 집으로 돌아가는 길을 마음속으로 그려 보는 시간이죠. 덧없지 않아요. 가엾지 않아요. 홀로 발음하는 안부들이 여울물처럼 흘러내리는 이곳은 어느 나라의 어느 골짜기인가요. 이것은 불시착인가요

도착인가요. 자, 우리의 질문들은 낙서인가요 호소인가요, 언
젠가 기도인가요?
　　─김소연, 「메타포의 질량」 전문

　「메타포의 질량」은 김소연의 『눈물이라는 뼈』(2009)의 궁극적인 질
문을 형이상학적으로 변주한다. 이 시는 두 개의 관념이 어떻게 만나
은유를 형성하는가를 유추적으로 형상화한다. 그러나 시인은 'A=B'
로 표시되는 은유의 도식을 되풀이 설명하기보다 이 등식에 대한 회의
를 드러낸다. 시인은 두 관념이 동일성(유사성)을 획득하는 순간의 항
구성을 부정한다. 은유는 동일성의 획득 혹은 확인으로 완성되는 것이
아니라 오히려 그 동일성이 극히 짧은 순간의 접점에서만 가능하다는
동일성에 대한 회의에 의해서 성립한다. 두 관념은 '딸기 맛'과 '멜론 맛'
이 회오리로 섞이는 아이스크림처럼 만났다가 어느 순간 서로를 '물끄
러미' 관조하는 격조한 거리로 멀어진다. 김소연은 이 '차이'의 확인/의
심을 결렬로 받아들이지 않는다. 이 메타포의 숙명은 서정적 자아와
시인 사이의 숙명에도 그대로 들어맞는다는 것을 통렬하게 인식하고
있기 때문일 것이다. 벗어버린 허물을 '물끄러미' 바라보는 곤충처럼 시
인은 서정적 자아를 본다. 서정적 자아와 완전히 섞여 있다가 서서히
본래의 자신으로 되돌아오는 반복되는 과정에서 그녀는 시인의 존재
론에 가닿는다. 이 숙명은 언제 구원을 받을 수 있을까? 구원은 한없이
연기되면서 기도가 멈추는 것을 용납하지 않는다. 왠지 "뭔가를 흘리
고 다니는 기분"(「모노드라마」)은 묘하게도 이 경우에도 들어맞는다.

알레고리적 (시)쓰기 현상: 범용성의 축

월간 『현대시』는 1월호 특집으로 '문제는 환상이다'를 마련했다. 「왜, 환상인가」에서 원구식은 '미래파'로 불리곤 하는 일군의 젊은 시인들을 '환상파'로 재규정하고자 하는 뜻을 내비친다. 이런 논의들은 나름대로 요즘 시의 특이성을 해명하는 데 밑거름이 될 수도 있을 것이다. 그러나 한편으로 이 특집의 필자들은 왜 그동안의 시 연구에서 '환상성'이 그렇게 소홀히 다루어져왔는가에 대해 더 주의를 기울였어야 했는지도 모르겠다. '환상파'라는 명명은 젊은 시인들의 지형도를 지나치게 단순화할 수 있다. '환상파' 안에 '동화파'가 있다는 것은 '환상파'라는 명명이 '동화파'와 같은 세부 지류의 차이를 균질화할 수 있다는 위험성을 역설적으로 보여준다.[*]

사실 요즘 시에 나타나는 환상 중에서 문제가 되는 것은 알레고리에 수반하는 환상이다. 문제는 환상이 아니라 알레고리다. 아니, 알레고리가 문제라기보다는 세계를 알레고리로 파악하는 것이 중요하다. 범박하게 말해서 체험한 것을 리얼하다고 하는 근대시의 공공성과는 다른 공공성이 있다는 것, 기본현실로서의 세계를 그리는 것이 아니라 알레고리화한 현실을 그리고 있다는 것이 눈에 띄는 부분이다.

솥 안에서 눈이 녹는다. 마을 사람들이 모두 마실 만큼 모이려면 얼마나 걸릴까요. 장작이 모자란단다.

왜 눈밭에 얼굴을 문질렀니? 때를 벗기려고요. 동상에 걸려서 이마가 부풀었다. 내가 너무 더러워서 친구들이 따돌렸어요.

---

[*]   원구식, 「왜, 환상인가」, 『현대시』, 2010년 1월호, 102면 참조.

잘했다. 한동안 학교엔 못 가겠구나.

줄줄

마실 물도 없는데 울면 어떡해. 마실 물이 있다면 씻을 거예
요. 정 그렇다면 눈물로 세수를 하지 그러니. 줄줄줄줄 터진
볼이 쓰려서. 나는 더 많이 울었다.

겨울이 끝나지 않아서. 사람들이 네 엄마를 태워 죽였어.
그래서 우리 집엔 물이 없지요.

하지만 아빠. 나는 알 수 없어요. 팔 하나가 잘리면 천국에서
도 팔 하나가 없듯이. 잿더미가 된 엄마는 천국에서도 잿더미
인가요? 그렇다면 할머니가 불쌍해. 여든 살에 죽었으니까. 차
라리

나도 크면 십자가에 매달릴래요. 그렇지만 딸아. 장작이 모자
란단다. 마을에 숲이 하나 더 있다면 우리는 겨울을 끝낼 겁
니다. 이것은 아빠의 말이었지.
　　　　—김승일, 「마녀의 딸」 전문

　많은 젊은 시인들이 알레고리를 통해 말하고자 하는 것은 '놀랍게
도' 세계의 구조다. 시인들은 패악한 구조를 폭로하기 위해 알레고리를
동원한다. 그런데 이 알레고리에는 더 이상 윤리적인 압박감이 느껴지
지 않는다. 세계의 패악함은 이제 감추어져 있지 않기 때문이다. 「에반
게리온」이나 게임 서사에서처럼 그것은 드러나 있다. 많은 시인들이 이

공공연한 세계의 비밀을 원관념으로 감춘 채 '이야기'를 만드는 데 노력하고 있다. 다양한 이야기가 있지만 결국 그 이야기들은 속악한 세계의 구조로 접근하는 길을 따라 전개된다. 고급 독자들은 더 이상 시를 '물끄러미' 보려 하지 않는다. '질문이 될 시간'(「메타포의 질량」)을 용납하지 않는다. 시를 읽기는 읽는데 읽고 나서 기억나는 구절이 없다. 왜냐하면 고급 독자들조차 시를 읽는다기보다 이야기를 소비하고 있기 때문이다. 스토리의 층위에서는 모든 것이 새로워 보이는데, 주제의 층위에서는 모든 것이 범용할 따름이다. 알레고리화한 현실은 우리가 발딛고 있는 물리적인 세계보다 다채롭지 않다. 심지어 그것은 유형화할 수조차 있다.

「마녀의 딸」에서 중요한 것은 '마녀의 가계'라는 설정이다. 이 이채로운 혈통은 주제론적으로는 서정주의 「자화상」이나 「문둥이」 계열의 작품과 관련을 지을 수 있을지도 모른다. 그러나 '마녀'는 '종'도 아니고 '문둥이'도 아니다. 그것은 순수문학의 하위개념으로서의 판타지가 아니라 대중문학에서 새롭게 시장을 형성하고 있는 판타지문학으로부터 순수문학의 영역으로 유입된 것이다. 유하·장정일의 세대가, 모든 차이를 무화하고 중심을 해체하는 고도소비사회의 범용성을 넘어서기 위해 대중문화를 순수문학에 접합함으로써 상대적 차이 짓기에 골몰했다면, 김승일의 세대는 고도소비사회의 범용성에 이미 적응하여 차이 짓기가 아니라 범용성의 수사를 재창조하고 있다. 「마녀의 딸」의 '나'는 자신의 저주받은 가계를 원망하거나 부정하지도 않고 기왕에 죽을 바에야 더 젊었을 때 폼 나게 죽고 싶다고 고백한다. 천형의식을 물려받은 예외적 개인들의 서사 전통은 「마녀의 딸」에서는 별로 쓸모가 없다. 진지해야 되는 상황에서 김승일은 너스레를 떤다. 그는 마술과 마법, 마녀와 마왕이 등장하는 판타지 세계에서 온 자답게 개연성보다는 아이템을 더 중시하는 것 같다. 그의 대화체는 다소 듬성듬성해 보인다. 그 대신 솥 안에 눈을 녹이는 마을, 동상(凍傷), 집단따돌림(박해), 죽는 순간의 모습으로 살아야 하는 천국에서의 삶, 십자가 등과 같은 아이템에 더 정성을 기울인다. 그런데 이와 같이 데이터 수준으로까지 분해했을 때 「마녀의 딸」의 세계는, '위험한 마술'과 '아름다운 마술'이 경합하고, "마술사들을 사실의 음모로 몰아 죽이는"(박해) 「천 개의 학을 입에 문 날들」이나 "나는 욕조에 눈을 담아 끓이는 계절에 태어났습니다"라는 구절이 있는 「어느 몽상가의 욕조—에드몽송 씨에게」(김경주, 이상 『문학과사회』, 겨울호)*의 세계와 차별화될 만한가의 과제를 남긴다.

문학주의의 폐허(ruin), 범속성 시의 기념비

지난겨울에는 『눈물이라는 뼈』(김소연), 『시차의 눈을 달랜다』(김경주), 『그녀가 처음, 느끼기 시작했다』(김민정) 이상 세 권의 시집을 번갈아가며 읽었다. 심정적으로 내가 가장 친연성을 느낀 것은 『눈물이라는 뼈』(2009)였다. 이 시집에는 "흰 약처럼 쓰디쓴 고백들"(「폭설의 이유」)이 울음과 함께 쏟아지고 "이동력이 없는 것들"의 운명에 대한 연민이 위안의 말이 되기도 하는(「위로」) 정경들이 들어 있다. '한숨, 약속, 통곡, 선물, 고통, 소원, 상처'(「너를 이루는 말들」)와 같은 말들로 이루어진 사람의 감성에 공명되어 나는 처음으로 시를 쓰기 시작했는데, 그런 원장면들이 자꾸 뇌리를 스쳤다. 시가 무엇인지도 모르고, 모르니

---

* 「어느 몽상가의 욕조—에드몽송 씨에게」는 『문학과사회』 겨울호에 실린 작품과 『시차의 눈을 달랜다』(2009)에 실린 작품이 서로 다르다. 『문학과사회』 버전의 'p.s.'는 『시차의 눈을 달랜다』에서는 빠져 있다. 그 대신 'p.s.'의 내용은 이 시집의 첫 시이기도 한 「너도 곧 네 피 속으로 뛰어든 새를 보게 될 거야」라는 시에 거의 그대로 반영되어 있다.

까 우선 써야만 했던, 쓰면서 찾아 헤매야 했던 근원적 장면의 여운들
이 길게 따라 붙었다.

『시차의 눈을 달랜다』(2009)로 김경주는 세 권의 시집을 갖게 되었
다. 『기담』(2008)에서 형태적 아방가르드와 낭만적 위악을 걷어내면
『시차의 눈을 달랜다』가 된다고 할까. 『기담』의 '기(奇)'는 현대판 전기
문학(伝奇文學)인 판타지에 그 탯줄을 대고 있다고 생각했는데, 이 방
면으로 연구를 시작하기도 전에 그는 세 번째 시집으로 달려가 버렸
다. 『시차의 눈을 달랜다』 역시 앞선 시집들과 크게 다른 세계는 아니
다. 그러나 이 세 번째 시집을 읽으면서 그의 시에는 아직 '문학주의의
폐허'가 남아 있다는 것을 다시 한 번 확인했다. 「하루도 새가 떨어지
지 않는 하늘이 없다」 「먼저 자고 있어 곁이니까」 등의 진솔한 육성이
특히 그러하다. 낭만적 아이러니의 세계에 발을 딛고 서 있다는 점에서
김경주는 '2007년 이후'(『나는 이 세상에 없는 계절이다』 출간 이후)에 등
장한 '범용성의 축'과는 또 다른 경계선 위에 서 있다.

김민정의 두 번째 시집인 『그녀가 처음, 느끼기 시작했다』(2009)는
『날으는 고슴도치 아가씨』(2005)의 메르헨적인 세계와는 또 다른 범속
성의 세계를 열어젖히고 있다. 거의 모든 시가 인간관계 속에서 튀어나
온 것들이란 점은 경이롭다. 그녀는 속물들의 세계에서 혼자만의 시간
을 압수당한 채 이 사람 저 사람을 만나고 다닌다. 그녀는 은유나 알레
고리와 같은 시적 구성원리들보다는 자기가 직접 체험한 일들의 현장
성에 가치를 둔다. 어찌 보면 어떤 리얼리스트보다 사실주의적이다. 대
중가요와 광고 등 패러디적 요소들마저 상대적 차이를 만드는 장치가
아니라 일상의 배음으로 깔려 있다. 여자 남자 통틀어서 최근 백 년 사
이 김민정이 가장 화통한 입말의 시를 썼다. 범용한 것을 쓴다고 해도
그녀의 시는 여전히 개성적인 세계를 유지하고 있다.

2010년의 한국시는 여러모로 기로에 서게 될 것이라는 예감이 든다.

아직까지 우리에게는 '차이의 수사'가 몸에 맞지만, 시장은 '범용성의 수사'에 더 높은 기대를 걸고 있다. 시 장르의 실속(失速)과 더불어 시의 본질이나 근원에 대한 물음은 더 다양하게 제기될 것이다. '범용성의 시인들'도 이 물음을 통과하지 않고서는 자신들이 서 있는 지점의 좌표를 혼자 힘으로는 설명할 수 없게 될 것이다. 2005년 이래 미래파에 집중된 관심은 미래파 주축 시인들의 세계가 어느 정도 자리 잡혀 감에 따라 2007년 이후 등장한 신인들에게로 분산될 조짐이 보인다. 시장의 관심에서 벗어난 '미래파 세대'가 어떻게 자기 세계를 지켜나가고, 어떤 지점에서 '전향서(轉向書)'를 쓰며, 앞으로도 계속 시 쓰는 자로 그 정체성을 유지해나갈 것인가를 지켜보는 것도 분명히 흥미진진할 것이다.

외래어 물신은 노래한다

—유형진, 황병승, 이제니, 박희수의 시를 중심으로

들어가며

막 등단했을 무렵, 내게는 시를 쓸 때 소재 면이나 시어 면에서 전혀 새로운 것을 찾아야 한다는 강박이 있었다. 현실은 전혀 그런 것이 아닌데 선배들의 시를 보면 좀 안일하다 싶을 정도로 똑같은 것만 쓰고 있는 게 아닌가 하고 삐딱한 생각을 했다. 그러다 보니 손쉽게 외래어를 좀 써보기도 했는데, 그 외래어란 것은 선배들의 시에서는 보지 못한 것이었기 때문에 내 자신이 써놓고 스스로 흡족해하기도 했다. 지금 생각해보면 참 철없는 노릇이었는데, 그래도 그러한 치기가 내가 지난 시절에 썼던 시의 한 개성을 굳혔다는 것을 부인할 수는 없다.

최근 시의 외래어 물신 현상도 대개 새로운 것을 찾아야 한다는 의식의 소산이다. 그러나 어떤 경우에는 이 정도라면 머지않아 한국어가 아니라 영어로도 시를 잘 쓸 수 있을 것 같다는 인상을 받게 될 때도 있다. 외래어 편향이 황병승을 비롯한 몇몇 시인에게서 성공을 한 뒤로 일종의 '패션'이 되고 있다. 이제 슬슬 선배들의 외래어 편향을 보면서 모국어를 새롭게 찾아내려고 절치부심하는 신인이 나올 때도 됐다. 물론 외래어 편향이라는 것은 어떤 사대주의 소산은 아니고, 그것도 일종의 당면 현실의 변화라는 사회적인 맥락에서 이해할 필요가 있다. 어쩌면 외래어에 대한 모국어의 우위를 전제하는 담론 자체가 회의의 대상이 되어야 하는 것인지도 모르겠다.

그런데 외래어 물신 현상이 시단에서 동일한 양상으로 퍼져 있다고 하는 것은 역시 섬세한 관찰이 아니고, 그것에도 여러 다른 흐름이 있는 것이 아닌가, 이쯤에서 그 범주를 나누어보는 것도 필요하다는 생각이 든다. 외래어 물신 현상은 상당히 지속적으로, 게다가 전면적으로 우리 시의 체질을 바꾸고 있고, 그 나름의 지형을 형성해가고 있다고 판단되기 때문이다.

언어의 팬시화와 외래어 물신의 음악

언어의 물신화는 고도자본주의 사회를 대표하는 현상 중 하나다. 최근 시인들이 언어에 대해 관심이 있다고 할 때, 그것은 정지용과 같은 입장에서 언어에 대해 관심을 갖는다는 것과는 상당히 다른 맥락에 서다. '범(凡)언어파'에는 언어 자체에 대해 철학적으로 사유하는 김언, 말놀이를 전략적으로 추구하는 오은 등이 두각을 나타내며 저마다 자기 세계를 성실하게 만들어가고 있지만, 그러한 추구와는 다소 변별되는 지점에서 '언어의 팬시화'라고 할까 하는 현상이 상당히 광범위하게 퍼져 있다. 여기에서 말하는 '팬시(fancy)'란 리얼에 대한 의식적 거부, 레디메이드를 변개 없이 비현실적인 세계에 이식함으로써 재조합되는 이계적(異界的) 질서, 실용성보다는 장식성을 강조하는 문화산업적 양상 등을 아우르는 개념이다. '언어의 팬시화' 혹은 '팬시적 감수성'은 진은영(『우리는 매일매일』), 김민정(『날으는 고슴도치 아가씨』), 그리고 김이강의 어떤 시들에서도 산견되지만, 유형진의 시야말로 가장 본격적인 의미에서 '언어의 팬시화' 혹은 '팬시적 감수성'을 드러내고 있다.

유형진은 첫 시집에서 「내가 가장 예뻤을 때 나는 바나나파이를 먹었다」 「올해도 과꽃이 피었습니다」 「식판 공장의 프레스 기계들과 언니의 검은 란제리를 위한 노래」 등 1970, 80년대의 풍경들을 배음으로 한 현실반영적 계열과 「피터래빗 저격사건」 「애버뉴b」 「정전 중인 지구에 화성인들이 방문하면」 등 영화·음악 등 문화적 코드들을 배음으로 한 현실조작적 계열, 이상 두 세계를 유려하게 펼쳐 보인 바 있다. 그중에서 후자의 세계를 발전시킨 것이 첫 시집 이후의 소위 팬시적 양상으로 나타나고 있다. 특히 「가벼운 마음의 소유자들」 연작이 이 방면에서 주목할 만한 성과라고 할 수 있다.

이곳에선 모든 것들이 갇혀 있습니다. 알 만한 사람은 다 아는 사실입니다만, 이곳은 갇혀 있어야 풀려나는 곳입니다.

시계 액자 안에 꽃병 액자가 있습니다. 꽃병 액자 안에 커피포트 액자가 있습니다. 커피포트 액자 안에 나침반 액자와 팽이 액자가 있습니다. 팽이 액자 안에 일곱 살과 아홉 살의 액자가 있습니다.

일곱 살의 액자는 자고 있었고 (흑장미색의 벨벳 커튼이 드리워져 있었다는 소리지요.) 아홉 살의 액자 안에는 회색과 흰색을 섞은 뭉게구름과 하늘색 하늘과 동전 모양 해님과 해님 모양 동전을 넣는 뽑기 기계와 껌볼 같은 형형색색의 거짓말들이 있습니다.

해님 모양 동전을 뽑기 기계에 넣었더니 투명 반달 두 개를 붙여놓은 듯한 볼이 튀어나옵니다. 볼을 열어 보았더니 탱탱 튕기는 파란 고무공이 나옵니다. 파란 고무공은 포물선을 여섯 번 그리더니 다시 액자 속으로 퐁당 들어갑니다.

파란 고무공이 튕겨 들어간 액자 속엔 하늘색 하늘이 있지만, 더 이상 뭉게구름도 해님도 없습니다. 다만 수염 없는 고양이가 있고, 눈썹 없는 부인이 있습니다. 액자 속 모든 사물들에 입이 있지만 아무도 말을 하지 않습니다.
　　—유형진, 「가벼운 마음의 소유자들—액자의 세계」 전문

「가벼운 마음의 소유자들—액자의 세계」는 우리가 살고 있는 현실을

'액자의 세계'로 바꿔치기한다. 그렇게 함으로써 우리가 현실이라고 믿는 세계의 리얼리티를 무력화하는 것이다. 그러니까 여기에서의 '액자'란 모든 예술이 현실을 포착하는 하나의 '프레임'을 말하는 것이겠다.

그러나 이 '프레임'이 어떤 인식 가능한 영역, 그 임계를 지시하고 있는 것은 아니다. 왜냐하면 이 시만 놓고서는 '시계, 꽃병, 커피포트, 나침반, 팽이, 일곱 살과 아홉 살로 이어지는 계열체의 필연적 연결 고리를 충분히 설명할 수 없기 때문이다. 가령 이 계열체에서 시계, 나침반, 팽이 등은 회전한다는 공통점을 가지고 있으며 이것은 '일곱 살'의 '잠'이나 '아홉 살'의 '백일몽'으로의 진입을 촉진하는 구실을 하고 있는지도 모른다. 혹은 일곱 살짜리 아이와 아홉 살짜리가 어질러놓은 장난감들의 우연한 결합일 수도 있다. 다시 말해 이 '프레임'은 사유를 제한하는 인식론적 틀이라기보다 예측할 수 없는 이미지들이 분방하게 튀어나오는 초평면이라는 것이다. 그렇다면 이 '프레임'의 역할은 오히려 어떤 영상을 떠올리게 하는 스크린적 장치라고 해야 할 것이다.

사실 이 시를 읽고 팀 버튼이 리메이크한 영화 「찰리와 초콜릿 공장」(2005)을 떠올렸다. 그 영화에는 형형색색의 초콜릿 과자들이 연상적으로 등장하는데, 그러한 연상력이야말로 아이들 특유의 상상력이라고 할 수 있다. 유형진의 시도 아이들의 분방한 연상력을 다루고 있다는 점에서 「찰리와 초콜릿 공장」과 일맥상통하지만, 단지 그것 때문에 「찰리와 초콜릿 공장」을 언급한 것은 아니다. 언어의 팬시화를 대표하는 그룹 중 진은영이 1970년생, 김민정이 1976년생, 김이강이 1982년생, 유형진이 1974년생인데, 이들은 모두 어린 시절을 컬러 TV를 보면서 보낸 세대며, 「주말의 명화」(MBC)나 「토요명화」(KBS) 등을 통해 미국의 대중문화를 지속적으로 흡수한 세대다. 유형진은 「가벼운 마음의 소유자들—액자의 세계」에서 '껌볼'이란 시어를 사용하고 있는데, 아마도 '껌볼'과 같은 것을 '껌볼'이라는 공식 명칭으로 부른 것은 유형진

141

이 처음일 것이다. 누가 처음 그 말을 썼느냐가 중요한 것이 아니고 '껌볼'이란 말을 일상적으로 쓰는 세대가 시단에서 확실하게 뿌리를 내리고 있다는 것이 중요하다. 그러나 그것이 시어로서 사용되는 것은 초유의 일이고 시 속에서 그 '껌볼'이라는 미국적 대중문화의 일단이 하나의 질료로서, 물신으로서 등장하고 있는 것이 의미심장하다.

이 시는 어떤 결락의 암시로 끝난다. 사물들이 일제히 입을 다무는 것이다. 그러나 제4연까지의 사물들은 생기 있게 움직인다. '파란 고무공'이 '탱탱' 튀어가는 장면은 팬시적인 익살기마저 있다. 따라서 마지막 연의 정적은 3연과 4연에 그려진 '아홉 살'짜리 아이의 세계와는 유리된 차원의 이야기가 되는 셈인데, 결론만 간단히 말하면 그것은 시인 자신의 이야기라고나 할까. '수염 없는 고양이'나 '눈썹 없는 부인'은 결락을 암시하는데, 그 결락이란 마지막 연의 '침묵'에 대응된다. 입이 있으되 말이 없는 상태다. 그것은 결국 아이들의 분방한 상상력과 대비되는 어른 측의 정신적 고갈 상태를 암시한다.

지금까지 언어의 팬시화를 큰 현상으로서 보고 유형진의 시를 설명해보았는데, 물론 언어의 팬시화가 일률적으로 진행되고 있는 것은 아니다. 그 진행률을 점검하고자 할 때, 이제니는 빠뜨릴 수 없는 시인이다. 말하자면 언어의 팬시화와는 구분되는 언어 물신의 한 유형을 그녀에게서 찾을 수 있다. 이제니는 1972년생으로 2008년 경향신문 신춘문예로 등단했다. 등단작인 「페루」에서 '페루'는 원래의 지명으로서의 기의를 비운 텅 빈 기표였는데, 당자가 어찌 보면 의미보다는 소리에 치중하면서 외래어들을 분방하게 사용하는 편향이 아닌가 하는 것이 이제니에 대한 첫인상이었다. 그리고 얼마 뒤 「카리포니아」라는 시도 읽었는데, 이 경우에도 역시 외래어 편향이기는 하지만 황병승 류의 하위문화에 경사한 외래어 편향과는 구분되는 문학적 향취가 있는 것이었다.

눈보라 속에서 럼주 한잔
아름다운 동물 얼굴을 만나러 가자
운이 좋다면 진초록 오로라는 덤으로

눈이 흐릿한 집시 할멈의 노래는 이렇게 시작된다
하늘이 부르면 올라가리라 하늘이 부르면 올라가리라

라크―리큐어
이쉬켐베 초르바스―양의 창자로 만든 수프
오렌지
화이트치즈
로즈잼
코윤 바쉬유―양머리 통구이
체르케스 타부―호두소스를 뿌린 닭고기 냉채
아르나웃 셰리―새끼양의 간에 붉은 고추를 넣어 튀긴 것
이맘 바윤드―토마토, 양파, 가지를 넣어 한데 끓인 요리
카딘 부두―기계로 저민 어린 양고기를 삶은 경단
미디에 돌마스―쌀과 소나무 열매를 넣은 조개
제티나울 푸라리―양파와 쌀을 끓인 것
시가라 브레이―치즈를 넣은 패스트리
케슈쿨―아몬드와 쌀가루로 만든 커스터드
카이마르크 에르마 콤포스트―사과시럽을 익힌 것

아이란―요구르트를 묽게 만들어 거품을 일게 한 음료

늙어버린 두 손 위에 늙어버린 진심을 얹어

아무도 모르게 잠이 들리라 아무도 모르게 잠이 들리라

오로라는 꿈속에서만 타는 듯한 녹색
동물의 동공은 기억 속에서만 아름다운 미로

입김 위에서 휘몰아치는 알래스카 윈터
낡은 선술집 창 너머로 스며드는 붉고 검은색
　　—이제니, 「양의 창자로 요리한 수프로 만든 시」 전문

「양의 창자로 요리한 수프로 만든 시」에는 시 중간에 터키 요리의 이름과 그에 대한 설명이 제법 길게 인용되어 있다. 터키 요리의 이름은 원어가 아니고 우리말의 외래어 표기로 적혀 있거니와, 이 경우 요리 이름은 빼고 그 설명만 있어도 의미상 큰 차이는 없지 않느냐는 불만도 나올 수 있을 법하다. 그러나 그 요리의 이름들은, 그 의미에서가 아니라 그 소리에서 '집시 할멈의 노래'를 구성하고, 다시 그 '노래'는 죽은 양에 대한 진혼가가 됨으로써, 이 시가 삶과 죽음이 교차하는 섭생의 이치를 노래한 시가 되게 하고 있다.

그렇다고 하더라도 터키 요리의 이름들이 하나의 물신으로서 배치되고 있는 것만은 부인할 수 없다. 그러나 또 한편으로는 유형진의 시들이 어떤 영상적인 물신을 만들어내고 있는 데 대해, 이제니의 시는 어떤 음악의 상태를 지향하고 있는 점이 적절히 지적될 필요가 있다.

이제니의 외래어 물신은 '지금 이곳'이 아닌 '다른 곳'에 대한 욕망을 드러내고 있지만, 그 언어가 팬시화하여 자본주의적 욕망과 복잡하게 얽히는 대신, 그 기표가 영상이라는 실감을 얻기 전에 음악화해버린다. 서구적인 맥락에서의 서정이 음악에 가까운 상태라는 것을 떠올리면 이제니의 시도는 황병승, 김경주, 박희수 등의 장르 파괴 실험과는

전혀 다른 길로 접어들고 있다.

장르 파괴 실험과 재귀적 언어

　기존 문학양식에 대한 파괴충동은 근년에야 생긴 현상은 아니다. 최근 시단의 장르 파괴 실험도 역시 황지우, 박남철, 유하, 장정일 등의 시사적 모멘트와의 비교·대조 속에서 온당하게 그 의미를 찾을 수 있다. 아주 소박하게 살펴보아도 1980년대 아방가르드에는 정치·사회적 맥락이 있었고, 그분들의 장르 해체 실험에는 문학적 윤리에 대한 요청에 답한다고 하는 의미가 있었다. 1990년대 아방가르드에는 미학적 매너리즘이나 권위주의적 사회 분위기를 혁파해야 한다는 당위성이 있었고, 비대해져가는 대중문화를 비판적으로 전유함으로써 '차이'를 만들어내려는 욕망이 있었다. 그런데 2000년대의 장르 파괴적 경향은 아방가르드가 팝으로 침윤되어가는 과정을 체현하고 있는 것처럼 보인다. 물론 윤리적인 문학만이 훌륭하다는 것은 아니다. 시인 자신을 둘러싼 당면 현실에 대한 관심이 반드시 정치·사회적인 외피를 고수해야 된다고 강요하는 것은 지나치게 경직된 주장이다. 그럼에도 어떤 양식에 대한 해체에 있어서 그 양식에 대해 반성하는 재귀적 언어를 경유하지 않은 아방가르드란 어떤 의미를 지니는가에 대해서는 일말의 의문이 있다.

　2003년 등단 무렵의 황병승은 『여장남자 시코쿠』(2005) 전반의 색채를 염두에 둔다면 상당히 무난한 느낌이었다. 어쩌면 「주치의h」는 이상(李箱) 계보의 어딘가에 놓을 수 있을 것 같았고, 「검은 바지의 밤」은—이것은 다분히 주관적인 인상인데—, 정현종 번역의 파블로 네루다를 읽는 것처럼 매혹적이었다. 「원 볼 낫싱」 「쓰리 아웃 체인지」 「커밍아웃」 등의 시들도 신인의 패기라 할 만한 정도의 새로움이 있는 시들이었다. 그 시형을 놓고 보더라도 그것이 당시 유행했던 산문체도 아니었고, 황병승 시의 트레이드마크처럼 된 이탤릭체나 볼딕체 등의 장치도 아직 본격화되지 않은 상태였다. 오히려 형식에 대한 이러한 초연함이 그의 시에 표현된 반항적인 포즈를 더 돋보이게 했는데, 그것은 매너리즘에 빠진 자연 서정시 계열은 물론이거니와 거기에 맞섰던 해체시의 형식 파괴 전략과도 판이한 것이었다.

그러던 것이 성적인 일탈이나 폭력·살인 등 선정적이고 자극적인 방향으로 기울어갔고 각종 매체들은 이러한 경사를 다분히 부추긴 감이 있다. 그는 시인 자신이라고 보기 어려운 여러 하위문화의 군상들을 하나의 캐릭터로 내세웠는데, 그러한 전략이 시 장르 자체에 대한 반성을 촉발하는 계기를 만들기도 했지만, 한편으로 그것은 등단작에서 보여준 '나'의 경험적 실감을 희생한 대가로 주어진 것이기도 했다. 2000년대 황병승 시의 소비 현상은 이러한 반감과 함께, 하위문화에 친숙한 오타쿠들의 추종이라는 상이한 반응을 거느리고 나타났다. 이것은 2000년대의 다른 영웅들인 김민정, 김경주 시에 대한 소비 현상에도 대동소이하게 반복되었다. 그렇다고 해서 황병승 시 소비 현상이 기성세대의 비판과 신세대의 추종이라는 세대론적 간극을 재현했던 것은 아니다. 오히려 1950, 60년대 한국소설의 '아비 부정' 혹은 '아비 부재'에 대한 향수를 지닌 시단의 선배, 비평가들이 황병승 시의 격정과 낭만적 아이러니를 더욱 적극적으로 읽어냈으며, 젊은 독자들은 오히려 내용상의 결보다는 그의 시에 등장하는 하위문화의 캐릭터들만을 선별적으로 소비했다고 하는 것이 가장 실상에 가까운 설명이다. 평단, 독자, 시인 자신이 『여장남자 시코쿠』를 둘러싼 소비 현상을 저마다 잘못 이해했는데, 그렇게 말할 수 있는 근거는 『트랙과 들판의 별』(2007)에 대한 평단과 시장의 무관심에서 단적으로 찾을 수 있다.

그 추이야 어찌 됐든 2005년 무렵 황병승의 시도에는 그 나름의 절박함이 있었다. 그로 인해 한국 현대시의 외연이 당대 문화의 어떤 결을 흡수하면서 확장되었다고 볼 여지가 있기 때문이다. 그러나 그 이후 그가 그 자신이 확장한 2000년대 한국시의 외연에 걸맞은 시적 대응을 해오고 있는지에 대해서는 쉽게 단언할 수 없다. 그는 '한국적' 문맥을 소거한 채 시를 쓰고 있는데, 그렇다고 '세계적' 문맥을 끌어오는가 하면 또 그렇지도 않고, 외래어 물신 없이는 시를 쓸 수 없는 지점에서 여전히 하위문화의 그림자를 재탕하고 있는 것은 아닌가 하는 회의를 품게 한다. 「벌거벗은 포도송이」를 읽고 든 생각이기도 하다.

그는 한 시대를 풍미했던 록 밴드의 보컬이자 뛰어난 기타리스트였지만 알코올과 약물에 의존하는 가엾은 소년에 불과했다 빽빽한 공연 일정에 맞춰 비행기와 보트, 전용 리무진을 타고 이동하는 동안의 그는 언제나 취해 있었고, 십대부터 이십대 후반의 그루피들이 유령에 홀린 사람들처럼 그의 주변을 맴돌았다 그리고 누군가 때에 절은 차창에 미지근한 입김을 불어 써놓은 손글씨,

너덜란드

미국과 영국 프랑스 독일을 거쳐 그의 마지막 공연장이 될 종착역, 유럽 북서부의 입헌군주제 국가, 튤립과 풍차의 나라……

나는 나쁘지 않다고 생각했다. 죽어가는 왕들과 신음하는 왕실의 미래, 몰락 속에서, 몰락의 고통을 잊기 위해 온 집안이

취해 있었고, 서로가 그것을 묵인했다는 것, 번영의 시간보다
몰락의 시간이 너덜란드를 더욱 치명적으로 아름답게 만들었
다는 것, 병들어 죽어가는 연인들이 서로의 차가운 몸을 부둥
켜안고 열정적으로 주고받았을 질문과 대답처럼…… 마치 이
모든 게 구름과 같다고 생각하면서, 이 모든 게 첨탑을 지나는
구름과 같다고 생각하면서
　　　　　　　　　　　　—황병승, 「벌거벗은 포도송이」 부분

　「벌거벗은 포도송이」는 위대한 배우였지만 사랑에 번번이 실패해 불
행했던 여자에 대한 이야기, 록 밴드 가수였지만 알코올과 약물 중독
이 된 가여운 소년, 증오에 휩싸인 채 여러 도시를 전전해야 했던 어느
오누이에 대한 이야기로 구성되어 있다. 세 번째 절이 앞의 두 절을 종
합하는 것인지도 모르지만 분명해지는 않다. 이 시가 세 개의 이야기
로 분절되어 있는 것은 그 나름의 설득력이 있어 보인다. 이 분절 형식
이 세계의 파편성과 그에 대한 재핑(zapping) 형식의 통합 시도처럼 읽
히는 면도 있다.
　이 시는 시인 자신의 「눈보라 속을 날아서」(상)(하)(『트랙과 들판의
별』)와 같은 유형의 시를 연상시킨다. 어찌 보면 '과거의' 할리우드나
'과거의' 미국 대중문화에 대한 가짜 다큐멘터리에 대한 취향을 이 작
품들이 이어받고 있는 것처럼 보인다. 이러한 설정이 그의 시에서는 자
주 발견된다. 그러나 왜 '한국적 상황'을 벗어나야 하는지, 왜 하필 지금
의 미국이나 세계가 아니고 '과거의' 미국 대중문화여야 하는지 설명할
수 없다면 '너덜란드'의 몰락과 광기는 그 당위성을 입증하기 어렵다.
더구나 그것이 외래어 물신으로 인해 새로워 보이기는 하지만 '과거의
하위문화'를 계속 호명하는 방식으로—그것이 어떤 저항담론과 연계
되어 있다고 하더라도—복고적 정서에 호소하는 것이라고 한다면, 미

학적 전복보다는 현실의 질서를 추인하고 현상을 유지하는 데 기여하게 되는 것은 아닌지 반성해볼 필요가 있다. 가령 록의 정신을 시에 있어서 재현하고자 할 때, 우리가 시에 록 가수의 자기 파멸적인 생에 대해 기록하는 것으로 소기의 목적을 이룰 수 있으리라고 판단하는 시인이 있다면 아나크로니즘으로 비판받기 십상일 것이다.

황병승의 시는 장르 파괴적인 스타일을 갖추고 있는 것처럼 보이지만, 그것은 일종의 외피일 뿐이며 그 실체는 다분히 복고적인 취향으로 구성되어 있음을 지금까지 에둘러 이야기한 셈이다. 요컨대 그의 시는 진정한 의미에서는 장르 파괴적인 것은 아니고 몰락하는 장르의 폐허를 노래하는 형식이었다고 이해할 수 있다. 그런데 박희수의 근작들에서도 묘한 기시감을 느끼게 된다. 박희수는 1986년생으로 제7회 대산대학문학상(2009)을 수상하며 데뷔했다. 그의 많은 작품을 보지는 못했지만, 그는 장시 형식에 주안을 두고 있는 것 같다. 그의 시에는 소설처럼 등장인물이 있고 그 나름의 스토리도 있다. 그냥 있다는 정도가 아니라 제법 짜임새가 있다. 그런데 같은 장시라고 하더라도 박희수의 그것은 단순하게 황병승이나 김경주의 그것을 흉내 낸 것이 아니고 그들과는 또 다른 개성이 있다. 「라이트Light — 가벼운 빛」은 라이트 형제의 비행에 관한 역사적 사실을 '다시 쓰는(rewrite)' 방식을 취하고 있는데, 어쩌면 그것은 거대 담론으로서의 역사가 망각해버린 기억의 세부를 재구해보려는 시도로서도 읽힌다. 그러나 이러한 방식이 앞으로 그가 견지해야 할 시적 방향인가에 대해 호의에서 한마디 적고 넘어가지 않을 수 없다.

테드

형이 데려온다는 그 파일럿들은 아버지를 이해 못 해. 그들은 교란이라는 바람의 끊는점을 보지 못해. 우리는 악천후를 날잖아. 극복은 예민한 검이야. 날에 흠집을 내게 할 순 없어. 형, 나를 믿어. **나는 하늘의 급소를 찌를 거야.** 빛보다 더 빠른 속도로. 내 몸엔 기계의 폭력이 새겨져 있어. 그러니 숨쉬는 폭력 속에서 나는 기계와 하나가 될 거야. 믿어줘.

필

부러지는 강철은 강철이 아냐. 덜 맞은 거야. 더 담금질되어야 해. 나는 제련이라는 말을 늘 좋아했어. 아버지가 돌아가시기 전부터도. 발음이 좋아. 마치 혀와 이를 제련시키려는 그런 움직임이야.

나는 판때기에 캔버스 천을 얹어놓은 것만으로는 부족해. 이 설계도는 너무 난해해. 아버지는 수식을 남기지 않았어. 이미지를 남겼을 뿐. 남은 것은 나의 상상력뿐. 상상력이란 제2의 육체이니, 모든 일의 시초, 그들의 노력 뒤에도 불어닥치던 동일한 추력Thrust.

방향타, 승강타, 에일러론. 삼차원의 젓대 또는 지느러미. 젓는다, 젓는다. 재료가 썩어 녹아 흐를 때까지.

테드

거듭남, 이라는 말이 나는 좋아. 거듭난다는 건 거듭남에 대해 거듭 생각하는 일인 것 같아. 다시 태어나고픈……

내가 예전에 별자리에 대해 이야기한 적이 있었지. 그건 단지 혈(血)의 위치에 불과하다고. **내 안의 우주는 파손되고 있어.** 하나의 어두운 중심이 주변부로부터 다가와 내 별들을 모조리 잡아삼키고 있어. **내게 천칭이 있더라면, 아니면 끓어오르는 북극의 장대라도.**

가야 해. 가야만 해.
— 박희수, 「라이트Light — 가벼운 빛」 부분

「라이트Light — 가벼운 빛」은 필 라이트, 테드 라이트, 네드 테이트 등 세 젊은이의 비행에 대한 열정과 집념, 아버지의 유업을 창조적으로 이어받으려고 하는 두 형제의 모색, 그리고 그에 따라 커지는 비행 실패에 대한 두려움, 형제애와 우정 등을 그리고 있는 작품이다. 세 사람의 시점으로 이야기를 분할하고 이탤릭체와 볼딕체를 혼용하고 있는 점이 특징적이다. 사람이 기계의 힘을 빌려 하늘을 난다는 것에는 상상력과 영감이 필요하며, 열정과 집념, 의지와 과학의 힘도 필요하다는 발상은 어쩌면 시 쓰기 자체에 대해서도 적용되는 이야기인지도 모른다. 그럼에도 이 시의 시를 향한 재귀적 언어가 온당한 코스를 밟아 시 자체에 대한 반성의 언어가 되고 있는 것인지에 대해서는 선뜻 동의할 수 없는 면이 있다.

이 시가 '새로운 이야기'가 아니고 기존의 정보를 가공한 형태라는 점을 들어 독창성이 없다고 비판하는 방식은 이제 갓 시를 쓰기 시작한 젊은이에게는 아무런 도움도 되지 못할 것이다. 오히려 이 시의 난맥은 네드 테이트가 지닌 오컬트적 능력에 있다고 하고 싶은데, 아마도 박희수는 이점에 대해 수긍할 수 있을지 모르겠다. 이 시에서 네드는 염력을 가진 존재로 그려지고 있는데, 이러한 설정은 라이트 형제의 비행 실험이라는 핵심 이야기만으로는 역시 지루해질 염려가 있을뿐더러 창의를 발휘할 만한 여지가 거의 없기 때문에 들어간 것으로 보인다. 이 시의 결말은 우여곡절 끝에 테드가 시험 비행의 조종사가 되어 비행을 시작하지만 기상 악화로 위기에 봉착하게 되고, 바로 그 순간 '야폰차(Yaponcha)'라고 하는 초자연적 힘이 테드를 도와서 시험 비행이 성공하게 된다는 것이다. 그 성공의 이면에는 사실 네드가 테드를 위해 초자연적 힘에 자신의 다리를 헌납하고 그 대가로 도움을 요청했다는 비하인드 스토리가 있었다는 것이 이 시가 폭로하고 있는 진실이다. 잘 읽었는지 모르겠지만, 네드의 희생은 그의 테드에 대한 사랑(동성애)에 의해 정당성을 얻고 있다. 그러나 이러한 결말은 시를 멜로드라마로 실추시킨다.

라이트 형제의 비행 성공으로 대변되는 근대의 승리 이면에는 네드의 오컬트적인 힘으로 표상되는 대자연과 교호하는 야성과 생명력을 희생시키는 대가가 따랐다고 보는 사관이 이 야사에는 개재해 있다. 그러나 그 비행의 성공을 단순히 우연적인 것으로 치부하는 것은 온당한 사관인지 신중하게 점검해보아야 한다. 근대란 것이 그렇게 단순한 것인가.

여담 비슷하게 한마디 덧붙이자면 박희수의 외래어 물신은 외래어 물신의 차원을 넘어서고 있다. 가령 인용된 부분에서 시인 자신이 볼딕체로 강조해놓은 "나는 하늘의 급소를 찌를 거야."라든지 "내 안의 우주는 파손되고 있어." "내게 천칭이 있더라면, 아니면 끓어오르는 북극의 장대라도."와 같은 표현은 어찌 보면 산문과는 다른 시적 은유나 환유처럼 보일 수도 있지만, 그것은 일종의 착시에 지나지 않는다는 점이다. 그것들은 아무리 언어의 일상적 용법을 벗어났다고 하더라도 여전히 산문적 언어에 머물 따름이다. 사실 그와 같은 착시는 우리가 외국어를 우리말로 옮기는 과정에서 생기는 문화적 간극에서 기인하는 것이다. 박희수를 비롯한 젊은 시인들이 이 착시에서 놓여나 당면 현실에 대응하는 자기만의 언어를 빚어낼 때 우리 시사가 한 걸음 더 진전될 수 있을 것은 당연하다.

나오며

원래 언어의 물신화는 자본주의를 비판하는 데 자주 사용되어온 개념이다. 마르크시즘적 입장에 서 있는 사람들에게 근자 우리 시에 나타나는 외래어 물신은 우려할 만한 현상으로 비치기 십상이다. 물론 이러한 물신화를 비판하기 위해 외래어 물신을 활용하는 시인들의 경우도 상정해봐야겠지만, 그보다는 개개인의 상징자본의 차이에서 외래어 물신이 작품 속에 뛰어드는 경우가 더 많다. 그러나 지금 우리가 처해 있는 상황에서 외래어 물신을 일률적으로 비판하고 부정할 수만도 없는 것이 현실이다. 2000년대 이후 등장한 시인들의 경우 크든 작든 거의 외래어 물신으로부터 자유롭지 않다. 물론 대다수 시인들이 외래어 물신을 사용하고 있기 때문에 이 문제에 대해 더 논하는 것은 불필요하다고 하는 천박한 생각에서 하는 이야기는 아니다. 오히려 외래어 물신을 적극적으로 반영하면서 작품 활동을 해온 측에서 시라는 장르의 외연과 내포가 확장된 면이 있다는 데 주목하고 싶다.

유형진의 팬시적 감수성이나 이제니의 음악을 지향하는 외래어는 어찌 보면 기존의 문창과에서 가르쳐왔던 시의 유형과는 전혀 다른 스타일이며, 독자 측에서 보더라도 기존의 문학 독법과는 상당히 다른 독법이 필요한 시들이다. 현실 반영적인 측면에서 보더라도 유형진이나 이제니는 화석화된 현실이 아니라 신자유주의가 위세를 떨치고 있는 지구화 시대의 현실과 긴밀히 대응하고 있다. 황병승의 하위문화에 대한 관심과 이것을 하나의 캐릭터 아이템으로 조작하는 방법론이나 박희수의 의사(擬似) 역사적인 것에 대한 천착도 장르의 내파 가능성을 타진하고 있다는 점에서 충분히 그 의의를 인정받아야 할 것이다. 그러나 우려할 만한 것은 이러한 가능성이 우리 시사 전통을 경유하고 반성하는 지점에서 솟아오른 것이 아닐뿐더러 오히려 시 장르의 안 좋은 유습, 그러니까 복고주의나 멜로드라마적인 것들을 은연중에 답습하고 있다는 점이다. 만약 그렇다면 그것은 '내파'라고 할 수 없는 것이 되고 말 텐데, 그것은 좀 곤란한 일이다. 어찌 보면 복고주의적인 것이나 멜로드라마적인 것들은 부차적인 문제고 그 외피로서의 새로움만을 소비하는 현상에 대해 더 고민해보아야 하는 일인 것도 같지만, 이러한 현상에 대해 시인으로서도 쉽게 소모되거나 소비되지 않는 시를 써야 겠다는 반성이 있어야 한다.

이 글에서는 2000년대 전반기의 유형진, 황병승, 2000년대 후반기의 이제니, 박희수를 의식적으로 배치하면서, 외래어 물신 현상이 벌써 어떤 지형을 형성해가고 있다는 점을 부각시키려고 했다. 그것이 잘 전달되었는지 모르겠다. 외래어 물신 현상이 시단에 벌써 만연해 있다고 한다면, 이 시점에서 우리가 해야 할 일은 시를 물신과는 확연히 구분되는 것으로 정립하고 신자유주의의 사태(沙汰)에 처해 있는 우리 스스로의 현주소를 자각하는 일일 것이다.

사랑의 소모성, 표상공간 구축 반복(충동) 전말

—유형진론

어떤 '이행'의 극한값

글쓰기란 항상 '사후적'이다. 그럼에도 우리가 '회상적'이라고 부르는 글쓰기의 영역이 존재한다. 이것은 분명히 아이러니한 일이다. 모든 글쓰기는 필연적으로 기억에 의존하기 마련이기 때문이다. 언어 자체가 대상과 기호의 이항으로 이루어진 하나의 은유인 것을 전혀 의식하지 않고 우리가 살고 있는 것처럼, 글쓰기란 항상 사후적으로 일어난다는 사실에 대해서도 우리는 자주 잊어버린다.

수사학적인 은유는 언어 자체가 은유라는 것을 '은폐'함으로써 자신의 존립 기반을 형성한다. 마찬가지로 우리가 '회상'이나 '기억'이라고 부르는 영역은 글쓰기 자체가 바로 사후적이라는 것을 '은폐'함으로써 자기 영역의 경계를 확정한다. 이런 것들은 일종의 메커니즘이다.

유형진의 첫 시집 『피터래빗 저격사건』(2005)은 그 자체로 매우 아름다운 회상과 기억으로 직조되어 있다. 밥 딜런과 애버뉴b, 그 외의 달콤한 음악들을 포함하여, 다양한 장르에서 추출된 각종 문화코드들도 회상이나 기억으로부터 온 것들이다. 그러나 그 '배경음악들'은 메커니즘적인 차원이라고는 할 수 없다. 메커니즘적인 차원의 '회상'이나 '기억'은 「내가 가장 예뻤을 때 나는 바나나파이를 먹었다」와 그 언저리에 있는 시들에서 드러난다. 연탄불에 변색되어 짝짝이가 된 단화와 같은 것들은 '체험'에서 '기억'이라는 메커니즘을 통해 길어올려진다. 이러한 '재현'이야말로 사실은 지극히 재래적인 방식이다. 게다가 '전통적'이라는 말을 붙여도 될지 모르겠다.

「내가 가장 예뻤을 때 나는 바나나파이를 먹었다」는 유형진의 등단작이다. 이 등단작에서 출발하여 그녀는 회상이나 기억, 이렇게 불러도 좋을지 모르지만 '리코딩 장치적인 것'에서 서서히 멀어진다. 『피터래빗 저격사건』이라는 시집은 이 '이행'이나 '결렬'을 포함하고 있다.

「내가 가장 예뻤을 때 나는 바나나파이를 먹었다」에 이미 '타구(唾具)'와 '주말의 명화'가 공존하고 있었지만, 그녀는 서서히 '주말의 명화적인 것'을 강화해나가면서 '피터래빗'이나 '큐브스 내셔널 마스 그래픽스(CNMG)'와 같은 세계로 이행해간다.

유형진의 두 번째 시집 『가벼운 마음의 소유자들』(2011)은 그 이행의 확장을 극한값으로 보여준다. 이 시집은 2000년 이후 '날조된 개성 신화'와는 판연히 다른 세계를, 혹은 그 가능성을 내장하고 있다.

리코딩 장치의 퇴조와 표상공간의 반복

유형진 시에서 리코딩 장치적인 것의 퇴조가 그녀 자신에게는 어떤 의미인지 따져보는 것으로 이야기를 시작하기로 한다.

> 아이들은 학교에 가고 엄마 아빠는 밭에 나가고 너는 내 창문 아래 서서 하늘에게 모두의 안부를 길어다 주었지 찐고구마를 부엌 쥐가 먹어 버린 것과 엄마의 커피를 몰래 타 먹다가 프림을 다 엎지른 일과 오빠의 딱지를 우물에 빠트린 것과 택이네 돼지가 새끼를 낳다가 죽은 일과 구슬치기 하다가 여덟 개가 시궁창으로 빠진 일과 우박이 갑자기 쏟아져서 아욱 잎이 찢어진 일들……

> 오늘은 너를 생각해
> 작은 잎새랑 그 잎새를 흔들던 바랑이랑은 이제 어디로 떠났을까?
> 네 잎을 먹으며 점점 뚱뚱해지던 애벌레도

나비가 되어 돌아오지 않겠지

서쪽 창가의 어린 나무야
나는 오늘 너를 생각해
하늘은 그때처럼 붉어지지만 아이들은 돌아오지 않아
오지 않는다는 건 기다리지 말라는 얘기
기다리면서 어린 나무는 늙어 가니까
—「어린 나무」 부분

『가벼운 마음의 소유자들』에서 '타구'로 표상되는 기억의 세계는 매우 파편적으로만 남아 있다. 예를 들어 「어린 나무」에는 여전히 유년 시절의 기억이 목록화되어 열거되고 있지만, 그 기억은 곧 사라질 기억의 편린으로만 겨우 남아 있다. 그 기억의 편린들은 어딘가로 '떠나고' 떠나가서는 '돌아오지 않는' 것들 사이에 매우 위태롭게 배치되어 있다. 이 시에서 시적 화자는 자기 유년의 자아이기도 한 '어린 나무'에게 돌아오지 않는 것들을 기다리지 말라고 타이른다. 이 타이름은 여전히 기다리지 않을 수 없는 '성년의 자기 자신'에 대한 위로처럼 들리기도 한다. 내레이터의 어조에는 소멸하는 기억에 대한 향수와 서운함, 유년과의 결별에서 오는 서글픔이 착잡하게 얽혀 있다. 이러한 서글픔은 「빨간 밭」에서는 부모와의 '분리'를 두려워하는 유년화자의 공포로 극대화되기도 한다. 유형진 시에서 기억의 퇴조는 이처럼 세계와의 '분리'에 대한 공포로 확장되거니와, 『가벼운 마음의 소유자들』은 이 분리 '이후'의 악몽을 동화적으로 채색하여 제시한다.

　리코딩 장치적인 것의 기능부전은 재현공간으로서의 문학이 외부세계를 재현하지 못한다는 것을 의미한다. 재현공간이 사회적인 공간을 종이 위에 기입하지 못하고, 표상적인 것들을 종이 위에 재기입하게 된다는 말이다. 유형진은 끊임없이 사회적인 공간과 닮지 않은, 혹은 조금만 닮은 '랜드'들을 영토화한다. 'CNMG'(「화성인 2인조」), '버블버블랜드'(「버블버블랜드의 추잉」), '분꽃 정원'(「낭만 사회와 그 적들」), 「랜드 하나리」 연작에 이르기까지 유형진은 자기만의 표상공간을 구축한다.

'랜드 하나리'의 경우, 유형진은 용 '퍼프'가 사는 동굴을 중심으로 단풍나무 숲을 배치하고 피에로가 고민하는 공간인 '피에路'도 만들어낸다. 오리들의 피겨스케이팅 대회와 그로 인해 생긴 별들에 얽힌 우화도 곁들인다. 그리고 히잡을 쓴 여인의 울음 이야기를 통해 '랜드 하나리'의 규범과 그 예외에 대한 설정들도 부분적으로 보여준다. 이러한 방식은 건축적이라고 불러야 할 만한 방식이지만, 역설적으로 표상공간 특유의 '듬성듬성함'을 수반한다. 이러한 공간감은 인터넷 등의 그래픽적 방식을 전유한 데서 유래한 것인지도 모른다.

무엇보다도 '랜드 하나리'의 시간성, 혹은 무시간성이 중요하다. '랜드 하나리'는 물리적인 시간 바깥에 존재한다. 따라서 이 공간은 정체감과 지루함, 무한한 반복으로 특징지어진다. 알록달록한 그래픽으로 구축된 이 공간은 화려함 이면에 '경미한 공포심'(「랜드 하나리의 단풍 이야기」)을 감추고 있다. '주어'를 잃은 채로 '늘' 매달려 있어야 하는 단풍잎의 지루함에 대하여 내레이터는 푸념을 늘어놓는다. '랜드 하나리'는 질투, 증오, 갈등, 오해, 미련, 포기, 애증, 마지막으로 용서(「랜드 하나리의 '함부로'」)라는 단어에서 결코 자유로울 수 없다. 그곳에서는 '번번이' 아이가 유산된다. '매일매일' 오리들이 하늘 도화지를 찢어놓기 때문에 '번번이' 하느님들이 귀찮아지기도 한다(「랜드 하나리에서 오리들의 갸우뚱 피겨스케이팅 대회」). 「랜드 하나리에서 피에路의 피에로」에서는 '피에로' 혹은 '피에路'라는 말이 편집증적으로 반복된다. 이 반복의 과정에서 차이들이 발생하기도 하지만, 아직 그 차이들에서 어떤 뚜렷한 탈주선이 만들어진 것 같지는 않다. '랜드 하나리' 자체가 하나의 마지노선이지만, 이 표상공간이 시름없고 안전한 공간인 것만은 아니라는 점은 분명해 보인다.

유형진은 자주 어른들의 세계와 아이들의 공간을 대립시킨다. 가령 「심장」 연작에서 그녀는 어른들의 세계를 '잃어버린 혹은 잊어버린' 세계로 규정하거나 사소한 말에 상처 받아 죽어버린 영혼으로 살아가는 세계로 정의한다. 아이들에겐 '구슬'과 '거짓말'의 아름답고 즐거운 세계가 있지만, 어른들에게는 '지독한 발냄새'를 풍기고 상처 받기 쉬운 소심함만이 남은 세계만이 있을 따름이다. 「낭만 사회와 그 적들」 연작에서도 유형진은 어른들의 세계를 '한패거리' '이방인' '파란별 장군' '야근과 강장제의 세계'로 호명하면서 거부한다. 그녀는 이 불순한 어른들의 세계에 맞서 목하 '메리 포핀스 해상에서의 전쟁'을 수행하고 있다. 그리고 막다른 골목에서 '장군'을 만날 때의 '처세술'에 대해서도 대비하고 있다. 말하자면 '분꽃 정원'도, '메리 포핀스 해상'도, '군인 아파트'도 유형진만의 자체 완결적인 표상공간이지만, 결코 안전하지 않다. 이방인들에 의해 방해를 받고, 전쟁 중이며, 가끔은 처세술이 필요하다. '랜드 하나리' 역시 그 점에서는 마찬가지다. '랜드 하나리'를 규정하는 '반복'은 어른들의 일상적 '루프'와 닮아 있다. 어른들의 불순함으로부터 분리된 표상공간은 이러한 반복에 의해 균열을 일으킨다. 방충망 위로 죽은 채 붙어 있는 '고추잠자리'는 그 '균열부'를 지시하고 있는 것은 아닐까.

한가로운 랜드 하나리의 산책 중에
산소 앞에서 우는 여인을 만난다.
우는 여인은 히잡을 쓰고 있다.
랜드 하나리에서 우는 여인을 만나다니!
왜 울죠?
일찍 왔다 가 버리는 코스모스들을 애도 중이에요.

랜드 하나리에선 '울음'은 금지되어 있다는 걸 모르시나요?
그래서 히잡을 썼답니다. 히잡을 쓰고 우는 건 허용되어
있어요.

내가 알지 못하는 '하나리의 우는 법'을 알고 있는 여인에게서
애도의 방식을 배우고 산책을 계속한다.

방충망 위로 고추잠자리가 죽은 채 붙어 있다.
　　　　　　　　　　　　　　　　—「랜드 하나리에서의 산책」 부분

　그럼에도 유형진의 표상공간은 쉽게 무너지거나 몰락하지 않는다.
그녀는 부단히 '다른' 표상공간에서 처음부터 다시 이야기를 시작할
수 있기 때문이다.

윤리, 유희, 표상공간에서의 활강

　잠시 에둘러 가기로 한다. 허윤진은 이 시집의 해설에서 유형진 시에
대해 '애니메이션적 윤리학'이라는 가치부여를 하고 있다. 유형진이 어
른들의 불순한 세계에 맞서 아이들의 순진한 세계를 지키려고 할 때,
특히 「가벼운 마음의 소유자들—'올드밤비'의 마지막 새끼 곰」과 같은
시에서 보여주고 있는 태도는 확실히 '윤리학'이라고 부를 수 있음직하
다. 「가벼운 마음의 소유자들—내 작은 지미니 크리켓에게」에서도 그
녀는 '양심'에 대해 아주 순진한 어조를 취하고 있는 것이다.
　그럼에도 이 '윤리학'이라는 명명에 대해서는 유보가 필요한 것인지
도 모른다. "유토피아라는 단어에 어떤 세계의 균질성이 가정되어 있

는 것은 아니기 때문"*이기도 하지만, 더 근본적으로 허윤진이 '애니메이션적'이라고 호명한 것은 유형진에게는 훨씬 유희적인 것이기 때문이다. '애니메이션적 윤리학'이라고 할 만한 것이 유형진 시에 있다면 그것은 매우 미시적인 심급에서 작동을 하는 것이고, 최종심급에 있어서는 '윤리'보다는 '정동'과 관계있는 것이 작동을 하고 있는 것이 아닐까. 그래서 허윤진이 유형진의 시를 연시로 파악했을 때, 크게 한 번 고개를 끄덕이지 않을 수 없었다.

가령 유형진 시에서 표상공간들의 효용은 무엇일까. 혹은 그 반복의 필연성은 무엇일까. 그것은 "당신은 어디에 계십니까?"(「가벼운 마음의 소유자들—어지러운 몇 개의 안부」)라든지 "기다리면서 어린 나무는 늙어 가니까"(「어린 나무」)와 같은 노화에 대한 서글픈 고백, 「겨울밤은 투명하고 어떠한 물음표 문장도 없죠—이중국적자의 경우」에 나타난 참으로 애처로운 '당신 생각'에서 그 해답을 찾아볼 수도 있을 것이다. 결국 '당신'의 부재와 '나'의 기다림이 '나'를 표상공간으로 침전하게 충동질한다. 어른 세계의 불순함은 그 자체로도 하나의 훌륭한 의제일 수 있지만, 유형진에게 그것은 오히려 기다려도 오지 않는 당신에 대한 원망이 사회적 공간 일반으로 전가된 형태가 아닌가 하는 것이다.

당신은 오지 않고, 혹은 오늘도 '야근'이어서 '나'는 기다림의 시간을 반복할 수밖에 없다. '모니터 킨트'(『피터래빗 저격사건』)답게 그녀는 미디어 표상공간으로 침전한다. "당신을 생각하면 네 개에서 세 개가 돼요"라든지 "당신을 생각하면 또 두 개에서 한 개가 돼요"(「겨울밤은 투명하고 어떠한 물음표 문장도 없죠」)와 같은 수수께끼들은 사랑의 '소모성'을 함축하기도 하지만, 묘하게도 미디어 기기의 배터리 상태에 대한 언급처럼 읽히기도 한다. 사랑의 소모성과 표상공간의 덧없음은 이렇

---

*   허윤진, 「레인보 몬스터」, 유형진, 『가벼운 마음의 소유자들』, 민음사, 2011, 131면.

게 은유적으로 연결되기도 한다. '나'는 기다리다가 지칠 때까지, 혹은 표상공간이 미디어 기기 속으로 완전히 사라질 때까지 표상공간의 '표면'을 환유적으로 활강하기를 거듭한다. 「샤이니 샤이니 퀵, 퀵—유니콘의 경우」에서처럼 대상은 끝없이 포위망을 뚫고 미끄러진다.

2000년대 들어서면서부터 우리 시단에 유난히 '구별 짓기에 대한 욕망'이 증폭되었다. 그것이 '미래파'로 명명된 새로운 흐름의 정체였다고 해도 과언은 아니다. 때로 그것은 잠언의 방식으로 극대화되기도 했고, 하위문화적인 것과 접속하면서 첨예화되기도 했다. 그런 모든 흐름을 일언지하에 의미 없었다고 정리해버리는 것은 매우 불성실한 태도일 것이다. 그러나 최근 3, 4년 사이에 이 '구별 짓기에 대한 욕망'은 오히려 역설적으로 지극히 '범용한 것'으로 전락해버렸다. 서정주풍(風)의 아나크로니즘은 말할 필요도 없고, 김경주풍(風)의 잠언은 신인들의 필수 코스처럼 되어버렸다. 김행숙의 대화체도 하나의 유행이 되어버렸다. 동화적 캐릭터들의 전유 역시 새로운 시의 대명사처럼 되어버렸다. 누구나 이렇게 쓰고 있다. 이제 이 범용한 것들의 리그로부터 벗어나 '구별 짓기'하는 길은 오히려 사물의 '표면'에 머물면서 거기에서 끝없이 '노는[遊]' 길밖에 없는지도 모른다.

그런 의미에서 유형진의 표상공간에서의 유희야말로 이 범용화 시대의 돌파구를 함축하고 있는 것은 아닐까. 돌파구라고 섣불리 말해서는 안 될 것이다. 시인 스스로는 막다른 골목에 몰려 있다고 느끼고 있는지 알 수 없는 일이다. 만약 그렇다면 한두 가지가 필요해진다. 표상공간의 반복이 '개념 있는' 차이를 산출하기 위해서는 더 많은 반복을 견딜 수 있는 시인 자신의 '내구성'이 필요하다. 혹은 유형진에게는 복수의 표상공간을 넘나들면서, 사고된 것이 아닌 체험된 차이가 각인되는 '몸'이 '다시' 필요한 시점인지도 모른다.

'골목'의 발견과 '숙녀'의 발명

—최하연과 박상수의 경우

들어가며

최하연과 박상수가 모두 두 번째 시집을 내놓았다. 『팅커벨 꽃집』(2013)과 『숙녀의 기분』(2013)이 그것이다. 일단 두 권 모두 '여성 독자를 향한' 시집처럼 보여서 흥미롭다. 『팅커벨 꽃집』이 동화적 기표인 '팅커벨'을 언급하면서 연애를 주요 모티프로 삼고 있다든지 『숙녀의 기분』이 제목에서부터 '숙녀'를 내세우며 여성들의 인간관계, 심리에 대해 논하고 있다든지 하는 점은, 이 두 시집의 '여성 지향'을 새삼 확인해준다. 물론 이러한 여성 지향은 그리 단순한 것만은 아니다. 단순히 여성들이 좋아하는 달달한 이야기쯤으로 생각하고 이들 시집을 손에 든다면, 아마 깜짝 놀랄 것이다.

두 시집은 막상 들춰보면 전혀 다른 질감이다. 그러면서도 두 시집이 익숙한 시의 문법을 반복하지 않고 새로운 문법을 만들어내고자 했다는 점에 작지 않은 의미가 있다고 생각한다. 『팅커벨 꽃집』의 최하연이 시를 쓰는 과정과 그 좌절(중단)을 연애와 관련지으면서 일종의 메타시를 선보이고 있는 점은 소위 연애와 세계의 운명을 국가와 같은 중간 장치 없이 바로 연결하는 '세카이[世界]계 상상력'을 연상시킨다. 『숙녀의 기분』의 박상수가 여성 화자를 내세우면서 소녀들의 속물의식이나 미시권력 차원에 있어서의 관계의 폭력성을 다루는 방식은 만화나 소설의 문법을 떠올리게 한다.

시가 아니라 글짓기를 방불케 하는 작금의 신세대들의 시와는 판이한 작가의식을 두 시집은 갖추고 있다. 이들은 시에 미달하는 방식으로 시를 교란하는 것이 아니라 시의 영역을 파괴하면서 시의 영토를 확장하고 시의 진화를 모색하고 있다는 점에서 괄목할 만하다.

지워지는 세계, '골목'이라는 봉합장치

『팅커벨 꽃집』은 『피아노』(2007)에 이어지는 최하연의 두 번째 시집이다. "그의 새 시집을 받아든 독자라면 첫 시집에서 마주했던 그로테스크한 절망의 이미지와 궤변에 가깝게 표출되는 사념이 잦아들고, 어떤 인상에 관한 집요한 묘사에 그의 시편들이 상당 부분 할애되고 있다는 사실에 의아해할 수도 있다."(강동호, 「소멸의 현상학」, 99면)고 이 시집의 해설자는 쓰고 있다. 대체로 공감할 만한 지적이다.

『팅커벨 꽃집』을 받아들고 나는 키가 껑충 크고 어깨가 떡 벌어진 40대의 최하연을 혼자 떠올렸다. 40대의 키 크고 다정한 피터팬을 떠올렸다. 『피아노』가 나오고 난 뒤 대학로의 어느 낙지볶음집에서 만나고는, 그 뒤로 서로 연락도 없이 지내오고 말았다. 언젠가 통인동 어디에선가 누가 만났다는 이야기만 들었는데, 『팅커벨 꽃집』은 그 시절의 편린들이 산재해 있어서 그의 근황을 보듯 정겹게 읽었다.

언덕에 꽃이 맺혔다

골목에 눈이 내렸다
불 켜진 창이 있었다
동그란 것들이 몰려왔다
반쯤 열어놓은 바다가 있었다
두 개의 동그라미가
서로의 등을 어루만지며
동그라미를 지우고 있었다

눈이 왔고

꽃이 졌다

—「초사흗날 아침」 전문

시집 뒤표지에서 최하연은 "골목이 시"라는 말을 했는데, 「초사흗날 아침」만 보아도 골목이 왜 시인지 금세 알 수 있다. (문인주소록에 의하면) 그는 통인동 어느 골목이 내려다보이는 3층집에서 살았고, 그 3층집 창가에 기댄 채 하염없이 그 골목을 내려다보았던 것이다. 골목에 눈이 내리고 아침임에도 불 켜진 창이 보이고 사람들이 하나둘 길 위에 나타난다. "동그란 것"이란 그러니까 위에서 내려다본 사람의 머리다. 반쯤 열린 창 너머로 두 사람이 서로의 등을 어루만지며 포개지는 장면도 있다. 눈이 오고 있었고 왠지 눈물이 맺혔다가 떨어져 내린 날의 쓸쓸함이 행간에 켜켜이 쌓여 있다.

골목은 그러한 모든 것을 노래한다. 그에 반하여 "나는 아무것도 아닌 것"이라고 그는 시집 뒤표지에 썼다. '나'는 "전파망원경이 산 아래로 굴러떨어지면 / 아스팔트 위로 별이 흩어질까"라고 말하고는 웃는 남자다. 보이는 대로 말하는 천진한 사람이다. 그것을 그는 '아무것도 아닌' 것이라고 겸허하게 말한다.

그러나 이것은 단지 겸사에 그치는 것일까. 그의 시는 편편이 슬픔에 잠기고 위기를 고하고 있다. 그의 시에서는 '지우다/지워지다, 무너지다, 떨어지다, 닳아지다'와 같은 세계의 소멸, 파괴, 실추와 관련된 용언들이 자주 반복된다.

손가락을 들어

선 하나를 지웠더니

크레인이 무너졌다

귀퉁이를 접자

거대한 돌멩이가 굴러왔다

(중략)

지워진 선을 따라 물이 차기 시작했다

성 안토니오 미사곡을 들으며

물속 세계를 묵상했다

선 하나를 지웠더니

옥인동 기왓장 위로 붉은 태양이 떠올랐다

눈물이 났다

선 하나를 지웠더니

　　　　　　　　　　　　　　　　—「도화지」 부분

　도화지에 그렸던 그림들을 지워나간다. 선이 하나 지워질 때마다 도화지 속 세계는 위기를 맞는다. 그리고 여지없이 물이 차오르기 시작한다. 「폭우」 「호우」 등에서도 알 수 있듯 이 시집에는 '호우'의 이미지들이 자주 나오고, 그것은 부정적인 현상이다. "고무공"도 "의자"도 "아메리카 젖소"(「나니오시떼루」)도 떠내려가게 하지만, 아마도 더 소중한 것들마저 이 차오르는 물은 떠내려 보낼 것이다. 차오르는 물은 「도화지」에서 직접 "눈물"과 이어져 있다. 이 "눈물"은 종말해버린 세계에 혼자 남겨져 있음을 깨달은 자의 눈물이다. 옥인동 기왓장 위로 떠오르는 "붉은 태양"은 붉어진 눈이며, 동시에 끝장나버린 세계의 폐허에서도 그는 여전히 살아남아 고독한 시간을 견디지 않으면 안 된다는 것을 고지하는 신의 계시이기도 하다(그러나 어쩌면 이 '태양' 때문에 아직 완전히 끝장나버린 것은 아닐지도 모른다).

　그의 세계는 어째서 그렇게 지워지고 무너지고 떨어지고 떠내려가고 닳아지게 되었을까. 그것은 연애의 실패 양상과도 유사하다. 「두 시 방향에 적기 출현」을 위시한 시집 3부의 시들이 '너' 혹은 '그녀'에 대한 기억들을 곱씹고 있다는 것은, 이 시집 전체를 연시, 혹은 연애의 실패에 바쳐진 노래로 읽게 한다. 세계의 전부라고 할 수 있는 '너/그녀'는 서서히 잊혀간다. '너/그녀'는 '거니?'(「거니,」)라고 하는 말투로만 남는다. 그러다가 언젠가는 모습도 목소리도 모두 사라지게 될 것이다. '너/그녀'에 대한 기억이 점점 희미해질수록 세계도 빛을 잃어간다. "우리는 어울리지 않았다."(「안식일의 정오」), 혹은 "우리의 난간도 무너져 내렸다."(「이렛날 자정」)라고 그는 '우리'의 결별에 대해 쓴다.

연인들의 결별 이후 남는 것은 무엇일까. 이 시집의 대답은 '시간'이다. "태양은 늙은 복서처럼 달렸다."(「안식일의 정오」) 그것은 아주 느리게 혹은 아주 힘겹게 시간이 흐른다는 의미일 것이다. 그리고 또 시간은 쥐며느리의 이동처럼 한없이 더디다. 시적 화자는 쥐며느리의 더딘 이동을 지켜보다가 잠이 들곤 한다(「쥐며느리의 시간」). 이 시집에는 유난히 날짜를 헤아리는 듯한 제목의 시들이 많이 등장한다. 시적 화자는 날짜를 헤아리고 시간은 더디게 흐르고 무위한 일상이 계속된다.

그 와중에 그는 '쓴다'. 정확히는 쓰다가 중단하고 다른 일을 한다. "이렇게 쓰고는 / 그녀 옆에 모로 누웠다"(「이렛날 자정」), "이렇게 쓰고는 물을 끓였다"(「여드렛날 아침」) 하는 식이다. 그의 시상은 자주 난파한다(「난파선」). 사방에서 전화기가 울리고 새들이 날아다니고 깜빡 잠이 들었다가 깨어보면 시상이 가라앉은 다음이다. '화원'은 계속 지워진다(이 시집에는 네 편의 「지워지는 화원」 연작이 있음). 그러니까 이 시집은 이러한 실패의 기록들로 가득하다. 그러나 이 실패가 완전히 실패로 끝나는 것은 아니다. 이 실패는 이 '지워지는' 세계에 불쑥 뛰어드는 물상들에 의해 봉합된다. "이렇게 쓰고는 물을 끓였다" 다음에는 "깊고 차가운 물속에 / 나무 한 그루를 심었다"의 차 마시는 시간이 있다. '해바라기'를 그리는 시간 너머 문득 창문 밖 골목을 보면 "눈을 꾹 감은 고양이가 / 두 발을 모은 채 / 노랗게 앉아 있었다"(「지워지는 화원1」)의 신세계가 펼쳐진다. 옥인동 기왓장 위로는 다시 태양이 떠오른다(「도화지」). 그것을 최하연은 새삼 발견해낸다.

골목은 언제나 소란스럽고 새들은 그칠 새 없이 3층의 창문을 스치고 날아다닌다. 그러나 가끔 골목은 예기치 않은 장면들로 우리의 감정을 정화한다. 『팅커벨 꽃집』은 이렇게 팅커벨과 무관한 지점에서 '골목'을 발견해내고 생의 절망들을 '골목'으로 하여금 봉합케 하는 더딘 시간의 기록으로 읽힌다.

공모(共謀)의 감각, 속물 숙녀들의 익숙한 표정

『숙녀의 기분』은 『후르츠 캔디 버스』(2006)에 이어지는 박상수의 두 번째 시집이다. 분홍색 표지에 알록달록한 사탕과 마법의 알약, 마음의 상처에 붙이는(?) 반창고 등이 정말 아기자기하게 그려져 있다. '시인의 말'은 더 멋지다. "가시엉겅퀴즙 / 머리카락 / 바비 립 에센스 / 죽은 토끼 / 코코넛 파우더 // 샤라랑 / 샤라랑" 이것은 무언가 변신소녀 만화에 나올 법한 주문이다. 오시마 유미코(大島弓子) 소녀만화의 팬인 이누도 잇신(犬童一心)의 「메종 드 히미코」(2005)에도 "피키 피키 핏키"라고 하는 변신의 주문이 나오지만, 남자 시인의 시집에 이런 비장의 주문이 나오다니 뒤통수를 맞은 기분이다.

이와 같은 변신의 주문을 박상수가 시집의 머리말로 삼고 있다는 것은 이 시집이 결국 숙녀가 되고 싶은 소녀의 이야기, 미성숙에 관한 이야기임을 미리 고지하는 것으로 이해해도 좋을 것이다.

　　간신히 참을 정도의 음식, 을 씹으며 나는 구름 스탠드를 켜
　　고 치즈를 사러 가요 버찌술을 살짝 넣은, 스위트피 언덕에서

세모로 잘라 먹고만 싶은 치즈
—「학생식당」 부분

잠도 없이 꿈을 이야기하지만 아무도 들어주지 않네요 내 운
명이 침묵하라면 그래야겠죠? 살짝 데운 우유에 생긴 뜨거운
막 같은 것, 방금 그런 게 먹고 싶어졌어요 //
핑크색 헬륨 풍선을 좋아하고 크리스피크림도넛을 아끼고, 몰
라요 대체 이런 것들이 다 무슨 소용이죠?
—「로맨티시즘」 부분

이 시집에는 일련의 팬시화한 어휘들의 목록이 눈에 띈다. 소녀취향
이 질료로서 발현된 것이 이 목록들인 셈이다. 어쩌면 박상수는 심층
이 표층보다 중요하다고 하는 구조주의적 발상을 이 팬시화한 어휘들
을 통해 전복하려고 했는지도 모른다. 이 시집에서 이 소녀취향의 질료
들은 더 이상 소재에 머물지 않고 주인공으로 부상한다.

『숙녀의 기분』에는 독자들이 알아내야 할 비밀이 언어의 보이지 않
는 이면에 존재하지 않는다. 그것은 항상 표면에 이미 드러나 있다. 그
러니까 구조주의자의 '초월적 시각'은 이 시집을 읽는 데 그리 쓸모가
없다. 「사춘기」라는 시는 '사춘기'가 으레 그러려니 하는 관념을 그대로
보여준다. 「쉽게 질리는 스타일」 역시 마찬가지다. '쉽게 질리는 스타일'
이란 어떤 것인지 이 시는 술에 취한 한 못난 남성과 그를 경멸의 눈으
로 보고 있는 여성 화자로 극화하여 보여준다. 「교생, 실습」은 또 어떤
가. 거기에는 아직 정신적으로는 미숙하지만 육체적으로는 성숙한 여
제자와, 학생이면서 선생이기도 한 중간적 존재로서의 교생 사이에 개
재한 미묘한 긴장감이 그려져 있다. 그것 역시 감춰진 이야기라기보다
교생 실습에 관한 막연한 로맨스라고 할 수 없을까.

그러니까 이야기의 내용이 중요한 것은 아니다. 독자들은 이 시집에 나오는 콩트와도 같은 '상황'들을 이미 충분히 알고 있다. 오히려 중요한 것은 이 '공모(共謀)'의 감각'일 것이다. "넌 조금 더 제멋대로 걸어도 되는 거야"라고 선배는 후배를 격려하지만, 이런 교과서적인 격려의 진실성은 조금 의심스럽다. 「좀 아는 사이」의 화자는 "우린 얕보이는 게 싫어서 고개를 끄덕이는 게 아닐까"라며, 인간관계의 속물성을 고백한다. 그녀의 진심은 겉으로 하는 말이 아니라 '비밀블로그'에 쓰인 말 속에 있다. 그것은 비밀이지만, 독자들은 그 비밀을 이미 알고 있다. 그리고 아마도 많은 사람들이 이러한 표리부동한 속물이리라고 생각하며 마음속으로 맞장구를 쳤을지 모르겠다.

박상수는 학교를 배경으로 교수-제자, 선배-후배, 기 입학생-편입생 사이의 위계를 미시권력의 차원에서 잘 그려내고 있다. 그가 그려내는 '학교'는 학원공포영화처럼 무서운 세계다. 귀신은 나오지 않지만 거기에는 항상 따돌림과 소외, 미시권력에 의한 착취가 존재한다. 그는 우리 안의 파시즘을 우스꽝스럽게 폭로한다. 우리가 이 미시권력의 그물에서 헤어나지 못하고 쉽게 파시즘에 공모하게 되는 것은 도대체 왜일까. 『숙녀의 기분』은 그런 질문을 하게 하기도 한다.

박상수는 그동안 소설적 주제에 속했던 속물들의 세계를 시의 영역에 성공적으로 옮겨왔다. 그의 시를 소설적인 것으로 간주할 수 있다면, 그의 '주인공'들은 부정적인 인물들로 형상화되어 있다고 해야 할 것이다. 적어도 그들은 평범한 인물들이며, 그들의 속물적인 의식은 그들이 '약자'기 때문에 형성된 것처럼 보인다. 그러리라고 유추할 수 있을 뿐이지, 시인은 그것을 티 나게 내세우지는 않는다. 그는 그저 '상황'들을 보여줄 뿐이며 판단은 독자의 몫이다. 오픈 엔딩처럼 상황은 언제나 열려 있다.

어디 남의 학교에 와서 나대? 너의 하녀들이 미친듯이 침을
퍼부어댈 것 같았지 너는 다 가졌는데 네 걸 하나 가져온다고
뭐가 그리 야단일까 세상 제일 바닥인 애가 눈뜨고 지걸 뺏긴
애라면 너는 오늘 처음으로 바닥을 한 번 본 건데

피식,

네가 쪼갠 뒤에야

그랬구나
갑자기 알아버렸지
―「편입생」 부분

『숙녀의 기분』에서 그는 소설의 세계보다는 확실히 더 과장된 표현
을 택하고 있다. 미시권력의 차원에서 친구들 집단의 서열을 "하녀"라
는 말로 표현하는 것도 리얼리티가 없는 것은 아니지만 극단적인 표현
인 것은 부정할 수 없다. 만화에서 컷의 분할과 배치가 긴장감을 만들
어내듯이 박상수는 '1행 1연'을 적절히 배치하면서 극적 긴장감을 연출
하고 있다. 그런가 하면 '웃다'가 아니라 "쪼개다"라는 학생들의 언어를
가감 없이 활용하고 있는 점도 주목된다. 이러한 감각은 웹툰이나 트위
터 식 어법, 인터넷 게시판의 유머 등과도 친연성이 있다.
　　그동안 박상수는 로맨티시즘적인 시인으로 분류되어왔다. 『숙녀의
기분』은 그 제목이라든지 시집의 겉치레가 여전히 어떤 종류의 로맨티
시즘을 환기한다. 그러나 『숙녀의 기분』은 로맨티시즘의 궤도를 상당히
벗어난 세계를 우리에게 보여준다. 이 시집을 읽으면서 한순간도 마음
편하게 웃어보지 못했다. 이 시집이 자아내는 웃음은 다분히 차가운

173

웃음이다. 숙녀의 '기분'이라고 하는 것은 이처럼 우리의 예상을 벗어나지 못하는 것일까. 박상수는 여성들의 낯익은 세계를 통해 공감대를 만들어냈지만, 한편으로는 의도치 않게 '여성 혐오'라는 사회학적 주제와 만나고 있다. 그의 여성 화자는 이 여성 혐오라는 주제의 위험성을 뚫고 그녀만의 전위성을 입증해야 하는 숙제를 한편으로는 안고 있다.

나오며

시가 좌초된 지점에서 최하연은 '골목'을 새롭게 '발견'한다. 컴퓨터 모니터(혹은 원고지) 앞을 떠나서 그는 일상의 풍경들에 새삼 시선을 돌린다. 책을 덮고 세상을 연다.

한편 박상수는 시의 폐허에서 속물들의 세계를 '발명'한다. 그 속물들은 바로 '우리'지만, 박상수의 시는 있었던 일을 재현한다기보다는 '발명'에 가까운 것이다. 그 속물도감적인 다채로운 양상들은 우리의 예상을 크게 빗나가는 것은 아니며, 바로 그 점을 무기로 삼아 독자와의 공모를 꾀한다.

두 시인은 이제 두 번째 여행을 끝낸 셈이다. 그들의 세 번째 여행이 벌써 기대된다. 컴퓨터 모니터(혹은 원고지)와 골목 풍경 사이에서 날짜를 헤아리고 있던 남자는 골목을 벗어나 조금 더 먼 풍경에 이를 수 있을까. 혹은 다시 컴퓨터 모니터(혹은 원고지)와의 절대적인 싸움으로 되돌아갈 것인가. 학교를 배경으로 속물들의 세계를 발명하고 여성 화자를 내세운 남자는 자신의 세계의 이면, 여성 혐오라는 주제와 어떻게 맞설 것인가. 혹은 우리가 의도적으로 잊어버렸던 억압의 순간들을 어떻게 다시 의외적인 장면으로 복권시킬 것인가.

유서와 연서 사이

―안현미 시를 이해하기 위한 각서[*]

*   이 글은 2013년 도쿄 도서전에 안현미 시인을 소개하기 위해 쓰였다.

작가 소개

　안현미는 2001년 계간 『문학동네』에 「곰곰」 외 4편을 발표하면서 데뷔했다. 작품집으로 『곰곰』(2006)과 『이별의 재구성』(2009)이 있다. 그녀의 시는 1990년대 한국의 후일담문학이나 여성 고백시 계열의 연장선에서 출발했다. 그렇기는 하지만 아카데미즘에 함몰된 일부 페미니스트들과 그녀는 다르다. 남성 중심 관료 사회의 여성에 대한 차별과 억압을 여성-노동자로서의 '실존적' 육성으로 고발하고 있다는 점에서 그녀는 오늘날 한국에서도 매우 의미 있는 위치에 서 있다.

　그러나 그녀를 여성주의 시인으로 분류하는 것은 그녀의 시를 지나치게 단순화하는 것이다. 그녀는 여성을 포함한 서발턴(subaltern)의 삶 전반에 주목한다. 하위주체는 말할 수 있는가 하는 스피박(Gayatri C. Spivak)의 물음은 그녀의 시에서 '언어가 미처 되지 못하고' 터져나오는 여성의 신음과 오열로 고스란히 되풀이된다. 또한 이 '언어가 없는' 가난한 존재들은 서러움으로 몸이 까맣게 오그라붙은 '벌레'의 형상으로 그녀의 시에서 자주 그려진다.

　이 스스로 말하는 것이 불가능한 '벌레'로서의 하위주체는 도대체 어떻게 말할 수 있을까? 그녀는 '거짓말'로서의 시 쓰기라는 방법론을 내세운다. 훼손된 세계에 훼손된 방식으로 맞서려고 한다는 점에서 그녀는 자신의 방법을 '불온한 것'으로 규정한다. 모든 정신적 가치가 자본의 힘 앞에 패퇴하는 이 고도자본주의 사회에 있어서 그녀는 미치지 않고 사는 것이 오히려 이상하며, 바로 그렇기 때문에 시인은 '착란의 몸짓'으로, '웅얼거리는 거짓말'로, 이 위선으로 가득한 세계에서 살수밖에 없다는 태도를 취하고 있다.

　그녀의 시에 그려진 '서울'의 심상지리는 신자유주의에 대한 증오가 증대되고 있는 오늘날 더욱 주목받고 있다. 그녀가 그린 아현동, 청량리, 시구문과 옥탑방 등의 지도(地圖)는 사어(私語)가 범람하는 폐쇄적인 공동성(共同性)과는 확연히 다른, 현실세계와 '합체'하면서 또 한편으로 공공세계로서의 현실의 범위를 확장시키는 사회적 역할을 수행하고 있다.

한편 그녀의 시에서 '강원도'는 자기소모와 탕진의 이미지로 점철된 '서울'의 대척에 있는 공간으로 그려진다. 비참한 세계인 '서울'에 맞서기 위한 동력을 그녀는 자주 강원도에서 찾는다. 강원도에서 그녀는 '기원(起源)'으로서의 '아버지'를 확인하고 '어머니'와 만나며, 함께 '집'을 짓고 사는 행복한 삶을 꿈꾼다. 그녀의 시에 등장하는 '사내(들)'의 어렴풋한 실루엣은 이러한 맥락에서의 '아버지'나 '집'과 이어져 있다. 그녀는 이 '사내(들)'과의 '연애'를 통해 신생(新生)을 모색한다. 지금까지 그녀의 작업들은 이 모색이 얼마나 지난한 일인가를 통절하게 확인케 하는 것들이었다. 앞으로의 귀추가 주목되는 지점이다.

애초에 그녀는 리얼리즘과 형식주의를 접목한 세계에서 출발하여, 차츰 형식주의를 순치하여 지양해가면서 더 깊이 있는 리얼리즘의 세계를 향해 나아가고 있다.

작품 소개

안현미의 데뷔작 「곰곰」은 한국의 건국신화인 단군신화에 나오는 '웅녀(熊女)'를 모티프로 하여, 남성 중심 사회에 의해 규율·훈련되는 신체로서의 여성상을 부각시킨 작품으로 평가받고 있다. 「곰곰」을 필두로 고졸 오피스 걸의 신산스러운 서울살이를 그린 「거짓말을 제조하다」「거짓말을 타전하다」 등을 잇따라 내놓으면서 그녀는 한국 사회에 있어서 섹슈얼리티의 문제를 사회계층의 문제와 함께 전경화(前景化)

하면서 시 세계를 확장해간다.

그렇기는 하지만 『곰곰』(2006)에서 개성적인 지점은 역시 「개기월식」「육교」「하시시」 등 섹슈얼리티의 시각이 개입된 시들이었다고 할 수 있다. 이 시기 그녀는 아직 자신의 '완결된 언어'를 가지고 있지 않았고, 끊임없이 그 '언어'를 찾아 더듬이를 움직여가면서 세계의 밑바닥을 휘젓고 다녔다. 그 과정에서 그녀는 '언어 이전의' 몸짓으로서 성(性)에 접속하기도 하고, 자신의 기원으로서의 '아버지'나 '어머니' 혹은 고향인 강원도에 가닿기도 한다. 이 두 가지의 벡터는 사실 방향은 다르지만, 그 근저에 있어서는 인간의 실존적 결핍이라는 대주제를 공유하고 있다.

그녀의 시가 자주 위인들의 삶이나 경구를 끌어들이면서 축조되는 것은 이 자기 언어 찾기의 도정, 기원의 탐색이라고 하는 그녀만의 드라마 속에서 생각하면 자연스러운 일이다. 자기 언어로 말할 수 없는, 말하는 것을 금지당한 하위주체가 취할 수 있는 전략으로서 그녀는 '콜라주' 방식을 채택한다. 그녀의 시에서 그것은 인용과 인유, 패러디 등과 같은 대중적으로 친숙한 방식으로 나타난다.

『이별의 재구성』(2009)에서 눈에 띄는 것은 역시 「내 책상 위의 2009」나 「뉴타운천국」 등 이명박정부의 시책이나 노선을 직접적인 언술로 비판한 시들이다. 이제 그녀의 시는 자신의 개인사적 비애나 설움의 영역을 넘어서서 공공성을 지향하는 데로 확장해가고 있다. 그러나 개인적으로 더 주목하고 싶은 변화는 『곰곰』의 섹슈얼리티가 『이별의 재구성』에서는 더 보편적인 '사랑'으로 확대되고 있다는 점이다. 그녀는 이제 '아픈 연애'를 넘어선 '합체'(「합체」), "사랑이 확장되는 시간"(「사랑」), 그 '가능성'(「어떤 섬의 가능성」)을 타진한다.

두 시집 사이의 이러한 변화를 '유서(遺書)'에서 '연서(戀書)'로의 이행이라고 불러도 좋을까? 아니, 애초에 '연서'였던 것을 그녀는 '유서'처럼 앓고 있었던 것인지도 모른다. 그녀의 시는 유서처럼 절절하고 연서처럼 설렌다. 그러니까 『이별의 재구성』은 단순히 '헤어짐'에 관한 이야기가 아니라 숱한 '만남'에 관한 기록, '떠나는 사람'에 관한 이야기가 아니라 '방금 도착한 사람'에 관한 기록이라고 할 수 있다. '이별'을 이 '만나서 사랑한' '이 별〔地球〕'의 기록으로 전도(顚倒)시키는 「이별의 재구성」의 장면은 많은 한국 독자들에게 지복의 순간으로 오래 기억될 것이다.

디즈니화한 세계에서 자아 찾기

―하재연의 『세계의 모든 해변처럼』

『세계의 모든 해변처럼』(2012)에서 하재연은 "픽션보다" 더 허구적인 일상에서 '나'를 찾는 이야기를 들려준다. 그는 "내가 나였을 것이라고 생각한 적이 / 한 번도 없었다"고 고백하며(「픽션보다」), '놀이동산에서는 자기 자신인 것으로 추정되는, 그러나 자신과 하나도 닮지 않은 '단발머리 아이'와 마주친다(「놀이동산」). 「벨린다 메이」의 아무도 내 이름을 묻지 않는 세상은 물론 가상의 세계지만, 내레이터에게는 지극히 매혹적인 세계다. 그는 '고요한 밤'들이 증식하는 '무해한' 일상을 살아간다(「고요한 밤의 증식」).

하재연은 소위 '미래파' 시대에 등장하였지만, 미래파의 자극적이고 산만한 어법과는 명확하게 구분되는 경제적이고 명료한 언어로 자기 세계를 구축해왔다. 『세계의 모든 해변처럼』의 '무해한', 혹은 평화로운 일상이 그와 같은 인상을 더욱 강화하고 있다. 그러나 그는 이 무해한 일상을 추인하는 것이 아니라, 오히려 무해한 일상의 질서 너머에 있는 '가능성으로만 존재하는' 또 다른 '나'를 꿈꾼다.

하재연은 무해한 일상의 기원에 대해 탐색한다. 그것들은 어른들이 주고 간 '레고 블록'과 '인형'들을 통해 학습되고 강화된 것인지도 모른다. 「종이 인형들의 세계」에서 슬픈 일이란 종이드레스가 몇 번이나 찢어지는 정도의 사건이고, 슬픈 일이라고는 해도 "약간" 슬픈 일에 지나지 않는다. 인형들의 세계에서 인형들의 어머니인 소녀들은 죽고, 인형도 죽는다. 어른이 된다는 것은 바로 그런 의미거니와, 하재연은 "나는 스무 살이 되었고" "나는 조금도 훌륭해지지 않았다"라고 발설한다(「인형들」). "나는 평면적으로 잘 자라난다"(「밤의 케이블카」)라는 전언은 그러니까 일종의 아이러니라고 해야 할 것이다. 삶은 "손댈 수 없이 망가져 있다가 / 손을 대는 순간" 더 망가져버린다(「증거들」). 그는 자문한다. "나는 / 나를 언제까지 연습할 수 있을까."(「카프카의 오후」)

때로는 삶 전체가 '유원지'처럼 느껴지곤 한다. 하재연은 "내가 없는 인생"을 살고 싶다고 고백한다(「인생은 유원지」). 메리고라운드가 돌고 도는 「꼬리 달린 이야기들」, 일요일에도 대관람차가 돌아가는 「자라는 놀이터」, 유년기의 자신과 조우하는 「놀이동산」에서도 그는 '디즈니화 한' 유원지를 배회한다. 회전하는 놀이기구를 타고 정신없이 놀고 있을 때만 '나'는 잠시 '나'를 잊고 즐거울 수 있다. 그러나 '나'를 잊는 것이 즐거운 것은 이 '나'가 참된 '나'가 아닌 까닭이다. '나'의 삶은 "노동을 하고 식량을 살 수 있는"(「인생은 유원지」) 전혀 훌륭해지지 않은 어른들의 세계, 무해하지만 삶의 뚜렷한 의미를 찾을 수 없는 세계에 속해 있다. 레고 블록과 인형들의 세계가 자본주의적으로 심화해가면 곧바로 대관람차와 메리고라운드의 세계로 이어지는 것은 아닐까. 디즈니화한 세계에서 삶은 그 고유성을 잃어버린다. 삶에 진정으로 필요한 것은 무해한 평화가 아니라 선명한 '자국', 이를테면 "재봉틀의 스티치처럼"(「사라진 것들」) 뚜렷한 흔적인지도 모른다. 그렇다면 인생은 더 이상 유원지여서는 안 되고, '나'는 디즈니화한 세계와 결별하지 않을 수 없을 것인데, 아무도 '내'가 '어른임'을 고지해주지 않았다(「주말의 만화영화」). 아무도 '내'가 틀렸다고 "양말이 짝짝"이라고 말해주지 않았다(「그림일기」).

하재연의 시들에 자주 나타나는 '나/너' 관계가 「고기의 맛」에서처럼 "서로의 목구멍이 보이지 않는 / 기분", 소통의 불가능성을 확인하는 장면을 반복·재현하는 것은 아무도 자신이 틀렸음을 고지해주지 않았다고 하는 그러한 '원망'으로부터 싹이 튼 것은 아닐까. 그것은 섣불리 단정할 수 없지만, '나/너' 관계가, 소통의 '불/가능성'이 그의 주된 레퍼토리인 것은 분명해 보인다. 그는 다양성을 존중한다든지 상대성을 인정하는 것보다도 "인사하는 법"이 중요하다고 말한다(「지구의 뒷면」). 다원주의라든지 상대주의가 결국 타자에 대한 무관심을 교묘하게 미화하는 것이라면, 그의 인사법은 타자가 타자임을 "증명"

(「안녕, 드라큘라」)하는 것으로서의 의미화 과정이라고 해야겠다. "당신은 당신의 소년을 버리지 않아도 좋고 / 나는 나의 소녀를 버리지 않아도 좋은", 당신이 당신임을 포기하지 않고, 내가 나임을 포기하지 않은 채로 서로에게 인사를 건네야 한다는 하재연의 '인사법'은 이 디즈니화한 세계에 잘못 들어선 개인들이 어떻게 이 유원지를 벗어나 자기 자신으로 거듭날 수 있는가 하는 구원의 문제로 이어지고 있는 것처럼 보인다. 하재연이 디즈니화한 세계와 결별해야 하되, 되풀이해서 그 유원지로 돌아갈 수밖에 없는 이유 역시 바로 거기에서 찾아야 할 것이다.

세 '한스들'의 지난한 성장기

연초엔 오은이 첫 시집 『호텔 타셀의 돼지들』(2009)을 상재했다. 그와는 작년부터 더러 만나 함께 차 마시는 사이가 되었다. 그는 내가 잘 모르는 팝(pop)이라든지 문학 이외의 예술에 대해서도 많이 알고 있어서 배울 점이 많은 친구다. 3월까지 그와 함께 출판이나 문학 이야기를 하면서 덕분에 즐거웠는데, 첫 시집을 내놓고 호사다마라고 그가 그만 교통사고를 크게 당했다. 몇 번인가 수술을 받고 지금은 많이 호전되어 다시 활동하고 있지만 사고 소식을 전해 듣고는 아연실색했다.

첫 번째 뇌수술 이후 동료 시인들 몇이서 문병을 갔다. 그날 김언 형의 울상이 특히 기억에 남는다. 아마도 김언 형과 오은은 술친구 이상의 각별한 사이라고 짐작된다. 오은이 몇 번인가 김언 형의 시에 대해 좋게 이야기하는 것을 들었고, 또 여러모로 참고가 되는 이야기들을 김언 형이 들려주더라는 것도 들은 기억이 있다. 두 시인의 시는 '언어파'라고 할 만한 언어 자체에 대한 관심에서 촉발된 시라는 공통점이 있는 것 같다. 어느 시인이고 자신의 언어에 민감하지 않은 사람이 있겠는가마는 그들 두 시인의 언어에 대한 관심은 막연하거나 추상적인 데 그치는 것이 아니라 구체성을 띤 창작 방법론으로 이어졌다는 점에서 내심 경탄하게 된다. 올 여름엔 김언 형도 세 번째 시집 『소설을 쓰자』(2009)를 출간했다. 언어파 대세라고나 할까. 그러나 이 두 명의 언어파는 닮아 있으면서도 분명히 구분되는 뚜렷한 개성을 뽐낸다.

김언 형의 『소설을 쓰자』는 독자들을 궁지에 빠뜨린다. 그는 은유에 익숙한 사람들을 당황하게 한다. 그는 종결된 사건이 아니라 사건이 일어나기 전 언어들이 생성되는 순간에 대해 쓴다. 돋보기에 돋보기를 가져다 대면서 언어를 일그러뜨린다. 그래서 어느 순간 언어들이 팝콘처럼 터진다. 독자들이 당황하게 되는 지점은 「입에 담긴 사람들」 「사건들」에서처럼 언어의 핵분열이 일어나는 순간이다. 언어는 '빅뱅'을 일으킨다. 하나의 장관이다. 그러나 그가 그리려고 한 것은 시가 만들어지는 장관이 아니라 어쩌면 그 궁지가 아니었을까 하는 생각도 든다. 「미확인 물체」「리얼 스토리」를 읽다 보면 언어의 잉여가 의미의 궁지를 만들어내는 지점들이 보인다. 그는 "의심이 만들어놓은 나의 매력"(「반(反)하는 이유」)이라고 자화자찬한 바 있는데, 그가 가장 의심하는 것은 언어, 바로 그것인지도 모른다. 언어의 의미, 그 궁지를 의심하는 것이 그의 '취향'이 아닐까. 『소설을 쓰자』에는 다양한 대화체가 사용되어 있는데, 그 대화들은 소통보다는 소통의 불가능성을, 만남보다는 결렬을 보여준다. 「인터뷰」「당신은」「헬렌, 무엇이 들립니까?」의 블랙 유머가 나는 마음에 든다. 그는 기성 시단에 "시, 그게 뭘까?" 하고 믿지 않게 시비를 걸며, 때로는 우리들의 속물근성을 우아하게 희화화한다. 이 모든 언어의 증식들은 결국 '소설'로 귀결되는 것일까. 「꼬마 한스 되기」는 어떤 징후적인 드라마를 보여주는데, 그것은 「톰의 혼령들」「톰의 혼령들과 하품하는 친구들」「유령시장」으로 이어지면서 육체 없는 유령으로서의 언어가 마구 증식하여 끝나지 않는 '이야기'가 되는 시발점을 보여준다.

오은의 『호텔 타셀의 돼지들』 역시 은유나 상징보다는 언어 자체에 호소한다. 그는 의미가 삭제된 기표로서의 단어들로 말놀이의 향연을 펼친다. 그는 "내면의 아름다움 따위는 관심 없어요."(「보카 델라 베리타」)라고 당돌하게 말한 바 있듯이 관용구와 속담의 데이터베이스를 바탕으로 시를 '구성'하기도 한다. 인터넷에 익숙한 세대가 존재하는 방식이 그런 것인지도 모른다. 그의 개성은 심층을 파고드는 것이 아니라 표층을 데이터 차원으로 분해하고 재배치하는 '연산적 태도'에서 찾을 수 있다. 그는 그 존재 방식을 찾기 위한 절치부심을 「한스」「이상한 곱셈」 등의 시에서 고백했던 게 아니었을까. 「존재하려는 경향」에 등장하는 조숙한 소년 역시 또 다른 '한스'라고 할 수 있다. 이 빨리 어른이 되려는 '21세기 어린이'는 데이터베이스의 차원에서 흥겹게 놀다

가 우리가 방심 하는 순간 우리의 허를 찌른다. 그는 소비 중독을 야기
하는 자본주의 세계를 향해 '이 식충이들아.' 하고 불현듯 면박을 준다.
그에게는 세계의 부정성을 드러내는 득의(得意)의 화법이 있다. 그는 짐
자무시의 영화를 패러디하고 「폭력의 역사」, 「플럭서스의 요술사들」에
서처럼 코믹 북이나 동화의 여백들에 새로운 이야기들을 채워넣는다.
세계의 구조는 빠짐없이 연산된다. 「키스」, 「구체적인 밤」의 '구체성'은
그 부산물이라고 할 수 없을까. 그런데 그는 언어의 궁지를 의식하면서
도 언어의 전능성에 기대어 언어의 놀이를 통해 그 궁지를 돌파할 수
있으리라는 기대도 한쪽에 남겨두고 있다(「끌리는 모음 속으로」). 그는
'놀이로서의 시'를 거의 생리적으로 받아들이고 있는 것이다.

　어쨌거나 두 시인이 저마다 '한스'임을 자처하고 있는 것은 자못 흥미
롭다(「꼬마 한스 되기」, 「한스」). '한스'는 프로이트의 「다섯 살배기 꼬마
한스의 공포증 분석」에 등장하는 바로 그 '한스'다. 그 논문에서 프로
이트는 '꼬마 한스'의 거세 불안과 동물 공포증에 대해 다루었다. 그 논
문은 '한스'의 아버지인 정신과 의사가 '한스'의 증례에 대해 프로이트에
게 알려준 내용들을 바탕으로 작성되었다.

　「다섯 살배기 꼬마 한스의 공포증 분석」을 읽은 것은 사실 백민석
씨의 소설 『불쌍한 꼬마 한스』(1998)를 더 잘 이해해보고 싶어서였다.
『불쌍한 꼬마 한스』는 부모 없이 할머니 슬하에서 자란 소년이 '생선
가시에 가까운 형태를 한 괴물'을 볼 때마다 공간 이동과 같은 '전이감
(轉移感)'을 경험하게 되고, 성인이 되어서는 그로 인해 정신병원에 드
나들면서 상담 치료를 받게 된다는 내용의 소설이었다. 프로이트의 논
문이 백민석 씨의 소설을 읽는 데 어떤 도움이 되었는지는 너무 오래
되어서 기억이 나지 않는다. 돌이켜보면 『불쌍한 꼬마 한스』의 그 '전
이감'은 어떤 정신적 성장에 대한 느낌이었을 수도 있겠다는 생각이 든
다. 그리고 주인공이 드나들었던 도서관의 사서나 정신과 의사는 주인

공에게는 없는 어머니나 아버지와 같은 존재였을 것이다. 이 소설에서 중요한 장면은 주인공 소년이 도서관에서 몰래 자위하던 친구 위로 넘어졌을 때 사서 누나와 두 소년이 서로를 보고 당황해하는 장면이다. 그 장면에서 주인공 소년은 근친상간의 욕망을 들킨 것과도 같은 수치심을 맛보지 않았을까. 사서가 어머니처럼 그를 지켜봐 주는 '어른'이었다면 사서의 차가운 반응은 소년에게 큰 상처가 되었을 것이다. 주인공은 자신과 비슷한 증상을 숨기고 있는 간호사와의 교감을 통해 그 상처의 치유가능성을 타진한다. 정신분석이 그를 치유하는 것이 아니라 스스로 성장하면서 세상과 교감하는 일종의 성장기를 백민석 씨는 그리려고 했는지도 모른다.

김언 형이나 오은도 '한스'를 통해 성장과 그 거부의 드라마를 보여주려 했던 것이 아니었을까. 세 '한스'가 분석되지 않으려고 하면서도, 그러니까 분석가 아버지를 거부하면서도 한편으로는 선의를 지닌 교감자 독자를 기다리고 있었던 것은 아닐까 하는 생각이 자꾸 든다.

결핍과 골몰의 지리멸렬

산책을 나갈 수 없는 것이다 눈물을 흘리며
가다가 만난 친구에게 다정하고 소소한 안부를 물을 수는 없
는 것이다
함께 걷다가 네 오른쪽에서 왼쪽으로 자리를 바꾸어
계속 가듯이 그렇게 날씨를 바꿀 수 있는 건 아니니까
왜 마음은 어린 날 좋아했던 음료수병 같지 않을까
아무리 아껴 마셔도 투명한 바닥을 드러내던 그거
마지막 한 방울의 아쉬운 미학을
내가 다 기억하고 있는데
아무리 쏟아도 계속 흐르며 죽은 종이를, 칫솔들, 깨진 전구
들을
적시는 게, 갈비뼈 사이로 깨진 간장독처럼 줄줄 흐르는
그런 게 내 속에 있는 것일까
이사트럭처럼
이집 저집 옮겨 다니며 소중한 세간살이며 거기에 담겨온 기
억을 내려놓고
잘 사세요 애인들이여
출발하는 매일의 노동을 나는 모르는 것일까

그런 날엔
네 잠의 허파 속을 가시복어들이 빠르게 헤엄치고 있다고
붉은 얼음 위에 너의 손목들이 길게 놓여 있다고
네가 있던 곳으로부터 고개를 슬쩍 돌리며 말할 수 없는
것이다
그런 날엔 실례를 무릅쓰고
열다섯 살까지 엄마가 나에게 기워 입힌 아버지의 낡은

팬티나

그 떳떳한 바느질솜씨에 대한 정신분석학이나, 식당에 딸린
방 한 칸을 노래한 시인에 대한 지울 수 없는 연대감, 그가 겸
비한 용기와 솔직함에 골몰하느라
나는 솔직하지 않은 게 아니라 용기가 없는 거라고,
용기가 없는 게 아니라 사실의 씨앗을 부드럽게 덮어 줄 유머
가 없는 거라고,
나에겐 도망칠 수 없는 지리멸렬의 미학이 있을 뿐이라고

산책을 나갈 수 없는 것일까
불이 바뀌면 움직이기 시작하는 행인들처럼
금세 건너지 못하고 길게
배를 깔고 누워, 흐릿해져가는 횡단보도처럼
경쾌한 차들이 횡횡 지나쳐가는 굉음의 무게를
모든 세포의 사슬들로 잡아끌면서, 울음도 아니고 웃음도 아
니고 그저 무게일 뿐인,
질병도 못되고 회복도 못되고 모종의 이동일 뿐인,
어느 무녀의 입술이 책 위의 먼지를 훅 불어버리듯
흩어지고 싶은, 그런 날
—진은영, 「그런 날에는」 전문

   지난해(2008년) 읽은 시집들 중에서 가장 감각적인 것을 꼽으라면
『우리는 매일매일』을 꼽고 싶다. 그 시집의 첫머리에는 달콤하기 그지
없는 시들이 연달아 나온다. 감각으로 사유한다는 말이 가장 적확하
게 실현되는 것이 『우리는 매일매일』의 시들이 아닐까. 그 시집에는 질
료로서의 언어들이 일련의 목록을 이루고 있다. '모슬린 잠옷의 아이

들' '우기의 사바나에 사는 소금기린' '매립지를 떠도는 녹색 안개'(「아름답다」), '청소용 트럭, 빨간 우체통 그리고 떠다니는 집들'(「눈의 여왕」), '사과파이의 뜨거운 시럽'(「어쩌자고」), '단단한 성벽에서 떨어진 회색 벽돌' '매운 생강과자'(「무질서한 이야기들」)……. 이 원색으로 빛나는 질료들은 시적 풍경 속으로 잦아들지 않는다. 설탕절임과일들처럼 과일 그 자체로 반짝이면서 투명한 시럽에 절여져 있다는 느낌이다. 권혁웅이 '멜랑콜리'로 부른 것(「멜랑콜리 펜타곤」)은 혹시 그와 같은 도회적이고 세련된 감수성이 아니었을까. 또한 그 멜랑콜리는 '상황'이나 '의미'에 매달리지 않는 것으로서의 '쿨(cool)함의 뉘앙스'도 포함하고 있다고 생각한다. 그런데 「그런 날에는」의 경우 그러한 이그조틱한 감각과는 다른 지점, 문자 그대로의 우울증적인 기분이 드러나 있다.

　'그런 날'이란 어떤 날일까. 텍스트 안에서 그에 대한 답은 찾을 수 없다. 그럼에도 진은영은 '그런'이라는 지시사를 쓰고 있다. 이 지시사는 독자들에 의해 보충되어야 할 비어 있는 기표다. '그런'은 독자들의 공감을 증폭시키는 장치인 셈이다. '그런 날'은 부정적으로만 규정된다. '그런 날'은 산책을 나갈 수 없고 친구의 안부를 물을 경황도 없는 날이다. 그녀는 왜 마음은 '음료수병'과 같지 않은지 묻는다. 여기서 '음료수병'이란 콜라병일 것이다. 콜라병에서 떠오르는 것은 도시적 세련미, '쿨'의 감각이다. 「그런 날에는」에서 그녀가 노래하고자 한 것은 그 '쿨'의 감각이 오랜 시간에 걸쳐 유지되다가 어느 순간 여지없이 무효가 되어버리는 것, 그 우울의 시간에 대한 것인지도 모른다. 그녀는 투명한 바닥을 드러내는 콜라병이 바로 그 '바닥'으로 인해 매혹적인 반면, 자신의 마음은 아무리 쏟아내도 구질구질한 것들이 계속 흘러나오기 때문에 그렇지 않다고 말한다. 그녀는 자기 마음속에 '간장독' 같은 것이 있는 게 아닌가 의심한다. 그러나 '빈 병'과 흘러넘치기를 그치지 않는 '간장독'은 도시적 감각의 차이에서만 온전히 대조될 뿐 '빔/흘러넘침'

의 대립쌍은 성립하지 않는다. 왜냐하면 마음이 흘러넘치기를 멈추지 않는 것은 어떤 부재나 결핍을 전제로 한 것이기 때문이다. 욕망은 언제나 결여하고 있는 대상에 대한 욕망이다. 그녀가 빈 병에 마음을 빼앗긴 것은 그 결핍을 쿨하게 견디고 서 있는 빈 병의 모습 때문이었을 것이다. 그녀에게 무언가 계속 흘러넘치는 마음이 있다면 그것은 마음의 공허에서 비롯된 것이리라.

그녀는 연애가 끝날 때마다 상대에게 작별인사를 쿨하게 할 수 있기를 원하지만 현실에서는 그렇게 할 수 없다. '가시복어'와 '붉은 얼음'(제2연)에 관한 이야기는 헤어지는 상대에 대한 비난과 저주를 암시한다. 드라마 속 주인공들은 이별 장면에서 그렇게 독한 말들을 잘도 주고받던데, 그녀에게는 '가시복어'와 '붉은 얼음'의 미학이 없다. 그녀는 가난을 떳떳하게 고백하는 '그'에 대한 연대감을 느끼면서도, 한편으로는 선망의 시선을 보낸다. '그'에 대한 골몰은 '용기와 솔직함'이라기보다는 '그'의 미학에 대한 것으로 보인다. 그녀의 선망은 "씨앗을 부드럽게 덮어줄 유머"에 대한 선망으로 귀착한다. 가난은 인정해버리면 아무것도 아닌 것이 되고 이별도 크게 다르지는 않다. 그것이 도회적인 쿨함의 감각이라면, 그렇게 하지 못하는 것이 "지리멸렬의 미학"일 것이다. 아니, 그것을 미학이라고 부를 수 있을까. 그것을 미학이라고 하는 것은 어떤 혼동에서 비롯한 것은 아닐까. 그도 아니면 그것은 자조일까.

「그런 날에는」의 마지막 연에는 의미심장하게도 도심의 도로가 그려져 있다. 사람들은 시류의 흐름에 따라 저마다의 길을 가는 것만 같다. 그러나 그녀는 정체감을 느낀다. 차들이 그녀의 앞으로 경쾌하게 지나가는 것과 대조적으로 그녀의 몸은 천근만근이다. '나'의 정체가 점점 "흐릿해져가는" 것만 같다. 도회적이고 세련된 감수성의 소유자라면 산책자가 될 수도 있을 텐데, 무엇이 어디에서부터 잘못된 것인지 혼자 끙끙 앓게 되는, 풍경에서 사유가 태어나지 못하는 그런 날이 있다. 결핍과 골몰의 지리멸렬이라고나 할까. 모든 육체적인 감각은 무너지고 사념만 들끓는다. '무념의 입술'이 되어 이 모든 우울의 시간을 이야기할 수 있다면, 떨쳐낼 수 있다면 얼마나 좋을까.

진은영의 아름다운 시들은 감각적인 질료들의 목록을 거느리고 있고, 자주 전통과는 무관한 전혀 새로운 비유를 담고 있을 때가 많다. 그녀의 도시적 감각은 물신(物神)들 사이에서 단련된 것으로 보이며 멜랑콜리마저도 그녀의 시에서는 달콤하게 느껴진다. 그에 비해 「그런 날에는」은 그런 감각들이 무화되는 우울의 상태를 노정한 작품이다. 시의 형식을 무시하는 것은 아니면서도 그것에 무관심한 것처럼 산문적 서술이 섞여 있고, 그 서술이 길어지면서 구문의 혼동을 야기하는 면도 있다. 이런 불투명함이 오히려 털털한 매력으로 보이기도 한다. 진은영은 감각에 의존하거나 「그런 날에는」에서처럼 형식의 구애 없이 자유롭게 서술하는 두 방법을 동시에 밀어붙이고 있다. 전자의 방법은 이미 『우리는 매일매일』에서 그 성취가 확인된 바 있고, 후자의 방법은 더 진전된다면 음악과 산문 사이의 경계에 대한 실험으로까지 나아갈 수도 있으리라고 기대한다.

'지속'의 처연함

—박형준의 「버스가 옛날에 살던 동네를 지나가는 동안」

그건 처연했던가
거미줄보다 빨리 철거당하곤 하던 거리의 집들

여름이 미처 오기 전에 물에 잠기던,
방에서 물이 솟던,
새벽에 잠을 자다가 구석에서
시멘트를 뚫고 올라오는 물을 분수처럼 바라보던,

물방울들
물방울들
물방울들
달이 씨앗처럼 부풀던
방울들

방바닥에서 사이다가 솟구쳤다고 외쳐라도 볼걸

흠뻑 젖은 런닝구 차림새로
방구석에서 떨던 새벽

지붕을 때리던 빗소리

버스가 옛날에 살던 동네를 지나가는 동안
방울방울방울
방바닥에서 솟던 물방을들
차창 밖에 울창하게 쑥쑥 자라 있다
하늘을 찌를 듯

수직으로 솟구친 물방울의 나무들

우연히 만나도
이제는 반갑게 만날 수 없는
차창 밖 빗소리 속
차갑게 굳은 분수들

그건 처연했던가
—박형준, 「버스가 옛날에 살던 동네를 지나가는 동안」 전문

　옛날에 살던 집 앞을 지날 때면, 나는 어족(魚族)처럼 숨을 참는 연습을 한다. 우리는 그렇게 안 좋게 헤어졌는가. 애써 외면한다. 옛날에 살던 동네를 지날 때면, 마음 한구석에 자꾸 걸리는 것이 있다. 생선뼈도 아니면서 마구 걸린다. 혹시나 옛날 집주인을 만나는 것이 아닌가 싶어 신경이 쓰인다. 공과금을 떼먹고 간 것도 아닌데. 혹시나 아는 사람을 만날까 발밑이 간지럽다. 야반도주도 아니면서, 모든 이사는 야반도주와 같은 심정의 헤어짐이었다. 이런 느낌을 무어라고 형용할 수 있을까.
　새벽에 방바닥에서 솟구치는 물.
　흔치 않은 일.
　그런 것을 쉽사리 잊어버릴 수는 없을 것이다. 사실은 잊고 싶지만, 잊을 수가 없다. 세상에는 여름마다 시원한 대얏물에 빠져죽는 시궁쥐가 나오는 집이 있다. 어느 날 갑자기 천장이 내려앉는 집이 있다. 사흘이 멀다 하고 화장실이 막히는 집이 있다. 개구리가 방 어딘가에 살고 있는 독신자의 집이 있다.
　흔치 않은 일. 그렇지만 언젠가 분명히 있었던 일.

그런 일들은 왜 일어났을까. 집는 것마다 하자가 있는 사과. 상한 사과를 줍는 원정(園丁). 내가 불민한 인간이기 때문일까. 그렇지는 않겠지만, 그런 생각이 든다. 네 탓이야, 누군가 비난하는 것 같은 착각이 든다. 흔치 않은 일이 하필 나한테 일어난 것은 나 때문일지도 모른다. 세상을 잘 못 살아온 것 같은 기분.

그렇다고 해도 속수무책이었다는 생각만 든다. 마치 방관자처럼 보였을지도 모르지만, 정말로 속수무책이었다. 그런 안 좋은 일이 일어났던 것은 '우연'이 아니라 '필연'이었는지도 모른다. "물방울들", 그러니까 방바닥을 뚫고 솟구쳤던 물방울들, 혹은 바로 그때 어둠 속에서 자책했던 모든 사람들이 흘렸을 눈물들. "방바닥에서 사이다가 솟구쳤다고 외쳐라도 볼걸." 물론 그렇게 하지 못했지만. 그것은커녕 아무것도 하지 못했지만. 마치 방관자처럼 보였을지도 모르지만.

「버스가 옛날에 살던 동네를 지나가는 동안」의 화자는 그런 속수무책에 대해 이야기한다. "거미줄보다 빨리 철거당하곤 하던 거리의 집들." 도시의 미관을 해친다는 이유로 철거당하곤 했던 집들. 그런 것도 집이라고 할 수 있을까. 우리가 집이라고 불렀던 것들. 그런 우중충한 기억은 지워버리고 싶지만, 안 좋은 집에 살았다는 것은 밝히고 싶지 않지만, 마음이 무거워진다.

버스는 내가 옛날에 살던 동네 앞을 지나고 있고, 차창에 비가 친다. 비는 내가 살던 동네, 달라진 외관의 동네를 감춘다. 비가 오지 않았다면, 나는 이곳이 내가 살았던 동네라는 것을 쉽게 알 수 있었을까. 비는 이 동네를 감추면서, 떠올리기 싫은 기억의 한 장면을 은근히 환기한다. 그날, 방바닥에서 솟구친 물. 방구석에서 떨던 새벽. 슬픔의 분수(噴水). 비가 내린다. 울어야겠다.

이 시의 화자는 차창 밖으로 보이는 빗줄기를 "수직으로 솟구친 물방울의 나무들"이라고 부른다. 그날의 분수처럼 솟구친 물방울들이 씨앗이 되어 이 동네에 떨어져 있었다고 생각한다. 그것이 나무로 솟구쳐 오른 것이다. 하강하는 비에 상승의 이미지를 덧입히는 손길이 떨린다. 이 시의 화자는 이 모든 기억들이 다만 처연할 뿐이라고 말한다. 그러나 이 시의 처연함은 기억에서 비롯한 것이 아니라는 점이 중요하다. 중요한 것은 현재다.

버스는 동네를 스쳐지나간다. 옛날에 살던 동네는 멀어져간다. 이 짧다고 하면 짧은 순간만 지나고 나면 슬픔은 스러질 것이다. 방바닥에서 물이 솟구치는, 슬픔의 씨앗이 분수처럼 쏟아지는 방은 나를 쫓아오지 못할 것이다. 그러나!

그러나 그렇지 않다. 그 방은 나를 쫓아온다. 슬픔의 씨앗은 나를 쫓아온다. 씨앗 정도가 아니다. 차창 너머로 비가 온다. 비는 "물방울의 나무"로 솟구친다. 씨앗과는 그 크기부터가 다르다. 커다란 슬픔이다. 나는 '여전히' 빗속에 있다. 아무리 도망치려고 해도 빗속이다. 버스가 내가 옛날에 살던 동네를 떠나도, 나는 여전히 빗속이다. 수직으로 상승하는 비. 나는 이렇게 살기는 싫다. 방에서 물이 솟구치는 누추한 삶은 싫다. 나는 달리 살고 싶었는데.

옛날이 그립다고 할 수 있으려면, 지금의 나는 옛날의 내가 아니어야 한다. 예나 지금이나 변한 것이 없는 사람은 옛날을 그리워할 짬이 없다. 나를 부정하기에도 시간은 모자라다. 옛날의 '나'를 내가 만난다면 어떤 기분일까. 나는 여전히 쓸쓸하고 구슬픈데. 이 시의 화자가 말하고 있는 처연함은 이 '여전히' 이어지고 있는 슬픔이다. 정말로 벗어나고 싶지만, 벗어나려고 하면 할수록 삶의 혈관 한쪽이 부푸는 것이 느껴진다.

서정의 기능부전과 서정시인의 운명

서정과 페이소스

아리스토텔레스의 시대에는, 문학은 곧 시였다. 서사시와 서정시와 극시가 있을 따름이었다. 근대에 이르러 서사시는 소설에 의해, 극시는 극(劇)에 의해 대체되었다. 서정시만이 시로 남아 있다. 그런 의미에서 오늘날의 시인들은 모두 서정시를 쓰고 있다고 할 수 있다. 그런데 많은 시인들이 최근 시의 흐름을 서정시로 인정하고 싶어 하지 않는 경향이 있다.

최근의 서정시 논의에서 서정시의 대척에 놓이는 것들은 대개 '미래파' 시, 산문시, 난해시 따위다. 이 대립 구도에서 서정시의 여러 지류들은 애매하게 뭉뚱그려졌다. 이 대립 구도에서 서정시는 아름다운 것, 음악적이고 짤막한 것, 쉬운 것 등의 함의를 가지게 되었다. 이 새로운 자리매김은 의외로 배타적이어서 시의 위기를 '전적으로' 시의 산문화나 난해성의 문제로 환원해버리곤 한다.

장르론에서 서정시는 흔히 '동일성의 시', 다시 말해 세계와 자아의 동일성을 추구하는 시로 규정된다. 또한 대상에 대한 순간적인 파악, 시인 자신의 순간적 사상이나 감정을 압축성 있게 제시하는 주관적인 양식으로 설명되기도 한다. 제시 형식에 있어서는 존 스튜어트 밀의 '엿들어지는 독백'(soliloquy overheard)이라는 정의가 널리 알려져 있다. 이렇게 정의되는 서정시의 서정은 페이소스와 대립 관계에 놓이게 된다. 왜냐하면 페이소스는 동일성을 해체하는 적대 감정이기 때문이다. 김준오는 페이소스의 시가 저항시는 될 수 있지만 서정시에는 원래 어울리지 않는 요소라고 지적한 바 있다. 그러면서도 김준오는 '서정'이 역사적으로 변화한다는 단서를 붙였다.*

---

* 　김준오, 『시론』, 삼지원, 제4판, 2007, 34~54면 참조.

사실은 오늘날에도 서정이 유효한지부터 논의가 되어야 한다. 왜냐하면 우리가 살고 있는 시대는 '서정의 시대'가 아니기 때문이다. 맺힌 일이 있으면 하늘에든 어디에든 빌어서 풀고자 하는 마음을 우리 시대는 잃어버렸다. 과거의 신은 죽었고 미래의 신은 타락해버렸다. 학교에서 가르치는 도덕이나 규범이 사회에서는 제대로 기능을 하지 않는다. 사회 규범에는 부동산 투기를 하지 말라고 되어 있지만 현실 사회에서는 부의 축적을 위해 부동산 투기를 용인한다. 이런 시대에 자식이 시인이 되겠다고 한다면, 기쁜 마음으로 축복해줄 수 있을까. 동일성의 서정이 '기능부전(機能不全)'을 일으키고 있는 시대에, 왜 우리는 아직도 서정이 유효한지를 설명할 수 있어야 한다. 당위로서의 서정을 넘어서 현실 속에도 동일성의 서정이 있는 것처럼 말하는 것은 속물주의로 귀착하기 쉽다. 그렇다면 당위로서의 서정과 속물주의로서의 서정 사이에서 서정시인은 어떤 표정을 지을 것인가. 어떻게 '시인'으로서 버틸 수 있을 것인가.

서정시의 외형

서정시의 외형을 따지는 것은 온당한 방식일까. 정형시, 자유시, 산문시 등의 구분이 시의 외형과 관련을 맺고 있을 뿐이다. 그런데 서정시의 외형에 관한 논의가 심심치 않게 이어지고 있는 것은 서정의 실추라는 큰 현상이 시의 산문화라는 유행과 맞물려 가속화되었기 때문이다. 딴은 시의 산문화가 고도의 압축성을 요구하는 서정시의 원칙에 위배되는 것처럼 보이는 면도 있다.

요즘 세상에 글자 수를 세어가면서 시를 쓴다고 하면 비웃음을 사기 십상이다. 시조를 쓴다고 하면 젊은 시인들은 시대착오라고 대들지도 모른다. 근대 시사(詩史) 교육이 정형시보다 자유시가 더 '세련된' 양식임을 부단히 강조해온 터라 정형시에 대한 사갈시가 새삼스러운 일은 아니다. 그러나 생각해보면 우리 시사에서도 서정시의 정수는 정형률을 응용한 시인들에게서 나왔다. 김영랑의 4행시, 박재삼의 시조 등만 보아도 정형률이 오히려 얼마나 쓰기 어려운 것이며 고도의 세련미를 요구하는가를 알 수 있다. 4·4조니 7·5조니 3음보니 4음보니 하는 규칙을 지켜가면서 시를 쓰는 일은 작금의 '해사체 대세'의 풍토보다는 훨씬 고도의 전문성이 요구되는 분위기 속에서나 가능한 일일 것이다. 전문가 엘리트만 시를 쓰는 것이 아니라 아무나 시를 쓸 수 있게 되었으니 더욱 민주주의적이라고도 할 수 있겠지만 시의 위의(威儀)와 시에 대한 신비감은 반감되었다. 물론 신비감을 회복하기 위해, 시가 더 존경받기 위해 정형률로 회귀해야 한다고 말하려는 것은 아니다. 외형의 자유와 그 자유가 극단화된 양태로서의 산문화로 인해 우리가 잃어버린 부분도 있다는 점을 상기해본 것일 따름이다.

시의 산문화가 시대적 변화에 따른 필연성을 가진 현상이라는 점은 전혀 납득이 가지 않는 바 아니다. 사회도 복잡해지고 인간 경험도 난마처럼 얽혀, 시가 산문화된다는 것은 일견 불가피한 것처럼 여겨지기도 한다. 그런데 이때의 '산문시'는 서정시와 배치되는 개념은 아니다. 백석의 산문시나 서정주의 산문시들이 지닌 짙은 서정성에 비해 2000년대의 산문시들은 어떤가. 선대의 시인들이 어떤 때 산문체를 취했는지 곰곰 따져볼 필요가 있다. 선대 시인들에 비해 2000년대 시인들은 산문체를 아무 때나 취하고 있다. 게다가 산문체의 저변을 채우고 있는 것이 선대 시인들의 '경험적 실감'과는 다른 양상을 보이고 있다는 점도 간과할 수 없다. 환상이나 몽상이 무조건 좋지 않다고 보는 것은 아니지만, 경험적 실감이 뒷받침되지 않은 환상이나 몽상이 시인 자신만의 망상으로 떨어지기 쉽다는 점은 인정해야 할 것이다.

그러고 보면 시의 산문화가 문제가 아니라 시적 경험의 넓이와 깊이가 새삼 문제가 되고 있다고 볼 수도 있다. 그러나 신세대 시인들의 시적 경험은 정보 기술의 발달이나 인터넷 환경 자체가 지니고 있는 인식 체계의 변전과도 깊이 관련을 맺고 있어서 여기서 그 폭과 심도를 일률적으로 문제 삼기는 어렵다.

시의 산문화를 본격적으로 다루고 있다고 보기는 어렵지만 한 잡지사의 '제4의 문학을 위하여'라는 기획 특집이 시의 산문화와 관련하여 사뭇 의미심장하게 읽혔다. 「이 글들을 무어라 부를까?」라는 글에서 권혁웅이 문제 삼고 있었던 것은 시와 산문의 탈(脫)경계에 관한 것이라고 생각한다. 「이 글들을 무어라 부를까?」는 시인들의 '시적 산문'을 장르론의 층위에서 자리매김해보고자 하는 기획의 소산이다. 권혁웅은 산문시를 "율격적 고려가 없는 시"라고 규정하고 시인들의 '시적 산문'을 에세이로서의 산문시와 포개놓았다. 그리고 권혁웅은 서사보다는 몽타주, 구성보다는 문체를 중시하는 에세이의 개념 정립을 시도한다.* 여기서 산문시가 "율격적 고려가 없는 시"라고 규정하는 것은 납득이 된다. 그러한 정의는 1930년대 삼사문학 동인 이시우의 「절연하는 논리」에도 나타나 있다. 그러나 이시우 등이 주창한 산문시 운동이 큰 성과 없이 사그라졌다는 점을 상기할 필요가 있다. 물론 '에세이'를 강조한 권혁웅과 '산문시'를 강조한 이시우의 주장이 동일한 것은 아니다. 양자의 논지는 전혀 다른 것이다.

출판업계에서는 신변잡사와는 다른 류의 세련된 산문(에세이?)을 쓸 사람이 필요할지 모른다. 그러나 시인은 역시 산문보다는 시에 가장 집중해야 하는 것이 순리일 것이다. 어떤 의미에서 우리 문단에 절실하게 필요한 것은 시적 산문이라기보다는 '제2, 제3의 피천득'이다. 「이 글

---

* 권혁웅, 「이 글들을 무어라 부를까?」, 『문예중앙』, 2007, 겨울호, 22~24면 참조.

들을 무어라 부를까?」가 담지한 장르론적 관심과 고민들은 충분히 공감할 수 있으면서도, 한편으로는 줄글로 쓰더라도 산문과는 다른 것을 쓰고 있다는 자의식을 시인들이 더 가져야 하는 것은 아닐까 하는 생각을 했다. 이 문제는 서정의 위기와도 긴밀한 관계가 있다. 왜냐하면 구성보다 문체를 강조하는 에세이 취향의 만연이 산문시는 물론이고 여타 형태의 시에서도 경험적 실감이 담긴 회상이나 기억보다도 잠언이나 경구를 더 세련된 것으로 받아들이게 하고 있다는 혐의가 있기 때문이다.

시의 산문화와 서정시의 위기는 일견 시의 외형에 관한 담론으로 보이지만 기실 시정신의 문제다. 산문시라고 해서 서정시가 될 수 없다는 생각은 편협하다. 마찬가지로 장시라고 해서 서정시가 아니라는 말은 옳지 않다. 전봉건의 「사랑을 위한 되풀이」 같은 장시가 내장한, 전쟁의 부정성을 순치시키는 서정의 주술적 힘을 새삼 상기해보는 것도 의미 있는 일이 될 것이다. 「사랑을 위한 되풀이」에는 "노래하리라"라는 구절이 어색하리만큼 반복된다. 이러한 반복은 한편으로는 감정을 제대로 절제하지 못하고 도취에 빠진 결과로 보이기도 하지만, 노래의 반복을 통해 시적 자아는 자기 자신을 치유하고 나아가 전쟁으로 훼손된 세계를 치유하기도 하는 주술적인 힘을 보여준다. 여기서 '노래'는 형식이 아니다. '노래'야말로 서정적 상태라고 할 수 있다. 서정시는 '노래의 상태'를 지향하는 정신을 잃어버리면 그 존재 의의의 대부분을 상실하게 되는 양식이다.

난해성과 보편성과 서정성

난해시라는 말도 있지만 시가 난해하다고 불평하는 것은 대개 공염

불일 때가 많다. 극단적으로 말해서 김소월의 시도 일반 독자에게는 난해시가 될 수 있다. 시적 언어의 질서는 일반 언어의 규칙과는 다르다. 동서고금을 막론하고 고전의 반열에 오른 문학 치고 구성이 복잡하지 않고 언어의 질감이 특이하지 않은 것이 과연 몇 작품이나 되겠는가. 그 난해성에도 불구하고 독자들이 시공을 넘어서 고전을 탐독하는 것은 그 난해성의 배면에 감추어진 '생의 진실' 때문이다. '생의 진실'은 언제나 언어의 오지에 감추어져 있기 마련이다. 독서의 즐거움은 그와 같은 언어의 오지를 탐색하는 즐거움에 다름 아니다. 그 심처에서 '생의 진실'을 발견하는 순간의 황홀경 때문에 고전은 고전으로 시공을 초월하여 살아남은 것이다. 그런데 요즘 젊은 독자들은 이런 독서의 즐거움을 잘 모른다. 독서의 즐거움을 모른다고 해서 젊은 독자들을 비난하는 순간 이미 소통은 불가능한 것이 되고 만다. 젊은 독자들이 문학 작품의 심층을 찾는 데 서툰 것은 인터넷 체계에 너무 익숙해져버린 탓이 크다. 인터넷에는 심층이 없다. 심층도 한 번의 클릭으로 표층이 되는 세계가 인터넷 공간이다. 그래서 요즘 젊은 독자들은 작품의 줄거리나 메시지보다는 캐릭터나 패턴, 장식적인 요소 등을 소비한다. 패러다임이 다른 것이다.

그런데 최근 시에 부가된 난해시의 혐의는 독자에 의해 주어진 것이라고 단정할 수 없다. 솔직히 말하자면 독자들은 시에 대해 큰 관심이 없다. 최근 시가 난해하다고 하는 것은 문단 내부의 목소리다. 실제로 신세대들의 시가 읽기 어려운 면이 있다. 그러나 그것은 '언어의 오지'와 같은 깊이의 문제와는 다른 차원이다.

신세대의 시가 난해해서 서정시의 위기가 온 것은 아니다. 대학생들에게 시를 읽혀보면 신세대들의 시를 재밌어한다는 느낌을 받을 때가 많다. 대학생들에게는 미래파의 시보다도 옛날 서정시들이 더 어렵다. 대학생들은 "제삿날 큰집에 모이는 불빛도 불빛이지만"(「울음이 타는 가을강」) 하는 박재삼의 시구에 담긴 정서를 잘 이해하지 못한다. 그런 정서를 잘 이해하지 못하는 젊은이들이 나중에 시인이 되기도 하고 심지어 평론가가 되어서는 이 시는 무슨 말인지 모르겠다는 말을 부끄러운 줄도 모르고 한다. 그 점은 아쉬운 부분이다. 경험의 차이, 문화의 차이가 세대 간에 분명히 있다.

요즘 신세대들의 시가 어려워진 것은 무슨 심오한 사상이 들어 있어서가 아니라 인간 보편 정서에 대한 이해의 층이 그만큼 얇아졌기 때문이다. 신인들은 저마다 자기만의 취향을 드러내려고 한다. 그러나 자기만의 고유한 취향만으로 개성이 완성되는 것은 아니다. 거기에는 '경험의 두께'가 뒷받침되어야 하는 것이다. 그 점을 깨닫지 못한 신인들이 흔히 나르시시즘에 빠져 더 이상 발전하지 못하고 도태되곤 하는 일들을 심심치 않게 보게 된다. 신인들도 여러 시행착오 끝에 결국 인간 보편 정서에 대한 이해라는 문학 본령에 맞닥뜨릴 수밖에 없다. 그러나 그것이 곧장 서정성으로 이어진 길이라고 생각하면 오산이다.

지나치게 편벽한 자기 취향을 고집하는 신인들도 문제지만 자연 서정만을 서정으로 맹신하는 일부 기성세대에도 문제가 있다. 시의 독자가 줄어드는 것은 작금의 시가 당면 현실을 제대로 반영하지 못하고 있기 때문이다. 미래파의 도회적 판타지가 자연 서정보다 어떤 경우에는 더 하나의 실감으로 다가오며 자연 서정이 오히려 판타지나 신비주의로 느껴지는 것은 어째서인가. 애송시 1위가 아직도 김소월의 「진달래꽃」이라는 데서 서정의 당위성을 찾으려 하는 한, 시는 인간으로부터 더 멀어질 수밖에 없다. 젊은 독자들이 김소월과 원태연, 귀여니 등을 동일선상에 놓고 본다는 것을 학계나 문단에서는 별로 심각하게 받아들이고 있지 않은 것 같다. 「진달래꽃」을 희대의 명작으로 세뇌 비슷하게 교육한 결과가 결국 독자들의 시에 대한 무관심으로 이어졌다. 독자들에게 시란 그처럼 현실적 실감이 없는 것으로 인식되었기 때문이다. 1950년대에 풍속에서 전통 서정을 발견한 이동주의 시나, 도자기, 문인화 등에서 전통 서정을 찾은 구자운의 초기시가 오늘날까지도 실효성이 있는 것은 아니다. 오히려 신서정을 주창한 김광림의 시집 『상심하는 접목』이 오늘 다시 읽어도 공감을 끌어낸다는 것은 삼가 두려운 일이다.

지금은 서정의 실추를 걱정할 때가 아니다. 젊은 시인군에서 서정의 계승자가 상대적으로 적다는 것을 걱정할 필요는 없다. 서정이라고 하지만 정작 어떤 서정인가가 문제다. 그런 의미에서 월간 『현대시』의 기획특집 '2000년대 한국시 갈래잡기'는 주목되는 면이 있다. 「2000년대 서정시 계열 시의 갈래잡기」는 서정시의 외연을 극대로 넓혀 신세대 시인들의 지형도를 촘촘히 그려보고자 한 시도다. 이숭원은 2000년대 서정시의 지형을 전위적 서정, 현실적 서정, 온화한 서정, 처절한 서정, 지적 서정 등으로 범주화한다.* 연구자 스스로 이러한 유형화가 이미 실패를 내장하고 있음을 인정하고 있지만 그 실패의 위험에도 불구하고 서정의 지류들을 점검하는 일은 필요하다고 생각한다. 「2000년대 서정시 계열 시의 갈래잡기」는 전반적으로 서정시의 외연을 넓게 잡아서 논의의 어려움이 생겼고 범주화의 기준이 모호하다는 한계가 있다. 가령 '온화한 서정' '처절한 서정' 등의 명명이 술어(術語)로서 적합한지 논란의 여지가 있고 '지적 서정' 역시 어떤 맥락에서 지적이라는 것인지 구체적인 설명이 필요하다. 이렇게 비판하는 것은 쉽지만 실제로 범주화하는 것은 지극히 어려운 일이 될 것이다.

개인적인 생각이지만 서정의 범주화 작업에서 가장 시급한 것은 무리한 명명보다는 문태준, 손택수, 박성우, 신용목 등 순수 서정의 영역을 고수해온 젊은 계승자들의 경계를 분명히 드러내는 일이다. 그리고

---

* 이숭원, 「2000년대 서정시 계열 시의 갈래잡기」, 『현대시』, 통권223호, 2008. 7. 122~123면 참조.

208

그다음은 이 서정의 확고한 거점들을 모더니즘의 확고한 거점이라고 할 만한 김민정, 황병승 등과 맞세우는 작업이 있어야 할 것이다. 그 불화와 알력의 지점 사이에 절충지대가 있고 거기에 다양한 시적 방법론들이 백가쟁명 식으로 배치되어 있거니와, 어떤 절충이, 환언하면 어떤 새로운 서정이 리얼리즘과 모더니즘을 각기 나름대로 전유하면서 가장 곡진한 시 세계를 보여주고 있는지 가려볼 수도 있을 것이다.

서정의 본질과 시정신

다시 말하지만 오늘날은 서정의 시대가 아니다. 후기 자본주의 사회에서 서정은 제 기능을 다하고 있지 않다. 공교육에서 배운 진·선·미의 공통전제가 붕괴해버린 사회에 우리는 살고 있다. 역사의 대하는 항시 바다로만 흐르는 줄 알았는데 대하의 저류에는 언제나 흙탕물의 역류가 있어왔음을 작금의 정치 현실은 보여주고 있다. 대의 민주주의가 오히려 증오를 증폭시키는 것을 2008년의 촛불 항쟁처럼 생생하게 보여준 경우도 찾아보기 힘들다. 저 분노로 들끓는 민심을 설득할 수 있는 합리주의는 없다. 그러나 시인들은 저 분노의 화염이 우리네 부뚜막의 불꽃이 되어 하얗고 따뜻한 밥을 짓는 데 쓰이리라는 믿음을 저버릴 수 없는 존재다. 그것이 바로 서정의 본질이다. 우리는 도덕에도 윤리에도 종교에도 이념에도 기댈 수 없게 되어버렸다. 우리는 '우리'라는 말의 파시즘적 충동마저도 경계해야 한다.

서정시의 특질을 배우기 위해 『시론』 책을 들춰보는 것도 필요하다. 그러나 서정의 본질은 학술적으로만 구명될 수 있는 것은 아니다. 서정의 본질은 어떤 순간에도 선함을 잃지 않으려는 마음에 있다. 가난하다고 해서 빵을 훔치지 않는 것이 선한 마음이고, 가난한 가족을 위해 빵을 훔칠 수밖에 없었던 무능한 가장을 가엾게 여기는 것이 또한 선한 마음이고, 탐관오리, 고관대작, 매판자본과 권력의 시녀로 전락한 언론을 미워하는 마음도 선한 마음일 것이다. 그 선한 마음을 정신이라고 불러서 간직하는 것이 시인의 사명이다.

서정의 위기는 산문화나 시의 난해로 인해 오는 것이 아니다. 서정의 진짜 위기는 모든 시인들이 지켜 간직해야 할 선한 마음이 의심받을 때 온다. 돈을 주고 시인이 될 수 있다는 악성 루머가 열악한 출판계의 인정하고 싶지 않은 그늘로 잔존할 때, 가장 순수해야 할 시인들이 학연·지연에 따라 파당을 지을 때, 중앙 문단과 지방 문단이 서로 제 살을 깎아먹을 때, 우리가 출판 논리에 휩쓸려 스스로 '팔리는' 사람이 되고자 할 때, 시정신으로서의 서정은 그 명맥을 잃고 말 것이 자명하다. 어떤 시인이나 좋은 시를 쓰고 싶어 하지만 그것이 가장 좋은 시를 써서 시단의 우두머리가 되어보아야겠다는 마음에서 비롯된 것이라면 참으로 헛된 욕심이다. 시를 위해 시를 쓰는 것은 서정이 아니다. 하물며 허명(虛名)을 위해 쓰는 시가 시겠는가. 시가 나르시시즘에 젖지 않고 내 마음에 비추어 남의 마음을 헤아리려는, 인간을 이해하려는 마음을 포기하지 않는다면 능히 서정은 우리가 믿고 기댈 만한 최후의 정신적 지표가 될 것이다. 그것이 이 산문의 시대에 시가 아직도 남아 있는 이유라고 한다면 지나친 운명론자의 호들갑이라고 할 것인가?

자연과 인간을 잇는 지평, 서정의 유형학
—2008년 '올해의 시집'에 부쳐

들어가며

2008년 시단의 가장 큰 화두는 '서정'이었다. '서정'이 새삼스럽게 시단의 이슈가 된 것은 '미래파 담론'에 대한 반동이라는 의미가 크다. 서정의 고유 영역을 점검하고 서정의 복원을 역설하는 논조에서 한 발짝 더 나아가 오늘날 서정시의 지형을 확인하고 '새로운 서정'에 대해 모색하려는 논의들도 나오기 시작했다. '올해의 시집'을 가리는 일도 '서정'에 대한 논의와 별개일 수 없다. 오히려 '올해의 시집'들이 이 논의를 선도했다는 점도 가볍게 볼 수 없을 것이다.

2008년에는 연초부터 굵직한 선을 지닌 『낙타』(신경림), 『당신의 첫』(김혜순)이 연달아 출간되어 세간의 이목이 집중됐다. 『낙타』는 리얼리즘 전통에서 바라보는 '서정'을, 『당신의 첫』은 후기 구조주의적 전통에서 바라보는 '기능부전의 서정'을 각기 내세우고 있어서 좋은 대조를 보였다. 『자전거 타고 노래 부르기』(고운기)와 『무릎 위의 자작나무』(장철문)도 서정의 고유 영역을 확인하는 한편 서정이 매너리즘을 극복하고 독창성을 확보하는 방법론을 각기 다른 방식으로 보여주었다. 고운기가 '인생파적인 서정'을 보여주었다면 장철문은 '생명파적인 서정'을 내세웠다. 소장파 시인들의 서정도 빛나는 약진을 보여주었다. 『그늘의 발달』(문태준)은 유심론적인 방향에서 서정을 탐색하고 있으며 『검은 꽃밭』(윤은경)은 정한과 같은 전통 서정을 수사 차원에서 혁신하고 있는 점이 돋보였다.

2008년 '올해의 시집'들을 대하며 느낀 것은 누구나 서정에 기대고 있다는 점, 서정이 시인의 심성과 주제의식은 물론 시적 수사에서도 '발달'하고 있다는 점, 그리고 서정이란 평범하면서도 끝없이 변주가 가능한 지류들을 아우르고 있다는 점 등이다.

이 글은 이상의 여섯 권의 시집에 내재한 특징과 미덕을 서정의 다양한 양상들을 중심으로 비교·설명함으로써 서정의 갈래에 관한 앞으로의 논의에 실마리를 마련하는 데 목적이 있다. 따라서 시집별로 개별적인 특징을 살펴나가되 필요에 따라 두 권 이상의 시집을 비교·대조해가는 방식을 취하게 될 것이다.

'마음'의 행방과 시간의 불가역성: 『그늘의 발달』

『그늘의 발달』은 언어 이전의 서정을 유심론적으로 탐구한 현대인의 고전이다. 이 시집에서 문태준은 미루어두고 못다 한 말(「당신에게 미루어 놓은 말이 있어」), 건네지 못한 후략의 말(「백년」) 등 언어 이전의 세계를 순금부의 서정으로 호명한다. 그가 즐겨 명사 종지(終止)나, 문장 가운데서 시를 끝맺는 것은 시형에 있어서 언어를 경계하고 절제하는, 언어 이전의 상태를 추구하는 한 방식이다.

「물끄러미」「손수레인 나를」「공일」등의 시편들에 가로놓여 있는 한산함, 고요, 일기에 기록할 것이 없는 '헐거워진' 시간은 언어가 생겨나기 이전의 상태가 어떤 것인지 보여준다. 문태준은 평범한 것 속에 깃들어 있는 삶의 진상을 잘도 부각시킨다. 어미개의 젖을 빨고 있는 강아지들의 모습에서 '목숨을 사는 것'이 어떤 것인지 말하고 있는 「평생」이 그야말로 '진상'인 것은 그가 현상을 보는 데 그치지 않고 거기서 '마음'을 보고 있기 때문에 가능한 것이다. 그는 '우산'을 보고도 딱히 물건이 아니라 '펼쳐 짐작되는 것'을 떠올리는데(「우산의 은유」), 그 '펼쳐 짐작되는 것'이 곧 마음자리일 것이다. 또한 그것은 '그늘'이자 '그늘의 발달'이기도 한 것이어서 그는 그것을 물끄러미 바라보곤 한다.

문태준은 언어 이전에 존재하는 '마음'에 대해 묻는다. 이별이 찾아와서 슬플 때, 외로울 때, 우울할 때, 그래서 스스로도 자기를 주체하지 못할 때, 우리가 흔히 '마음' 쪽을 더듬듯 그도 마음의 행방을 묻고 있는 것이다(「살얼음 아래 같은 데1, 2」). 마음은 설명하기 전에 이미 있다. 「뻘구멍」에서도 나타나 있듯 그것은 '다만 있다' 혹은 '흥건하게 있다'의 세계에 속한다.

우리가 마음을 찾게 될 때 마음은 언제나 젖어 있다. 「마른 비늘에 쓴 편지」에서도 보이듯 이 '젖음'은 시나브로 양미리가 마르듯 '마름' 쪽으로 옮아간다. 여기에 불가역적인 시간의 흐름이 작용을 하고 있다. 시간은 어떤 계기도 없이, 다시 말해 '덜컥도 없이'(「덜컥도 없이 너는 슬금슬금」) 흘러간다. '내일'은 이 시각에도 오고 있으며 그것을 제지할 방법은 없다(「내일1, 2」). 누구도 말해주지 않았던, 그러나 시간이 흐른 뒤 쳐다봐지는 '거리'는 시간의 불가역성으로 인해 더욱 애틋한 '거리'처럼 느껴진다(「거리」). 저 설니홍조(雪泥鴻爪)의 시간(「넷이서 눈길을 걸어갔네」) 속에서 인간은 슬퍼하다가 '그늘'로 번지는 마음자리를 또 바라보다가, 이 슬픔의 물기, '젖음'에 대해 '마른 배'를 보여 달라고(「나와 거북 2」) 덧없이 갈구의 일갈을 던지기도 한다.

『그늘의 발달』은 이 '불가역적 시간'이라는 '어두움의 거울'(김소월, 「시혼」)에 인생의 전(全) 국면을 세세하게 비추고 있다. 문태준의 '그늘론(論)'이 한 세기 만에 비로소 김소월의 「시혼」에 나타난 '음영론'을 한 단계 심화시킴으로써 동시대인들도 이제 우리 시대의 '김소월'을 가지게 된 셈이다.

자연의 생명현상과 인간의 자연사
: 『무릎 위의 자작나무』『자전거 타고 노래 부르기』

문태준이 '마음의 세계'에서 서정을 찾는다면 장철문은 자연의 생명 현상에 대한 경외감에서, 고운기는 인간의 자연사에서 서정을 찾는다. 『무릎 위의 자작나무』도 『자전거 타고 노래 부르기』도 모두 서정시의 기본 문법을 충실히 따르고 있지만 서정의 발화점은 각기 다르다.

『무릎 위의 자작나무』에 드러난 자연의 생명 현상은 탄생과 죽음, 섭생과 생식 등이다. 장철문은 이 생명 현상 앞에서 인간의 사유는 별 볼일 없는 것임을 실감한다(「봄비, 백목련」). 「굴참나무밭에 가서」 「상수리숲을 지나오다」 「길바닥」 등의 가작들에서 그는 좀 더 신비주의적 생태주의에 기울어 있다. 경칩 무렵 나무에 새순이 돋는 모습을 '청개구리'가 굴참나무를, 상수리나무를 뚫고 나오는 기상(conceit)으로 빗댐으로써 그는 서정시에서 독창성이 어떻게 발휘되는가를 인상 깊게 각인시킨다. 그러나 그와 같은 개성은 「길갓집」 「집」 등 시적 순간들을 탄탄한 묘사력으로 포착해낸 보편적인 서정 속에 있을 때 더욱 빛난다.

『무릎 위의 자작나무』는 아이의 탄생과 형의 죽음이라는 가족사에 의해 지탱되고 있다. 이 중 탄생의 비중이 더 큰데, 그것은 장철문의 서정이 아이의 순수에 직접 빚지고 있기 때문이다. 「시를 구기다」 「아빠 구름」 「똥 누는 시간」 등에서 아이의 세계는 곧바로 시인의 세계가 된다. 이 '아이-순수'의 세계가 가족 이야기로 확장된다는 데 이 시집의 한 특징이 있다. 이 가족 이야기에는 「2005년 4월, 마르쎄이유」 「수신자 요금부담은 비싸다」 등 죽음의 음영이 짙게 드리운 것들도 있지만, 궁극적으로는 가족적 친밀감의 세계에 대한 복원을 지향하고(「길목」) 삶에 대한 낙관주의적 신념을 확인하는 데로 나아간다. 「하늘 골목」 「시인의 집」 「오서산」 「새벽바다」 등에 나타난 생에 대한 긍정은 생명파적 서정시의 전형적 미덕을 담아내고 있다.

한편 『자전거 타고 노래 부르기』는 입에서 터지는 대로의 자연스런 노래로서의 서정을 지향한다. 고운기 역시 장철문처럼 기억 속에 머물고 있는 친밀감의 세계(과거)를 복원하려 한다. 그 과정에서 고운기는

『디새집』에 채록된 시골 아낙네들의 육성을 작품 안으로 끌어들이기도 한다. 「소고」에서 날카롭게 그려진 촌락공동체의 붕괴와 같은 주제는 문태준, 장철문의 시와는 다르게 고운기의 시를 문화사적인 맥락 속에 놓게 한다.

『자전거 타고 노래 부르기』에 나타난 '과거'는 격세지감(「고향의 한 뼘 땅」)이나 무상감(「사람의 일」)과 연결되어 애틋하게 그려져 있다. '옛집'이나 '아버지'에 대한 기억, 나이 먹는 일의 쓸쓸함 등도 이 애틋함을 배가시킨다. 그러나 무엇보다도 고운기의 시는 인간의 자연사를 담고 있어서 애틋한 것이다. 인간의 종아리 살을 키우고 간담을 키우고 등짝을 키우는 거대한 자연(「벌교10」), 사랑과 그리움이 녹아 함께 내리는 눈(「소한」), 인생의 소중한 갈피짬마다 끼여 있는 늦은 오후의 가을 햇볕(「가을 햇볕」) 등에는 모두 인간과 자연이 서로 얽혀 짠 개인의 역사가 있다. 이 자연사 속에서 잠시 왔다 떠나는 인생(「차지」)인 인간들은 위대한 자연과 더불어 한 번은 가치 있는 존재가 된 것처럼 위안을 받는다. "가난한 마을에 / 풀이 돋고 잎이 나고 보슬비가 뿌려주지 않았다면"(「녹색의 배경」) 우리네 인생은 무엇으로 한 세상을 이루었다고 할 것인가.

『무릎 위의 자작나무』와 『자전거 타고 노래 부르기』가 그 발화점은 다르지만, 한편으로 공유하는 것은 바로 세계와 자아의 동일성을 회복하려는 생명파적이고, 인생파적인 지향으로서의 서정이다. 서정은 이렇듯 평범한 것 속에 있지만 가장 본질적인 것이다.

'오래된 정한'과 인상파적 빛의 활용: 『검은 꽃밭』

『검은 꽃밭』의 서정은 낯익으면서도 낯설다. 윤은경의 식물계 언어들은 삶의 현장에서 민초들이 일상적으로 사용하는 범위를 벗어난다. 조수초목의 이름을 많이 알게 한다는 점에서 『검은 꽃밭』은 과연 자연 서정에 근접해 있는 것처럼 보인다. 그러나 『검은 꽃밭』의 서정은 고운기나 장철문의 따뜻하고 건강한, 애틋하고 선(善)한 서정과는 분명히 다르다. 또 문태준의 '그늘'보다도 윤은경의 검은 색감의 자연이 더 처절하게 독기를 품고 있다는 점은 눈여겨보아야 할 부분이다.

『검은 꽃밭』은 전통 서정의 오랜 주제인 '정한'마저 낯설게 한다. 윤은경은 끊임없이 슬픔과 고통과 들끓는 욕망에 대해 이야기한다. 그리고 그 어두운 감정들은 '오랜 고통' '오랜 욕망' 등 '오랜'이라는 수식어가 붙는다. '슬픔'은 영원한 시간이 감지되는 '무변허공'을 질러오기도 한다(『검은 꽃밭』). 이런 '시간의 지속'이라는 의미요소가 환기하는 것은 어떤 임계점에 이르렀다는 느낌이다. 간절함과 곡진함, 더불어 버거움이 느껴진다. 「가시연」의 '서러운 독'이나 「공무도하」의 '독한 그리움'에 잠겨 있는 '독(毒)의 세계'는 이 시집 전체의 색감을 규정한다.

도대체 무엇이 감정들을 그렇게 가파르게 하고 있는 것일까. 「달과 왕버들」의 '칼날', 「문상」의 '칼금', 「거품 이야기」 「귀룽나무」 「적막」의 '절벽'과 '낭떠러지' 등은 한결같이 날이 선 극단을 보여준다. 이 극단에서 윤은경은 '허공'을 바라본다. 부재(不在)를 바라보는 그 시선이 위태로워 보인다. 그러나 수없이 허공이 생겨나고 허공은 또 수없는 문이 되는 「배롱나무 꽃그늘」의 상상력으로 보건대 그녀에게 '허공'이 부재 그 자체로만 끝나는 것은 아님을 알겠다. 시집 제1부에 묶인 많은 시들에서 표현된 인상파 회화의 빛을 연상시키는 '햇빛'이 있어서 허공은 오히려 '꽉 차' 있다. 외로움은 봄의 어머니(「눈썹」)며 '오랜' 기다림은 「마곡」에서처럼 예술을 완성시키는 마지막 주문(呪文)이 되기도 한다.

『검은 꽃밭』의 서정이 이렇게 해묵고, 한편으로 가파른 감정들의 집산을 암시적으로 그려낸 것이기는 하지만, 「유등별사」와 같은 '슬픔 한

자락'을 그 주된 내용으로 삼고 있는 데는 변함이 없다. 이 시집에서 또한 가지 놀라운 것은 이 오래된 주제인 '눈물'을 얼마나 풍요로운 비유로 형상화했는가 하는 점이다. 눈물은 「꽃 지네요」에서는 '슬픔의 폐사지'요, 「검은 꽃밭」에서는 '누구도 닦아줄 수 없는 물방울'이요, 「바람꽃」에서는 깊은 계곡의 큰물 지는 소리로 그려진다. 「발자국」에서는 사자(死者)의 눈물이 '별의 발자국'이 되어, 즉 비가 되어 내리기도 하니, 전통 서정이라고는 하나 그 변주의 끝은 누구도 장담하기 어렵다는 것을 아연 실감하지 않을 수 없다.

떠돌이의 감각과 '길 잃음'의 역설: 『낙타』

문태준 시의 비유 체계는 보조관념으로 풍부한 식물계·동물계의 이미지들이 동원된다는 데 특징이 있다. 윤은경 시의 언어들은 우리말 편향이 의식화되어 있고 조수초목의 이름들이 백과사전식으로 펼쳐져 있어서 개성적이다. 장철문의 어떤 시들은 숲의 신비한 분위기에 휩싸여 있고 고운기의 어떤 시들은 인간의 자연사를 담고 있다. 모두 서정이 자연과 연계되어 있다.

신경림의 서정은 한 발짝 더 인간으로 다가가 있다. '광양 매화밭'의 향기보다 인간의 체취와 소음(「매화를 찾아서」)에서 그는 더 시적인 가치를 발견한다. 평생 '조그맣게 엎드려 사는 사람들'(「이역」) 곁에 살아왔기에 인간에 대한 그의 애착은 외경심마저 불러일으킨다. 『낙타』는 『신경림 시전집』(창비, 2004)의 세계에서 크게 일탈하지 않으면서도 시·공간적으로 확장된 세계를 담고 있다. 『낙타』에는 이국의 풍물을 위시한 유랑의 다양한 양상이 펼쳐져 있고, 이야기꾼의 다양한 견문 속에 지식인의 사회학적 성찰이 빛나고 있다. 또한 리얼리즘에 대한 회한과 아직 끝나지 않은 모색의 기운도 들어 있다.

신경림은 「낙타」「허공」「눈」 등에서 죽음의 방식에 대해 탐구하는가 하면, 「버리고 싶은 유산」에서는 평생을 추구해온 리얼리즘에 대한 회한을 고백하기도 한다. 그러나 그의 죽음의 방식에 대한 탐구는 역설적으로 삶의 방식에 대한 물음을 품고 있으며, 그의 리얼리즘에 대한 회한은 페이소스를 넘어선 리얼리즘에 대한 모색을 감추고 있다.

그는 자꾸 죽은 것들에서 자기를 발견하고(「고목을 보며」) 버려진 것들에 자신을 투사하지만(「나의 신발이」), 그것이 자기부정으로까지 치닫지는 않는다. 오히려 그는 허망한 것에서, 숨어 있는 것에서 아름다움을 찾아냄으로써 노경의 경험에서 우러나는 시선의 깊이를 회복한다. 근본적으로 『낙타』는 계속 떠나야 하는 자, 떠돌아야 사는 자의 이야기기 때문에 이 시선의 회복이 지니는 의미는 남다를 수밖에 없다.

떠돌이의 감각은 「폐도」의 전생에서 걸어본 듯한, 후생에서도 걸어가야 할 듯한 길의 감각으로 돌출한다. 「이역」이나 「이슬에 대하여」에서 느껴지는 묘한 기시감이란 무엇이겠는가. 그것은 낯선 것 속에서 익숙한 것을 찾아냄으로써 생의 안정감을 찾으려는 떠돌이의 감각에서 비롯한 것일 터이다. 이국의 장터를 헤맬 때, 풍물로 채워진 이방인들의 삶 속에 떠돌이의 시선이 잠겨 있을 때, '떠돌이─이야기꾼'의 육성은 오히려 힘을 얻는다. 그리고 마침내 「나마스테」「하산음(下山吟)」에 이르러 그의 산문적 가락은 정지용의 『백록담』이 지닌 웅숭깊은 가락을 복원하면서, 한편으로 백록담의 정신주의적 고도(高度)가 심연의 깊이로 치환되는 장관을 담담하게 펼쳐 보여준다.

아무래도 신경림의 여정은 세계화와 신자유주의에 맞서는 길을 따라 '옛날의 가난하던 마을'(「세계화는 나를 가난하게 만들고」)을 향해 치닫게 되는 듯하다. 할머니의 국수틀과 어머니의 재봉틀이 서로 정겨운 소리를 내는 고향의 기억(「즐거운 나의 집」)에 이르러 그는 필경 정주하게 될 것인데, 그는 거기서 길을 내려놓고 사람들 사이에 섞이게 될 것이다.

기능부전의 도시 서정과 여성주의의 격정: 『당신의 첫』

『당신의 첫』에는 기능부전 상태의 도시 서정과, 억압받는 여성성에서 기인하는 페이소스가 혼재되어 있다. 「트레인스포팅」 「당신 눈동자속의 물」 「연금술」 등에서는 김혜순도 세계에 자기를 투사하는 고전적인 방법을 사용한다. 그러나 그녀의 시에서 자연은 삶에 밀착되어 있기보다는 풍경으로 등장하며, 그것도 전면적이기보다는 파편화된 비전으로 제시되곤 한다. 그녀에게는 자연보다는 「산들 감옥이 산들 부네」나 「은밀한 익사체」에서처럼 인공적인 폐쇄 공간이 더 익숙하며 「환한 방들」의 복제된 일상이 오히려 실감을 준다.

김혜순은 그 일상성의 세계를 「미쳐서 썩지 않아」 「돌이 '하다'」 「나이 든 여자」에서도 보이듯 '부패'와 '악취'의 메타포를 통해 형상화한다. 일상적인 시간은 언제나 부패감을 유발하고 진짜 '나'는 '지금 여기'에 있지 않고 전 우주적으로 해체된 채 흩어져 있어 그 전모를 파악하기 어렵다. 혹은 '나'는 「양파」에서처럼 자기를 잃어버리기도 하고, 「세상의 모든 이야기」에서처럼 인간관계 속에서 스스로의 고유성을 상실하기도 한다. 그래서 내가 풍경을 보는 것이 아니라 '광대하고 광대한 거짓말인 풍경'(「풍경의 눈빛」)이 오히려 '나'를 장악하는 전도(顚倒)가 일어난다.

이와 같은 파편화된 비전과 자아 상실, 전도는 근본적으로 우리 시대의 공통전제가 붕괴해버린 현상에 그 원인이 있다. 「전세계의 쓰레기여 단결하라」 「성탄절 아침의 트럼펫」 등에서 '신(神)'은 체신없는 형상으로 등장한다. 이들 시에서 김혜순은 '당신'이 떠나버린 빈 공간, 하느님의 직무 유기로 비워진 성탄절 아침을 채워줄, 공통전제를 대체할 새로운 우상을 내세운다. 온갖 쓰레기, 잡신들, 복제된 예수가 그 자리를 차지한다. 『당신의 첫』은 '고해성사'와 같은 기존의 제도(종교)가 제 기능을 하지 못하고, '신부님, 선생님, 판사님' 등 권위가 실추되는 후기구조주의 사회의 난맥상에 발을 딛고 있다. 이제 우리가 믿고 의지할 수 있는 종교나 규범은 '세탁기'나 '자동차' 같은 물신일 뿐이다.

이 부조리한 상황이 억압받는 여성의 격정이나 페이소스와 결합되어 있다는 데 『당신의 첫』의 특징이 있다. 윤은경 역시 어두운 격정의 세계를 다루지만, 윤은경의 어두운 감성이 생래적·우발적·개인사적이라면, 김혜순의 그것은 일층 구조적·의식적·페미니즘적이다. 김혜순은 억압받는 여성성을 알레고리나 상징으로 한 단계 더 비틀어 제시한다. 「불가살」에서 여성 화자의 육체는 우주적으로 해체되어 흩어져 있으며 '죽일 수 없는(不可殺)' 슬픔이 밀려오면, 이 여성 화자는 세상의 모든 밤을 낳는 '신화적 여성'이 된다. 언제부터인가 이 신화적 여성상이 김혜순 시의 주요 모티프가 되어왔는데, 「바다 젤리」 「장마」 「노래주스」 등에서는 '신화적 여성'이 귀신을 보는 '무적(巫的)'인 존재로 변주되기도 한다.

그러나 이 존재의 변주가 모든 생명의 근원이 되는 신화적 세계와 이어지려 한다거나, 메타언어를 넘어선 대상언어의 세계를 지향하지는 않는 것 같다. 김혜순은 발화되지 못한 언어, 억압된 여성의 언어, '비명'(「비명 생명」)을 자신의 몸이 우주적으로 해체된 상태나 귀신을 보는 영매적 환상으로 전환하는 언어적 히스테리를 통해 신화적 시간이 아닌 지금 현재의 부조리를 살아낸다. 이때 그녀의 시는 '궁창' 속에서 만세를 부른다!

나오며

엄밀히 말해서 현대시는 모두 서정시지만, 장르론의 층위에서 서정에 대해 말하는 것은 그것과는 별개의 문제다. 그동안 서정은 그냥 뭉뚱그려져 '서정'으로 불려왔다. 그러나 서정의 지류는 '올해의 시집' 여섯 권에서만도 모두 다른 양상을 띠고 나타난다는 것을 확인했다.

'올해의 시집' 여섯 권으로 본 서정은 자연과 인간을 잇는 지평 위에서 몇 가지 갈래 나누기가 가능할 듯하다. 이 지평에서 자연은 생태학적 자연인지 인간의 자연사와 결부되는 자연인지 나뉘며, 다시 생태학적 자연은 신비주의적 관점의 생태학인지 사회주의적 관점의 그것인지 구분된다. 그리고 이 지평에서 인간은 시사(詩史)의 전통에서 정한의 세계와 이어진 인간인지 동심과 같은 순수의 세계와 이어진 인간인지, 기억의 문제를 천착하는 인간인지 마음의 문제를 천착하는 인간인지 나뉜다.

그 외에도 시간성을 중심으로 서정의 유형학을 시도한다든지 서정과 페이소스의 비율을 중심으로 시단의 지형도를 그려보는 일도 긴요한 일로 여겨지지만 이 글에서는 미처 다루지 못했다.

서정은 보편 감정이다. 그래서 인생의 참된 국면은 서정을 통해서야 시의 세계에 진입할 수 있다. 2008년에 나온 시집들 중에서 가장 기억에 남는 시집들은 일관되게 서정에 대한 깊은 성찰을 담고 있었다. 그 서정이 자연과 인간을 잇는 지평이 훼손된 시점에서도 유효한지 묻는 일도 필요하다. 서정이 보편 감정이라고 해서 서정의 양상도 옛날의 서정시와 같으리라는 것은 매너리즘에 빠진 시인의 망상으로 귀착하기 십상이다. 2008년, 이 글에서 다룬 시집들은 물론이고 미처 다루지 못한 신인들의 시집에서도 서정의 심화와 확장이 동시에 진행되었다는 것은 고무적이다.

문학, 그 지질함의 물화, 혹은 '쓰기'의 중단

— 박준 근작시의 밀도

인간실격/죄의식

다자이 오사무(太宰治)의 『인간실격』(1948)에는 어른들의 세계에 진입하지 못하고 쉽게 상처 받는 실격한 청춘에 대한 이야기가 있다. 순수하고 상처 받기 쉬운 영혼으로는 치사한 술책과 처세술이 범람하는 동정 없는 세상을 헤쳐 나가기 어렵다. 오히려 이렇게 각박한 세계에서 '정상적으로' 살아간다고 자처하는 것이야말로 '병적'이라고 하는 것이 『인간실격』의 참 주제인지도 모른다. 그러한 사회에서 정상적으로 사는 것처럼 연극을 하는 것이야말로 죄스러운 일이 아니겠는가. 『인간실격』을 떠올릴 때면 항상 이 '죄의식'에 가닿게 된다.

어느 날 박준의 시를 읽다가 다시 그 '죄의식'에 부닥치게 되었는데, 이것은 다소 의외라면 의외가 되는 사건이었다. 「미인처럼 잠드는 봄날」이라든지 「꾀병」이라든지 하는 시에는 '미인'이라 불리는 여자가 등장하고, 내레이터인 '나'는 그 여자에 기생하는 무능한 남자로 그려진다. 이러한 구도는 다분히 1930년대의 이상(李箱) 소설을 떠올리게 한다. 그러나 이상 소설의 동거나 기생이 자본주의의 비대해진 교환 논리에 대한 풍자를 위한 세트 구실을 했다면, 박준 시의 동거나 기생이 풍자하는 것은 '자기 자신' 이외의 아무것도 아니다. 아니, 그보다도 박준의 시에는 풍자라고 하는 것 자체가 없는 것은 아닐까. 그것이 풍자가 아니라면 무엇일까. 그것은 '죄의식'이 아닐까 하는 이야기다.

2008년에 문단에 등장한 박준이 미래파의 작풍에 휩쓸리지 않고, 문학 그 지질함을 동거나 기생의 클리셰 속에서 매우 지속적으로 그리고 있다는 것은 의외다. 미래파 이후의 젊은 시인들이 저마다 언어의 어떤 이질감을 강조하려고 한 것에 비할 때, 박준의 이 구태의연하면서도 진지한 고투에는 사뭇 성실함마저 느껴진다. 아니, 그것을 구태의연함이라고 부를 수는 없을 것이다. 오히려 그것이 '본령'인지도 모른다.

참된 질료를 구성하는 것은 언제나 그 내용이다. 그러나 그럼에도 죄의 식이라니? 가령 『인간실격』의 죄의식은 '전쟁'이라는 역사적 맥락에서 기인한 것이었다. 그렇다면 박준 시에 나타난 죄의식은 어떤 맥락에서 유래한 것인가.

물화한 것의 정체, 혹은 체험의 밀도

박준의 첫 시집 『당신의 이름을 지어다가 며칠은 먹었다』(2012)에 는 「동지」라는 가작이 있다. 이 시는 동짓날 팥죽을 함께 먹어야 했지 만, 남녀가 작은 냄비에 두 개의 라면을 끓여 나누어 먹은 이야기에 지 나지 않는다. 그러나 이 시는 '농담'이 아닐뿐더러 매우 감동적이기까지 하다.

(작은 냄비에 두 개의 라면을 끓여야 했던 일을 열락(悅樂)이나 가 는귀라 불러도 좋았을 때, 동짓날 아침 미안한 마음에 "난 귀신도 아닌데 팥죽이 싫더라" 하거나 "라면 국물의 간이 비슷하게 맞는다 는 것은 서로 핏속의 염분이 비슷하다는 뜻이야"라는 말이나 해야 했을 때, 혹은 당신이 "배 속에 거지가 들어앉아 있나봐" 하고 말해 올 때, 배 속에 거지가 들어앉아 있어서 출출하고 춥고 더럽다가 금 세 더부룩해질 때, 밥상을 밀어두고 그대로 누워 당신에게 이것저것 물을 것도 많았을 때, 그러다 배가 아프고 손이 저리고 얼굴이 창백 해질 때, 어린 당신이 서랍에서 바늘을 꺼낼 때, 등을 두드리고 팔을 쓰다듬고 귓불을 꼬집을 때, 맥을 잘못 짚어올 때, "맥박이 흐린데? 심하게 체한 것 같아" 바늘 끝으로 머리를 긁는 당신의 모습이 낯설 지 않을 때, 열 개의 손가락을 다 땄을 때, 그 피가 아까워 아름다울

가(佳) 자나 비칠 영(暎) 자를 적어볼 때, 당신을 인천으로 내보내
고 누웠던 자리에 그대로 누웠을 때, 손으로 손을 주무를 때, 눈을
꼭 감을 때, 눈을 꼭 감아서 나는 꿈도 보일 때, 새봄이 온 꿈속 들
판에도 당신의 긴 머리카락이 군데군데 떨어져 있을 때)

—「동지」부분

이 시에서도 여자는 직장 생활을 해서 생계를 담당하고, 남자는 이
렇다 할 직업이 없다. 내레이터인 남자는 원래 팥죽을 싫어한다는 둥
여자의 기분에 맞추기 위해 이런저런 헛소리를 늘어놓는다. 여자는
"배 속에 거지가 들어앉아 있나" 보다고 자기가 그렇다는 것인지 남자
가 그렇다는 것인지 모를 말을 하기도 한다. 남자는 여자의 일과에 대
해 이것저것 물어보고 싶지만 차마 묻지 못하고 먹은 것은 체한다. 여
자는 남자의 손가락을 따주고, 남자는 손가락 끝에 맺힌 피로 여자의
이름을 적어본다.

이 혈서 쓰기의 장면은 담백하기 때문에 애달프다. 어떤 티끌도 묻어
있지 않은 장면이다. 혈서를 위해 손가락 끝을 베어내고 과장 섞인 몸
짓으로 쓰는, 혈서의 맹세를 위반하기 위해 쓰는 혈서와는 전혀 다른
것을 박준은 그린다. 그는 아무렇지도 않게 자신의 피로 여자의 이름
을 적는다. 이 붉은 마음은 어떤 반향도 일으키지 않는다. '당신'은 종
로로 나가고 내레이터인 '나'는 그 자리에 누워 꿈을 꾼다. 박준은 보여
주지도 않을 비장감 없는 혈서를 쓴다. 혹은 그것을 여자에게 보여주어
도 전혀 반향이 돌아오지 않는 혈서를 쓴다.

이 무용한 행위를 통해 시인은 시간을 견딘다. 무능한 남자의 '지질
함'은 꿈에서 '당신의 긴 머리카락'으로 물화되어 나타난다. '긴 머리카
락'은 현실 공간의 추레함을 재현한다. 그 현실 공간이 꿈을 통해 시에
틈입할 때, 그것은 여자의 부재, 여자의 희생을 암시하는 징표가 된다.

남자는 '봄의 들판'을 꿈꾸고, 봄이 도래했을 때, 여자가 없으면 어떻게 할까 하는 생각으로 우울해진다. 박준은 이 우울한 시간을 1년 중에서 밤이 가장 긴 어둠의 시간, '동지'라고 말한다. 여자가 영영 떠나버린 시간이 동지가 아니라, 여자가 영영 떠나버릴지도 모른다고 생각하는 시간이 가장 어두운 시간이라고 그는 말하고 있는 것이다.

박준 시에 나타난 우울증적 양상과, 무능한 삶의 물화로서의 '긴 머리카락'을 보고 있으면, 왕년의 백석이 생각난다. 「통영」의 내레이터는 '천희'라는 여자를 "생선가시가 있는 마루방"에서 만난다. '생선가시가 있는 마루방'은 다른 것이 아니라 '더러운 방'이다. 그 더러운 방에서 여자를 만나야 하는 남자의 여수 또한 그 '생선가시'의 물화는 내포하고 있다.

누구나 다 가난에 대해 이야기하므로, 이제 가난은 매우 상투적인 것이 되어가고 있지만, 가난은 어떤 동정심으로만은 그릴 수 없는 것이다. 가난의 재현은 어떤 세목들을 필요로 한다. '물화'가 필요하다. '물화'는 구상적인 것이라고 생각하기 쉽지만, 오히려 추상화하는 것이다. 시인은 현실 공간의 스케일을 추상화를 거치지 않고 2차원의 평면 공간으로 이식할 수 없다. 시인은 현실 공간의 특정한 사물에 시선을 주고, 다시 되비쳐오는 시선에 의해 자신의 감정을 그 사물에 투사할 수 있다. '긴 머리카락' 그 자체가 가난의 상징이거나 추레함의 상징인 것은 아니다. '긴 머리카락'을 통해 시인이 받았을 느낌을 유추할 때, 그것은 가난이나 추레함과 결부되는 것이다.

「광장」에서도 박준은 '옥상에 널어놓은 흰 빨래들이 밤새 노랗게 마르는 시간을 통해 "같이 살아야 같이 죽을 수도 있다는 간단한 사실을 잘 알고 있던 시절"이 서서히 퇴색해가는 시간의 침식을 물화하여 보여준다. 거기에는 노랗게 바래가는 빨래들을 이상하다는 듯한 눈빛으로 바라보고 그 나름대로 의미를 따져보았을 시인의 현실 경험이 개입해 있다는 것을 가히 짐작할 수 있다. 박준의 공간 재현은 이처럼 체험의 밀도에 있어서 망상이나 환상에 의존하는 동시대의 경쟁자들을 압도한다.

무용한 시간의 공간 재현, 그리고 쓰기의 중단

어머니의 눈썹 문신이 초래한 가족의 불화에 대해 적고 있는 「눈썹—1987년」 역시 어떤 물화의 메커니즘을 포함하고 있다. 이때 문신으로 새긴 눈썹은 다시 원상 복구할 수 없는 어떤 흔적을 육체에 기입한 것으로서 되돌릴 수 없는 운명, 잘못 기입된 초라한 운명의 징표라고 할 수 없을까.

물화를 거친 대상들은 차츰 '미신'이 되어가고, 박준은 이와 같이 물화된 대상들 앞에서 더욱 의기소침해진다. 박준 시의 내레이터들은 패기가 없다. 「동지」의 내레이터는 피를 흘리면서도 비장감이라고는 눈곱만큼도 띠고 있지 않다. 박준 시의 내레이터들은 수줍은 듯한 몸짓으로 여성 앞에 선다. 그들은 그녀들 앞에 시를 적은 쪽지 같은 것을 밀어놓고 어쩔 줄을 몰라 한다(「광장」).

> 그림자가
> 먼저 달려드는
> 산자락 아래 집에는
>
> 대낮에도
> 불을 끄지 못하는
> 여자가 살고

여자의 눈 밑에 난
작고 새카만 점에서
나도 한 일 년은 살았다

여럿이 같이 앉아
울 수도 있을
너른 마당이 있던 집

나는 그곳에서
유월이 오도록
꽃잎 같은 책장만 넘겼다

침략과 주름과 유목과 노을의
페이지마다 침을 묻혔다

저녁이 되면
그 집의 불빛은
여자의 눈 밑 점처럼 돋아나고

새로 자란 명아주 잎들 위로
웃비가 내리다 가기도 했다

먼 능선 위를 나는 새들도
제 눈 속 가득 찬 물기들을
그 빛을 보며 말려갔겠다

책장을 덮어도

눈이 자꾸 부시던

유월이었다

―「유월의 독서」 전문

　사정은 「유월의 독서」도 마찬가지다. 박준은 '산자락 아래의 집'을 공간 재현한다. 그 집에는 '눈 밑에 작고 새카만 점이 난 여자'가 살고 있으며, "여럿이 같이 앉아 울 수도 있을 너른 마당"이 있다. 내레이터는 그 여자의 '새카만 점'에서 일 년은 살았다고 고백한다. 이 '눈 밑의 점'은 나중에 '집의 불빛'과 이미지 중첩되므로, 이 거주의 환유에는 나름대로 설득력이 있다. 이 환유는 다시 '울음'의 이미지로 미끄러진다. 궁극적으로는 '산자락 아래의 집'은 '눈 밑의 점'이 되고, '마당'은 실로 울만한 장소가 되므로, 이 시는 온통 '울음'에 관한 이미지로 점철되어 있다고 해도 과언은 아니다. 그 집에서 내레이터는 "꽃잎 같은 책장만 넘겼다"고 고백한다. 남자는 여자가 있는 집에서 책을 읽으면서 '눈 속의 물기'를 말리고 있었을 뿐 아무 일도 하지 않는다. 책을 열어도 책을 덮어도 눈이 부신 세월이란 무엇일까. 그것은 아무 일도 일어나지 않고, 실제로 아무 일도 하지 않는 시간을 견뎌야 하는 사람의 슬픔인지도 모른다. 박준은 그렇게 무(無)와도 같은 시간을 공간 재현한다.

　박준 시에 나타나는 죄의식은 바로 이 아무 일도 일어나지 않고, 실제로 아무 일도 하지 않는 시간에 대한 것이다. 아무 일도 하지 않는다는 자본주의적 비난에 대처하기 위해서라도 박준 시의 내레이터는 무엇이라도 써야만 한다. "사람이 새와 함께 사는 법은 새장에 새를 가두는 것이 아니라 마당에 풀과 나무를 키우는 일이었다"와 같은 엉성한 비문*을 남자는 여자에게 내민다. 남녀는 '미안한 표정'으로 마주 본다(「광장」). 그 정도의 경구는 시에 미달한다는 것을 서로가 잘 알고 있기 때문에 '미안한 표정'을 짓는 것이다.

그러나 무엇보다도 박준 시에 나타나는 죄의식은 '쓰기의 중단'으로 가장 음울하게 그려진다. 「꾀병」은 "나는 유서도 못쓰고 아팠다"라는 문장으로 시작되고, 「당신의 연음」은 "맥박이 / 잘 이어지지 않는다는 / 답장을 쓰다 말고" 구들에 불을 지피러 나가는 것으로 시작된다. 「당신의 연음」에 이르러 박준은 여자에게 빌붙어 살기를 그만둔 남자의 후일담으로 넘어가는데, 이 '쓰기의 중단'이야말로 오히려 여자와의 관계가 '중단'된다는 의미를 선취하고 있다.

아무 일도 하지 않는다는 비난에서 자유로워지기 위해 시를 썼지만, 그것을 끝내 완성하지 못하고 중간에 멈춰버린다는 것은 어떻게 받아들여야 할까. 그것이야말로 박준 시의 성실함이라고 보고 싶다. 왜냐하면 그와 같은 '선택'은 양심적인 것이기 때문이다. 시를 완성한다는 것은 이 아무 일도 하지 않는 무능한 인생을 연극화해버리는 일이다. 시를 완성하는 것이야말로 위악이라고도 할 수 있겠지만, 박준은 그런 포즈를 포기하고 시의 윤리를 택한다. 그는 여전히 '당신의 연음'에 대한 감각을 떠올리며(「당신의 연음」) 오랜 동안 지속되어왔고, 앞으로도 지속될 '오래된 저녁'의 고독한 시간을 견딘다. 한번 끊어진 마음('맥박')은 잘 이어지지 않지만.

감각과 시간에 대한 부기

박준이 경험의 재현에 있어서 다른 젊은 시인들보다 우위에 있다고 한 것은 그가 '시간'을 문제 삼고 있다는 점과도 관련이 있다. 박준은 감

---

*   "사람이 새와 함께 살기 위해서는 새장을 마련하기보다 마당에 풀과 나무를 가꾸어야 한다." 정도로 이 문장은 고칠 수 있다.

각적인 것과의 교류에서 유래하는 표상으로서의 '시간'을 문제 삼는다. 이때의 시간은 공간과 따로 떼어낼 수 있는 것이 아니다. 시간은 공간을 산출한다. 가령 「눈썹—1987년」을 보자. 박준에게 이 재현 공간으로서의 기억이, 이 시간이 왜 시적인 것으로 받아들여졌는지 생각해보는 것도 필요한 일이다. 앞에서 그것은 원상 복구가 불가능한, 시간의 불가역성이 빚어내는 운명성과 관련이 있다고 말한 바 있다. 그러나 그것만으로는 아직 불충분하다. 1987년 봄의 재래, 다시 말해 그 운명적인 '기억'이 망각 속에서 다시 작품의 시간으로 반복적으로 되돌아온다는 점을 거기에 덧붙여야 할 것이다.

「당신의 연음」의 '느릅나무의 푸른 불길'이나 '연음'과 같은 감각적인 것들이 '쓰기'가 중단된 시간을 에워싼다. 수제비 반죽을 뜯는 촉각적인 감각도 여기에 가미된다. 이 모든 감각적인 것들이 시간을 에워싸게 한다는 데 박준 시의 뛰어남이 있다. 「유월의 독서」에 등장하는 '산자락 아래 집'에 대한 공간 재현은 공간적 표상들을 산출하지만, 그것은 여전히 현실을 극히 추상화한 것에 지나지 않는다. 「유월의 독서」나 「오래된 저녁」을 영화와 같은 장면 장치로 재구성하기 위해서는 시인이 재현해놓은 것보다는 훨씬 더 구체적인 아이템들이 필요하다. 그러나 박준의 공간 재현이 궁극적으로 재현하는 것은 그러한 추상화된 공간 너머의 '시간'이다. 이 시간은 우리가 흔히 수치화하고 계량화하여 재단하는 시간이 아니라 감각적인 것들과의 교류 속에서 뛰쳐나오는 것이어서 희귀한 발견이다.

박준은 시간과 무관하거나 시간이 멈춘 공간을 그리지 않는다. 그의 시간은 감각적인 것들과의 교류 속에서 뛰쳐나온다. 감각적인 것들은 몸을 필요로 한다. 그의 시가 경험적이라고 한 것은 이 '몸'과도 관련이 있다. 그는 아무것도 일어나지 않고, 아무 일도 하지 않은 시간에 대한 알리바이를 만들기 위해 시(문학)를 썼다. 아무 일도 하지 않은 시간이 그에게 자본주의에 대한 풍자인지 확언하기 어렵지만, 아마 그렇지는 않을 것이다. 그는 아무 일도 하지 않은 시간에 대해 죄의식을 느끼기 때문에 알리바이가 필요했다. 그러나 그는 이 알리바이로서의 쓰기를 중단한다. 알리바이를 만들기 위해 쓰는 것은 위선이거나 위악으로 귀착할 것이기 때문이다. 역설적으로 이 쓰기의 중단이라는 방법론이 아무 일도 하지 않은 시간을 감각적인 것들 속에서 뛰쳐나온 '참된' 시간으로 역전시킨다. 다시 말해 쓰기의 중단을 통해 시 쓰기가 가능해진다. 그의 시간은 아무래도 어른들의 치사한 세계와는 다소 거리가 있지만, 그의 시간이 자기만의 세계로의 침잠이나 퇴행과도 다르다는 것은 두말할 필요가 없다. 오히려 이 쓰기의 중단이라는 명제에서 우리는 신자유주의 시대의 낭떠러지에 선 문학에 대해 더 고민해보아야 하는 것은 아닐까. 문학은 아직 '연음'을 발하지만.

애도의 안쪽, 무늬 중독자의 표정

—이용임론

기시감, 기억의 영속

　시집을 짓는 데 벽돌 같은 것이 필요하다면, 이용임의 첫 시집 『안개주의보』(2012)는 기시감이라는 벽돌로 쌓았다고 말하고 싶다. 나는 그 기시감을 되풀이되는 악몽처럼 떨면서 경험했다. 방이 많은 복도 위를 걷는 꿈을 꾼 것 같다. 하나하나 방문을 열어보면 늘 똑같은 창문이 있는, 비슷비슷한 방 배치다. 창문 저편의 세계는 때때로 비치파라솔이 있는 여름의 해변이거나 안개에 휩싸여 있거나 거대한 까마귀가 무덤을 열고 날아오르는 풍경이다. 단 하나의 원풍경이 각기 다른 이상기후를 몰고 유령처럼 귀환한다. 마치 한 편의 매혹적인 뮤직비디오를 보는 듯하다. 그러나 이 이미지의 잔해에 매혹되는 순간 독자들은 눈보라 속에서 길을 잃게 된다. 길을 잃는 것도 한 방법이겠지만, 나는 이 시집의 원풍경에 가닿고 싶다. 이것도 또 하나의 '들림'일지 모르지만, 나는 자꾸 이 시집에 담긴 기억들을 훔쳐보았다.

　기억이란 무엇인가. 기억은 삶의 연속성을 보증해주고 주체의 정체성 형성에 기여한다. 기억이 뇌리에만 있는 것은 아니다. 기억이 뇌리에 어떤 영상으로 기입되는 것과 마찬가지 방식으로, 기억은 캠코더와 같은 기계 장치에도 기입될 수 있다. 재생장치가 기계에 기입된 기억을 재생하면, 기억은 주체를 사로잡는다. 빈번하게 일어나는 일은 아니지만, 기억은 주체를 사로잡는 데 그치지 않고 집어삼키기도 한다. 이것은 한낱 비유에 지나지 않는 것인지도 모른다. 그러나 인간은 자신의 뇌에서 존재하고 기억 안에서 산다고도 할 수 있는 것이 아닐까.

　『안개주의보』에는 기억의 내벽에 대한 기술이 빈번하게 나온다. 기억의 벽에 달라붙은 여자가 차가운 벽을 손바닥으로 다급하게 탕, 탕 두드린다(「스모그」). "질식의 경험 같은 것 / 이를테면 폐소공포증"(「부활의 내력」)은 끝없이 되풀이된다. 기억의 내벽에서 시계는 "바늘이 떨어진" 채 멈춰 있고 '한 사람'은 터져 나오는 비명을 가까스로 막고 앉아 있는데, 바람은 모든 문들의 손잡이를 지워버렸다(「안개」). 「밤의 바다」에서 시적 화자는 "파도치는 정원을 밀봉한다"는 수수께끼 같은 말로 여운을 남기고, 「연인」에서는 "그대라는 병중(病中)에서 느리게 일어나 / 맨발로 정원에 나간다"는 말로 반향을 만든다. 시인은 "빠져나가지 못하고 안으로 부는" 것이 "바람의 속성"이라고 말하고(「일기예보」), 「여름의 수반」에서는 "바람을 가둔 육체"에 대해 말한다. 육체를 빠져나가지 못한 바람이 소용돌이를 만들어 생긴 상처는 "옹이"가 된다(「키스」).

독자들은 시적 화자가 죽은 애인과 마지막으로 보낸 "여름의 수반"으로 몇 번이고 되돌아가는 미로에서 기시감에 시달린다.

> 살만 남은 비치파라솔 아래 팔월,
> 겨울 스웨터를 입은 너는
> 담배에 불을 붙여 내게 건넸지
>
> 폭죽처럼 땀을 흘렸어
> 향연처럼 흘러넘쳤지
> 등을 하늘에 대고 기어가는
> 새들을 보고 내가 연리지를 말하자
>
> 문득 너는 말라붙은 나무가 되었어
> 이글거리는 태양 아래 눈보라가 불었지
> 참 이상한 날씨네, 투덜거리며
> 나는 모란꽃이 그려진 양산을 펴고
> ─「일기예보」 부분

「일기예보」의 기억은 수없이 반복된다. "서성이는 육체 / 나리우는 육체 / 맴도는 육체"와 같은 방식으로 「여름의 수반」이 '육체'에 관한 다양한 규정들을 되풀이하는 것처럼 '여름'은 반복된다. '너'가 '내'게 건넨 '담배'는 클로즈업되어 「흡연 구역」의 그것이 된다. '너'가 턴 담뱃재는 「흡연 구역」에서처럼 "백발이 된 웃음"이 되어 "깔깔거리며" 허공으로 흩어진다. 그런가 하면 "모란꽃이 그려진 양산"은 「일요일」의 "시들지 않는 꽃이 그려진 식탁보"와 오버랩된다. "연리지"의 상상력은 「여름」에서는 "커다란 주머니 속"에 한덩어리로 얽힌 채 녹아내리는 '너와 나'에 관한 이야기로 비약해버린다. '너'와 '나'는 에로틱하게 자꾸 얽힌다. 주체의 경계를 허물면서 얽힌다. 그것은 애초 이타성의 경험이었을 것이다. 그러나 사랑의 대상을 상실한 '나'는 이 기억의 무한 반복 속에서 점점 커지는 부재를 응시하게 된다. '너'와 한덩어리로 얽힌 채 "커다란 주머니"에서 눈을 뜬 '나'는 "우리가 언제 이 캄캄하고 더운 주머니 속으로 / 들어온 거지?"라고 묻는다. '너'는 "내 속눈썹을 길게 깜박"거렸고 '나'는 "네 눈으로 화환 같은 그늘을 응시"했다. '우리'라고 썼지만 '너'는 이제 없다. 기억이 반복될수록 '너'의 부재는 팽창한다. '너의 부재'는 '나'의 이미지를 집어삼킨다. 그런 의미에서 "커다란 주머니"는 일종의 거울 공간이 되어 기억을 무한히 소환한다.

『안개주의보』의 기시감은 일본 애니메이션 「메모리즈—Magnetic Rose」(1996)를 묘하게 연상시킨다. 「메모리즈」에서 되풀이하여 재생되는 '죽은 여가수의 전자의식 속 기억'처럼 『안개주의보』의 기억은 "활짝 웃는 입술만"(「일요일」) 허공에 걸어놓은 유령들의 흔적으로 인해 어딘지 참혹하고, 무섭다. 이토록 시집 전체가 기억을 투사하는 영사막으로 가득하고, 기시감을 불러일으키는 '영상'들이 무한히 재생되는 경우가 또 있을까.

창문, 애도의 안쪽

다시 방이 많은 복도를 걷는 꿈으로 되돌아가 보자. 하나하나 방문을 열어보면, 늘 똑같은 '창문'이 있다. 창문은 집의 눈(眼)이다. 창문은 세계를 현시한다. 창문을 통해 주체는 세계와 관계를 맺는다. 창문을 통해 주체는 타자와 관계를 맺는다. 창문은 커뮤니케이션을 위한 미디어다. 그러나 『안개주의보』의 '창문'은 우리가 익히 알고 있었던 창문에 관한 어떠한 관념과도 일치하지 않는다. 그런 점에서 '창문'이야말로 『안개주의보』의 주인공이라고 하고 싶다. 『안개주의보』의 '창문'은 시적 화자의 기억이 투사되는 영사막으로서 기능을 한다. 그런 점에서는 텔레비전의 모니터에 가깝다. 이 모니터에는 '그' 혹은 '너'의 모습이 등장하지만, 이러한 현시가 커뮤니케이션으로 이어지지는 않는다. '그'와 '나' 사이에는 '유리'가 있고 "건너지 못한 말"들이 있다(「수족관」). '당신'과 '나' 사이에는 "당신이 보이는 / 화안한 벽"이 있고 "수몰된 목소리"는 그 '벽'을 넘지 못한다(「휘파람」). '창문'은 '그'를 '나'에게 보여주면서도, '그'와 '나'를 서로 만나지 못하게 한다. '창문'에 비친 '그'는 '그'가 아니라 '내' 기억 속의 이미지에 지나지 않는다. '창문'은 '나'를 기억 속에 유폐함으로써 세계와 '나'를 갈라놓는다.

모든 방에는 '창문'이 있으며, 그것은 언제나 죽음의 이미지로 점철된다. 창문에 의해서도 유폐당할 수 있다는 것은 특이하다. "그대라는 병중(病中)"에 밀봉된다. 시적 화자는 창문에 죽은 애인의 이름을 쓰고, 그 이름은 "가장자리부터" 얼어붙는다(「연애의 시간」). 혹은 기억 속 풍경은 "가장자리부터" 그을린다(「흡연 구역」). '바람'은 창문을 통해 드나들 수 없다. 그런 점에서 창문은 '옹이'의 다른 이름이다. 그리고 무엇보다도 창문은 '쓰기'의 평면이다.

시시각각 피어나며 시드는

당신이라는, 붉은, 짙은, 어지러운,

너덜너덜한 꿈의 자락을 들어 냄새를 맡으면

곧 자욱한 눈보라

으스스한 핏빛 잎들이 한꺼번에 떨어지는 계절

창문이 흰 계절 위에 손가락으로 당신을 쓴다

가장자리부터 얼어붙는 이름을 쓴다

―「연애의 시간」부분

'당신의 부재'는 개화와 낙화의 일회적 과정으로 표현되지 않는다. 당신의 부재는 '계절'이라는 주기 속에 휘말려 들어간다. 그러나 여기에서 중요한 것은 결코 주기가 아니다. 여기에서 중요한 것은 지속과 반복인지도 모른다. 당신에 대한 기억은 창문을 통해 "시시각각" 피어났다가 시든다. 시적 화자는 떨어진 꽃을 들어 향기를 맡아보듯이 부재하는 당신을 떠올린다. 그러자 "자욱한 눈보라"가 창문을 가득 채운다. 창문이 집의 눈이고 집은 곧 존재의 그릇이라면, 다시 창문은 현존재의 눈이라고도 할 수 있다. 창이 눈보라로 자욱해지면, 현존재의 눈도 자욱해진다. 눈물이 고인다. 시적 화자는 울면서 하얗게 변한 창문에 당신의 이름을 쓴다.

"연애의 시간"이라는 이 시의 제목은 매우 의미심장하다. 연애는 이미 끝났다. '당신'이 사라지고 연애가 끝난 다음에 연애의 시간이 도래한다. 연애가 끝난 다음 도래한 이 연애의 시간이야말로 '쓰기의 시간'이다. 사실 이 연애의 시간은 '애도의 시간'이다. 애도는 죽음이 끝난 다음에 '사후적으로' 도래한다. 애도의 시간은 사후적으로 죽음을 점검하고 애통해하는 시간이다. 죽음을 가만히 내버려두지 않는다. 애도는 끝없이 당신이라는 유령을 불러내서 연애를 지속시키려는 안타까운 노력이다. 애도는 마찬가지 논리로 '쓰기'를 지속시키려는, '쓰기'를 통해 연애를 지속시키려는 노력이기도 하다.

당신이 소멸되어서는 안 된다. 비록 당신의 형상은 이제 알아볼 수 없게 되었지만, 당신은 온 세상에 편재해야 한다. 적어도 '나'는 당신이 편재하는 세계를 살아간다. '편재하는 당신'은 "안개"가 되어 시적 화자의 주변을 둘러친다. 시적 화자는 창문을 통해 '당신'이 "뼈만 남은 얼굴"이 되어, "당신의 부스러기들이 창을 가득" 메우는 것을 본다(「안개주의보」). 시적 화자는 이 모든 것을 '창문'을 통해 본다. '안개' 그 자체가 세계와 '나'를 분절하듯이 창문은 "연기의 뼈"(「안개」), 혹은 "맑은 뼈"(「장마」)가 되어 시적 화자를 애도의 공간 속에 머물게 한다.

용해의 상상력과 '안개'의 상징

『안개주의보』의 기시감은 용언의 활용에 의해서도 강화된다. 이용임은 '묽어지고' '녹고' '흘러내리다가' '사라지는' 것들을 그린다. "윤곽이 무너지고 살이 묽어지고 / 뼈가 비자" 노래가 울린다(「붓꽃」). "온몸을 흘러내리는 응달"과 "손가락 사이로 흘러내리는 시간"(「연인」)에 대해 시인은 노래한다. "검은 얼룩을 흘리며"(「보라」) 여자는 광장을 걸어가고, 붉은 잎사귀가 "심장을 움켜쥐고 / 폭설의 밤으로 사라진다"(「수족관」). "뭉글뭉글 / 얼굴이 녹"고 얼굴에 있는 "일곱 개의 구멍에서 물이 새어 나온다"(「장마」).

『안개주의보』를 읽다 보면 프랜시스 베이컨의 자화상들이 떠오른다. 피부가 흘러내려 일그러진 얼굴들이 떠오른다. 그것은 다발성신경섬유종을 앓는 '엘리펀트맨'을 연상케 한다(「엘리펀트맨」). '흘러내리는' 신체의 이미지들은 자아를 감싸고 있는 심리적 주머니가 약화되었거나 제

기능을 하지 못하고 있다는 것을 시사한다. 이용임은 이미 "커다란 주머니 속에서 눈을 떴다"(「여름」)고 쓴 바 있다. 그 '주머니'는 골격을 감싸고 신체를 하나로 묶어줌으로써 자아의 연속성을 만들어내는 피부다. 피부는 흔히 수유, 육아, 언어적 환경을 통해 모아진 좋은 것들을 담아주는 주머니로서의 기능, 외부와의 경계면이자 자극을 막는 기능, 타인과의 접촉을 통해 의미 있는 관계를 형성하는 기능을 한다(디디에 앙지외, 『피부자아』). 이 심리적인 피부가 '묽어지고' '녹고' '흘러내리다가' '사라진다'는 것이다. 그것은 현존재의 존립 자체를 심각하게 위협한다.

이러한 '용해'의 위기는 분명히 '애도의 시간'과 관련이 있다. 연인들은 자주 깍지 낀 손을 하고 서로를 응시한다(「여름」, 「일요일」). 시적 화자는 "연리지"(「일기예보」)라는 말을 입에 담는다. 연인들의 육체는 서로 이어져 있다. 연인들은 '둘'이 아닌 '하나'가 된다. 그러나 이 운명 공동체에 시련이 찾아온다. "반쪽은 무덤" "손가락 사이로 흘러내리는 시간을 / 다른 눈으로 바라본다 / 나는 그대부터 잃는다"(「연인」)라고 시인은 쓴다. 이 '반쪽'의 상실은 단순히 반쪽만의 상실에 그치지 않는다. 시인은 분명히 반쪽'부터'라고 썼다. 그것은 시작에 불과하다. 결국 '그대'를 잃은 '나'도 곧 사라지게 될 것이다. '그대'를 '완전히' 잃는다면, '그대'에 대한 기억마저 완전히 잃는다면 말이다.

『안개주의보』 도처에서 발화되고 있는 용해의 용언들은 이 소멸에 대한 불안을 반영하는 비명이자 미지의 누군가에게 보내는 구조 신호다. 그러나 '나'는 결코 소멸하지 않는다. 꽃밭에 묻은 "혓바닥"은 "나비"의 언어로 부활하여 저물녘의 하늘을 난다(「이 저물녘」). 그 비행이 "영원히 계속될 것" 같은 예감에 시적 화자는 "우두커니" 서서 생각에 잠긴다. 소멸에 대한 불안과 이 "우두커니"의 예감 사이에 '안개'의 상징이 가로놓여 있다.

먼저 당신의 코가 사라진다

물렁한 벽으로 나누어진 두 개의 검은 방에서

채 스미지 못한 내 체취가 흘러나온다

당신의 입술이 사라지자

망설임은 맨발로 배회한다 허공을

눈 가리고 뛰어가는 뒷모습을 보고 있노라니

당신의 귀가 하나씩 흘러내린다

나의 목소리가 차가운 물방울로 고인다

당신의 심장까지 도착하지 못한 말들이

천천히 얼어붙는 사이

당신의 눈에 담긴 내가 녹는다

손발이 뭉그러지고 머리카락이 나부끼고

숨결이 아득한 윤곽이 되는 동안

당신은 뼈만 남은 얼굴이 된다

바람도 없이 삭는

당신은 검었다가 희었다가 이제 투명하다

당신의 부스러기들이 창을 가득 메운다

불투명한 풍경 속으로 걸어 들어가는

발소리가 들린다 저벅,

저벅

―「안개주의보」 전문

　'안개'의 의미는 이중적이다. 이 시에서 '안개'는 죽은 '당신'이 부패를
거듭한 끝에 뼛가루로 흩날리는 현상이다. '안개'마저 사라진다면, '당
신'은 이제 완전히 사라지는 것이다. '당신'은 결코 완전히 사라져서는
안 된다. 그런 의미에서 '안개'는 일단 위험 징후다. '안개'는 '나'의 일상

을 뒤흔들어놓는다. '나'는 당신에 대한 기억으로 인해 제대로 된 삶을 살 수 없다. 눈앞이 뿌옇게 흐려지고 눈물이 흐른다. 그러나 '안개'가 없는 날에도 이미 '나'는 제대로 살 수 없다. 모든 것이 녹고, 묽어지고, 흘러내리다가 사라져버린다. '나'를 심리적으로 포근하게 감싸주었던 '연애의 시간'들은 서서히 소멸해간다. '나'를 감싸고 있던 심리적 주머니에는 "일곱 개의 구멍"(「장마」)이 있어서 '나'를 흘려버린다. 인간을 심리적으로 감싸고 있던 주머니가 제대로 기능을 하지 않을 때, 인간은 가라앉힐 수 없는 욕동의 흥분에서 비롯한 불안 속에 '대리 껍질'을 갈구하게 된다. '안개'는 심리적 주머니가 제 기능을 하지 못하게 된 시적 자아를 감싼다. '안개'는 바로 '당신'이다. 따라서 '안개'는 전적으로 부정적인 현상은 아니다. '안개'가 없다면 '나'의 피부는 점점 묽어져서 흘러내려 버릴 것이다. '안개'는 '나'의 피부에 대한 '대리 껍질'이다.

시적 화자가 자신의 존재감을 확인하고 유지할 수 있는 것은 '안개'가 세계와 '나'의 경계로서 '나'를 옹위하고 있기 때문이다. "당신의 부스러기들"이 창을 가득 메워서 만들어진 '창문=맑은 뼈'(「장마」) 역시 '안개'와 마찬가지로 '나'의 대리 껍질 노릇을 한다. 앞에서도 밝혔듯이 이 대리 껍질 안에서 '나'는 '당신'을 위한 애도의 시간에 휩싸인다. 애도의 시간이야말로 쓰기의 시간이며, 쓰기가 지속되는 한 '나'는 사라지지 않는다. 안개가 걷히고 '당신'에 대한 기억이 모두 사라지면, 애도와 쓰기는 끝나고 '나'는 일상으로 되돌아가야 한다. 외부 자극으로부터 '나'를 지켜줄 어떠한 보호막도 없이, 뼈만 남은 채로 돌아가야 하는 것이다. 그러므로 '당신'은 아직 완전히 "불투명한 풍경 속으로" 떠나서는 안 된다. '나'는 여전히 '당신'의 발소리를 듣는다. 들을 수 있다.

만화경에서 튀어나온 것

"죽음의 기억은 섬처럼 흘러 다닌다"(「나비」). 이용임은 '나비'를 본다. "머리를 감은 꽃들의 고요 / 너머로 / 나비 날아간다"(「이 저물녘」). '나비'는 "죽지 않는" 기억이라는 점에서 "불길한 얼룩"(「나비」)이지만, 그와 동시에 "영원히 계속될 것 같은 비행"(「이 저물녘」)의 예감을 갖게 한다는 점에서는 삶을 지탱하게 해주는 버팀목이기도 하다. 이 양가적 의미의 '나비'를 보면서 시인은 "우두커니" 생각에 잠긴다.

"창문이 녹아내리는 글씨를 껴안고 아득한 잠 속으로 숨어드는 시간", 나는 이용임이라는 여자가 "까마귀의 심장"(「폭설이라는 시간」)처럼 폭설 속을 뚫고 걸어가는 영상을 뇌리에 그려본다. "까마귀의 심장"이기도 하고 "나비의 심장"(「흡연 구역」)이기도 하다. '까마귀'나 '나비'가 아니라 그 '심장'처럼, 심장 그 자체가 되어 어둠을 뚫고 가는 여자의 영상을 떠올려본다. 아무런 자극막이도 없이, 어떤 치명상에 대한 위험을 무릅쓰고 어둠 속을 걷는 여자의 영상이다. 『안개주의보』는 이처럼 위태로운 아름다움으로 가득하다. 그러나 이 시집은 '심장'이 찢기는 듯한 고통으로 쓰는 저 낭만주의 시대의 유습과는 확연히 다른 세계를 떠안고 있다. 비록 시인 스스로는 "아름다움을 딛고 산다"는 것이 "거울 조각의 바다에 올려놓은"(「이 저물녘」) 맨발을 연상케 한다고 말할지라도 그렇다. 그것은 이 아름답고 고통스러운 시집이 아름답고 고통스럽기는 하지만, '심장'이 반복된다는 것에서도 단적으로 알 수 있듯이, 어떤 기시감과 반복, 양가적 의미의 장치 속에 세워지고 있다는 점에서 그렇다. 시인은 이 시집에서 아름다움을 노래한 것이 아니라 아름다움에 대한 중독, 기억을 노래한 것이 아니라 기억에 대한 중독을 노래했다.

무엇보다도 '무늬'에 대한 중독을 시인은 고백한다. "내 안에는 무늬들만 가득"(「팩토리」)하다고 그녀는 말한다. '무늬'를 몸 안에서 "소용돌이치는 바람"(「키스」)이라고 불러도 사정이 달라지지는 않는다. '나비'마저도 "죽지 않는 / 봄 꽃 잎 색 무늬"(「나비」)라고 했거니와, 시인은 '만화경'이 만들어내는 각양각색의 무늬에 들린 채 앉아 있다.

> 환한 곳을 향해 빙글빙글 돌리면 색과 형태를 바꾸는 눈동자
> 망막에 달라붙은 무늬를 지우며 다시 그려지는 무늬 빛이 흘
> 리고 간 투명한 그림자를 덧입고 발광하는 선과 면 지난 생과
> 올 생의 모든 밤이 난분분하는
>
> 빛과 빛과 빛이 만나 이루는 그늘 없는 세상
>
> 어두운 방에 떨어진 한 줌 볕으로도 나는 만 개의 그림을 그
> 린다 두 번 다시 겹쳐지지 않는 천변만화(千變萬畵) 그 많은
> 빛들을 잡아먹고 우물은 그토록 어두웠을까
>
> 몸속 가장 긴 뼈를 스적여본다 어떤 눈도 자궁의 내벽을 채록
> 하지 못한다 한 번 빙글 돌리자,
>
> 본 적 없는 까칠한 고독이 딱, 딱 벌린 입으로 기어 나온다
> ─「만화경」 부분

'만화경'을 통해 본 '무늬'는 추상적이다. '무늬'는 "일렁"(「주물」)거린다. 시적 화자는 이 '일렁거림'을 시에 대한 충동으로 내밀히 간직하면서 살아간다. 이 '시에 대한 충동'의 연원은 깊다. 그것은 부재하는 '당신'에서 하나의 거대한 "소용돌이"로 인 바 있다. 어쩌면 그것은 더 오

래전에, 다시 말해 '어머니'가 주물로 내 "얼굴"(「주물」)을 뜨셨을 때, 벌써 시작한 것인지도 모른다. 「자정」에서도, 「터널」에서도, 「장마」에서도 시적 화자는 '얼굴'에 대해서 말한다. 그것은 고정되어 있는 것이 아니라 가변적인 것, 누군가에 의해 만들어지거나 강요된 것으로 그려진다. 그녀들은 자기만의 얼굴을 갖지 못한다. 외부 세계의 자극막이로부터 그녀들은 안전하지 않다. 어쩌면 그녀가 '자개장롱' 속으로 도망쳐 스스로의 "결계"(「자개장롱」)를 만든 그날부터 '안개'는 운명적으로 준비되고 있었는지도 모른다. 혹은 "자궁의 내벽"에 있었을 때부터일까. 그것이 진실인지는 그다지 중요하지 않다. 중요한 것은 시인 스스로 그렇다고 인식하고 있다는 사실 그 자체다. 그러나 어떤 눈도 "자궁의 내벽"을 채록할 수 없다. 그곳에는 '무늬'만이 일렁이고 있기 때문이다.

이용임은 '만화경의 무늬'에서 천변만화를 보아낸다. '본다'라고 해서는 안 된다. 그녀는 보아낸다. 그녀가 본 것은 진짜 '만화경의 무늬'였을까. 그녀는 담배가 타들어가는 광경을 "백발이 된 웃음"과 "나비의 심장"으로 보아낸다(「흡연 구역」). '밤바다'라는 대상은 "검은 꽃으로 얼굴을 가린 처녀들"(「밤의 바다」)이 나오는 꿈같은 장면들로 분해된다. 그녀는 대상을 분해하는, 추상적인 무늬들로 분리하는 '마안(魔眼)'을 가졌는지도 모른다. 그녀는 본질을 들여다본다. '안개'에서 '당신의 골편'을 보아낸다. 그녀의 마안에 사로잡힌 대상은 결코 무사하지 못할 것이다. 이것을 그녀는 '천변만화'라고 부른다.

그러나 나는 이 '천변만화'에 대해 이의를 제기하고 싶다. '만화경의 무늬'는 결코 천변만화일 수 없다. 그것은 '패턴'이다. 그것은 기시감을 불러일으킨다. 그녀가 만화경에서 본 무늬는 기시감을 불러일으키는 무늬이자 창문 안의 풍경, 애도의 시간을 수놓는 무늬다. 용해의 상상력과 안개의 상징이다. '당신의 부재'라는 반복되는 드라마다. 그러나 반복은 반복의 실패를 내포한다. 반복은 반복의 고장을 내포한다. 그런 맥락에서 '천변만화'는 문자 그대로 파악해서는 안 되고 가능성으로서, 다시 말해 반복의 실패, 패턴의 균열에 대한 가능성으로서만 의미가 있다.

이를테면 시적 화자는 자신도 모르게 "본 적 없는 까칠한 고독"과 대면한다. 그녀는 그것을 공포의 대상으로 바라본다. 그러나 이 '괴기스러운 고독'이야말로 『안개주의보』에서 주름이 많은 지점이다. 이 괴기스러운 고독이 '반복'의 와중에 불쑥 튀어나온 것이라는 점은 매우 중요하다. 시적 화자는 자기가 보고 싶은 것을 보기 위해 만화경 앞으로 되풀이하여 돌아온다. 애도의 시간에 창문을 통해 그의 유령을 보듯이 그녀는 만화경 속에서 자신이 원하는 무늬가 솟아 나오기를 기다린다. 기다리기 위해 그녀는 만화경 앞으로 자꾸 돌아온다. 그 '반복'이야말로 '지속'에 균열을 내는 힘이다. '반복'은 스스로의 힘으로 '정지'를 향해 나아간다. 고독은 이빨이 없는 "입"이다. 고독에 삼켜졌을 때 비로소 시인은 시인으로서 부활할 수 있다. 고독과 대면하지 않고는 반복이 반복이라는 것을 인식하지 못한다. 이 각성의 시간, 천변만화의 비전을 내파하며 고독과 대면하는 시간을 이용임은 "우두커니"라고 부른다.

> 긴 모가지를 흔들거리는 꽃들과
> 저무는 빛 사이로 흘러드는 습기와
> 영원히 계속될 것 같은 비행 사이
>
> 우두커니
> —「이 저물녘」 부분

"우두커니"의 시간은 반복이 멈추는 시간, 정지의 시간이다. 그러나 그것은 고치 안의 시간, 나비가 우화하여 하늘을 나는 꿈을 꾸는 시간이기도 하다. '그'가 없는 일상으로 되돌아가지 않기 위해 '안개'를 둘러치고 '맑은 뼈'의 창문을 세우고 애도의 시간 속에 깊이 웅숭그리고 있던 '그녀'가 '그'를 잊지 않으면서도 일상으로 돌아가는 법을 문득 깨달았을 때, '그녀'는 "영원히 계속될 것 같은 비행"의 예감에 젖는다. 꽃과 저무는 빛과 흘러드는 습기의 대자연 속에서 '그녀'는 비로소 시인으로서의 숙명을 온전히 자신의 것으로 떠안는다. 그때 그녀는 "주물"에 의해 만들어진 얼굴이 아닌 본연의 얼굴, 본연의 표정을 마지막으로 독자들에게 한 번 보여준다. 대자연 속에 가져다 놓지 않고서는 우리가 미처 그 아름다움을 형용할 말을 찾을 수 없는, 원숙한 아름다움이다. 나는 『안개주의보』의 마지막을 장식하는 이 시에 이르러 좀처럼 발을 뗄 수 없었다. 아주 오랫동안 이 비밀한 '정원'을 거닐다가 '안개'를 옷에 묻히면서 느리게 귀로에 접어들었다.

'이발소'와 '봄볕', 그리고 배덕자가 되어야 사는 남자

— 강우식 불륜시의 한 풍경

들어가며

강우식이 4행시의 단계에서 이미 일가를 이루었다는 점은 우리가 그의 시를 이해하는 데 중요한 참고 사항이 된다. 『사행시초』(1974)로 부터 시작하여 『설연집』(1988)에 이르기까지 네 권의 4행시집이 만들 어놓은 지형에 의거하여, 4행시 이후의 시 세계도 설명되어온 경향이 있었기 때문이다. 가령 그의 시 세계는 두 번째 4행시집인 『꽃을 꺾기 시작하면서』(1979)의 도착적 에로티시즘이 『물의 혼』(1986)를 지나 차 츰 순화되어 네 번째 4행시집인 『설연집』에 이르러서는 눈 내리는 풍 경과 정신적 사랑이 습합된 양상으로의 순치의 과정을 겪는다. 그런데 4행시 이외의 시집들에서도 『고려의 눈보라』(1977), 『어머니의 물감상 자』(1995)의 사회 비판적인 시들이 『바보 산수』(1999), 『바보 산수 가을 봄』(2004)에 이르러서는 자연의 순리를 거역하지 않고 도가적 무위를 실천하는 양상으로의 순치의 과정을 밟는다. 이러한 평행성을 전체적 으로 아우르고 있는 것이 첫 시집 『사행시초』의 세계라고 본다면, 『바 보 산수 가을 봄』의 부부애를 다룬 시편들이나 『별』(2008)의 일상사들 도 그 편린은 이미 『사행시초』에서 다채로운 서민적 양상으로 표현되 었던 것은 아닌가 하는 감이 있다.

이것으로 보면 강우식 시의 이해 구도는 에로티시즘의 세계에서 정 신적인 사랑의 단계를 지나 도가적 세계관이나 무심(無心), 순리를 좇 는 단계로 이행·심화되어왔다고 범박하게 말할 수 있다. 그런데 많은 사람들이 그를 아직도 '에로티시즘의 시인'으로 기억하고 있는 것은 『사행시초』『꽃을 꺾기 시작하면서』『물의 혼』의 야수파적 색채 때문 이다. 그가 『별』의 '노인시' 연작 이래 다시 '불륜시편'을 내놓고 있는 것 은 이러한 맥락 속에서 읽을 때 예사롭게 보이지 않는다. 그것은 '무심' 이후의 세계가 다시 '에로티시즘'의 세계로 원순환하는가 하는 질문을 환기하기 때문이다. 그런데 이 문제는 생각만큼 단순하지는 않다. 이 '불륜시편'은 한편으로 「바이칼 시편」(『종이학』, 2010)의 바로 뒤에 놓여 있기 때문인데, 두 작품군을 관련지어 설명하기 위해서는 '구현된 작품'을 점검하는 것 이상의 검토가 필요하다.

독약적인 것으로 표현된 욕망

『꽃을 꺾기 시작하면서』에서 이미 비도덕적인 것, 그러니까 부도덕한 것이 아니라 도덕적인 것으로부터 초연한 세계를 완미하게 보여주었던 강우식인 만큼 '불륜시'라고 해서 새삼스러울 것은 없다. 내가 하면 로맨스고 남이 하면 불륜이라고 하는 세상의 범속한 시선으로부터도 이미 자유로워 스스로 '불륜'을 표방하고 있음도 실로 '강우식'답다. 『바보산수』『바보산수 가을 봄』을 거치면서, 혹은 『별』의 노인시를 경유하면서 순치되었던 살연애적인 것이 되살아난 형국이다. 그런데 이러한 육욕적인 세계가 표면상으로는 사랑 행위 그 자체에 초점을 맞추고 있는 것 같지만, 한편으로는 사랑 그것이 목적이 아니라 그 너머의 정사(情死)에 초점을 둔 것이 아닌가 하는 느낌을 갖게 하는 것이 이 '불륜시편'이다. 육욕적인 것이 핵심이 아니라 거기에 얽힌 '죄'가 핵심이다.

> 2박 3일을 죽은 듯이
> 숲속 펜션에서 숨어 살았다.
> 세상에는 아무도 없고 오직 둘만이 있었다.
> 아침 햇살이 제일 먼저 궁금했던지
> 줄장미 핀 창문을 넘어
> 로미오처럼 무단 침입해 들어왔다.

햇살은 웃는 얼굴이었다.

식탁에는 썸머와인 한 병과 술잔 둘

그리고 알몸둥이의 우리가 있었다.

그녀는 짜서 하늘에 뿌리면

꿈처럼 은하수로 피어날

헤라의 큰 젖을 가지고 있었다.

눈은 젖은 염소의 눈처럼 맑고 순했다.

낮, 초록 잎 사이로 새들이 울면

그러면 그녀도 가만히 따라 흐느꼈다.

어깨의 떨림이

바이올린 선율처럼 가늘고 애잔했다.

저녁에는 사랑을 했다. 땀에 젖은 등 뒤로

우리 두 사람의 숨결 같은 바람이 펄럭거렸다.

살듯이, 죽을 듯이 사랑을 했다.

2박 3일이 끝나는 깊은 밤에는 가지런히 누워

밤하늘의 별을 쳐다봤다.

별이 되자, 별이 되자, 죽어서 별이 되자.

누가 먼저랄 것도 없이 눈물을 글썽였다.

세상 속으로 발을 내딛기 싫었다.

숨어서 남몰래 했던 불륜, 짧지만 행복했다.

먹 오딧빛 벨벳 촉감의 어둠이었다.

썸머와인의 마지막 술이 그녀의 입에서

내 입으로 들어왔다. 와인에는

둘이 먹으면 죽는 독약도 들어 있었다.

―「불륜시편1―양평에서」 전문

「양평에서」에 나타난 연애의 양상은 한눈에 보아도 일탈적인데, 그 것은 첫 행부터 이미 드러나 있는 것이다. 다시 말해 이 시에 나타난 연 애는 일상적 생활공간으로부터의 일탈이라는 양상으로 드러난다. '숲 속 펜션'이어야 하는 이유는 "세상에는 아무도 없고"(제3행)에서 볼 수 있는 것처럼 '세상과 유리되어 있는 공간'이어야만 하기 때문이다. 물론 그것은 연인들이 그들만의 시간을 방해받고 싶어 하지 않는 데서 그 원인을 찾아야 할지도 모른다. 그러나 그 몰입과 집중은 리비도가 유 지되는 한에서만 지속되는 것이다. 그런데 시의 후반부에서 내레이터 가 여전히 "세상 속으로 발을 내딛기 싫었다."(제25행)고 발설하고 있는 부분은 의미심장하다. 왜냐하면 그 발설이 '성 충동' 너머의 본심에 해 당하는 것이기 때문이다. 기실 리비도가 내레이터를 '숲속 펜션'으로 몰아간 것이 아니고 세상 밖으로 도망치고자 하는 마음이 내레이터를 '불륜'으로 내닫게 한 것이다.

「양평에서」의 대미는 '정사(情死)의 현장' 같은 것을 보여주는 것으 로 장식되어 있다. 어쩌면 이 시는 '에로스'와 한 쌍으로 움직이는 '타 나토스'(죽음충동)를 보여줌으로써 완결성을 지니게 되는 한 문학주의 의 산물이라고 볼 수도 있음직하다. 그런데 이 대미는 이미 제5행부터 제9행에 걸쳐 방의 풍경으로 제시되었던 것이다. 그러니까 '햇살'이 '로 미오처럼' 창문을 넘는 장면에서, '웃는 햇살'과 얼크러진 채 드러난 나 체가 대비되는 장면에서 이미 '죽음의 현장'은 공개되어 있었던 셈이다. 이 '죽음의 현장'은 『로미오와 줄리엣』을 인유함으로써 '문학적' 분위기 를 자아낸다. 어찌된 일인지 제5행부터 제9행까지가 진짜 '죽음의 현 장'을 보여주는 것 같고, 대미의 음독자살의 현장은 일종의 성적 메타 포로 읽힌다. 내레이터는 자신의 죽음에 대해 여전히 이야기하고 있는 것이다. 이 시는 정사(情死)가 실제인지 메타포인지 분간할 수 없게 함 으로써 '에로스와 타나토스'가 혼연일체가 되어 나타나는 기제를 오히려 빈틈없이 보여준다. 그러나 이와 같은 해석은 세상으로부터 도망치고자 하는 욕구를 강조한 앞서의 해석과 모순된다.

이 시는 에로스에 앞서 타나토스가 있는 형국이 아닐까. '불륜시'면서도 이 시에 나타난 연애는 지고지순해 보인다. '그녀'는 '헤라의 큰 젖'에서처럼 신격화되며, 내레이터는 리비도의 몰입이 끝난 다음 순간에 두 사람이 함께 '밤하늘의 별'이 되자고 되뇐다. 처음부터 지상적인 것은 없었다. 현세적인 질서는 없고 천상적인 것만이 있었다. 그리고 '독약'이 있었는데, 그것은 단순히 정사의 한 방식에 그치는 것이 아니고, 타나토스를 문학화하는 장치라는 데 그 핵심이 있다. 그러니까 '독약'이 문학화하는 것이 '에로스'가 아니고 '타나토스'만이라는 것이 내 생각인데 이 점에 대해서는 「양평에서」 한 편만으로 해명할 수는 없다.

사랑의 종교화, 혹은 애도의 시간

『꽃을 꺾기 시작하면서』가 다분히 원초적인 '성(性)'의 세계를 파노라마적으로 구성했다면, '불륜시편'은 불륜이면서도 정신적인 사랑의 세계를 문학적 의장을 통해 형상화했다. 그런 점에서 '불륜시편'은 『설연집』의 낭만성을 더 이어받고 있는 연작인지도 모르겠다. 이때의 '낭만성'이란 그대로 「양평에서」의 '문학주의'에 대응하는 것이다. 「양평에서」에서 강우식은 죽음충동에 '독약적인 것', 그러니까 『로미오와 줄리엣』의 음독자살을 인유함으로써 죽음을 문학화한다. 이 경우 문학화되는 것은 사랑행위 그것이라기보다 '음독의 순간'이다. 독이 든 와인이 입에서 입으로 전해지는 '음독의 순간'이 시의 대미에 배치되고 있는 것은 그런 이유 때문이 아니면 안 되는 것이다. 그런데 이 '순간'의 문학화로는 허전한 마음을 다 채울 수 없다. 이 시편이 연작성을 취하면서 이어지게 된 경위는 이 미진함 때문이었다고 생각한다.

「살아있는 사랑」의 경우는 어떠할까. 이 경우에는 '사랑'을 문학화하는 데 그치지 않고 더 높은 차원에 놓으려 하고 있다는 점이 주목된다.

무수한 아름드리 백화나무들이
통째로 하늘에서 떨어진다.
폭포다. 그 소리가 내 간덩이에
철썩철썩 와 붙는다.

간밤에 나는 불륜을 저질렀다.
통 크게 지아비 있는 계집을 안았다.
폭포 줄기처럼 판사의 선고 방망이가
내 심장을 쾅쾅 두드렸다.

계집의 얼굴은 만다라였다.
사랑할 때 보여준
얼굴의 기기묘묘한 주름은 진경산수였다.
침식되어가는 흙이고 땅이었다.

아니다. 계집은 니르바나의
그 산봉우리를 한 찰나에 보여주고
모래 탑처럼 쓸어버렸다.
그리고 다시 남편이 있는 현실로 돌아갔다.

나는 창망한 스칸디나비아 해안의
한 피오르드에 내던져진 채

내내 썰물로 밀물로 침식당하고 있었다.

소금물에 조금씩 저려가면서
쓰리고 아픈 배추 잎같이 여린 사랑을
푸르게 물빛으로 씻어 내고 있었다.

세척되어가면서, 파도처럼 뒤집혀 가면서
저승의 다리를 건너
영원에 놓으려는 내 사랑은, 이승이
마지막일 수는 없었다.

우리 사랑은 너무나 간절하여
이 세상에서 아주아주 사라진 게 아니라
저 세상까지 이어진 것으로
내 죽은 후에도
그녀를 내 사랑의 살아있는 것으로
남기고 싶었다.
　　　　　　—「불륜시편3 — 살아있는 사랑」 전문

　「살아있는 사랑」은 전체가 8연으로 이루어져 있고, 제4연까지를 전반부, 제5연부터를 후반부로 나눌 수 있다. 이 시의 전반부는 「양평에서」와 달리 '배덕'이 전경화(前景化)되어 있다. 특히 제2연까지가 '배덕'을 인지하는 대목이다. 배덕을 인지함으로써 간이 졸아붙고 심장이 쿵쾅거리지만 비칭(卑稱)으로 지시되는 '계집'은 '만다라'를, '진경산수화'를, 그리고 마침내는 '자연'을 보여줌으로써 그 '배덕'을 잠시 잊게 한다. 그러나 그 황홀경의 순간은 '찰나'일 뿐이며 여자는 현실로 돌아간다. 리비도가 영원히 지속될 수 없기 때문에 이런 귀결은 거의 필연이라고 할 수 있다. 어찌 보면 「양평에서」가 비현실적이고 「살아있는 사랑」이 좀 더 현실적으로 비쳐지기도 한다. 그런데 그것은 제4연까지의 「살아있는 사랑」이 덜 '문학적'이라는 말로도 바꿀 수가 있다. 이 절의 제목에서 '사랑의 종교화'라는 말을 썼지만, 그것만이라면 사실 이 시는 제4연에서 이미 끝난다. 여자가 이미 자연과 구분할 수 없는 상태에까지 이르렀기 때문이다. '만다라'나 '진경산수화'의 세계 역시 그 자체로 이미 '종교'라고 본다면, 이 시의 후반부는 무엇을 위해 덧붙은 것일까. 물론 그것은 '영원성'에서 그 답을 찾아야겠지만, 그 '영원성'은 '남편'에게 돌아간 여자에게 바치는 수사로서는 쉽게 납득이 가지 않는 면이 있다.

「살아있는 사랑」의 후반부에는 어떤 우울증적 공간이 제시되어 있다. 내레이터는 북구(北歐)의 한 해안에서 침식당하고 있는 자기(제5연)에 대해 노래한다. 그리고 제6연에서는 리비도적 사랑이 북구의 '푸른 물빛'에 의해 맑고 깨끗하게 다스려지는 과정에 대해 그리고 있다. 이 과정은 철저하게 홀로 남겨진 상태에서 진행된다. 이어서 제7연에서는 '저승의 다리'라는 한 구(句)에서도 알 수 있듯이 '죽음'이 사유과정에 도입된다. '죽음'을 끌어들이지 않고는 '사랑'은 완성될 수 없다는 발상이 이 시의 후반부에 들어나 있는데, 이러한 방식은 익히 프로이트에 의해 '우울증적 연애'로 규정된 바 있다. 환언하면, 내레이터는 지금 있지도 않은 '죽음'에 대해 미리 '애도'를 표하고 있다는 것이다. 왜냐하면 상대편의 여자는 정사를 택하지 않고 현실의 남편에게로 돌아간 다음이기 때문이다. 그래서 이 시의 제7연에서 "영원에 놓으려는 내 사랑은"이라고 했다가 제8연에서는 "우리 사랑은 너무나 간절하여"라고 하여, '나'와 '우리'의 간극이 발생한 것이다. 물론 '내 사랑'(제7연)이 논리적으로 홀로 남겨진 사람의 상황을 잘 대변해준다고 할 수 있으며, '우리 사랑'(제8연)이란 어디까지나 상상의 소산이라고 해야 할 것이다. 그러나 이 시는 정말 이것만일까.

앞에서 이 시의 전반부가 「양평에서」보다 현실적이라고 했는데, 「살아있는 사랑」의 후반부야말로 가장 현실적이라고 뒤집어 생각해보는 것도 전혀 가치 없는 일은 아닐 것이다. 다시 말해 '우울증'과 '애도'(후반부)가 본심이며 '불륜'(전반부)은 오히려 본심으로부터의 하나의 일탈로 생각해보는 독법이 있을 수 있다. 그렇게 볼 수 있는 근거는 사실 제1연의 '백화나무들'에서 찾을 수 있다. 그것은 '폭포'의 보조관념으로 동원된 것이지만, 가령 강우식의 근작 「바이칼 시편」을 알고 있는 사람이라면 '백화나무들'에 대해 그렇게 간단하게만 받아들일 수는 없을 것이다. 「바이칼 시편」은 강우식이 죽은 아내를 그리면서 쓴 애절한 사랑 노래다. 이 「바이칼 시편」에서 '백화나무'는 죽은 아내에 대한 상징으로 사용된 바 있다. 그렇게 보면 "스칸디나비아 해안의 / 한 피오르드"와 같은 북유럽적 정경도 '바이칼 호(湖)'의 한 변형이라고 볼 여지가 생긴다. 만약 그렇다면 「살아있는 사랑」의 후반부에 형상화된 '애도'의 대상은 무의식의 차원에서는 불륜의 대상이 아니라 죽은 아내가 되는 것이 아닌가. "영원에 놓으려는 내 사랑"이란 아내가 죽고 홀로 남겨진 사람이 온전히 감당해야 할 두 사람분의 사랑이 아닌가. '사랑'을 종교화한다면 그것은 남편에게 돌아가 버린 현실의 정부가 아니라 '죽은' 아내와의 사랑이 아니면 안 된다고 보는 것이 더 사리에 맞지 않을까.

멀쑥하게 키가 자란 '죄'

「바이칼 시편」 다음에 곧장 '불륜시편'이 놓여 있는 형국이거니와, 망부가와 불륜시를 연달아 내놓을 수밖에 없는 심경은 어떻게 설명할 수 있을까 하는 것이 결국 이 글의 골자다. 추측컨대 그것은 언제까지고 '애도'에 머물 수 없다는 절박함으로 설명이 가능할지도 모르겠다. '사행시의 주기성'으로부터 이야기를 출발했지만, 오히려 '애도의 시간'으로부터 온전히 벗어나지 못하고 육욕의 원초적 세계로 곧장 달아나지 못했다는 그 사실로부터 '인간 강우식'이 조금 더 잘 보이기 시작했다고 하고 싶다. 따라서 「회춘」도 곧이곧대로 순환적 인생관을 확인하는 데서 그치는 독법이어서는 안 되겠다.

봄이 오듯이 그 여자가 왔다.
꽃이 피고 새가 울었다.
자연처럼 내가 초록 물 들었다.
늦마 인생에 그 여자가 봄으로 왔다.
몸속 깊이에서
개울물 흐르는 소리가 맑았다.
사람은 사람으로 하여
봄이 되고 겨울이 됨을 알았다.
너는 몸의 피란 피가 잉잉 돌도록
한 사내를 흔들어놓는 돌개바람이었다.
사랑하는 아내와
자식은 십리 밖 등불로 아득하고
이 봄날에 나는 계집에 캄캄 눈멀었다.
다른 여자가 있어,
이발소에서 막 나와 봄볕 속에 선 듯
멀쑥하게 키가 커졌었다.
젊어지는 어떤 처방도 하지 않았다.
여자만 있었다. 드디어 불륜 같은

봄이 내습하여 죄가 되었다.
—「불륜시편2—회춘」 전문

「양평에서」「살아있는 사랑」이 모두 우울증적 사랑과 죽음에 대해
다룬 것에 비해 「회춘」은 마지막 한 행을 제외하면 비교적 화사한 느낌
이다. 특히 "이발소에서 막 나와 봄볕 속에 선 듯 / 멀쑥하게 키가 커졌
었다"는 구절에는 묘하게 공감이 되고 말았다. 여자에게 잘 보이기 위
해 이발을 하고 어떤 기대에 부풀어 빛 속에 섰을 때의 뿌듯한 느낌은
왠지 알 것만 같다. 노인에게도 그런 뿌듯함이 있다. 그것을 '회춘'이라
고 부르기는 하지만, 그것은 사계의 주기성에 기댄 순환론적 인생관을
통해 설명하지 않더라도 인간 본연의 심성, 노인이 되더라도 가지고 있
는 본연의 심성이다. 이미 '노인시' 연작(『별』)을 경유한 시인인 만큼 그
점에 대해서는 잘 알고 있으리라고 여겨진다. 그럼에도 굳이 그가 '봄
의 내습'에 대해 쓰고 있는 진짜 이유는 무엇일까. 겨울이 지나고 봄이
오는 것은 자연의 이치인데 봄이 돌아온 것이 왜 '죄'가 되어야 한다는
말인가. 그것은 '사랑하는 아내와 자식'은 그렇지 않은데 자신만 이 사
계의 순환에 적용을 받고 있다는 감각 때문이다. 애도가 다 끝나지 않
은 것이다. 그런데 여기에는 묘한 역설이 개재해 있다.

　이 절을 시작하면서 '불륜시편'이 아내의 죽음으로 인한 '애도의 시
간'에서 벗어나고자 하는 절박함의 산물이라고도 했고, 또한 동시에 이
'불륜시편'이 그 애도의 극복에 성공하지 못했음에 대해서도 이미 밝혔
다. '애도의 시간'에서 벗어나려면 역시 '아내'를 잊어야겠지만, 시인은
그것을 못하고 있는 것이다. '아내'를 잊는 방편이 결국 '불륜'이지만, 역
으로 그것이 아내에 대한 죄의식이 되면서 '아내'를 더욱 애도하는 양
상으로 나타나게 된다. 어쩌면 이 '불륜시편'은 아내를 잊지 못해 우울
증에 빠진 지아비가 아내를 잊기 위해서가 아니라 오히려 잊지 않기 위

해 '불륜'에 빠지게 되는 양상을 보여주는 것이 아닌가 싶다. 스스로 배덕자이자 죄인이 됨으로써만 아내를 의식하게 된다는 역설이 이 시편들에서 성립하고 있기 때문이다.

나오며

2000년대 중반 강우식은 위암 진단을 받았다. 그 이후 수술을 받고 항암치료를 받고 하면서 힘든 치병(治病)의 시간을 보냈다. 아내가 없었다면 그 힘든 과정을 어떻게 이루 다 겪어냈을 것인가. 더욱이 젊어서부터 술을 즐겼던 탓에 쓸개를 잘라내기도 했던 만큼 아내에 대해 그는 늘 죄인이라는 의식을 스스로도 버리지 못했다. 『꽃을 꺾기 시작하면서』의 육욕의 세계도 아내의 마음을 헤아리면 좀 찜찜했을지 모르겠다. 『바보 산수』『바보 산수 가을 봄』에 실린 시에 나타난 아내에 대한 사랑과 정은 그런 찜찜함을 만회하려는 마음에서 우러나온 것이었다. 아내의 정성 때문에라도 그는 병마를 극복했어야 했는데, 아닌 게 아니라 그는 위암을 극복하고 다시 술을 즐길 정도에까지 이른 것이다. 그러나 어느 날 갑자기 아내가 세상을 떠났다.

그 충격은 「바이칼 시편」이라는 망부가의 형태로 집약되었다. 강우식은 이 장시를 자신의 『에반젤린』이라고 말한다. 『에반젤린』이란 무엇인가. 그것은 「살아있는 사랑」에 나오는 것처럼 "'영원에 놓으려는'' 노래'가 아니면 안 되는 것이었다.

거기에 오직 흔들리지 않는

한 그루 백화나무를 닮은 여자가 있었다.

하늘에서 사천왕상처럼 번개가 눈을 부릅떠도

시베리아의 혹독한 눈보라가 휘덮어도
끝내 살아남던 백화나무인 그녀가 있었다.

아내는 백화나무 숲속에서 자란
차가버섯으로 삼백예순날 차를 달였다.
그 물로 위를 다스리고
내 몸속에 바이칼의 정기를 불어넣었다.
실로 차가버섯보다 더한 정성이 나를 살렸다.
그리고 그녀는 백화나무마냥
검은 머리칼이 하얗게 세고 진이 다 빠져
나보다 먼저 이승을 떴다.

삶은 우랄알타이 산맥의 눈사태였다.
순식간에 풍비박산 났다.
운명은 왜 이리 모질기만한가.
　　　　　　　—「바이칼 시편」 부분

　'백화나무'의 형상으로 그려진 아내는 한없이 의연한 존재였다. 어떤 인간은 한평생 나무의 그 의연한 자세를 닮으려고 하다가 못 닮고 결국 저승으로 떠나곤 하지만, 아내야말로 그 나무의 화신이었다. 그러니까 「바이칼 시편」의 그 '바이칼'이란 아내가 백화나무로 다시 태어날 성소(聖所)에 다름 아니며 바로 그곳의 '백화나무숲'에 이르러서야 모진 운명을 한스러워하며 울 수 있으리라는 것이 시인의 솔직한 마음이 아니었을까 하고 헤아려볼 따름이다.

　어찌 됐건 망부가와 불륜시가 연이어 발표되었다는 것은 '불륜시편'을 '구현된 작품' 그 자체만으로 볼 수 없게 하는 면이 있다. 그와 같이 전혀 모순되는 시편이 연이어 나온 것은 기실 아내에 대한 애도를 멈추고 싶지 않은 지아비의 고충이 반영된 것이라고 보는 외에 다른 설명이 가능할 것 같지 않다. 스스로 배덕자임을 자처하지 않고는 애도의 시간을 지킬 수 없는 남자의 한 내면 풍경이 독약적인 것으로, 불륜의 사랑을 종교화하는 것으로, 또 이발소 앞에 내리쬐는 봄 햇살에서 '죄'를 자각하는 것으로 나타나 있다고 하겠다. 『별』 이후의 한 세계가 이로써 그 두 얼굴을 '망부가'와 '불륜시'의 형태로 내밀고 있는 것을 새삼 엿보았다.

변경의 고독과 구원에 대해
—마종기 시의 지형과 지향

들어가며

마종기는 1959년 『현대문학』에 「해부학 교실」이 추천되면서 데뷔했다. 시력 50여 년 동안 『조용한 개선』(1960), 『두 번째 겨울』(1965), 『변경의 꽃』(1976), 『안 보이는 사랑의 나라』(1980), 『모여서 사는 것이 어디 갈대뿐이랴』(1986), 『그 나라 하늘빛』(1991), 『이슬의 눈』(1997), 『새들의 꿈에서는 나무 냄새가 난다』(2002), 『우리는 서로 부르고 있는 것일까』(2006), 『하늘의 맨살』(2010) 등 열 권의 개인 시집과, 황동규·김영태와 함께 낸 공동 시집 『평균율』1, 2집을 상재했다. 1999년에는 『이슬의 눈』까지의 시들을 정리한 시 전집이 문학과지성사에서 간행되었다.

마종기는 아동문학가 마해송의 아들로서, 해외에서 의사로 일하면서 한국어로 시를 쓰는 시인으로 이름을 널리 알렸다. 의사라는 직업에 밀착한 병원 소재의 시들에서 이미 일가를 이루었을 뿐 아니라 아버지 마해송의 감성을 물려받은 아름다운 순수 서정으로도 이미 가장 아름다운 한국어 시의 전범을 보여주었다. 이국적인 풍광과 이민 부르주아의 문화적 코드들을 가지고 있으면서도, 고국의 하늘과 돌과 같은 자연을 그리워하는 마음을 잃지 않고 먼 이국에서 모국어로 시를 쓴다는 것이 말처럼 그리 쉽지는 않았을 것이다. 그럼에도 마종기는 고국의 역사적 질곡, 낙후된 정치·경제 현실을 외면하지 않고 지식인의 양심과 시인의 감성을 넘나들면서 50여 년을 꾸준히 시적 열광으로 채워왔다.

이 글에서는 그의 시 세계의 전반적인 지형을 그의 시에 나타난 죽음의식, 소명의식, 경계인의식 등을 중심으로 조감해보고자 한다.

죽음의 증례들, 선종, 그리고 순환론적 죽음

마종기 시에 나타나는 '죽음'은 분명히 몇 가지 갈래가 있다. 그러나 그 시발점은 역시 의학적인 죽음 확인의 장면이라고 할 수 있다. 우리 시사에서 죽음은 흔히 형이상학적인 것으로 취급되어오곤 했다. 1920년대 백조파 낭만주의 이래 죽음은 관념적으로 다루어지기 십상이었지만, 마종기에 이르러 '죽음'은 시체의 물질성을 외면하지 않고 의학적인 죽음 확인의 순간으로 응축되었다.

처녀시집 『조용한 개선』에서부터 줄곧 이어져온 마종기 시의 경건성과 진지함 역시 죽음을 생활 현장에서 접해온 경험에서 단련된 것이다. 「해부학 교실1, 2」(『조용한 개선』)를 비롯하여 황동규·김영태와 함께 낸 『평균율』(1968, 1972) 시절의 「증례」 연작이 모두 의대생으로서, 수련의로서 '죽음'에 대해 쓴 것들이다.

마종기는 시체를 해부하는 피가 낭자한 해부학 교실을 오히려 "여기는 먼 먼 시대로부터 시작하여 생명의 온기를 감사하는 서정의 꽃밭"(「해부학 교실1」)이라고 노래한다. 가장 비정한 공간처럼 보이는 해부학 교실이 아름다운 '서정의 꽃밭'으로 명명되는 사생관(死生觀)의 아이러니가 「해부학 교실1, 2」에는 있다. 차라리 죽음은 그에게 일상이다. 산과(産科) 강의실 옆에 병리 해부실이 있고, 복도에서는 한 어머니가 딸의 시체를 병리 해부실에 넣어놓고 오열을 하며, 산과 강의실 창문 너머로는 매춘부로 시들어가는 아가씨들의 한때의 장난스런 흰소도 있다(「제3강의실」). 「제3강의실」에서 마종기는 병리 해부실에 들어간 고인의 이름이 '순이'인 것을 얼핏 듣고 유년 시절의 단짝 '순이'를 떠올리는데, 그에게 죽음은 삶을 반추하는 단초가 된다. 죽음은 삶과 언제나 맞물려 있다. 「증례」 연작에서 '죽음'은 삶 자체를 응축하고 있는 것으로 나타난다. 마종기는 시체에서 죽은 자의 외로움이나 회한 같은 것까지를 확인함으로써 타자의 죽음에서 타자의 삶을 보아내려 한다. "나는 모든 내 환자를 가장 깊이 안다. 병실의 어두운 고백을 듣고, 그 마지막 열망과 죽음이 오는 소리를 듣는다. […] 마침내 텅텅 빈 복강의 허탈한 공간 속에 내 오랜 침묵을 넣고 문을 닫는다."(「증례2」)에서도 알 수 있듯이 마종기 시의 '증례들'은 사망을 확인하는 데서 끝나지 않고 타자의 삶을 확인하고 증언하는 데까지 나아간다. 「해부학 교실 1, 2」나 「제3강의실」의 의학도다운 낭만성이 「증례」 연작에 이르러 환자와 함께 고독과 죽음에의 공포를 나누는 중후함으로 상승하는 것도 눈여겨볼 대목이다.

마종기 시에 나타나는 '죽음'의 또 다른 국면은 아버지 마해송의 죽음에서 찾을 수 있다. 아버지의 선종(善終) 이후를 쓸쓸하게 술회한 「선종 이후」 연작은 『평균율』 제2집에서 시작하여 『모여서 사는 것이 어디 갈대뿐이랴』에 이르기까지 꾸준히 지속되었다. 마해송은 그에게 부친 그 이상의 의미, 문학에의 길을 걷게 한 장본인이자 고국을 떠나 살면서도 고국을 잊지 못하게 하는 고국과의 연결고리기도 했다. 더욱 정확히 말해 문학의 길과 고국을 하나처럼 보이게 한 것이 바로 아버지 마해송이었다. 마종기에게 문학이 계속되는 한 이 '선종'의 쓸쓸함은 이어질 수밖에 없을 것이다. 이 '선종'의 그림자는 『안 보이는 사랑의 나라』에서는 「중산층 가정」 「몇 개의 허영」 등에서처럼 아버지 생시의 추억들로 변주되며, 『그 나라 하늘빛』에서는 「밤노래5」 「요즈음의 건강법」 「무너지는 새」 「물빛」 등에서처럼 자기 자신의 죽음에 대한 단상들로 변주되기도 한다. 그리고 『이슬의 눈』에 이르러서는 동생의 죽음이 여기에 더 겹쳐지게 된다. 「동생을 위한 조시」 「묘지에서」 「내 동생의 손」 「허술하고 짧은 탄식」 등은 타국에서의 죽음이 지니는 비극성이 부각되어 있다. 젊은 시절 맞은 아버지의 죽음이 부재감이나 쓸쓸함을 오래도록 남겼다면 초로에 맞은 동생의 죽음은 무거운 비애와 강렬한 충격을 남겼다.

마종기에게 동생의 죽음은 종교적 경건함으로 그를 한 발짝 더 내딛게 했다. 『이슬의 눈』에서 가장 인상 깊은 한 장면은 혼자서 비를 맞고 있는 '하느님'을 발견하는 장면이다. 「당신의 하느님」에서 '하느님'은 멀리 천상에 있는 것이 아니라 인간들 사이에서 비를 맞고 있는 고행자의 모습으로 등장한다. 그리고 「눈 오는 날의 미사」에서 '눈'은 '하느님'의 체온으로 세계를 따뜻하게 품는다. '하느님'의 몸과 혼은 '눈'이 되어 "땅에까지 내려오는 겸손한 무너짐"을 행한다. 이와 같은 종교적 법열의 순간은 『이슬의 눈』에서 가장 선명하게 분출된다. 그러나 그와 같은 법열은 이전의 시집들에도 꾸준히 내재되어 있었고 그것이 종교적인 형상으로 분출하게 된 것은 동생의 죽음이라는 계기를 필요로 했다. 「눈 오는 날의 미사」에 나오는 '가장 아름다운 모형의 물'의 이미지는 이미 「수장」이나 「물빛1」에 나오는 '물'의 변주라고 해야 할 것이다. 그 '물'은 '죽음'과 연결되어 있고 인간 육체의 자연환원에 관한 순환론적 아이디어와도 이어져 있다. 게다가 '물'과 '죽음'을 결합시키는 이 상징적 은유는 물의 연면성을 통과하면서 죽음을 통해 오히려 부활하고 지상을 흘러 다닐 수 있게 된다는 역설을 가능케 했다. 이 상징적 은유가 완성됨으로써 마종기는 비로소 해부학 교실을 '서정의 꽃밭'이라고 불렀던 그 명명의 정당성을 확보하게 되었다. 다시 말해 '서정의 꽃밭'이라는 화려한 관념이 사상의 무게를 얻게 된 셈이다.

비순수와 순수의 접점, 경건한 제사

마종기의 사회 현실에 대한 관심은 김수영만 못하지 않다. 김수영이 한국전쟁 이후 우리 현실과 4·19, 5·16에 대응하는 현실참여적인 시를 썼다면 마종기는 한국전쟁 이후의 상처를 세계 보편애로 넘어서고 자 하는 시를 썼다. 「시인의 용도1, 2」에서 마종기는 전쟁이 끊이지 않고 아이들이 전쟁에 방치되며 휴머니즘이 심각하게 훼손된 시대에, 고통에 대해서도 사랑에 대해서도 양심의 가책 없이 말할 수 없는 시대에 시인의 용도는 무엇인지 물었다. 이와 같은 사회의식이 눈에 띄게 내세워진 것이 「시인의 용도1, 2」를 위시하여, 「고아의 정의」 「자유의 피」 등(『모여서 사는 것이 어디 갈대뿐이랴』)이다. 현실에 대한 관심을 시인의 소명으로 내세우고 있는 형국이다.

시인의 소명의식에 관한 주제는 마종기의 등단 초기부터의 오랜 레퍼토리다. 그 각성의 길에 이르기까지의 방황이 「비망록1, 2」(『두 번째 겨울』)에 잘 드러나 있다. 인생의 의미가 책인지 사랑인지 예술이나 우정인지 거듭 묻다가 인생이란 결국 '열광'이라는 것을 깨닫고 그 '열광'의 대상을 탐문하는 것으로 끝나는 「비망록1」이나 군의관으로 뚜렷한 삶의 지향 없이 살아가는 생활을 반성한 「비망록2」는 모두 어떻게 살 것인가의 문제를 다루고 있다. 기실 이 근원적 문제 제기와 그에 대한 답변은 이미 『조용한 개선』 속의 한 시에서 예견된 바 있다. 「저녁 들길에서」가 바로 그것이다. "수많은 방황 끝에 경건한 제사에 도착한 / 내 젊음의 약한 시선도 탓하지 않으리. // 〔…〕 // 나는 나를 지켜준 모닥불의 온기를 / 이 들길에 고이 묻고 떠나리." 여기서 '수많은 방황'이란 「비망록1, 2」의 방향 상실과 헤맴을 연상시키며 '경건한 제사'란 곧 시를 대하는 시인의 태도를 암시한다. 마종기는 '모닥불'로 표상되는 '문학'으로부터 위안('온기')을 받으며 자신의 길 역시 그 '온기'를 세상에 남겨두는 데서 찾아지리라는 예감을 한다.

마종기의 사회적 관심은 『안 보이는 사랑의 나라』에서 더욱 예각적으로 표출된다. 물론 그것은 『변경의 꽃』과 그 이전부터의 경계인의식이 고국의 사회적 모순 상황에 대한 비판의식으로 심화된 결과다.

경학원 자리, 마른 소나무에 동여매고 애매한 동장 아저씨를
총살시켰지. 눈을 뜬 채 이마에서 피가 뻗더군. 사람이 사람
을 죽이는 것을 처음 지켜본 국민학교 육학년, 6·25 사변 때
였지만.

9·28 수복 전날 밤, 사방에서 불길이 큰 산같이 오르는데 경
학원 자리, 숨겨둔 쌀가마를 훔치러 갔지. 도망가고 뒹굴어 죽
고 총 쏘는 아귀 사이에서, 부대 자루에 쌀을 넣고 도망쳤었
어. 우리는 하도 굶었으니까.

몇 해 피난갔다가 돌아왔을 때, 경학원 자리. 그대로 앙상한
소나무를 깔아놓은 채 있고, 조금은 춥고 무서웠지만, 눈 오
는 밤을 혼자 걸으면서 사랑하려고 했지. 세상 모든 것을 사랑
하는 것만이 좋은 시인이 되는 길인 줄 믿고 있었지.
　　　　　　　　　　　　　　　　　　—「경학원 자리」 부분

「경학원 자리」는 그의 사회적 관심의 원점을 여실히 보여준다. 한국
전쟁 당시 이념의 이름으로 만행이 자행된 경학원 자리, 굶어죽지 않기
위해 숨겨둔 쌀가마를 훔치러 갔던, 산 자는 살아야 했기에 훔칠 수밖
에 없었던, 인간의 존엄이 깡그리 훼손된 지점에서 마종기는 세상 모든
것을 사랑하는 것만이 시인의 길이라는 신념을 되새겼다. 「경학원 자
리」를 통해 마종기는 사랑과 가장 먼 상황에서 사랑에 대해 생각하는
것이 시인의 사명이라는 점을 보여준 셈이다. 「경학원 자리」의 중요성
은 그것이 1960년대 이래 지속해온 「연가」 연작류(類)의 사랑의 주제
에, 그리고 또 다른 연가인 「비밀」 연작의 잠언 스타일에 조국의 역사
적 질곡을 끌어들였다는 그 구체성과 현장성에서 찾을 수 있다.

어떤 의미에서 「경학원 자리」의 '사랑'은 맹목적이기까지 한데, 이 맹목성이야말로 "안 보이는 나라를 믿는 안 보이는 사람들", 기층민의 모국애요, 「안 보이는 사랑의 나라」 제3부에 드러난 아버지 마해송의 사상이기도 했다. "아빠는 그럼 사랑을 기억하려고 시를 쓴 거야? / 어두워서 불을 켜려고 썼지."라는 부자 간의 문답은 그대로 어두운 세상을 비추는 '등불'로서의 시인의 소명을 응축하면서, 다음 시집인 『모여서 사는 것이 어디 갈대뿐이랴』의 사회적인 시들의 정신적 근거가 되었다. "세상에는 정의보다 훨씬 굵은 것이 있지. / 세상에는 정의보다 훨씬 밝은 것이 있지."(「고아의 정의」)라는 선언의 뒤에는 그 '사랑'의 사상이 있었다. 여기서 '사랑'이란 복잡한 사상이 아니라 선함과 순수함에 대한 간단없는 추구일 뿐이다.

마종기의 사회적 관심은 그와 같은 사랑의 추구 속에서 순수와 맞닿는다. 비순수와 순수가 모순 없이 만나는 지점에서 그는 평생을 시인으로 살아왔다. 「이슬의 눈」이야말로 이 모순의 비모순을 가장 적확하게 현시한다. 밤새 빈 접시에 이슬을 모으는 순수한 마음은 "바람이나 산이나 바다같이 사는", 다시 말해 앞도 뒤도 위도 다 보고 사는 '이슬의 눈'의 발견으로 이어진다. '이슬의 눈'은 모든 것을 포용하는 대자연의 도덕경적인 미덕을 가지고 있으면서도 한편으로 모든 것을 목격하고 증언하는 서구적 참여의 덕목도 숨기고 있다. '이슬의 눈'이란 역사의 질곡과 사회의 제모순까지도 외면하지 않는 눈일 수밖에 없으며, 그 속에서 '사랑'을 생각하는 「경학원 자리」의 지향까지를 담지하고 있었던 것이다. 마종기는 그 '이슬의 눈'을 보기 위해서는 가을 산중에서 빈 접시 하나 손에 들고 추위를 견디는 그 순수에의 수련, 구도의 과정을 통과해야 한다는 점을 그의 일생을 두고 몸소 보여주면서 오늘에 이르렀다. 그의 시적 노정은 날마다 '경건한 제사'였다고 해도 과언은 아닐 것이다.

변경의 고독

마종기의 시는 "감빛의 꽃병 / 감빛의 연연한 노래 속에 서서 보면 // 우리는 지금도 / 끝없는 이주민이었구나."(「나도 꽃으로 서서」)라는 시구에 집약되어 있듯이 근원적으로 이주민의 시다. 실제로 그가 외국에서 모국을 향해 시를 써왔으며 그의 정신이 끝없이 '변경'을 헤매고 '바람'이나 '새' '물'의 형상으로 표랑을 계속해왔다는 것은 이미 널리 알려져 있다. 그는 "외국어와 모국어를 섞어 떠들며"(「이상한 고별사」) 온전히 한국인이 될 수도 없고 온전히 미국인이 될 수도 없는 정신의 점이지대를 떠돌 수밖에 없었다. 그 점이지대의, 변경의 시각이 고국과 타국의 어두운 면을 더 객관적으로 포착하게 하는 날카로운 지성으로 단련되었다는 데 마종기 시의 한 특성이 있다.

마종기가 고국을 바라보는 시선에는 애증이 있다. 우주인 닐 암스트롱의 카 퍼레이드를 보면서 홍수에 흙물 마시고 떠내려간 아이, 횟배에 장이 막혀 죽은 아이가 있는, 흥선대원군이 다스렸던 고국을 고통스럽게 떠올리는 「인사」나 외국에서 접한 고국의 간첩 침투 소식에 흥분하며 '이씨 조선'을 원망하는 「편지2」, 영등포 부근의 매춘 행태만 보고 영등포에 대해 안다고 떠벌리는 외국 청년에게 고국의 역사와 가난한 민초들의 삶을 이야기하며 영등포를 안다고 하지 말라고 항변하는 「미스터 제임스 밀러에게」(이상 『평균율』 제2집) 등은 고국을 떠나 고국을 향해 시를 썼던 마종기의 첫 일성이 들어 있다. 이 일련의 시편들에는 낙후된 조국에 대한 애증이 민족주의적 색채마저 띤 채 나타나 있다. 이 민족주의적 에너지가 통일 염원의 분단시로 수렴된 것이 "가슴을 쳐도 실패는 내 탓이다. / 불행은 우리 탓이다."라고 자탄한 「그리고 평화한 시대가」다. 「그리고 평화한 시대가」에서 마종기는 전쟁으로 죽어간 시신들의 골분과 눈알의 '인(燐)'이 모여 촛불을 밝히는, 평화의 시대가 도래하리라 읊었거니와, 냉전 시대에 이 같은 통일 염원의 비원을 내비치는 일도 쉽지만은 않았을 것이다.

『변경의 꽃』은 마종기가 고국을 떠나 떠도는 그 자신의 위치를 '변경'이라고 이름 붙인 기념비적인 시집이다. 고국에 대한 사랑은 「일시 귀국」이나 「전화」 같은 시에서 사랑하는 대상인 '너'의 부재로 더 애틋해지고 이루어질 수 없는 사랑에 대한 고통으로 심화되어 나타난다. 그 구부득고(求不得苦)의 고통으로 헤매는 공간이 바로 '변경'이다. 그곳에서 '꽃'은 씨를 맺기도 전에 바람에 날린다(「변경의 꽃」).

> 변경의 내막은
> 아직도 아픔이다.
> 만날 수 없는 망설임이
> 모두 깃발이 되어
> 높은 성루에서 계속
> 꺾이고 있었다.
>
> 우리들 몸 안에서 끝나는
> 열성 인자의 사랑.
> 아프지 않고는 아무도
> 불탈 수 없다.
> ―「변경의 꽃」 부분

이 시에서 마종기는 떠돌이의 삶을, 중심에 가닿지 못하고 변경을 헤매는 넋을 자학적으로 '열성 인자의 사랑'이라고 표현했다. 그러나 그 자학은 단순히 자학으로만 끝나지는 않았다. 마종기는 그 표랑의 아픔, 구부득고의 고통이 아니고는 사랑의 진실성도 있을 수 없음을, 사랑으로 불탈 수 없음을 "아프지 않고는 아무도 / 불탈 수 없다"라는 말로 역설했다. 그것은 계속 아프겠다는 것, 계속 '바람'으로 표랑하겠다는 의지의 표출이다.

그래서 마종기의 시에서 '바람'은 끝없이 표랑을 부추기는 사랑의 속삭임이자 사랑하는 자의 영혼 그 자체로 반복해서 제시된다. 「1975년 2월」「불지 않는 바람」「변경의 꽃」의 '바람'은 『안 보이는 사랑의 나라』에서는 「바람의 말」의 '바람'으로 이어진다. 이때의 '바람'은 인간의 영혼이 가장 피곤해지는 순간에도 결코 잊어서는 안 되는 '말', 궁극의 언어로서의 시심(詩心)에 대한 상징이다.

마종기 시에서 '새' 모티프를 통해 제시되는 표랑은 '바람'에 비해 육체의 피로감이 부각되는 양상을 띤다. 「외지의 새」에 등장하는 '새'는 무리에서 이탈한 새, '무너지는 모든 것을 혼자 힘으로는 감당할 수 없는' 마종기 자신의 분신이다. 그래서 그의 '새'들에게서는 비상의 자유로움보다는 언제나 날개가 젖은 쓸쓸함이 느껴진다. 「무너지는 새」(『그 나라 하늘빛』)의 "혼자 있구나." 하는 그 고독감이야말로 마종기 시의 '새' 모티프를 규정한다. 그의 '변경', 그의 표랑, 그의 이민이 정복자 유목민의 월경보다는 유배와 유형을 연상시키는 것도 그 떨칠 수 없는 고독감 때문이다.

마종기의 변경 의식은 『그 나라 하늘빛』에서 더 확장된다. 「외로운 아들」에서 마종기는 그의 아들 역시 그와 같은 '변경'의 정체성으로 인해 힘들어한다는 점을 확인한다. '변경의 고독'이 다음 세대에까지 확장되는 것이다. 그러나 그것은 더 깊은 고통으로 심화되지만은 않는다. 마종기는 오히려 아들과의 유대감을 통해 구원을 얻는다. "나는 곧, 잘 어울리는 새벽안개가 되어 / 걷는지 나는지 분간할 수 없는 길섶에 서리니 / 빈자리에 남아 있는 쓸모없는 꽃밭이나 노래나 / 내가 오래 아끼던 안쓰러움 몇 개도 네가 보아라."(「새벽 산책」)라는 아들에게 전하는 말 속에는 죽음에 대한 섭섭함도 없지 않지만, 세상에 남길 것이 있고 그것을 통해 자신을 이해하고 그리워해줄 자식을 둔 자의 안도감이나 정신적 평화도 담겨 있다.

「새벽 산책」의 구원으로 '변경의 고독'은 그 종국의 모습을 이미 드러낸 셈이다. '변경의 고독'은 그렇게 죽음과 정신적 안식으로 이어질 수밖에 없을 것이다. 이와 관련하여 또 하나 인상 깊은 장면은 「그 나라 하늘빛」의 에피소드에서 찾을 수 있다. 이민 노인이 고향에 돌아가 묻히고 싶다고 하자 웬 젊은이가 고국의 땅값을 걱정한다. 그러자 이번에는 노인이 젊은이의 속됨을 타박하며 땅이 아니라 고향의 '하늘빛'에 가 묻히고 싶다고 이야기한다. 「그 나라 하늘빛」에서 고국은 이미 유형의 땅덩어리나 특정의 국적이 아니라 고국의 하늘빛과 같은 그리움임이 새삼 내세워진 것이다. '변경의 고독'이 하늘빛 물빛의 그리움으로 순치되는 인생의 한 눈부신 국면이 「새벽 산책」과 「그 나라 하늘빛」에는 펼쳐져 있다.

나오며

지금까지 마종기 시의 전반적인 지형을 죽음의식, 소명의식, 경계인의식 등을 중심으로 살펴보았다. 물론 이 세 가지 유형의 의식만으로 마종기의 시를 규정하는 것은 무리다. 단적으로 그의 여러 시들에 나타나는 '사랑'은 고국에 대한 사랑만이 아니고 개인적인 '사랑'도 있다. 그 이루지 못한 사랑이 고국에 대한 그리움을 더 애틋하게 만들었으리라는 것은 「첫날 밤」(『새들의 꿈에서는 나무 냄새가 난다』)에 나타난 폭음의 흔적에서도 미루어 짐작해볼 수 있다. 그리고 그 '사랑'이 환자들에 대한 측은지심에서 세계에 대한 보편애로 확산되는 과정 역시 더 세심하게 살펴보아야 할 부분이다.

　마종기의 죽음의식은 『이슬의 눈』을 변곡점으로 하여 종교적 색채가 더 강화되어 『새들의 꿈에서는 나무 냄새가 난다』에 이르러서는 죽음의식과는 구별되는 독자적인 종교의식을 탄생시켰다. 「그레고리안 성가」 연작이나 「가을에 대한 의견」 「두렵고 떨리는 마음으로」 등은 물론이고, 그가 "부르고 싶었던 노래를 찾아 헤매던 날들은 지나고 드디어 신선한 목숨이 된 나를 알아볼 수 있겠는가."(「깨꽃」)라고 노래하며 '깨알 같은 눈뜸'에 이른 것도 종교적 영성의 추구에서 비로소 이룩한 성취다. 「목화밭에서」의 느슨해지고 싶다는 고백, 「온유에 대하여」의 '온유'에 대한 희구는 또 어떠한가. 『우리는 서로 부르고 있는 것일까』에까지 이어진 「잡담 길들이기」 연작의 '분석적 방법과 해석적 방법'을 전경후정 식으로 맞세워 그 속에서 영성적 체험을 보여주고자 한 그 시도는 또 어떠한가.

　게다가 그가 오하이오에서의 직장 생활을 그만두고 '변경적 삶'에서 돌아온 뒤에 오히려 알래스카로, 캄보디아로, 포르투갈로 떠나게 되는(『우리는 서로 부르고 있는 것일까』) 그 삶의 궤적에는 또 어떤 의미가 있는지 해명해야 할 부분이다. 그러나 그 여정이 『우리는 서로 부르고 있는 것일까』를 넘어 아직도 완결되었다고 보기 힘들기 때문에 이 부분에 대해서는 그 추이를 더 지켜보는 것이 좋을 것이다.

　마종기의 최량의 시들은 죽음의식, 소명의식, 경계인의식이 따로 떨어져 있는 시들이 아니라 그것이 함께 길항하고 공존하는 가운데 씌어졌다는 점 역시 지적하지 않을 수 없다. 그의 '죽음'은 고국의 자연 속으로 찾아들어 자연과 함께 영속하는 '죽음'이었고, 그의 소명의식은 자연의 섭리를 추종하고 자연에 머물면서 역사의 모순이 두드러지는 순간에는 자연의 순수와 인사(人事)의 모순을 대비하게 하는 데서 발현되었다. 그의 경계인의식은 변경의 고독으로 그의 실존을 괴롭혀왔지만 그 고통과 아픔을 마종기는 문학이라는 종교를 통해 승화, 성화(聖化)해왔다. 이 한결같은 구도의 경건성과, 깊고 넓은 그의 시경으로 인해 많은 사람들이 아직도 그를 사랑하고, 정신적인 변경을 홀로 떠돌던 그를 마음속으로 더 가깝게 의지하게 되었음은 우리 시사에 오래도록 기억될 것이 분명하다.

정담: 끌어안기 혹은 시적 대안의 모색*

장이지×이이체

*   이 정담은 월간 『현대시』 2011년 7월호에 게재된 것을 다소 고친 것이다. 원래의 정담에 덧붙인 것은 없고, 잡담처럼 보이는 부분을 조금 덜어냈다. 정담을 함께한 이이체 시인은 2008년 월간 『현대시』 신인추천으로 등단하였고, 2011년 『죽은 눈을 위한 송가』라는 매우 아름다운 시집을 문학과지성사에서 펴냈다. 이 글의 제목은 이이체 시인이 달았다.

이이체(이하 이): 안녕하세요, 이지 형. 이런 자리를 통해 만나 뵙게 되니 새삼 낯선 느낌이 듭니다. 우선 근황에 대해서 여쭙게 되네요.

장이지(이하 장): 요즘도 저는 대학에서 글쓰기 같은 것을 가르치고 있습니다. '문학입문'이나 '문학사' 같은 것을 가르칠 때도 있는데, 역시 글쓰기가 가장 가르치기에 재미있습니다. 몇 학기 전부터 사회과학부 학생들을 가르치고 있는데, 학생들이 나날이 훌륭한 글을 쓰고 있어서, 그것을 보람으로 삼고 있습니다.

두 번째 시집(『연꽃의 입술』, 2011)이 조만간 나올 텐데, 사실 이 '조만간'은 1년 전의 어느 대담에서도 나온 말이긴 하지만, 그것을 기다리고 있습니다. 그리고 박사학위논문이 곧 단행본으로 나오게 되어 있어서 교정 작업을 하고 있습니다.

이 시인은 요즘 어떻게 지내세요? 어떤 시를 쓰고 있나요?

〔이〕 저도 시집 원고를 엮고 있어요. 첫 시집이라 아직 어리둥절하고 어안이 벙벙할 따름입니다. 형도 그렇게 시집을 만들어가는 일을 한 차례 하셨고, 또 이번에 하고 계신데 감회가 참 새로우실 것 같습니다.

〔장〕 축하합니다. 나는 이 시인의 등단작 중 「이산」이라는 시를 참 좋아했는데, 그런 계열의 시들을 중심으로 시세계를 확장해보면 어떨까 하는 기대가 있었어요. 그러나 이미 제 감각은 이 시인의 감각보다는 낡은 것이 되어 밀려가는 것일 따름이어서 그저 멀찍이 서서 축하의 인사를 드릴 수밖에 없을 듯합니다. 지금 막 설레지요?(웃음) 나는 첫 시집을 좀 늦게 낸 편인데, 별로 안 설렜어요. 지금도 감회가 새로울 것 없어요. 나는 시인은 시를 쓰는 사람이지 시집을 내는 사람은 아니라는 좀 고리타분한 생각이 있어요. 시집은 출판사에 계시는 전문가들이

만드는 것이니까 믿고 기다리는 일밖에 없는 거죠, 시인에게는.

〔이〕 앞서도 말씀하셨지만, 글을 쓰시면서 글쓰기와 문학의 제반분야들을 가르치는 일도 하시잖아요. 가르치면서 글감을 얻으시기도 할 테고, 또 글을 가르친다는 일에 대한 형만의 기분이라든가 태도라든가 하는 것이 궁금합니다. 글쓰기를 가르친다는 것에서 아까 말씀하신 보람 말고도, 다른 일과는 달리 각별히 느끼는 것이 있으신가요?

〔장〕 글쓰기를 가르치는 게 좋다고 했는데, 그것은 문예창작을 지도하는 게 좋다는 말은 아니에요. 창작을 지도한다는 것은 참 힘든 일이더군요. 그래서 문예창작과 관련된 강의를 할 때는 '가르친다는 기분'이 아니라 '응원해준다'는 기분으로 강의실에 들어갑니다. 그에 비해 글쓰기를 가르칠 때는 '시'에서 놓여나 내 삶 전체를 조망할 여유를 찾는다고나 할까 그런 기분이에요. 글쓰기에서는 어느 정도는 기술적인 것을 가르쳐야 할 때도 있어요. 그런데 저는 그것도 그것이지만, 세상을 보는 프레임으로서 철학이나 사상 같은 것을 이야기해주는 게 필요하다고 보는 편이어서 그런 것들을 중심으로 강의를 하고 있습니다. 학생들이 좀 어려워하지만, 그 어려움을 겪어내는 것도 대학에서 배워야 하는 것 중의 하나입니다.

　글감을 얻는 건 딱히 가르치면서 얻는 것만은 아니니까요. 가령 길가다가도 얻는 것이거든요. 가르치면서 느끼는 보람 중에—딱히 글쓰기만이 아니고—이야기하고 싶은 것은 좋은 사람을 만날 수 있다는 것입니다. 나 스스로도 학생들에게 좋은 사람이 되어야 하니까 물론 강의실에 들어서는 일은 무척 힘들 때가 많아요.

〔이〕 시 쓰는 이들이 많다 보니 다들 쓰는 방법도 제각각인 것 같습니

다. 일상을 살면서 시는 주로 어떤 동기로 쓰시나요?

[장] 『안국동울음상점』(2007) 시절에는 음악을 들어도 시가 되고 영화를 봐도 시가 되었는데, 제 시가 그런 문화적인 코드만으로 이루어진 것은 아니라는 것을 좀 보여주기 위해서 요즘은 음악도 영화도 멀리 하는 '수도' 생활을 하고 있답니다. 제가 가르쳤던 문예창작과 학생들이 하는 말에 따를 것 같으면, 감성지수가 최대치에 이르는 자정 무렵에 시를 써야 할 텐데, 저는 시도 때도 없이 씁니다. 저는 감성지수가 최대치일 때 쓰는 시는 잘 믿지 않는 편이거든요.

아마 다른 시인들도 마찬가지겠지만, 저는 사람들의 표정이나 몸짓을 훔쳐보면서 거기에 담긴 의미를 추적해본다든지, 옛날 일을 떠올리면서 거기에 현재적인 해석을 덧붙인다든지, 그때그때의 사회적인 현안에 대한 민초들의 입장을 대변해본다든지 하면서 시를 쓰고 있습니다. 요즘 '시의 정치'에 대해 말들이 많지만 '정치'는 '현실 정치'만이 아니고 일상 속에도 우리 내면에도 있기 때문에, 그에 대한 윤리나 태도를 정립하는 것도 시의 방법이 될 수 있지 않겠는가, 뭐 그런 고민들도 하고 있습니다.

이 시인이 '동기'와 '방법'에 대해 '이중적'으로 물어보았기 때문에, 군말 비슷하게 자꾸 덧붙이게 됩니다. 그런데 '방법'이라는 것을 어떤 기교 같은 것으로 이해해서는 역시 안 되겠지요. '방법'에 대해 누군가 묻는다면 저는 역시 '윤리나 태도'를 확립하는 것에 대해 말해야 할 것입니다. 그것에 대해서는 작년에 허윤진, 정한아 씨와의 좌담(「언어의 구명보트」, 『자음과모음』)에서도 조금 밝혔습니다만, 제가 '영성적인 것'을 시에 끌어들인 것에서 제 '윤리나 태도'를 읽어주시는 분이 있다면 기쁠 것입니다. 제가 말하는 '영성적인 것'을 종교시적인 것으로 이해하시는 분이 있는데, 저는 종교로서 '영성'을 말하고 있는 것은 아닙니다. 그것이 없다면 인간의 삶이라는 것이 얼마나 헛헛한 것이 될 것인가, 가령 자본주의나 국민국가의 바깥이 없다면 얼마나 헛헛할 것인가 하는 것이지요. 그래서 이런 자본주의나 국민국가의 장치에 온전히 수렴되지 않는 것을 하나 상정해두자는 것인데, 그것이 '영성'이라는 '개념'인 것이지요. 저는 이런 식으로 '윤리'나 '태도'를 만들고 있습니다. 앞으로의 시라는 것도 대개 이 변주나 곡예가 되지 않을까 싶네요.

[이] 형은 2000년 『현대문학』을 통해 등단하셨습니다. 시를 쓰게 된 것은 어떠한 계기였는지요? 또한 시인으로 등단하기 이전까지의 삶에 대해서도 궁금합니다.

[장] 아마도 이 시인과 비슷한 과정을 겪지 않았겠어요? 시는 대학교 3학년 때부터 쓰기 시작했습니다. 좋아하는 사람이 있었고, 그 사람에게 보여주기 위해 시를 썼던 것이지요. 등단 이전에도 물론 삶이 있었고, 궁극적으로는 등단을 전후로 해서 삶에 큰 변화가 생기지는 않았어요. 변화가 있으리라고 기대하지도 않았어요.

저는 그저 군청 소재지의 소읍에서 유년을 보냈고, 광주에서 고등학교를 마친 보통의 '촌놈'이에요. 성격은 이 시인도 알겠지만, 내성적인 데다가 괴팍한데, 그래서 그런지 어릴 때부터 친구가 별로 없어서 주로 가족이나 친지들과 이야기를 많이 했어요. 아니, 그것은 어쩌면 좀 잘못된 기억인지도 모르고, 사실 그대로를 말하자면 가족이나 친지들이 나누는 이야기를 옆에서 엿듣고 있었다고 할까, 뭐 그런 아이였던 거죠. 의뭉스럽고 뾰로통하고. 친구들이랑 만나도 거의 그런 식이어서, 저는 이야기를 하는 것보다 듣는 쪽이 어울리는 사람이었습니다.

대학교 다닐 때도 인기 없고 불쌍한 캐릭터였어요. 시보다는 비평을 하고 싶었는데, 좀 꼬여서 시인이 된 것이에요.

〔이〕 시와 달리 비평에 임하실 때는 남다른 자세나 시선이 있을 텐데요. 우문이지만 시와 시에 대한 비평, 또는 이를 아우르는 문학 전반에서 두 장르의 관계를 볼 때, 형이 특별히 언급하실 만한 몇 가지 큰 차이점이 있겠고, 형 스스로도 서로 다른 두 개의 자리를 유목하듯 옮겨 다니시잖아요. 그렇게 하실 때 형이 견지하시는 양자 간의 자세는 무엇인가요?

〔장〕 유목하듯이 옮겨 다니지는 않았어요. 유목이라는 말은 상당히 '쿨하게' 떠나는 것이거든요. 저는 어디까지나 시인의 입장에서 비평을 한 것이에요. 더 정확하게 말하면, 저는 '비평에 가까운 것'을 시인의 입장에서 한 것이지요. 아직까지 제가 어떤 비평적 입장을 뚜렷하게 내세우지는 않았는데, 이제 슬슬 제 입장을 가다듬을 필요가 있겠다는 생각은 있어요.

장르적 특성에 대해서는 그야말로 강의실에서나 어울릴 이야기입니다. 이런 정담에서까지 뭔가 가르치려고 하는 것은 아닐 테지요? 시와 비평 사이의 자세에 대해서 말해달라고 했는데, 시인의 입장에서 비평에 가까운 것을 한 것이니까 양자 사이에 어떤 자세의 차이가 있었다고는 할 수 없어요. 자세가 꼭 장르에 따라 달라지는 것은 아니에요. 입장이 조금 다를 뿐이겠지요.

〔이〕 누구나 시에 꼭 넣게 되는 특기할 만한 기억이나, 범속하게 말해 시의 질료가 되는 추억 같은 것들이 있잖아요. 형에게도 그런 배경들이 있을 텐데, 시로 써냈던 한두 가지 예화를 알려주실 수 있나요?

〔장〕 배경이 없는 시가 어디 있겠어요. 다 제가 겪은 것들이지요. 예전에 「미키마우스 피서」라는 것을 쓴 적이 있는데, 어떤 대학교수님이 무

슨 말인지 모르겠다고 어딘가에 쓴 적이 있어요. 무슨 말인지 모르면 보통 안 쓰는데, 그래도 써주었으니 고마운 일이기는 하지만, 등단하고 나서 그렇게 슬펐던 적이 없어요. 그 시는 제가 어렸을 때 살던 집 이야 기거든요. 한여름인데 물을 받아놓는 고무대야에 매일같이 큰 쥐가 빠 져 죽는 거예요. 집에 길고양이들이 그렇게 많이 드나들었는데, 쥐도 못 잡으니까 더 참담하죠. 사람이 더우면 짐승들도 더운 거예요. 쥐들 도 더우니까 고무대야에 들어가는 건데, 나올 때는 들어갈 때와는 달 리 미끄러우니까 못 나오고 결국 익사하는 것이지요. 그 장면을 아침 마다 보아야 하는 우리 식구들의 마음은 어땠을까요? 그 시는 그 식구 들의 마음을 쓴 것이에요. 제법 우스꽝스럽게 쓰기는 했지만, 오히려 슬픈 이야기니까 슬프다고 말 못하는 경우도 있는 법이지요. 제가 슬 펐던 것은 우리 식구의 이야기가 '모르겠다'는 한마디로 묵살되었다고 느꼈기 때문이에요. 그 시가 좋은 시가 아니었더라도, 저 같으면 더 섬 세한 표현을 썼을 거예요. 그러나 그것은 어디까지나 시인의 감상이고, 비평가의 입장에서는 시인의 의도와 구현된 시를 분리해서 다루어야 하니까요. 그런 것을 저도 비평을 겸하고 있으니까 이해합니다.

추억을 말하라고 했는데 이런다니까요. 작년에 「마음은 그래픽」이라 는 시를 발표했는데, 그 시에는 중학교 때 미술 선생님이 제 그림을 보 고 '화투 그림' 같다고 하신 말씀을 써먹었어요. 그때는 그 말이 부끄럽 지 않았는데, 나이가 들어서 문득 생각해보니, 그 '화투 그림'에는 화려 하게 살고 싶은 가난한 중학생의 마음이 들어 있었습니다. 그 마음을 혹시 그 나이 든 미술 선생님은 알고 계셨던 게 아닌가 싶어서, 어느 날 꿈에 그 미술 선생님을 만나서 제 그림은 '화투 그림'이 아니라고 항변 을 하기도 했답니다.

[이] 첫 시집 『안국동울음상점』을 읽어보면, 일본 애니메이션, 홍콩

영화, 텔레비전 프로그램 등 외부 텍스트들이 자주 시로 들어오곤 했습니다. 젊고 어린 세대일수록 그에 대한 친숙함을 느끼리라고 보고, 저 또한 그런 편인데요. 이런 텍스트들이 형의 시에 어떤 방식으로 영향을 미치고, 또 어떻게 시로 뒤섞이는가요? '상상력의 차용'이라는 애매모호한 줄타기를 통해 시를 만들어내는 비결을 듣고 싶습니다.

또, 시에서 고양이 군, 너구리, 흡혈귀, 철남(鐵男) 등 다양한 하위문화 텍스트의 주인공들을 데리고 오는 방식에 호기심이 듭니다. 이러한 화자들이 작위적인 콘텐츠의 등장인물임에도, 형이 무리 없이 시의 외곽으로 덧붙이면서 자연스럽게 풀어나가는 비결은 무엇인가요?

〔장〕 아이고, '합리화'를 해야 할 판이군요. 그 '상상력의 차용'이라든지 '패러디'라든지 하는 것은 전혀 『안국동울음상점』의 본질이 아닙니다. 그것은 그저 눈에 잘 띄기 때문에 거론된 것일 따름입니다. 저는 그런 문화코드들을 활용해서 어떤 난삽한 망상을 만들어내는 것에 대해 매우 비판적인 태도를 견지해왔습니다.

제가 그런 문화코드들을 자주 언급한 것은 사람이 없는, 혼자 있는 상태를 나타내기 위해서였습니다. 혼자 음악을 듣고, 혼자 영화를 보고, 혼자 텔레비전을 켜놓고 밥을 먹고 하는 식이지요. 그럴 때 제 인생의 이야기에 그 '문화적 주인공들'이 놀러와 주는 것입니다. 그 반면 2000년대 다른 시인들이 문화코드를 언급하는 방식은 그 코스와는 정반대로 '앨리스'라든지 '라푼젤' 같은 것을 새롭게 쓰는 방식이었던 게 아닌가 싶습니다. 제가 문화코드를 언급할 때 그것은 다소 새로운 방식이었을지도 모릅니다. 사실 제가 시집을 늦게 내서 그렇지 2000년에 등단해서 작품을 쓰기 시작했으니까요. 그래서 2000년대 시에 나타난 문화코드들에 대해 일종의 책임감을 느끼고 있습니다.

방금 "젊고 어린 세대"라고 하셨는데, 다행히도 제 시에서 그런 코드들을 따라가는 젊은 시인들이 있는 것 같지는 않고, 제가 갔던 길을 가게 되면 반드시 후회하지 않을까 싶습니다. 그런 것이 새롭다고 느껴져서 새로운 것을 추구한다고 생각하는 젊고 어린 시인이 있다면 그는 무언가 착각하고 있는 것입니다. 그런 '차이'에 대한 욕망이 너무 흔해서 문제입니다. 본인들은 '차이'를 만들어내고 있다고 생각하는데, 결과는 오히려 너도 나도 그렇게 쓰고 있기 때문에 지나치게 평범해 보이는 것을 대량생산하게 되는 것으로 귀착하는 것이지요.

이런 것들에 대한 반성이 사실 두 번째 시집의 시들에는 좀 들어 있는데, 이 시인이 그것들을 찾아볼 만큼 그 시들이 좋지는 않았던 모양이지요.(웃음)

〔이〕 읽어보았습니다. 정말로요.(웃음) 제가 아직 '반성'까지 읽어낼 깜냥은 못 되는 듯싶지만, 분명 첫 번째 시집의 어느 한 켠을 등지는 모습을 느꼈습니다. 그게 좀 전에 이르신 '반성'의 논조임은, 제가 깊이 읽어봐야 할 문제겠네요.

돌이켜보니, 형께서 지적하신 대로 『안국동울음상점』에서의 외부 텍스트 도입은, 정말이지 '문화적 주인공들이 놀러와 주는 것'인 듯하네요. 제가 미처 제대로 정리해내지 못한 부분이라 새삼 놀랍고도 다시 읽게 할 호기심을 불러일으킵니다. 새삼 바로 보건대, 형의 시에서 화자들은 혼자서 '텍스트의 주역들'을 끊임없이 일방적으로 바라보고 공상하는 유형들을 많이 빚어내 보였던 게 아닌가 싶습니다.

〔장〕 농담이었는데, 진지하게 받으니 제가 좀 계면쩍어지잖아요. 제 의도가 어떻든 간에 독자는 독자의 입장에서 제 의도와는 다른 이야기를 할 수 있을 겁니다. 이 시인도 이제 시집이 나오고, 독자들과 만나면서 느끼게 되겠지만, 자신의 의도를 제대로 읽어주는 독자는 정말 만나

기 어렵답니다.

제가 방금 『안국동울음상점』의 본질은 문화적 주인공들이 아니라고 했고, 공상이나 망상 같은 것은 제 취향이 아니라고 했는데도, 이 시인은 계속 그 이야기를 하고 싶어 하잖아요?(웃음) 커뮤니케이션이라는 것이 이렇게 어려운 것입니다. 이것도 농담이니까 반성하지는 마세요.(웃음)

[이] 형은 시집 '시인의 말'에서 "시보다 삶이 더 중요하다"고 말했습니다. 어린 후배인 저로서는 꼭 한마디 조언을 듣고 싶은 부분이고, 다른 시인들도 귀담아들을 만한 대목인 것 같은데요. 시와 삶은 서로가 서로를 향해 비중을 채워주는 관계가 아닐까 싶습니다. 그런 맥락에서, 형에게 시 없는 삶과 시 있는 삶의 차이와, 삶에서 시가 갖는 비중에 관해 듣고 싶습니다. 또 삶 속에서 지나치게 시가 넘칠 때 스스로 조율하고 자제하는 방법을 갖고 계시다면, 그 또한 듣고 싶습니다.

[장] 이 시인이 어리지는 않지요. 나도 아직 젊은 축에 들지 않을까요?(웃음) 아, 그 질문에 대해서는 더 나이가 든 다음에 답변해야 할 것인데……. 아닌 게 아니라 '시인의 말'에 그렇게 썼더니, 제가 매우 존경하는 문학평론가 선생님이 『안국동울음상점』에 그와 같은 메시지에 걸맞은 시는 없는 게 아닌가 하는 비판을 해주셨답니다. 그런데 그것은 제 말을 '내용 층위'로 환원해버린 것이고, 여기서도 저는 '태도'를 문제 삼은 것이었어요.

시보다 삶이 더 중요하다고 해서 시가 가치 없다는 것은 아니겠지요? 그런데 삐딱한 사람들은 그렇게 곡해해서 마치 제가 시는 가치가 없다고 말한 것처럼 또 소설을 쓴다는 말이지요.

시는 제게 많은 위안을 주고 있습니다. 아마도 이 시인에게도 시가 큰 위안이 되겠지요? 그러나 시를 못 쓰게 된다고 해도 여전히 우리는 어떤 모양새로든 살아가야만 하고 또 살아지는 게 아니겠어요? 일단은 그런 차원에서 제 말을 이해해주셨으면 좋겠어요.

제가 그런 말을 첫 시집에 쓴 것은 오히려 시에는 삶의 이야기를, 다시 말해 '본심'만을 써야한다는 것을 강변하기 위해서였습니다. 삶은 안 그런데, 시에서는 또 전혀 다른 이상한 이야기를 하는 사람들도 많아요. 게다가 삶보다 시가 더 중요한 것처럼, 시가 아니면 죽을 것 같은 포즈를 취하는 경우도 있지만, 그것은 자기 자신을 속이는 것이지요. 가난하고 괴롭다는 시를 에어컨이 가동되는 다방에 앉아서 비싼 커피를 마시면서 쓰고 있다면, 그것은 독자들에게는 참 미안한 노릇 아니겠어요? 비싼 커피를 마시면서 쓰는 것 자체가 나쁘다는 것이 아니에요. 그런 삶의 방식과 그의 시가 일치한다면, 그것은 그래도 정직한 것이겠지요. 제가 바라는 것은 '자기 삶에 충실한 데서 나오는 시'인 것입니다.

삶 속에 지나치게 시가 넘칠 때는 어떻게 하느냐고 물었지만, 어쩌면 그것은 생활이라고 할 만한 것이 매우 빈약하기 때문에 그렇게 느끼는 것인지도 몰라요. 시가 넘칠 때면 부지런히 쓰면 됩니다. 절제할 필요가 없지요. 그러나 정작 쓰려고 하면 아마도 잘 되지 않을 겁니다. 그것은 시가 지나치게 넘치는 것이 아니라 '시 아닌 것'이 지나치게 넘치는 것이에요. 잡념이 많은 것이지요. 그럴 때는 시를 의식하지 말고 일상에 에너지를 나누어 주어야 할지도 모릅니다. 저는 그냥 산책을 하거나 방청소 같은 것을 합니다. 바보 같은가요?

[이] 아니에요, 전 그런 자제력이 부러운 걸요. 일상에 에너지를 나누어 주어야 한다는 그 말, 쉬운 말인데도 그냥 간과해버린 삶의 요체인 것 같아서 놀랍습니다. 제 방이 더러운 데에는 단지 제가 게으른 탓만

이 아니라 '일상에 에너지를 나눠 주는 여유'를 누리지 못했던 탓이 더 크지 않나 싶습니다.(웃음)

　형의 시에서는, 알게 모르게 사람을 향한 포옹과 따뜻한 시선이 묻어납니다. 그러나 그것은 직접적이지 않고, 감정적인 진술로 적히는 것도 아니며, 그보다는 어떠한 '인간애'의 인상입니다. 특히 이번 『창작과비평』 여름호와 『문학동네』 여름호에 실린 근작에서 그런 느낌을 더욱 두드러지게 받았어요. 「안부」 같은 시편에서는 인간적인 부끄러움과 휴머니즘적 연대감, 혹은 그로부터 멀리 떨어져 가려는 반치적인 심상을 읽기도 했습니다. 형에게 시와 사람이란 어떤 관계입니까?

〔장〕 계간지도 열심히 훑어보는군요. 그것들은 아마도 세 번째 시집으로 묶일 텐데 말이지요. '인간애'라고 하지만, 제가 언제나 인간을 사랑하는 것은 아닙니다. 어쩌면 지독하게 인간을 싫어하고 있는지도 모릅니다. 이번 계절에 발표한 시들에도 그런 마음이 드러나 있다고 생각합니다.

　제게 '인간애'라고 하는 것은 '부재'에서 가장 강렬하게 표면화됩니다. 인간이라고 하는 것은 참으로 불편한 것이지요. 무섭기도 하고 말이지요. 그러나 인간이 없는 곳으로 도망쳐 숨어 있다 보면, 인간이 그리워집니다. 이런 양가감정이야말로 제가 그려내고 싶은 것입니다.

　'포옹'에 대해 써야겠다고 동인들이 모인 자리에서 선언한 적이 있는데, 오늘 이 시인에게 그 단어를 들으니 또 새롭군요. 그러나 '포옹'은 시인 혼자서 세상을 안는 것이 아니지 않겠어요? 세상도 역시 시인을 안아줄 때 비로소 '포옹'이 되는 것이지요. 요컨대 '포옹'에 대해 써야겠다고 한 것은 내가 세상을 껴안아야겠다는 다짐이면서, 그와 동시에 누군가 나를 안아주었으면 하고 바라는 마음도 거기에는 끼어 있었던 것이지요.

시와 사람의 관계에 대해 물었는데, 지금까지 한 말들을 통해 그에 대한 답변에 근접할 수 있을지도 모릅니다. 그런데 이 자리에서 우리가 그 관계에 대해 어떤 규정을 내리는 것이 반드시 훌륭한 일이지는 않을지도 몰라요.

[이] 두 번째 시집이 곧 발간될 텐데, 가시적인 변화만을 바라고 드리는 질문은 아니나, 앞으로 색다르게 무언가 새롭게 시도해보고 싶은 게 있는지. 또 그렇지만은 않더라도 앞으로의 계획에 대해서 여쭙고 싶습니다.

[장] 변화를 위한 변화는 의미가 없지 않겠어요? 『안국동울음상점』 이후 제 시가 많이 달라졌다고 하는 말을 자주 듣는데, 그 말을 들을 때마다 사람이 변했다는 말처럼 들려서 기분이 상할 때가 있어요. 첫 시집에서 두 번째 시집으로 이어지는 제 마음의 결이나 시적 태도에 대해서 말해주는 사람이 있었으면 좋겠어요. 이것저것 바라는 것도 많지요?

그러나 지나치게 같은 이야기만 반복하는 것은 그 사람의 세계가 편협하다는 것, 삶이 빈약하다는 것을 의미하고, 환경은 바뀌는데 시가 바뀌지 않는다는 것도 반드시 아름다운 일만은 아니겠지요. 역사적인 조건, 사회적인 조건이 달라지면 개인의 삶에도 변화가 오고, 그것이 시에 반영되어야지 정직한 것이겠지요.

아까 말씀드렸다시피 두 번째 시집에서는 영성적인 것을 시에 도입했는데, 세 번째 시집에서는 제 성장사를 스토리텔링적인 것으로 좀 이야기해봐도 좋겠다는 생각이에요. 그래서 작년에는 「우편」 연작을 제법 써서 발표했는데, 혹시 읽어보셨는지 모르겠군요. 그 연작은 어떤 배달 사고 같은 것을 염두에 둘 때도 있었고, 혹은 감추고 싶었던 것들이 '뒤늦게' 배달되어 온다는 세계관에 기반을 둘 때도 있었는데, 요즘은 그 연작의 틀을 벗어나서도 그와 유사한 설정을 유지하고 있어요. 「우편」 연작이 최근의 「은신」 같은 것으로 이어지고 있는 것이지요. 작년에는 인터넷 같은 미디어에 대해서도 관심이 있었는데, 지금으로서는 절대성이 소멸된 신, 미디어론적 주제, 스토리텔링 등을 가로지르는 이야기를 해보고 싶어요. 그런 것이 세 번째 시집의 대략적인 윤곽이 될 것입니다.

〔이〕 끝으로 시를 읽고 쓰는 이들에게, 충고가 됐든 바람이 됐든, 한마디 해주시지요.

〔장〕 제가 뭐라고 해도 아마 큰 도움이 되지 않을 거예요. 그냥 넋두리 비슷한 것을 좀 해도 좋을지 모르겠네요. 요즘 고등학생들이 백일장에서 입상을 하면 대입 전형에서 가산점을 받는 경우가 있어요. 이 시인도 아마 잘 알고 있을 테지요. 백일장에서 입상을 하고, 대학교 문예창작학과나 국문학과에 가고, 시의 기법을 누군가에게 전수받아서 등단을 하는 게 문학이 아니에요. 제가 좋아하는 안현미 시인이랑 저랑 하는 이야기가 그래요. 문학은 좀 몰라야 한다고 늘 그러거든요. 문학은 경쟁이 아니에요. 우리 사회가 만들어놓은 이 경쟁의 함정에 어린 학생들이 '자발적으로' 빠져들고 있는 것 같아서 안타까울 때가 많아요. 이런 것을 '경쟁의 내면화'라고 부를 수 있을지도 모르겠어요.

이것을 어른들이 부추기고 있다는 게 부끄러울 따름입니다. 요즘 등단하는 신인들은 대개가 문예창작학과더군요. 요즘 문학을 좋아하는 문학소년들의 고민은 문예창작학과에 못 들어가면 어쩌나 하는 것입니다. 제가 요즘 어떤 웹진에서 상담게시판을 관리하고 있는데, 실제로 고민들이 그래요. 그 아이들이 그렇게 고민할 시간에 자신의 인생이나 미래에 대해 생각했다면, 등단이 좀 늦어질 수는 있겠지만 아마도 더 깊이 있는 사람이 될 수 있었을지 몰라요. 대형 출판사에서 첫 시집 내놓고 금세 사라지는 그런 '단기 시인'이 아니라 점점 더 깊어지는 어른다운 어른이 될 수 있었을지도 모르는데, 어른들이 잘못을 많이 하고 있는 거죠.

어른들이 더 깊이 생각해야 하는 게 아닐까 싶어요. 당장은 젊은이들을 '신상품'으로 내놓는 것이 문학 '시장'을 활성화하는 것처럼 보일지 모르지만, 그런 상품 논리로 계속 나가다가는 문학은 고사할지도 몰라요. 저는 좀 순박한 문학소년들이 다시 시집을 사보았으면 좋겠고, 등단 때문에 시를 쓰는 게 아니라고 우기는 대학 문학동아리 학생들이 더 늘었으면 좋겠어요. 좀 우직하게 문학을 하는 사람이 많아졌으면 좋겠어요.

이런 멍청한 말을 한다고 이 시인이 흉을 보지는 않겠지요? 나는 이 시인이 신문방송학과여서 더 좋아요.(웃음) 지금도 매우 멋진 시들을 쓰고 있지만, 이 시인은 더 훌륭한 것을 많이, 더 오래 쓰리라는 믿음이 있어요. 오랜 시간 동안 잔소리를 들어주어서 고마워요.

[이] 아닙니다. 오히려 형의 시편들을 면면이 살펴보기에 짧았던 시간이어서 아쉬우면서도, 새삼 형의 시편들을 재차 읽게 되어 반갑고도 즐거운 자리였습니다. 어린 후배의 미숙하고 설익은 질문들이 모쪼록 형의 시 세계를 비춰보는 데에 조금이라도 도움이 되었으면 하는 마음입니다. 감사합니다.

괴물적인 것, 혹은 서정의 파열부

— 김안론

버려진 말들을 위하여

고백하건대 김안의 첫 시집 『오빠생각』(2011)을 읽는 일은 고문에 가까운 일이었다. '술에 취한 가난한 아비'들이 가난한 아들에게 불쑥 전화를 거는 밤을 떠올려보게 하는 시간들이었다. 가난도 입버릇이 된 이 지난한 시대에 '손가락을 빠는' 가난을 그리고 있는 이 젊은 시인을 보라(「동지(冬蜘)」). 그것을 일컬어 '참괴(慙愧)하다'는 말로 다 표현했다고 할 수 있을 것인가. 문득 어느 날엔가 상상마당 근처에서 본 김안의 얼굴을 떠올려 보았다. 그러나 그것이 진정 그의 얼굴일까. 그의 얼굴이 맞다고 할 수 있을까. 거리에서는 아무렇지도 않은 얼굴을 하고 있었지만, 그는 필시 자기만의 방으로 돌아가 책상 밑에서 숨을 참으며 등을 부풀리고 있었을 것이다(「버려진 말의 입」). 다 큰 남자의 우는 등을 보고 말았다.

그는 "할 말은 많지만, 나는 입이 없습니다."라고 고백한다. 출근 준비를 하는 애인을 위해 그럴듯한 말을 할 수는 있지만, 흉중에 담아둔 이야기는 미처 하지 못한다. 할 수가 없다. '밤새 고인 말'을 지우고 재갈을 물려야 한다. 입을 없애고 가슴속에 시를 담아두는 시인이 여기 있다. 이 박탈감을 전제로 하지 않고는 어떠한 시도 시작되지 않는다. "나는 혀가 없는 목소리"(「연인들」). 그는 사랑받는 사람이기에, 사람들이 그를 사랑하는 이유 따위는 없기에, 등을 둥글게 구부리고 새어 나오는 울음을 삼킨다. 그것을 그의 어머니도 안다. 그의 어머니는 '온몸이 눈동자'가 되어 그를 본다(「버려진 말의 입」). 그의 어머니는 몸 전체로 슬퍼하면서 가난한 그를 보았을까.

그는 좋은 시인이 된다는 것은 좋은 아들이 되는 것과는 다른 일임을 덤덤하게 털어놓는다(「시인의 말」). 그러나 이 '덤덤함' 역시 그의 본모습이 아닐지도 모른다는 생각도 든다. 왜냐하면 그는 "이제 이 집에는 방도 없고 가정도 없습니다."라며 어떤 파탄의 지경에 서 있음을 누설하고 있기 때문이다. 그의 시는 이미 온전한 '말'이기를 그친 상태, "말과 울음 사이"거나 "일기장 구멍 속에 손을 집어넣어" 만지는 '비명' 그 자체이기 때문이다. 이와 같은 비밀들이 「버려진 말의 입」이라는 일군의 작품들에 조각보처럼 흩어져 있거니와, 이 온전한 신체이기를 그친 신체 부속품들에게, 혹은 그 부속품들이 자아내는 버려졌거나 발화되지도 못한다고 강변하는 노래들에 대해 우리는 어떤 이름을 붙여줄 수 있을 것인가.

괴물화한 궁핍, 수면(獸面)들의 비극성

김안 시의 가난은 "고장 난 밥통의 밥이 / 조금 싱거운 콩나물국이 차갑게 뒤섞이는 아침"이라든지 "물 한 모금 마시고 베란다에 앉아 노을을 보고 있으면 / 배에 물이 차오르고 / 물이 끓고 / 물이 증발하고 / 텅 비어간다."(「일요일들」)와 같은 구절에서 가장 직접적으로 드러난다. 쌀통 밑바닥을 가늠할 만큼 그러한 구절들은 투명하다. "개의 뱃속은 여전히 텅 비어 있고"라는 결론으로 귀착하는 「곰팡철─동옥에게」역시 그러한 맥락에서 투명하다.

그러나 이 투명함은 아슬아슬한 극단이고, 그 극단은 곧잘 가난을 '괴물화'하는 방향으로 폭주한다. 잘려진 비둘기 발과 비둘기 탕수육, 다운증후군과 치매가 혼재되면서 "이상한 궁핍"의 파노라마를 만들어내고 있는 「북가좌동」의 가난은 이미 만성이 되어 변형이 시작되는 지점들을 들춰낸다. 재미있는 것은 시인이 "이상한 궁핍"이라고 한 이 궁핍의 파노라마가 사실 별로 이상해 보이지 않는다는 점이다. 재료를 속여 파는 영세자영업자나 질병에 취약한 사람들이 섞여 사는 것은 지극히 현실적이다. 가난한 사람들은 가난한 동네로 모여든다. '북가좌동'이라는 지명이 주는 현실감은 이 시를 판타지에 떨어뜨리지 않는다. 오히려 '이상한'이라는 기표는 이 가난의 현실감을 견딜 수 없는 시인 자신의 괴로운 마음이 무의식적으로 문면에 흘러넘친 것이 아닐까. 이 억압할 수 없이 입 밖으로 새어나오는 괴로운 탄식이야말로 어떤 의미에서는 한 개인이 감당할 수 있는 사회적 불운의 임계를 짐작하게 해주는 표시라고 해도 과언은 아닐 것이다. 이 임계 너머에 바로 '괴물'이 있다.

김안의 괴로운 심사는 「코끼리」「바다를 건너는 코끼리―유미에게」에서 극적으로 드러난다. 이때의 '코끼리'란 무엇이겠는가. 그것의 의미는 그 '압도적인 크기'에서 찾아진다. 이를테면 김안은 감당할 수 없는 현실의 무게 앞에서 한 번은 '이상한'이라는 말을 막을 수 없었고, 두 번은 '코끼리'라는 압도적으로 거대한 동물을 떠올린 셈이다. 그러니까 거대한 슬픔을! 「포장마차 수염」에 등장하는 부서지고 변형된 물상들이야말로 '이상한' 것이지만, 이 낯선 광경들은 비논리적인 판타지가 아니라 현실의 중압감에 의해 지극히 논리적인 코스를 밟아 변형된 것들이다. 「유령림」의 '선생님'은 살아남는 자는 빠르지만 나머지는 "소심하기 짝이 없는 괴물"이 될 수밖에 없다고 내레이터에게 말한다. 내레이터는 어린 시절 개에게 물려 죽을 뻔한 순간, 아버지가 개의 정수리를 내리쳐 자신을 구해주었지만, 아무래도 '개의 비명'보다 '큰 비명'을 지르면서 살고 있는 것 같지 않다고 '선생님'에게 털어놓는다. 그것은 삶에 대한 의욕이 더 이상 없다는 것을 말하는 것인지도 모른다. 내레이터는 온몸에 뿔이 돋은 '괴물'의 모습을 '선생님' 앞에 드러낸다. 이시는 고도자본주의 사회의 모순을 '생존한 자/그 나머지'의 이분법으로 단순화한 한계도 없지 않다. 김안은 종종 자본주의적 모순이나, 그것에 의해 초래된 가난의 문제를 괄호 안에 넣어둔 채, 괴물적인 이미지들을 내세운다. 거울 앞에서 김안은 '수면(獸面)'을 본다(「버려진 말의 입」).『오빠생각』에서 가장 많이 쓰인 보조관념은 어쩌면 '짐승'이 아닌가 싶기도 하다. 가난은 가난의 세목들을 경유하지 않고 곧바로 '짐승'이거나 '수면(獸面)'이 된다. 거기에 논리보다도 더 큰 슬픔이 있다면, 그것을 '괴물'로 부른다고 해도 이상할 것은 없을 것이다.

논리보다 더 큰 슬픔! 김안은 거울 속에서, 수면(水面)에 비친 상에서 짐승의 얼굴을 본다. 고도자본주의 사회에서 돈을 벌지 못하는 현실 부적응자는 스스로를 인간이 아닌 것, 인간에 미달하는 것으로 규정한다. 이 인간 아님에서 오는 절망은 아무 이유 없이 자식을 사랑해주시는 '어머니'로 인해 더욱 배가된다. '가족'이라는 말은 그래서 절망을 환기한다. '오빠생각'이라는 동요가 자아내는 비극성은 '나'의 '무덤'을 키운다(「오빠생각」). '원숭이 가면'(「우기(雨期)―대경에게」)을 쓴 동류들에게만 이 사실을 털어놓을 수 있다. 독자들은 이 비밀을 엿듣고―따라서 시인 자신이 가장 먼저 자신의 고백을 엿듣는다―, 가족들은 이 비밀을 끝내 알아서는 안 되는 것인지도 모를 일이다.

'목소리'가 되기 위해서

「설국―회(灰)」에서 유독 김안은 '고향 없음'을 티 나게 내세운다. 또 그는 '집'에 대해서도 애매한 태도를 취한다. "나는 겨울이 되면 집에 들어가지 않습니다. / 녹아, 사라질 것만 같아서죠. / […] / 그런데 이제 난 그 집의 가족이 아닐까요?" '집'을 부정하면서도, 그는 '집의 구성원'에서 제외되는 것에 대해 불안해한다. 그 불안이 커질수록 그는 '집'과 '고향'을 더욱 부정하지 않을 수 없다. "고흥도, 대구도, 왕십리도, 전농동도, 사북도 집은 아니어서"라고 부정하면서 동시에 "자꾸만 집으로 가기 위해 몇 년을 허비한다"고 낙담한다(「곰팡철―동옥에게」). 애증의 왕복이지만, 이 왕복의 끝에는 "이제 이 집에는 방도 없고 가정도 없습니다."(「버려진 말의 입」)와 같은 파국이 예정되어 있다.

이 결락감의 역사는 사뭇 오래된 것이다. 예를 들어 "윤곽 없는 얼굴에 눈빛 하나 얻은"「하얗게 기쁘게」의 '여자'나 "우리는 목소리만 남았다"라고 낮게 읊조리는 「파란 밤」의 내레이터 뒤에는 사회적으로 존재감을 상실해가는, 수척해져서 눈빛만 형형한 시인 자신의 초상이 아른거린다. 시단에 갓 등단한 김안의 시들은 에로티시즘적인 것들이었고, 그 에로티시즘의 종국에는 '신체의 해체'나 '소멸'과 같은 것이 있게 되리라고 혼자 생각했던 적이 있다. 성기의 변형인 손가락이 '물고기'로 변한다든지(「흔들리는 구름」), 아이의 고추가 '물고기'로 변하는 것(「쟈끄」), 성기가 '날개 없는 새'가 되고(「성모송」) 성기의 대체물인 '열쇠 꾸러미'가 '은회색 새'가 되는(「부활절」) 것과 같은 신체 변형이나 변신의 모티프들은 성적 에너지가 마법적인 변신에서 오는 전능감을 경유하여 종교적 구원의 외피를 뒤집어쓰게 되는 드라마틱한 과정을 내포하고 있다.

"당신의 항문으로 들어간 검은 구름이 내 입 밖으로 나왔지요"(「흔들리는 구름」)나 '벌어진 몸'에서 '노래'가 흘러나오는(「서정적인 삶」) 것과 같은 '입'과 '질'의 전도를 통해 김안은 '성=시'의 명백한 도식을 만들어낸다. 그러나 그 성은 서정주 식의 야수파적인 야외정사가 되기보다는 '나'와 '당신'이 자웅동체로 달라붙어 있는 상태에서의 성교, 사변적인 정사로 귀착한다. 「글루미 선데이」의 충격적인 불륜도 "당신에게서" 내가 꾼 '꿈'에 지나지 않는다. '언어들'은 근친상간을 한다. 「오빠생각」에서 '나의 무덤' 속으로 들어온 '당신'은 궁극적으로는 '나'다. '당신'은 '나'다. '서정적인 삶'이란 그러니까 시인과 서정적 자아 사이의 유사 성교에 붙여진 별명이라고 해도 좋을 것이다. 성적인 것은 '입이 된 질'로 하여금 서정적인 것, 말하자면 '노래'가 흘러나오게 한다.

'당신'이 바로 '나'임에도, 성적인 것은 '노래'만을 흘려보내지는 않는다. 그것은 '거세 불안'도 함께 흘려보낸다고 말할 수 없을까. 「서정적인 삶」 「가위 소리」에 드러난 '불안'은 '거세 불안'이다. 당신의 '입/질'이 나의 '손/성기'을 사라지게 한다. 그것은 문자 그대로의 '거세'를 암시하는 것은 아니다. 그는 신체가 '물고기'나 '새' 따위로 변하여 해체되기를 회구하면서도, 동시에 자신의 신체가 희미해지는 것을 두려워하고 있는 것이다. 죽음충동과 삶충동이 번갈아가면서 도착한다.

시 속에서 시인들은 '목소리'가 된다. 「파란 밤」의 "우리는 목소리만 남았다."라고 하는 것은 바로 그런 의미일 것이다. 그러나 시인들이 시적 공간으로 온전하게 진입하기 위해서는, '목소리'가 되기 위해서는, 「파란 밤」의 결론이 보여주는 것처럼 '몸'이 먼저 썩어야 한다. 이 죽음(거세)에 대한 불안은, 사회인으로서의 일상을 포기하는 대가로 시를 얻는 자가 느끼는, 포기한 것에 대한 애착에서 비롯한 것이다. 이것이야말로 동시대 시인들이 공통적으로 느끼는 불안이다.

'거미의 집'이라는 상징

참 으스러지게도 서럽다. 이것은 김수영의 '거미'지만, 김안의 '거미' 역시 으스러지게 서럽다. 설움과 얼마나 입을 맞추어야 그토록 검게 탈 수 있을 것인가. 이 '거미'에 이르기 위해 김안은 「티라노사우루스」에서 '부패'에 대해 말해야 했고, 「악흥의 한때」에서는 '늑골' 사이를 기는 '벌레들'에 대해 이야기해야 했으며, 「에리다누스」에서는 몇 해 전에 죽은 적이 있다고, 죽었다가 다시 살아났다고 하지 않을 수 없었을 것이다. '거미'는 이미 『오빠생각』 2부의 「동지(冬蜘)」에서도 본 바 있지만, 그것과는 별개로 '수면(獸面)'들과 같은 괴물적인 존재들의 계열에 이어져 있다. 말하자면 비루한 삶을 끝내버릴 수 없이 지속해야 하는 사람의 마음은 인간 아닌 것, 괴물로서 이미 사후(死後)를 살고 있다고 할 수 있다. 다른 설움이 아니라 바로 그런 설움이다.

'거미'만 서러운 것이 아니라 '거미의 집'은 더 서럽다. "이제 이 집에는 방도 없고 가정도 없습니다."(「버려진 말의 입」)라는 구절은 '거미줄'을 위해 만든 구절처럼 절묘하다. 『오빠생각』 1부의 시들에 신체가 희미해진다는 모티프가 있었다면, 3부에는 '고향'이나 '집'을 극한까지 형해화한 것으로서 '거미줄'(「거미의 집」)이 있다.

저 「시」에서 '밥의 세계'가 시인을 향해 "너의 가죽" 속으로 들어가라고 경고했을 때의 그 '가죽'은 사실 '거미줄'로 만들어져 있었음을 우리는 이제 안다. "말라비틀어진 두 개의 주머니의 결을 이루던 거미줄"(「거미의 집」)이라는 구절이 그것을 드러내주고 있다. 따라서 '거미줄'은 시적 공간과 현실 세계의 경계를 만드는 장치였다고 말할 수도 있으리라. 그런 '거미줄'이 "찢겨진 채" 너풀거린다는 것은, 시를 운명으로 여겼던 시간들이 지나고, 그 파열부를 통해 현실 세계를 만나야 하는 시간이 도래했음을 암시한다. 그 대면은 온몸으로 눈물을 표현하고 있는 어머니의 눈빛과 같은 것을 역시 온몸으로 받아내야 하는 일이 되지 않을 수 없을 것이다. 「거미의 집」은 "그 어떤 것도 걸려들지 않겠지."라는 암울한 전망으로 끝나고 있지만, 거미의 '시'가 끝난 자리에서 그것과는 또 다른 부패와 부활이 있으리라는 것을 기대한다. '거미집'을 부순 것은 "한 떼의 시간"(「거미의 집」)이기도 하지만, 동시에 '쭈그려 앉은' '나'(「동지(冬蜘)」)이기도 하다.

자기징벌의 시학

─ 김근론

들어가며

『구름극장에서 만나요』(2008)는 이 시대 가장 기괴한 서사, 가장 읽기 불편하고 읽고 난 뒤에도 괴로운, 그러나 현대인이라면 누구나 가지고 있을 법한 어두운 세계, '복도들'과 성적 욕망, 터부와 위반, 온갖 불온한 망상 들의 총합으로서의 위험한 시집이다. 이 위험하고 무서운 책이 중심의 언어인 표준어가 아니라 고향의 언어인 사투리가 아니라, 김근풍(風)의 '경계'의 언어, 히스테리적 에너지 과잉이 빚어낸 첩어와 의성·의태부사들, 군말과 장광설이 주축이 되는 언어, 비루한 존재인 비인(非人)의 입을 통해 터져 나오는 기묘한 입담으로 직조되어 있다는 것은 의미심장하다. 입말을 문자로 정착시킨 것 같은 이 기괴함에는 친숙하던 것이 모종의 억압에 의해 낯설고 불안한 것으로 전환되는 일종의 주술 같은 것이 감지된다. 가장 친숙해야 할 가족들이 '에미, 애비'의 멸칭으로 호명되고 아이들이 멸칭으로 불리는 늙은이들의 몸에서 태어나고, 사투르누스적인 영아 살해와 식인의 장면이 횡행하며, 그도 아니면 아이가 곧바로 늙은이가 되는 저주가 기다리는 곳이 바로 '구름극장', 김근 시의 세계다.

젠더의 횡단과 이적(異蹟)들

이 모든 기괴한 서사가 김근의 첫 시집『뱀소년의 외출』(2005)에서부터 시작되었다는 것은 그에게 관심이 있는 독자라면 누구나 알고 있을 것이다. '뱀'도 아니고 '소년'도 아닌 그 경계에 선 '비인(非人)'으로서의 삶에서 모든 기괴함이 시작되었다. 『구름극장에서 만나요』에서는 이 '비인' 모티프가 '젠더의 횡단'이라는 상상력으로 더욱 심화되고 있다.

컹, 이제, 컹, 모든 밤에, 컹컹, 나를 위해서는 한 번도 쓰이지
않은, 컹, 내 성기를, 컹, 그, 컹, 만, 떼어버리는 게 좋겠어, 컹
컹컹, 밤은 기어이 망설이다만 가고 왜 하필 내 집에선지도 묻
지 않고 시들고 주름투성이에 꼬부라지기까지 한 아침에 여
우를 버리고 나는 여우의 성기로 내 성기를 바꿔달까 말까 고
민할 것이다
　　　　―「여우의 시간」 부분

사람들은 모두 슬픈 눈으로 / 벌거벗은 제 몸을 바라보고 있
었다 / 소년은 할미의 몸을 걸치고 / 여자는 남자의 성기를 달
고 / 남자들이 입은 것은 / 너무 꽉 죄는 소녀들의 몸
　　　　―「옷 짓는 여자」 부분

　　우리 사회가 가장 금기시하는 '트랜스–젠더'에 대한 상상력이 「여
우의 시간」이나 「옷 짓는 여자」에서처럼 노골적으로 발설된 적이 우리
시사에서 과연 한 번이라도 있었던가. 금기를 깨뜨리는 언어가 '컹'과
같은 불필요한 발화 습관을 통해 그 힘을 발휘하고 있는 것은 매우 자
연스러워 보인다. 그러나 그것은 아직 남성, 혹은 여성의 세계로의 완
전한 '횡단'일 수는 없어서 「옷 짓는 여자」에 나오는 '옷의 환유'는 '슬픈
눈'으로 귀착하며, 「여우의 시간」은 인간의 이야기를 미물의 이야기로
치환해두지 않으면 안 되었다. 중요한 것은 커밍아웃의 놀라움 자체가
아니라 이 '횡단의 불가능성'에 있었다. 김근 식(式)으로 말하면 '횡단'
이며, 바로 이 '반점(,)'의 세계에 『구름극장에서 만나요』가 자리 잡고
있는 것이다.
　　김근은 이 '횡단의 실패' 속으로 걸어 들어간다. '여우의 시간' 속으
로 진입한다. 어떤 저주가 그를 그곳으로 내몰았을까. 김근은 "족보에

는 어리거나 젊어 죽은 여인들이 있어"(「발(魃)」)라고 하여 가계에 이어지는 저주가 있음을 암시한다. 자가진단은 언제나 변명이며 방어기제의 소산임을 잊지 말아야겠지만, 「발(魃)」의 경우 감추면서 드러내고 있다. 문제는 여성적인 것이 접신하고 있는 상태인 것이다. 물론 그것은 '가뭄(魃)'에 관한 이야기지만 가뭄은 '성적(性的)인 불모'의 상태를 또한 암시한다. 그것은 '성배(聖杯)'가 있어야 낫는 '위비왕'의 병이기도 하며, 「분서」 연작에 나오는 '임금'들이 지닌 지병이기도 하다. 김근은 병을 자초한다. 스스로 미물들이나 귀신들 사이로 젖어든다. 함돈균이 말한 이 시집의 '희생제의적' 성격은 결국 이 자멸적, 더 정확히 말해 자기징벌적 성격에 다름 아니다.* 예를 들어 「새벽의 할례」에서 '어둠의 포피'를 자르는 의식은 자기징벌의 성격이 강하다. '어둠의 포피'를 자르는 행위는 「여우의 시간」이나 「옷 짓는 여자」의 주제와도 이어져 있다. 왜냐하면 그것은 단순한 '할례'가 아니라 '거세'를 암시하기 때문이다. '거세'를 통해 그는 '횡단의 실패' 속으로 들어가는 것이다. '남자'도 아니고 '여자'도 아닌 존재가 되는 것, '겨우 보이던 나'가 '아예 안 보이게' 되는 것, 인간이라고 할 수 없는 것(非人)이 되는 사건이 일어난다. 또 다른 사례는 「너 오는가」에서도 찾을 수 있다. 「너 오는가」는 '강신(降神) 노래'인데, 시적 화자는 자기 안에 남녀노소의 망자들의 넋을 끌어들임으로써 '내'가 아닌 존재가 되어간다. 그리하여 김근은 삶과 죽음의 경계, '무서운 경계'(「바깥에게」)에 머물게 된다.

　이 '무서운 경계'에는 언제나 '이적(異蹟)들'이 난무한다. 버섯들이 온몸에서 돋아난다거나(「새벽의 할례」) 아이들이 순식간에 노인이 된다거나(「복도들2」) 곡식들이 말라 죽고 늙은이들이 성(性)의 노예가 되고 어린애들은 씨도 마르고 밭도 마른 채 커간다(「드렝이 우는 저녁」). 「분서」

*　함돈균, 「'실재'와 만난 희생제의」, 김근, 『구름극장에서 만나요』, 창비, 2008, 109~113면 참조.

연작에 나오는 임금의 기이한 병이나 '잉어 요괴'의 기이한 행각, 용안을 한 물고기의 출현이나 대신들의 수종 등도 '이적'의 목록에 포함시켜야 할 것이다. 이 이적들은 부정적인 순간에만 나타나며 부정적인 의미만을 확장시킨다. 이적들은 저주나 수난의 양상을 띠고 나타나 '무서운 경계'를 신화적인 공간으로 전환시킨다. 그러나 이 신화적 공간에는 영웅이 출현하지 않는다. '바리데기'도 없다. 이적들은 오로지 익숙한 것들을 낯설고 두려운 대상으로 바꾸기 위해 일어난다. 영광 없는 징벌만이 반복된다.

'안'과 '바깥'의 경계가 사라진 상태

사실 이 '무서운 경계'에 관한 서사는 『뱀소년의 외출』 제2부로 묶인 시들에서도 도시 외곽지대에로의 외출이라는 설정으로 표출된 바 있다. 일종의 '초월상징'으로서의 외출 양상을 띤 것이었다. 그러나 『구름극장에서 만나요』는 초월이란 없다는 점을 더욱 공고하게 악몽과도 같은 방식으로 보여준다. '안'과 '바깥'의 경계가 사라질 때, 아버지가 그어놓은 경계(禁忌)를 벗어나려고 할 때, 자기와 타자의 차이를 없애려고 할 때 이 '자기'는 존립기반을 잃게 된다.

> 내 몸에서 뒤통수가 사라진다 얼굴과 얼굴의 / 앞과 앞의 무서운 경계가 내 몸에 그어진다 / 너와 헤어지고 나는 무서워진다(「바깥에게」)
>
> 온전히 안도 아니고 바깥도 아닌 채 쉼없이 꿈틀거리기만 하는 여기 이 혼곤한 배아지 속(「복도들1」)
>
> 심장도 없이 나 있는 건지 없는 건지(「복도들2」)

겨우 보이던 나는 아예 안 보이게 될까(「새벽의 할례」)

피 모조리 빠져나가고 살은 살끼리 말라붙어 죽지도 썩지도

못하는 겨우 있는 나(「너 오는가」)

외부로 쏟아져 나온 내부 저 으스스한 토사물(「우우우」)

몸이라고 할 수 없는 이 불덩이(「분서2」)

왕이랄 수도 사내랄 수도 아이랄 수도 있는 또 없는 그이

(「분서5」)

　김근은 유난히 '안'과 '바깥'의 구분이 없어지는 상태에 집착한다. 「바깥에게」는 이상(李箱)의 「거울」을 악몽적인 방식으로 반복함으로써 시사(詩史)를 끌어들인다. 물론 '수십 개 얼굴을 달고 있는 개'가 어슬렁거리는 김근의 거울 공간이 이상의 그것에 비해 더욱 기괴한 심리극을 포함하고 있는 것이 사실이지만, 김근과 이상은 또한 "너와 헤어지고 나는 무서워진다"(「바깥에게」)에서 극적으로 도킹한다. 김근의 '안과 바깥의 섞임'에 대한 집착은 「복도들1」에서는 피부가 몸속으로 들어간 '신체기관'에 관한 망상으로 전이된다. 이를테면 여성의 '질'과 같은 기관이 여기에 해당하는데, '질'은 다시 '혼곤한 배아지 속'의 '내장기관'으로 확장된다. '바깥'이 '안'이 된 셈이다.

　이렇게 되면 인간은 존립할 수 없게 된다. 『감각의 어두운 풍경』(2006)에서 와시다 기요카즈(鷲田清一)는 변이나 콧물, 침이 몸 안에 있을 때는 아무도 그것을 더럽다고 생각하지 않지만, 일단 몸 밖으로 배출되면 극도로 더럽다고 느끼고 혐오감을 가지게 되는 이유에 대해 설명한 바 있다. 그것은 인간이 자신과 타인의 차이와 신체 안과 밖의 경계가 모호해지는 것을 견딜 수 없어하기 때문이며 바로 그와 같은 구분하려는 지향이 있기 때문에 사회가 그 형태를 유지하게 된다고 할 수 있다는 것이다.* 김근의 시적 화자들이 '안 보이는' 존재, 혹은 '겨

우 있는' 존재, 누구라고 명확하게 분간할 수 없는 존재의 상태에 놓여
있다는 것은 이런 맥락에서 매우 의미심장하게 받아들여진다. 『구름극
장에서 만나요』의 시적 화자들은 이미 그 자신들을 잃어버렸다. 이 상
실 자체가 이 시집의 주제다. 이 존립 기반의 상실, 존재감의 상실은 그
무엇을 위한 '희생'이라기보다 상실 바로 그 자체의 사건이다. 그래서
『구름극장에서 만나요』에는 현실 사회가 '이미' 존재하지 않는다. 『뱀
소년의 외출』에 자주 등장했던 도시 외곽지대는 이미 반(半)추상적인
신화 공간, 경계의 영역으로 녹아 사라져버렸다.

언어적 전략과 히스테리의 증례들

도시 외곽지대라는 현실세계의 풍경이 사라진 빈 공간을 김근은 언
어들로 채운다. 가장 주목되는 것은 '해설라무네'(「복도들1」), '하고'(「복
도들2」), '우우우'(「우우우」), '해도'(「싱겁고 싱거운」), '끌고설라무네'(「발
(魃)」), '나니나니나'(「죽은 나무」), '간질여설랑'(「거리」) 등 '군말'들이다.
집요한 입담들이 이 군말들에 의해 간단없이 중개된다. 그리고 리비도
역시 이 매개체를 중심으로 하여 언어화한다. 리비도가 언어로 전환된
다는 것은 놀라운 일이 아니다. 원래 유기체에는 뇌 안의 흥분을 항상
일정하게 유지하려는 경향이 있다. 발화를 통해 이 과잉된 에너지를 분
출하는 것은 흔히 일어나는 일이다. 게다가 '젠더 횡단의 실패'는 리비
도가 분출할 수 있는 기회를 앗아간다. 『구름극장에서 만나요』에 나오
는 '물고 빠는' 구강 성애적인 이야기들과 '군말'의 세계는 이런 맥락에
서 동전의 앞뒷면을 장식하고 있다. 또한 「나무나무」 「잔치 잔치 벌인

*   마쓰다 유키마사, 송태욱 옮김, 「쌍이라는 관념」, 『눈의 황홀』, 바다출판사, 2008, 17면
참조.

다」「싱겁고 싱거운」「빨강 빨강」「중얼중얼」 등 첩어형 제목들에 개재
한 언어의 과잉 역시 리비도의 언어적 전환이라는 현상과 무관하지 않
아 보인다. 일상생활에서 긴장성 흥분이 지속되면 언어의 효율성은 손
상되기 마련이다. 이러한 사례들보다 더 복잡한 것은 의성·의태부사의
독특한 사용 양상이다.

> 꽃다발처럼 다글다글 수십개 얼굴을 달고(「바깥에게」)
> 흐물흐물 네 잠의 이름도 그만 사라져 보이지 않고
> (「잠 서기관」)
> 시도 없고 때도 없이 나 아지랑이같이 헤헤헤 흘흘흘
> (「복도들2」)
> 와글와글 저희들끼리만 불러줄 / 이름도 없이 무럭무럭 자라
> 던(「나무나무」)
> 쪽쪽쪽 피 죄다 빨아먹고(「발(魃)」)
> 생산은 끊임없이 징글징글 계속될 것이로다(「분서4」)

'헤헤헤 흘흘흘'이라든지 「웃는 봄날」의 자지러진 웃음들에서 광기
(狂氣)를 감지하는 것은 전혀 어려운 일이 아니다. 김근의 의성·의태부
사들에는 단순하게 화려한 문장을 만들고자 하는 취향의 문제만으로
는 설명할 수 없는 '광기'와 같은 부분이 있다. 이들 부사 역시 '첩어'의
형태를 취하고 있는 점도 간과할 수 없다. 더욱이 그것들은 일률적으
로 징그러움이나 혐오감을 표시하고 있다. 그것들은 수량이 현실의 기
본값을 더 큰 값으로 변경했을 때 느껴지는 기괴함이나 형태가 현실의
기본값과는 다른 데서 오는 불쾌감을 나타낸다. 원래 부사라는 품사
는 문장의 필수적인 성분이 아니지만 김근의 시에서는 이들 부사를 생
략했을 때 기괴함이나 불쾌감과 같은 느낌들이 함께 사라져버릴 우려

가 있다. 김근의 시에서 이들 의성·의태부사는 거의 필수 문장성분에 준하는 것들인 셈이다.

그러나 여전히 이 기괴함이라든지 혐오감이 '무엇에 대한' 느낌인지는 명확하지 않다. 모든 용례가 그렇게 나타나는 것은 아니고 대다수의 경우에는 이 혐오의 대상이 무엇인지 감추어져 있지만, 몇몇 경우에는 그래도 실마리가 남아 있다. 섹스(「발(魃)」)와 출산(「간다」「분서4」)이야말로 바로 그 혐오의 대상이다. 그것은 『구름극장에서 만나요』에 나오는 생식과 섭생의 모티프들을 살피다 보면 더 명확해진다. 여기에는 외상에 근원을 둔 히스테리 증상의 흔적이 산견된다.

> 옥체도 나라도 점차로 살이 붙고 혈기 돌게 되었는바 왕이 그
> 커다란 잉어 사흘 밤낮을 고아 자신 뒤였느니라(「분서5」)
> 고고 고았더니 용안도 내 얼굴도 간데없고 보얀 국물만 남았
> 더라(「분서7」)
> 어미가 싸놓은 아기들 모두 할애비로 자란다 빽빽 운다 어미
> 얼굴 반이나마 삼킨 그늘 얼굴을 뱉어놓지 않는다(「간다」)
> 밥그릇 속에선 아이들이 와글와글 울어댔다 / 여자는 아이들
> 을 한움큼씩 집어삼켰다 / 설익은 아이들이 생쌀처럼 씹혔다
> 우적우적(「늪」)
> 느닷없이 늪이, 여자를, 집어삼켰다. / 덥석, 더이상 참지 못하
> 고, 개구리밥 털며, / 아이들은 오래 배앓이를 했다 // 그 많은
> 아이들이 늪을 토해냈다(「늪」)

김근 시에는 혐오스러운 것을 먹는 이야기가 많이 나온다. 「분서5」와 「분서7」에 나오는 '잉어'는 일반적인 '잉어'가 아니라 요괴의 느낌이 있다. 이 '잉어'는 「국솥에 끓고 있는 저 구렁이」의 '구렁이'처럼 혐오스

럽고 상서롭지 않은 먹을거리다. 「늪」에는 더욱 혐오스러운 양생의 장면이 들어 있다. 자식들을 잡아먹는 여자에 대한 묘사가 있는 것이다. 그리고 「간다」에도 출산과 그늘이 '어미 얼굴'의 반을 삼키는 이야기가 함께 나온다. 그런데 「간다」에서 '출산'은 '싸놓다'와 같은 멸칭으로 제시되어 있다. 이것은 아마도 융이라면 자기 아니마에 대한 징벌이자 아니마 형성에 직접 관여한 모계 친족에 대한 원망이 포함되어 있는 현상이라고 했을지도 모르겠다. 주목할 점은 먹는 이야기와 함께 토하는 이야기도 자주 나온다는 사실이다. 혐오감과 가장 가까운 신체적 반응은 '메스꺼움'이고 그것은 구토를 일으킨다. 이 신경성 구토는 금기의 위반으로 인해 생긴 죄의식이 수반되는 흥분감을 비정상적인 신체 현상을 통해 체외로 방출한 것으로 히스테리의 증례와 유사하다.*

생식과 섭생의 모티프들이 히스테리 증례와 무관하지 않다면 김근시의 의성·의태부사들 역시 그렇다. 그리고 이 히스테리 증상이 아니마와 관련된 것, 「발(魃)」에 나오는 여성적인 것이 접신해 있는 상태와 관련되어 있다는 것도 이 대목에서 좀 더 확실해진다. 다시 말해 이 모든 히스테리 증례들의 근원인 외상(트라우마)으로 거슬러 올라가면 '젠더 횡단'이라는 주제에 다시 가닿게 되어 있는 것이다.

> 오래전 죽은 여자가 눈알도 없이 퀭한 눈구멍으로 나를 바라
> 보고 있잖겠어 다 썩어 문드러진 여자의 살가죽 쉴새없이 씰
> 룩쎌룩거리는 양이 저 속에 무언가 살아 팔딱거림이 분명은
> 한데 불알을 빼앗긴 시인(詩人)인지 가인(歌人)인지 무엇인지
> 그 정체 도통 알 길 없고 진물 흐르는 젖가슴이랑 사타구니
> 햇볕에 샅샅이 드러내놓은 채 자꾸 웃어 히죽히죽 캄캄하게

---

* 요제프 브로이어·지그문트 프로이트, 김미리혜 옮김, 「히스테리 현상의 심리 기제에 대하여: 예비적 보고서」, 『히스테리 연구』, 열린책들, 2004, 재판 2쇄, 279~280면 참조.

여자가

똑똑 부러져 어지러이 나뒹구는 커다란 꽃대가리들, 어디서
생고깃점이나 베어먹었는지 온통 새빨간 입술 사이로, 말 얻
지 못한 소리들만 무시로 흘려보내고나 있고,
—「거리」 부분

「거리」에도 '불알'을 먹는 혐오스러운 장면이 나온다. 여기서는 섭취
자체보다 그로 인해 '불알'이 없어졌다는 것이 중요하다. '불알'이 없어
지자 '오래전 죽은 여자'가 나타난다. 아니마와 같은 남성 안의 여성성
이 발현한 것이다. 이것은 사실 '소망성취 꿈'과 같은 기제를 가진 서사
다. 육체의 고통에도 불구하고 '죽은 여자'가 자꾸 웃는 것은 소망이 성
취되었기 때문이다. 그러나 소망의 성취도 중요하지만 그것은 금기를
위반하는 것이라는 것도 중요하다. 똑같이 중요한 관념이 화해될 수 없
기 때문에 억압이 생기면 그것은 병인이 될 수 있다. 「거리」의 '죽은 여
자'는 '눈알도 없이' 출현하는데 여기에는 억압의 흔적이 남아 있다. 그
것은 오이디푸스왕이 아버지를 살해하고 어머니를 아내로 삼은 것에
대한 자기징벌로 자신의 눈알을 도려낸 것을 상기해보면 이해할 수 있
다. '불알'과 '눈알'은 무의식적으로 이어져 있다. 시선 역시 욕망의 대
상을 포획하며, 리비도를 투사한다. '눈알'이 없는 것은 거세와 관련이
있다. 남성 안의 여성이 외부로 발현되고자 하는 욕망은 김근 시의 서
사에서 항상 이접의 상태에 머문다. '내 안의 여성'이 항상 추하고 기괴
한 모습으로 발현됨으로써 젠더 횡단의 욕망은 곧바로 징치된다.
　한편 「거리」에서도 혐오스러운 것을 먹는 장면과 함께 구토 이미지
가 등장한다. 그러나 이번에 나오는 구토 이미지는 "말 얻지 못한 소리
들만 무시로 흘려보내고나"에서 보이듯 언어적인 양상으로 제시된다.

김근 시의 언어적 전략들이 히스테리와 관련이 있다는 점이 여기서 다시 확인된다.

나오며

김근은 이 위반의 서사를 온전하게 정치적인 의미의 저항서사로 승화시키려는 계획을 가지고 있었다. 그것이 바로 「분서」 연작의 시작 동기였다. 서책의 독이 왕에게 옮는 것을 걱정하는 것이 아니라 왕의 안질이 신성한 책에 옮는 것을 걱정하는 「분서1」의 풍자가 주는 통쾌함은 「분서」 연작이 시작과 동시에 이미 엄청난 파괴력을 지닌 기획이 될 것이라는 기대를 품게 했다. 「분서2」의 분신 모티프는 신성한 사건이라고 불려야 마땅한 '전태일의 죽음'과 '촛불의 행렬'을 떠올리게 했고, 「분서3」은 역사를 올곧게 기록하려는 사관과 역사를 자기 마음대로 주무르려는 절대 권력 사이의 충돌을 연상케 한다. 「분서」 연작은 그 주제의식과 언어 표현의 전략 면에서 모두 저항적 언어의 잠재력을 확인하게 했다. 물론 불만이 없는 것은 아니다. 「분서」 연작은 당초의 정치적인 기획에 동성애 코드, 이를테면 「분서5」의 항문성교적인 코드나 「분서6」의 동성 간의 로맨스 코드가 개입하면서 저항서사의 의미가 약화된 면이 있다. 그렇다고 해서 「분서」 연작이 실패하지는 않았다. 오히려 정치적인 맥락을 사회적 금기 전반으로 확장시킴으로써 모든 「분서」는 '무서운 책'이 되어 독자들의 책상으로 날아가게 된 것이다. 『구름극장에서 만나요』는 이제 결코 태울 수도 없고 태워서도 안 되는 '서책'이 되어 우리들 눈앞에 나타났다. 아마도 많은 사람들이 이 '신성한 사건'을 책장에 놓아두고 거부하면서도 계속 펼쳐보게 되리라는 생각이 든다.

기담, 참혹한 것의 심리학

— 김경주론

들어가며

김경주는 『나는 이 세상에 없는 계절이다』(2006)와 『기담』(2008), 두 권의 시집을 통해 '문단의 스캔들'이 되었다. 그는 모든 전통을 거부하는 새로운 언어의 입안자(立案者)로서 21세기 한국시사의 한 장을 새롭게 열어젖혔다. "참혹하고 황홀하다."라는 첫 시집에 바쳐진 권혁웅의 찬사가 전혀 과장이 아님을 『나는 이 세상에 없는 계절이다』를 읽어본 사람이라면 누구나 수긍할 것이다. 특히 김경주의 잠언 스타일은 한 시대를 풍미할 만한 새로운 언어의 '형신(形神)'이다. 많은 신인들이 그의 형신을 흉내 냈지만 그의 '박동'까지를 모사하지는 못해서 모두 패퇴하고 말았다. 『기담』에서 그는 다음과 같이 주장했다. "우리는 매 순간, 심장에서 자신의 형신(形神)으로 퍼지는 파동이 피와 살을 떠가며 뜻 모를 파장에 각운과 각주를 다는 일을 느낀다. 그러므로 음악에 대한 신뢰는 호흡은 머지않아 하나의 형(形)이 된다는 믿음에서 시작해야 한다."(9면) 김경주는 청각적인 것(음악)의 시각화를 도모한다. 여기에는 일종의 감각의 혼란이 개입되어 있다. 그래서 그는 그 혼란 속에서 자기에게 적합한 형태의 질서, '형신/형식'을 찾아나서는 모험을 하지 않을 수 없었던 것이다. 그것이 바로 『기담』의 시발점이다.

『기담』에서 김경주는 보란 듯이 아방가르드적인 실험들을 감행한다. 그것들은 마치 그를 '미래파'로 규정한 평단에 대한 시위처럼 보이는 면이 있다. 시집의 각 장을 '막'으로 명명한다든지, '백지 공간'에 '흡연 구역'이라는 조그만 표지를 남겨놓는다든지, 시집 안에 또 다른 표지를 만들어 시작 메모를 시처럼(혹은 시와 섞어서) 제시한다든지, 악보나 엑스레이 사진, 자신의 프로필 사진을 시의 일부로서, 혹은 시와 나란히 병치한다든지, 지극히 산문적인 글(「곤조GONJO (No. 5)」)을 시라고 우기는 등의 실험이 바로 그렇다. 구체시라든지 활자의 크기를 조작한 실험 등이 오히려 평범해 보일 지경이다.

『기담』에는 이와 같은 '장르-횡단적'이고 전통 파괴적인 실험들이 너무도 강렬한 색채로 아로새겨져 있다. 그러나 그것은 가장 손쉽게 발견되는 김경주 시의 한 부면일 뿐이다. '형신'을 통해, 그러나 '형신'을 걷어내고 볼 필요가 있다.

기이한 것과 천한 것, '참혹함'의 두 형신

『기담』은 '방에 앉아 이상한 줄을 토하는 인형'이 나오는 기이한 이야기로 시작된다. 표제시 「기담」에서 김경주는 '지도' 없이 태어난 인간의 운명이라는 낭만주의적인 주제를 다루었다. '인형'은 시적 자아의 언캐니(uncanny)한 분신이었던 것이다.

> 지도를 태운다
> 묻혀 있던 지진은
> 모두, 어디로
> 흘러가는 것일까?
>
> 태어나고 나서야
> 다시 꾸게 되는 태몽이 있다
> 그 잠을 이식한 화술은
> 내 무덤이 될까?
>
> 방에 앉아 이상한 줄을 토하는 인형(人形)을 본다
> —「기담」 부분

'인형'이 언캐니한 것은, 그것이 생명 있는 것과 생명 없는 것의 경계를 교란하기 때문이다. 더욱이 '인형'은 그것이 차지하고 있는 공간의 현실감마저도 교란한다. "우리는 모두 인형들이고 너희들이 들고 있는 인형 역시 나일 것이지만 너희들이라는 인형을 들고 있는 유령 역시 나이지"(11면)라는 제1막의 지시문에서도 보이듯 '인형'은 배역이자 작가 자신으로 등장함으로써 현실과 연극 사이의 경계를 어지럽힌다. 현실과 꿈('태몽')은 분간할 수 없는 상태로 「기담」에서 제시된다. 김경주는 이 몽환적 스타일을 '잠을 이식한 화술'이라고 명명하는데, '인형'이 토하는 '이상한 줄'은 바로 그 '화술'에 의해 발화되는 '이상한 시'다. 여기서 '줄'은 '연결하는 것, 잇는 것', 즉 인연, 혹은 운명의 탯줄을 암시한다. 그것이 '이상한'이라는 수식을 얻는 기제는 나중에 살펴볼 기회가 있겠지만, 일단 여기서는 그것이 '긱(geek)'과 같은 고딕적 기표임을 말해둘 수 있을 것이다. 「짐승을 토하고 죽는 식물이거나 식물을 토하고 죽는 짐승이거나」 역시 「기담」의 '두려운 낯섦'의 감각을 질환적으로("짐승을 앓고 있고") 되풀이하여 보여준다. 도대체 이 기괴한 감각은 '무엇에 대한' 것일까.

사실 이 기괴한 감각은 『나는 이 세상에 없는 계절이다』의 '기형(畸形)'의 주제에 그 연원을 두고 있다. 김경주는 첫 시집의 「외계」 「파이돈」 등에서 '기형'의 주제를 다룬 바 있다. 그가 쓴 희곡 「늑대는 눈알부터 자란다」의 주인공 역시 팔이 없는 '기형'으로 등장한다. 김경주는 변형되거나 기괴한, 또는 병든 신체에 대해 집착하는 경향이 있는데, 이것은 '고딕'의 현대적 주제와도 부합한다.* 게다가 그가 당초 「프리지어를 안고 있는 프랑켄슈타인」을 표제작으로 삼고 싶어 했다는 점을 상기하면 『기담』과 '고딕'을 관련짓는 데 큰 무리는 없을 듯하다. 캐서린

---

* 캐서린 스푸너, 곽재은 옮김, 『다크 컬처』, 사문난적, 2008, 15면 참조.

스푸녀는 기형적인 것에 대한 집착이 부분적으로 수행적 정체성, 다시 말해 스스로의 정체성을 '괴상한 자아'로 정립하는 것과 관련이 있다고 지적한다.* 수행적 정체성에 관한 논의는 김경주 시의 '인형'이나 '프랑켄슈타인'에도 그대로 적용할 수 있다. 그런데 그것들은 기괴함만을 중개하는 것이 아니라 모종의 연민과 공감도 중개한다.

> J, 나는 내내 이 착오를 완성하고 그 미개로 죽겠습니다. J, 제
> 물은 언제나 같은 이유로 제단에 바쳐지곤 했습니다. 제물은
> 언제나 우울이 아닌 공포로 세계를 견디고 있어야 했습니다.
> 수많은 척후병의 도움을 받아 그 공포는 더욱 단단해지고 모
> 든 운동은 음표를 잃어가고 참혹해지고 있습니다.
> ─「프리지어를 안고 있는 프랑켄슈타인」 부분

> 이 세상에 사람으로 진하게 흘러나와서, 사람으로 연하게 버
> 티는 일은 우는 일밖에 없을 것인데
> 전생에 한 번은 이곳에 와서 사람들은
> 아무도 모르게 조금씩 자신의 전생을 울고 갔는지 모른다
> ─「어느 날 우리는 우는 일밖에 없는 것인데」 부분

> 그래, 바깥에 무슨 일이 있어도 멈추지 말아야 할
> 참혹 같은 거
> ─「짐승을 토하고 죽는 식물이거나 식물을 토하고 죽는 짐승
> 이거나」 부분

*   위의 책, 40~41면 참조.

닿을 수 없는 문장 사이에 존재하는 우리들의 '녹지율' 같은
거. '법정 수준'에서 볼 때 생태계는 언제나 <u>참혹을 설명할 수
없고 참혹의 염색체엔 친필(親筆)이 없다.</u>
　　―「다섯 개의 물체주머니를 사용하는 자연 시간」 부분

　　(※ 이상의 밑줄은 모두 인용자의 강조)

　'젤소미나'에게 보내는 서간 형식을 취하고 있는 「프리지어를 안고 있
는 프랑켄슈타인」의 고백체는, '프랑켄슈타인'의 무서운 괴물로서의 이
미지보다는 세계를 공포로 '견디고 있는' 불행한 자로서의 비극성을 부
각시킨다. 사실 이 '견딤'이라는 말이 중요하다. 그것은 「어느 날 우리는
우는 일밖에 없는 것인데」를 위시한 『기담』의 여러 시편들을 관류하는
심적 상태를 대변한다. 그것은 시인의 현황을 돌발적으로 드러낸다. 김
경주는 비참한 삶을 견디고 있다. 삶이 주는 중압이 '인간의 내구성'을
압도했을 때 인간의 육신은 '기형적으로' 찌그러든다. 바로 여기에 참
혹함이 있는 것이다. 그런데 문제는 참혹함을 설명할 수 없다는 것이다
(「다섯 개의 물체주머니를 사용하는 자연 시간」). 적어도 '친필'의 영역에
서 '참혹'은 언어 바깥의 사태다.
　그렇다면 '친필'의 영역 바깥에서는 어떠할까. 고딕적인 방식(기이, 기
형)이 '참혹함'을 설명하는 한 방법이었다면, '천해지는 것' 역시 한 방법
일 수 있을 것이다.

　　더 천해져야 한다 이것저것 간(間)을 보면서
　　―「연필의 간」 부분

　"가출한 여고생이 하룻밤만 재워달라고 한 적이 있었어. 나는

새벽에 내 방에서 잠들어 있는 그녀의 이마를 만지다가 몰래
짧은 치마를 올리고 빤스를 내려다보았어. 생리대가 없어 밑
에 화장지를 붙이고 다니더군. 비릿한 기분에 난 담배를 꺼내
물었지."
　　　　　　　　　　　　　—「미음, 미음을 먹어요」 부분

침팬지가 이빨을 드러내 보이며 웃고 있는 것은
공포를 표현하는 것이라는데
술자리에서 돌아오는 날이면 늘 그 말이 생각난다
그런 날 나는 너무 자주 웃었거나
화장실에서 오줌 누고 돌아온 후
방금 자지를 주물럭거렸던 손으로
여자의 두 손을 꼭 잡고 인생을 이야기하는 꼬락서니다
　　　　　　　　　　　　　—「분홍 주의보」 부분

　김경주의 "더 천해져야 한다"는 다짐은 생의 여러 국면을 더 체험해
보아야 한다는 것의 다른 표현이다. 생의 어두운 밑바닥을 알아야겠
다는 이 각성은 동시대 어느 시인보다 김경주에게서 더 진전된 방식
으로 실천에 옮겨진다. '더 천해져야 한다'는 언표하에 그는 주로 성적
인 담론이나 야비한 에피소드 등 위반적인 서사를 위악적으로 시에 끌
어들인다. 「미음, 미음을 먹어요」의 가출한 여고생에 관한 이야기는 큰
따옴표를 사용한 전략과 디테일을 살린 묘사로 인해 체험의 우위성
을 적절하게 살리고 있다.* 「분홍 주의보」의 악동적인 에피소드는 경
박한 유머를 통해 삶을 진지하게만 받아들이려 하는 전통미학에 균
열을 내고 있다. 패러디나 혼성모방을 곁들인 이 경박한 유머는 「곤조
GONJO(No.5)」에서 더욱 전면적으로 표출된다. 그 시는 김경주의 캠프

적인 감수성을 잘 보여준다. 그는 과장 섞인 몸짓과 말투로 나쁜 취향을 부각시킴으로써 진지한 것을 경박한 것으로 전환시킨다. 제목을 일본어의 유물인 '곤조'로 한다거나 시보다는 산문에 가까운 문체를 사용하는 것을 통해서도 그는 전통미학을 위반한다. 그리고 '8mm 필름'을 재활용함으로써 「곤조GONJO(No.5)」는 팝 아트의 정신에도 '참여'한다.

전통미학이 '아름다움'을 추구했다면 김경주는 '추함'을 추구한다. "흥미로운 것과 개성적인 것, 또는 그로테스크한 것에 대한 추구는 비극적인 운명을 향해 무거운 발걸음을 옮기는 흉측한 자들을 상상하도록 이끈다."는 움베르토 에코의 '추'에 관한 단상은 이러한 맥락에서 흥미롭다.[**] 움베르토 에코의 단상은 김경주 시의 고딕적인 것과 천한 것〔醜〕에 대한 캠프적인 취향이 모두 '참혹함'의 이형(異形)이라는 것을 보여준다. 그러니 「기담」의 '인형'에 대해서도 우리는 참혹함을 읽어내야 한다. '인형'이 토하는 '이상한 줄'은 '태몽'을 이식한 화술의 시에 대응된다고 앞에서 말한 바 있다. '태몽'은 가장 익숙한 것인데도 시적 자아는 '줄'이 이상하다고 주장한다. 가장 낯익은 것을 낯설게 바라보는 것은 그 '운명의 줄'이 비극적인 것, 다시 말해 시적 자아 자신의 죽음("무덤이 될까?")과 이어져 있기 때문이다. 다른 사람의 죽음이 아니라 자신의 죽음을 보는 것은 단연 낯선(이상한) 풍경일 수밖에 없다. 이 낯설고 불길한 느낌은 발설하면 더욱 결정적인 것이 될 것 같기 때문에 발설하

---

[*]　「주저흔」「죽은 나무의 구멍 속에도 저녁은 찾아온다」「구름이 백 년 전을 지나갔던 것일까?」「미움, 미움을 먹어요」「우리의 밤은 당신의 낮보다 아름답다」「입속의 성에서 그가 어두운 거실을 왔다 갔다 한다」 등은 공통적으로 '~한 적이 있다'는 구문에 의해 지탱되고 있는 시들이다. 이 구문은 경험의 독이성(獨異性)을 강조함으로써 생의 기구함이나 비극성 등을 부각시킨다. 또한 이 구문은 내밀한 고백체를 만들어낸다.

[**]　움베르토 에코, 오숙은 옮김, 「낭만주의와 추의 구원」, 『추의 역사』, 열린책들, 2008, 293면.

면 안 되는 것이지만, 김경주에게 이 발설은 불가피한 것, 운명이기 때문에 암시적으로라도, '친필'이 아닌 '프랑켄슈타인'의 뒤틀린 언어로라도 하지 않을 수 없는 것이다.

'프랑켄슈타인어(語)'의 작동 방식
: '이꼴'의 결렬과 '사이'의 상상력

강계숙은 김경주 시의 언어가 왜 '프랑켄슈타인-어(語)'인지 탁월하게 설명한 바 있다. 그녀에 따르면 '프랑켄슈타인-어'란 말하는 존재로서의 인간 정체성이 언어의 해체와 더불어 흔들리고 있는 상황에서 '부정의 언어'를 창안하려는 '비(非)-인간의 언어'며, 더 근원적으로는 헛것으로서의 언어를 태초의 로고스와 이어진 것으로 착각한 인간이 '말하는 인형'에 불과함을 폭로하는 언어다.* 강계숙은 이 '프랑켄슈타인어'를 시인의 수사학적 전략으로 간주하고 있는데, 개인적으로는 그 언어가 '수사학의 매력'을 부각시킨다기보다는 '수사학의 한계'를 강조하기 위해 내세워진 언어라고 보고 싶다.

> = 당구의 가문에서 자넨 저술을 하는군 = 자네의 저택은 어떤 물감을 사용했지? = 계단에는 색을 사용하지 않았습죠 = 이보게 성냥의 취향은 폭염의 머리통이 건조한 자신의 하관까지 달려가는 망상일세
>
> = 나는 비극보다 연하입니다 = 비가…… 어두워진다(이 문

* 강계숙, 「프랑켄슈타인-어(語)의 발생학」, 김경주, 『기담』, 문학과지성사, 2008, 157~158면 참조.

장의 느낌을 딱 3초만 생각해보자)

= 어두워지는 비가…… 허공에 측면을 떨어뜨린다

= 비는 현역이고 노랑은 비에 편입했다 = 아저씨 좀더 해주
세요 = 뼈에 붙은 맛있는 불빛

(중략)

= 충고를 하나 하지 돌을 그만 내려놓고 돌의 연상을 만나라
구 = 자네가 지적했듯이 우린 종종 우스꽝스러운 객관이야
그렇지만 모형 범선도 바다까지 떠내려갈 수는 있지

= 스티븐슨다임, 캔, 프랜치토스트, 테드 창

= 무섭습니다 이 완구에게도 체질이 있다구요
—「이꼬르들의 천식」 부분

강계숙은 등가성을 나타내는 장치인 '이꼴'이 환유적으로('은유적으
로'가 아니라) 문장들 사이의 결합을 유도하고 있는 현상에 주목하면서
"프랑켄슈타인어의 '이꼴(=)'은 의미 확정의 불가능성이라는 언어의 한
계를 문제시하지 않고 역으로 그러한 한계의 폭을 넓힘으로써 그것을
뛰어넘는다."(154면)고 주장한다. 그러나 「이꼬르들의 천식」은 단순히
'기의 없는 기표들'의 놀이를 그리고 있는 것만은 아닌지도 모른다. 이
시에는 두 개의 목소리가 존재하며 모호하기는 하지만 시적 상황도 있
다. 이 시에서 나이 든 목소리는 '자네'로 불리는 시적 자아에게 '저술'

과 '질료(물감)' '취향' 등에 대해 질문하고, 창작 방법에 대해 일정한 충고를 하기도 한다. 시적 자아는 이에 대해 광대 같은 말로 딴청을 부리는가 하면 자신의 개성을 강조하면서 어른의 훈계에 맞서기도 한다 ("이 완구에게도 체질이 있다구요").

「이꼬르들의 천식」에서 시적 자아는 비가 내리고 어두워지는 느낌에 대한 문장을 몇 번 손보는데, "비가…… 어두워진다"라는 최초의 문장은 "비는 현역이고"를 경유하여 "뼈에 붙은 맛있는 불빛"으로까지 변형된다. 이러한 변형은 진지한 것이며 '이꼴'의 의미를 참고한다면, 시적 자아가 기술하고 있는 '의미'에 더 가까운 기술(記述)을 하기 위한 변형이라는 것을 알게 된다. 이와 같은 변형의 과정은 멜라니 클라인의 '상징 등식'과 무관하지 않은 것 같다. 마음의 병을 앓고 있는 아이들은 무의식 속에서 '어두운 빈 곳'인 '어머니의 체내'를 다양한 형태로 변환시킨다. 멜라니 클라인에게 있어서 언어활동을 포함한 상징 형성의 기틀은 어머니의 '체내'를 다른 것으로 전치(轉置)하는 과정 속에 있다. 전치가 일어나는 것은 '어머니의 체내'에 숨어 있다고 생각되는 아버지의 성기에 대한 불안 때문인데, 전치의 처음과 그 결과 사이에 있는 등가성을 참조항(자기동일성)이 떠받치게 된다.* 「이꼬르들의 천식」의 두 목소리는 궁극적으로 이와 같은 상징 등식 만들기에 집중하고 있는 '아이-시적 자아'와, 시적 자아의 불안이 만들어낸 '아버지-어른' 사이의 관계를 현시한다. 이 시에서 표면상으로 불안의 요인은 선배 집단이 만들어놓은 미학적 규준에 있는 것으로 보이지만, 심층적으로는 '이꼴' 자체에, 다시 말해 자기동일성 자체에 대한 의심에 있다고 할 수 있다. 따라서 "무섭습니다 이 완구에게도 체질이 있다구요"라는 항변은 '자기 체질', 자기 '형신/형식'에 대한 불안을 노정한다. 이 불안이 역설적

* 신구 가즈시게, 김병준 옮김, 「전야」, 『라캉의 정신분석』, 은행나무, 2007, 36~40면 참조.

으로 '등식'을 증식시킨다. 등식은 계속 연상적으로 미끄러진다. 그것은 남성 성기와 여성 성기에 대한 상징 등식에 이르러 '일단' 중단된다 ("천식과 번식 사이 자지는 한적하다=질(質)적으로="). 이 성적(性的)인 등식은 죄의식과는 무관한 것처럼 보이지만, 사실 기존의 미학을 파괴한 것에 대한 죄의식이 비난받을 만한 야비한 말을 하도록 유도하고 있는 면이 있다.

아무튼 이 시를 온전히 이해하기 위해서는 이 시가 절망의 '형신/형식'이라는 점을 알아야 한다. "비가…… 어두워진다"는 문장의 느낌을 3초가 아니라 세 시간 고민한다고 해도, 우리의 느낌과 시적 자아의 느낌이 '이꼴'로 묶이는 것은 기적에 가까운 일일 것이다. 따라서 문장은 계속 '이꼴'을 향해, 고쳐져야만 한다. '목숨을 건 도약'인 셈이다. 김경주는 '목숨을 건 도약'의 '과정'을, 그 실패를 그린다. 「죽은 나무의 구멍 속에도 저녁은 찾아온다」에서는 "죽은 나무의 구멍 속에 살고 있는 저녁은" "죽은 나무의 구멍 속에서 저녁의 거미가 나온다" "죽은 나무의 구멍 속에 목젖이 생긴다" 등, 같은 의미의 세 구절이 1행 1연으로 독립된 채 굵은 글씨로 제시된다. 「죽은 나무의 구멍에도 저녁은 찾아온다」는 기실 이 문장들이 지시하는 '의미'에 정확하게 부합하는 '진짜 문장'으로 다가가는 과정, '이꼴의 실패'를 보여주고 있는 것이다. 「빵 굽는 타자기」의 경우도 '이꼴'이 '비명'으로 치환된 채 유사한 구절이 반복적으로 변형되어 제시된다는 점에서 「이꼬르들의 천식」「죽은 나무의 구멍 속에도 저녁은 찾아온다」와 비슷하다.

'의미'에 다가가고자 하는 모든 문장들은, '이꼴'의 상징 활동들은 실패할 수밖에 없다. 대상을 지시하는 언어와 그 대상 사이에는 건널 수 없는 간극(間隙)이 있다. 그것이 바로 시의 운명이다. 김경주는 이 '간극, 간(間), 균열'을 천착한다.

그렇게 자신의 습기와 유사한 피를 모으는 불안의 원리로, 촛불은 자신의 공간을 우리가 모르는 물로 채운다. 그건 내 물장구들의 생태계이기도 하고 당신이 내 언어에 벗어놓은 눈〔目〕, 밤마다 책상에 앉아 연필의 유분으로 지도 위에 그려 넣은 눈사람, 그렇게 본 적 없는 토대로 자신의 수위를 높이면서 천천히, 그리고 확연히 죽어가는 물의 염에 대해 우리는 '사이'의 신분으로 부단히 참여했다.

　　　—「다섯 개의 물체주머니를 사용하는 자연 시간」 부분

그리고 마지막에 떠나기 전 그 집의 '다락과 벼락' 사이에 놓인 둥글고 흰 벽에 내가 박아둔 못, 어떤 이는 아직도 그 못에서 피가 흐르고 있다고 말하고 어떤 이는 그 못에 박혀 피를 흘리며 빠져나오지 못하고 있는 그림자 한 벌을 '꿈만이 출 수 있는 춤'이라 한다. 허락된 이 지면으로 지금 이 천공(天工)을 언어에 허락할 수 있을까? 언어여 나는 언제나 네게 차가운 질(膣)이었다.

　　　—「다섯 개의 물체주머니를 사용하는 자연 시간」 부분

벽 틈으로 들어간 달팽이가 사흘이 지나도
밖으로 나오지 않을 때
벽에서 일어나는 붉은 비린내를
빛을 외로워한 그 달팽이가
안에서 혀를 깨물고 있을 것 같다고 여길 때
물기의 층을 거쳐 태어난 목젖이 자기 음악을 알아보고
집 안에 뜨거운 물을 받아놓을 때

　　　—「당신의 눈 속엔 내 멀미가 산다」 부분

김경주 시에서 '간극, 간(間), 균열'은 그 속을 탐험할 수 없고 뛰어넘을 수도 없는 '불가능의 심연'이면서도, 그와 동시에 언어에 대한 반성이 일어나는 공간, 시적 사유가 시작되는 지점이기도 하다. 「다섯 개의 물체주머니를 사용하는 자연 시간」에서 '사이 공간'으로서의 '다락 흰 벽'은 시적 자아가 어머니와의 소통이 어긋나는 순간 추방되는 유형의 공간으로 그려진다. 그 속에서 시적 자아는 '어머니의 어두운 체내'를 '미끄럼틀 아래'나 '고장난 TV' '백지 공간'이나 '수정구 공간'으로 전치하면서 '어머니와의 분리'(유방의 상실)를 불안해한다. '다락'에서 시적 자아는 '촛불'을 켜고 다락 흰 벽에 생긴 그림자를 관찰한다. 그는 한 편의 그림자극을 떠올린다. '그림자'란 대상 그 자체가 아니라 빛이 대상을 투과하지 못해서 만들어지는 허상이라는 점에서 '언어'의 속성을 지닌다. '그림자극'이란 그런 의미에서 본질적으로 '언어극'이며 인생 자체이기도 하다. 우리는 이 '극(劇)'에 "'사이'의 신분으로" 참여한다. '사이'란 인간(人-間) 그 자체가 가진 속성으로 내세워진다. '인간'은 사람과 사람 사이(間)의 관계에서 벗어날 수 없으며, 그 사이를 좁혀 무화(無化)시킬 수도 없는 존재다. 그러면서도 인간은 그 사이를 뛰어넘을 수 있기를, '이꼴'을 꿈꾼다. 시적 자아는 "우리가 한 번도 마셔본 적도, 들어가 본 적도 없는 화면" "닿을 수 없는 문장"을 상상한다. 그것은 「다섯 개의 물체주머니를 사용하는 자연 시간」에서는 '고장난 TV'를 통해 제시되고 「당신의 눈 속엔 내 멀미가 산다」에서는 벽 속으로 들어간 달팽이의 이야기로 제시된다.

'간극, 간(間), 균열'의 상상력은 그 '사이'의 초월에 대한 이야기로 우리를 이끌지는 않는다. 어쩌면 김경주가 '딸깍! 흡연구역'의 백지 공간이나, '에테르 공간'으로 명명된 엑스레이 사진 등을 통해 시도했던 것이 '사물로서의 시', 다시 말해 기호로서의 언어가 아니라 대상 그 자체인 언어였는지도 모른다. '사물-언어'를 통해 '사이'의 초월을 시도한 셈이지만, 다시 그 공간은 시집 속에서 '사이'로 개입하게 된다. 결국 이 '대상=언어'의 상징 등식은 「다섯 개의 물체주머니를 사용하는 자연 시간」의 결말이 '정전/암전/누전'의 고쳐 쓰기로 귀착되는 데서도 알 수 있듯이 절망으로 끝나게 되어 있다.

그러나 여전히 '사이 공간'으로서의 백지라든지 엑스레이 사진, 악보 등은 그와 같은 사물-언어의 불가능성, '이꼴'의 결렬에 대한 반성적 사유의 공간으로서 유효하며, 역설적으로 이 끝나지 않는 결렬이 다시 시를 쓰게 하는 강력한 동기가 되고 있음을 부정할 수 없다. '대상/어머니'에 대한 욕동은 그 '절망/결핍'을 확인하는 데서 비로소 욕망이 된다.

나오며

『기담』에서 김경주는 기괴한 이야기들을 고딕적인 의장(儀裝)으로, 경박하고 야비한 화법으로 늘어놓는다. 그의 고딕적인 의장과 추(醜)의 수사학은 세계에 대한 공포와 불안만을 중개하는 것이 아니라 불행한 신체에 대한 연민도 불러일으킨다. 이와 같은 그의 낭만주의적 감수성은 어느 정도 캠프 취향과도 적절하게 결합되어 있다. 그의 유머감각은 세계의 공포나 불안에 대응하는 역설적 방법이기도 하지만 분명히 가십 거리를 만들어내는 면도 있다. 그는 대중에게 외면당하는 시의 정체성을 거부하며 재미있는 경구들을 만들어낸다. 최악의 경우지만 대중이 『기담』의 진면목은 이해하지 못하더라도 그의 캠프 취향만은 그것대로 소비할 것이다.

『기담』에서 시도된 모든 아방가르드적 실험들은 그런 것들이 있었다는 식의 지적 이상의 설명이 반드시 수반되어야 한다. 그 실험들은 사물 그 자체가 될 수 없는 언어의 본원적인 한계에 대한 반성을 포함하고 있다. 물론 그러한 시도들의 실패에 대해서도 김경주는 잘 알고 있다. 그는 자신이 언어에 대해 '차가운 질(膣)'이었음을 「다섯 개의 물체 주머니를 사용하는 자연 시간」에서 고백한 바 있다. 그럼에도 그는 여전히 시 쓰기를 멈출 수 없다는 아이러니를 『기담』에서 보여주려고 했다. 풍선 속을 통과해 가는 구름의 이미지에는 '혁명적'인 것이 있다. 거기에는 한 매질이 다른 매질로 바뀌는 '혁명적 전환'이 들어 있는 것이다. 이것을 '감각의 혼란'과 결부지어 살펴보아도 재미있을 것이다. 「물－질」에서 "검은 울음소리 종이에 오른다"라고 그가 썼을 때에도 '불가사의한 물질화'의 마술을 느끼지 않을 수 없었다. 이를테면 소리가 시각적인 것으로 전환되는 것이다. 모든 언어는 대상 그 자체가 될 수 없지만, 대상 그 자체에 가장 가까이 다가가기 위해서는 시의 언어를 통하지 않을 수 없다. 물질에 가장 가까운 언어가 시의 언어다. 『기담』에서 김경주는 그와 같은 깨달음을 하나의 '과정'으로 보여준다. 「이 꼬르들의 천식」「죽은 나무의 구멍 속에도 저녁은 찾아온다」「빵 굽는 타자기」 등은 시적 문장을 완성해가는 고뇌의 과정을 적나라하게 드러낸다. 그는 홍대 앞 어딘가에 있는 카페 '무대륙'의 한 테이블에 앉아 시상(詩想)을 속기하고 가다듬는 과정을 시로 형상화한다. 속기가 끝났을 때 시인은 작품을 피땀으로 봉합하지만, 시는 작가를 소외시키고 '시집'이 되어 날아가 버린다(「사랑해야 하는 딸들」). 그러니 시란 '과정'으로서만 존재한다고도 할 수 있을 것이다.

　김경주는 「(오름) 8½ 팔과 이분의 일」에서 시를 완성해놓고 검은 줄을 그어버린다. 그것은 사물 그 자체가 아니기 때문이다. 그러나 우리는 그 검은 줄 너머의 시를 볼 수 있다. 희망을 보는 것은 언제나 이 자신의 발화를 취소하는 직선(절망) 너머로만 가능한 일임을 김경주가 참혹함 속으로 '틈입하여' 몸소 보여주었다. 그는 '달팽이'일까?

지상에서 가장 빛나는 순간

— 박시하론

초월 욕망과 그 좌절의 기록

박시하의 첫 시집 『눈사람의 사회』(2012)가 나왔다. 생물학적인 구분을 하려는 것은 아니지만, 박시하의 시들은 여성적이다. 남성적인 시인들이 편집증적으로 자기만의 세계를 새롭게 구축하는 데 골몰하는 반면, 여성적인 시인들은 이미 존재하는 세계를 예민한 감관을 통해 받아들인다. 이러한 구분이 온당한지에 대해서는 사실 자신이 없다. 내가 말하려고 하는 것은 이 두 대극의 경향이 있다는 것이고, 박시하가 예민한 감관의 소유자며, 서정시의 이념을 충실히 체현하고 있는 시인이라는 점이다. 서정이라는 것이 세계를 마음의 필터로 걸러내는 것이라면 말이다.

시를 위트나 요설로 채우고 있는 시인들이 주목을 받는 이즈음의 분위기에서 박시하의 위치는 특별하다. 그녀의 아름다움은 자신의 아름다움을 깨닫지 못한 자의 아름다움, 많은 것을 잃고 미적인 것을 향해 날아가려고 하는 결여된 자의 아름다움이다. 그래서 한없이 노래에 가까워지려는, 그것도 "부르지 않은"(「꿈에 관한 꿈」) 노래에 가까워지려는 아름다움이다.

> 손톱만큼만 확연히 자라고 싶지만
> 짓눌린 구두 굽들은
> 거꾸로 자란다
> 전동차가 덜컹댈 때
> 나와 너는 함께 덜컹댄다
> 오로라
> 오로라, 오로라
> 검은 새 한 마리 돌아오며 묻는다

아름답지 않니?
나는 어느새 울고 있다
오로라를 본 적이 없습니다
발밑으로
검은 오로라가 흘러간다
　　　　　　　—「오로라를 보았니?」 부분

　박시하는 '오로라'를 보지 못했다고, 다시 말해 아름다운 것을 알지
못한다고 고백한다. 그러면서도 자신의 발밑에 있는 그림자에게 '오로
라'라는 이름을 붙여준다. 아름답고 화려한 삶을 살고 싶지만, 일상은
"짓눌린 구두 굽들"처럼 누추하게 마모되어 간다. 자신의 그림자에게
'오로라'라는 이름을 붙여줌으로써 그녀는 자신의 존재를 옥죄는 삶의
잡다한 조건들로부터 벗어나려고 한다. 이것을 초월 욕망이라고 불러
도 좋을 것이다. 그녀는 지금 이곳이 아닌 다른 곳을 꿈꾼다. "지구를
떠나다니 정말 멋진 일이지요"(「우주 정복」)라는 블랑쇼의 말에 그녀는
밑줄을 긋는다. 그러나 언제나 이 초월은 실패한다. "검은 오로라"는
여전히 발밑을 벗어나지 못한다. 이 '오로라'의 상징은 「검은 새」에서는
'새'의 상징으로 변주되고 「우주 정복」에서도 "별빛 속에서 푸드덕대는
소리"로 활강하지만 결과는 마찬가지다. 그녀는 로드 킬로 희생된 비둘
기 날개가 자동차 타이어에 으깨지는 도로의 풍경(「바닥이 난다」)을 가
만히 바라보거나, 인간이 '날개'를 달지 않은 이유(「조세핀의 날개」)를
곰곰 반추한다.

패러독스로 가득한 세계, 정치로서의 시

박시하는 세계를 '새장'으로 규정한다(「오래된 새장」). 그리고 그 세계를 그녀는 역설이 가득한 곳으로 파악한다. 『눈사람의 사회』에는 유독 패러독스가 많이 사용되고 있는데, 이 수사법의 편향에는 그녀의 세계인식이 그대로 반영되어 있다. "조금은 이유가 있고 / 조금은 이유가 없으며"(「잡job」)라고 그녀는 직업의 세계를 요약적으로 설명한다. 세계는 "눈 뜬 눈먼 이들"과 "눈먼 눈 뜬 이들"(「4:85 p.m.」)로 구성되어 있다. '우주'란 장소가 아니면서 장소이기도 하다(「우주 정복」). 세계는 설명하기 어려우며 때로는 반대로 매우 쉽게 설명되어버린다. 어떤 의미에서는 엉터리다. 이 엉터리 같은 세계에서 벗어나고 싶지만, 이 초월에 대한 꿈은 매번 좌절된다. 초월이 좌절된 인간이 이 패러독스로 가득한 세계에서 패러독스로 가득한 세계의 주민으로서 살아가기 위해서는 어떻게 해야 할까. 한편으로 초월에 대한 꿈을 계속 꾸면서도, 한편으로 지상에서의 연대를 찾아 헤매야 할 것이다.

「눈사람의 사회」에서 박시하는 모나지 않게 동그래진 눈사람들이 서로 마주 보고 있으면서도 악수를 청하지 않는 정경을 그린다. 모나지 않게 사는 것이 중요하다고 사람들은 말하지만, 둥글둥글하게 사는 것이 반드시 어떤 연대나 우의적인 삶을 의미하는 것은 아니다. '눈사람의 사회'란 그러니까 동정 없는 사회, 공감 없는 사회에 대한 알레고리라고 할 수 있다. 그녀는 연대나 우의, 공감이 넘치는 사회를 상상한다.

이 시집에 대한 추천사에서 이문재는 박시하의 시가 "나쁜 문학-미학"이 아니라 "좋은 윤리학-정치학"에 가깝다고 평했는데, 그러한 지향이 박시하의 시에 드러나는 것이 사실이다. 특히 2부 '타인의 고통'에 묶인 시들에서 시와 정치의 결합이 두드러진다는 것을 확인하는 일은 어렵지 않다. 시인이 현실 사회에 대한 관심을 갖고 측은지심으로 약한

자의 편을 드는 것은 지극히 당연하다. 그런 면에서도 박시하의 시가 1980년대에 태어난 젊은 시인들의 시보다 강한 '공감력'의 산물이라는 말을 하고 싶다.

박시하의 시에 나타나는 '정치'가 1980년대 운동권 시의 연장선상에 있는 것은 아니다. 그녀는 오히려 '광장의 불확실성'에 대해 노래한다.

> 사라진 길에게
> 사라진 길의 안부를 묻는 저녁이네
> 나는 광장의 일몰처럼 천천히
> 붉은 팔을 활짝 펴고
> 눕네
> 과연 혁명은 일어나지 않지만,
> 광장은 광장이 아닌 것이
> 아니네, 아직은
> —「광장의 불확실성」 부분

혁명은 일어나지 않는다. 광장은 1980년대의 그것처럼 일사불란하게 작동을 하지 않는다. 광장은 역사의 소문으로만 전해진다. 광장은 거의 망각될 뻔했다. 그러나 박시하가 말하는 광장의 불확실성에는 '아직' 광장이 광장 아닌 것이 된 것은 아닐지도 모른다는 가능성 또한 포함되어 있다. 한국 사회의 민주주의가 더 발전하기 위해서는 이러한 상상력이 더 힘을 얻어야 하리라고 생각한다.

박시하 시에 나타난 정치적 상상력의 기저에는 타인의 고통을 이해하려고 하는 선의와 자유에 대한 갈구가 깔려 있다. 그녀는 「팬클럽」에서도 '광장'을 호명해낸다. 광장에서 주인공은 "강경대나 박종철 오빠"처럼 언제나 남성이었고, 여성들은 그 남성들의 연인이거나 팬으로서 존재해왔음을 그린 시로 여겨진다. 그런데 나는 「팬클럽」에 대해서는 다소 아쉬움이 남는다. 우선은 광장의 군중이 '팬클럽'으로 유비되는 것이 아쉽고, 더 본질적으로는 박시하의 정치적 상상력이 광장을 넘어서 군중을 광장으로 집결시키는 동기로서 구체적인 사회문제들을 제대로 부각시키고 있지 않다는 점 때문이다. 이 시집의 해설을 맡은 조강석이 박시하 시의 '정치성'에 대해서 한 마디도 하지 않고 있는 이유에 대해서 생각해볼 필요가 있다. 그것을 나는 호의라고 생각한다.

순간을 산다는 것

박시하가 '광장'에 대한 사유를 우리 사회가 안고 있는 모순들의 세목으로 더 깊이 끌고 내려갈 수 있는가 하는 것은 내게 있어서는 중요한 문제로 보인다. 그러나 어떤 의미에서는 내 문제의식이 더 낡고 도식적인 것인지도 모르겠다. 나는 『눈사람의 사회』에서 매우 빛나는 부분을 발견했다. 박시하가 성숙한 시인이라는 것을 나는 「빛나는 착각」과 「구름의 상실」에서 확인했다.

여긴, 광장이다
눈이 하얗다
하늘이 파랗다
새들은 어떤 착각으로 날까?
어제가 있었다
내일이 있다
직선이 존재한다
나는 아름답다

얼룩으로 아름답다

네가 더욱 아름답다

두려움으로 아름답다

우리가 사랑한다

반짝

빛나는 무언가가 있다

　　　　　　　—「빛나는 착각」 부분

　자명한 것처럼 보이는 것들이 어느 순간 착각으로 판명되는 것을 '환멸'이라고 불러도 좋을 것이다. 푸른 하늘을 날아오른 새는 자유를 위해 날아올랐을 수도 있지만, 창공에 자유가 있었는지 우리는 확정할 수 없다. 역사는 무수한 실패, '광장의 실패'를 보여준다. '나'는 "얼룩"을 가졌을 뿐이고, '너'는 "두려움"에 떨었을 뿐인데, 서로는 그것을 '아름다움'으로 보고 사랑에 빠진다. 박시하는 이 '착각'을 '환멸'이라고 부르지 않고 오히려 "빛나는"이라는 수식어를 붙여 부른다. '착각'이기 때문에 광장을 분쇄한다거나 사랑을 무르는 일 따위는 하지 않는다. 착각도 삶의 일부기에 그 착각의 대가를 떠안고 가는 수밖에 없다. 마지못해 그렇게 사는 것이 아니라, 박시하는 이 '착각'의 힘을 긍정하면서 삶의 오묘함, 삶의 위대함을 부각시킨다.

　너는 잼 뚜껑을 열고

　나는 수많은 하나의 순간을 연다

　연민과 거부와 대기로 이루어진 전 세계

　붉은 별들이 내려앉은

　너의 환상과 나의 사랑을

그 순간들을

우리는 밀고 간다

—「구름의 상실」 부분

'나'와 '너'는 전혀 다른 존재다. '나'와 '너'가 '우리'로 묶인다고 해도 그것이 달라지지는 않는다. '우리'는 '나'와 '너'를 균질적인 상태로 만든 것이 아니다. '우리'는 각자 '나'와 '너'인 채로 매 순간을 살아간다. 어제의 '우리'를 오늘의 '우리'가 밀어낸다. 그런 맥락에서 삶이란 '상실'의 연속이라고 할 수 있을지도 모른다. 그러나 '나'는 '너'를 교정하지 않고 '너'는 '나'를 계몽하지 않는다. 다만 '순간들'을 살아낼 뿐이다. 삶은 착각의 연속이지만, 그것이 비록 먼 훗날 착각으로 드러난다고 하더라도, 지금은 이 순간들을 밀고 나갈 수밖에 없다. 지금 이곳을 벗어나고 싶어 했던 욕망이 이 지점에 이르러서는 순치된다. 이 과정을 성숙의 과정으로 보아도 좋을 것이다. 이것이 바로 『눈사람의 사회』의 드라마다.

나는 초월에 대한 박시하의 꿈도 이해할 수 있고, 광장에 대한 그녀의 사유에 대해서도 함께 이야기해보고 싶은 심정이지만, 우리가 순간 순간을 밀고 나갈 수밖에 없지 않느냐는 데 이르러서는 옷깃을 여미고 싶다. 바로 그 점이야말로 작위가 아니라는 점을 나 스스로 수긍했다는 의미다.

우기(雨期)의 소년들은 자란다

―서윤후 근작시의 발심

들어가며

서윤후의 시에는 '아직' 소년티가 남아 있다. 그것을 퇴행이라고 하기에는 그가 아직 어리다는 것을 기억해야 할 것이다. 2000년대의 마지막 2년 동안에 소년 시인들이 대거 등장했지만, 서윤후는 다른 소년들과는 조금 다르다. 「조합원」의 김승일이 그의 '조합원'들을 거느린 개구쟁이였다면, 서윤후는 "교복에 보라색 물이 들어가는 병"(「곰팡이, 첫사랑」)으로 인해 수군대는 친구들을 의식해야만 했던 학창시절을 보낸 내성적인 소년이었다. 「조합원」의 소년이 이제는 집으로 돌아갈 수 없게 되었음을 깨달은 소년이었다면, 서윤후는 비록 언제나 따뜻한 것은 아니었지만 돌아갈 집을 의식 한편에 남겨두고 싶어 하는 소년이다. 집으로 돌아갈 수 없는데도 여전히 소년으로 남아 있는 소년과 집을 떠나면 어른이 되어야 한다는 것을 의식하면서 집으로 돌아가는 소년의 구도라고나 할까.

소년티가 남아 있다는 것은 그러니까 서윤후 시의 때 묻지 않은 순진성을 지시하는 말임을 재차 강조하고 싶다. 그래서 그의 시에는 감정의 진폭이 크게 드러나지 않고, 그의 시에 나타난 세계는 비록 학교라는 판옵티콘적인 알레고리가 버티고 있음에도 심각한 환부를 드러내지 않는다. 그 환부의 디테일들이 아직 환상의 장치 바깥으로 흘러넘치지 않고 있는 것은 서윤후 시의 한계라고도 할 수 있고, 그의 또래들이 공유하고 있는 연령의 한계라고도 할 수 있다. 공포는 한편으로 다정하며 가족은 우울하면서도 친밀한 느낌이다. 무엇보다도 그의 시에는 "군침을 흘리는 네가 그을린 얼굴로" 이쪽을 향해 "안녕"이라는 인사를 건네는, 사뭇 정감 있는 장면이 대미를 장식하고 있는 경우도 있다(「스와힐리의 썸머」). 그런 따뜻함은 그의 또래들에 비해 그가 더 돋보이는 점이다. 나는 그렇게 보았다.

익숙한 것들의 피안

가령 「다정한 공포」는 일견 그리 새로워 보이지 않는다. 아마도 대부분의 고급 독자들은 이 시를 읽고 공포영화의 사회학을 떠올릴 것이다. 다시 말해 공포를 스크린 안의 것, 텔레비전 수상기 안의 것으로 한정함으로써 현실 세계의 공포를 괄호 안에 넣어버리고 싶어 하는 경향 말이다. 그러나 반복은 항상 차이 나는 것의 반복이다. 영화 「링」이 텔레비전 수상기를 통해 외부세계로 기어 나오는 공포를 그린 것처럼 서윤후도 그런 '피'의 예감에 사로잡힌다. "여름은 자꾸 빨라지고 있다"고 말할 때, 서윤후는 시간의 뒤틀림이나 사건의 전조를 예감한다.

　　봤던 공포영화 비디오를 되감기 하면서
　　귀신들이
　　원래 있었던 자리로 돌아가는 장면을 본다.

　　더위를 꺾기 위해
　　나란히 이불을 덮으면 다시 시작하는 영화
　　다가올수록 섬뜩해지는 건
　　여전하기 때문이다. 너의 옆에 있어준다.

　　(중략)

　　망설이다가 줄거리를 헤매게 될 때
　　제자리에 있는 것들이 무서워지는 건
　　여전하기 때문이다. 너의 옆에 있어준다.

어둠을 필요로 할 때 본 영화를 다시 볼 때
덜 무섭게 예고된 장면을 먼저 말해주는 착하지만 착하지 않
은 옆자리.

눈 가린 두 손 뒤로 길어진 속눈썹
끝난 뒤 시시하다고 생각하면 사라지는
너의 옆에 있어준다.
비디오는 다시 되돌아가야 하는데

여름은 자꾸 빨라지고 있다.
정지 버튼을 누른 손에서

피가 나기 시작한다.
　　　―「다정한 공포」부분

　공포영화의 귀신들은 그 자체로 비일상적인 것처럼 보인다. 귀신들은
낯선 것이기 때문에 공포를 유발한다고 생각하기 쉽다. 그러나 공포영
화는 일상적인 것들을 클로즈업하면서 묘한 착시를 불러일으킨다. 오
히려 진짜 공포는 일상으로부터 벗어나 있는 것이 아니라 우리에게 낯
익은 것들에서 갑자기 튀어나온다. 낯선 것들이 사실은 낯익은 것들이
었음을 깨닫게 되는 프로이트 식의 경이를 뒤집어놓은 형국이다. 만약
'여전한 것'들이 공포의 대상이라고 한다면, "제자리에 있는 것들"이 가
장 무서운 것들이라면, "너의 옆"이야말로 가장 무서운 자리가 아닐 수
없다. '너'야말로 유령, 혹은 괴물적인 존재다. "있어준다"라는 반복되는
일상적 행위야말로, 유령이나 괴물적인 존재를 내면에 떠안고 있는 '나'
의 일상이야말로 가장 견디기 어려운 것이다.

서윤후는 그 견디기 어려운 시간을 온전하게 어둠의 영역으로 밀어 내버리는 것이 아니라 오히려 친밀감으로 채색한다. "너의 옆에 있어준 다"고 하는 소년의 언표는 '너'가 "사라지는" 허망한 존재라는 것이 드 러나기 전까지는, 애초에 '너'는 없었고 '너'는 '나'일 뿐이라는 것이 드 러나기 전까지는 매우 정감 있고 달콤하게 들린다. 이 친밀감이 되감기 를 반복하는 일상적 시간에 '나'를 더욱 결박시키는 역할을 하고 있는 것은 물론이다. 그러나 '나'는 더 이상 이 일상적 시간에 머물러 있을 수만은 없다. '나'는 떠나야 한다. '나'는 공포영화의 반복과 결별해야 한다. 아니, 그보다 더 본질적인 것은 그 친밀감으로부터의 탈주다. 그 래서 '피'의 예감은 기분 좋은 전조는 아니지만 피할 수 없는 것이기도 하다. 서윤후는 그 탈주, 혹은 가출의 '시작'에, 스타트 라인에 정확하게 서 있다. 그의 시는 "시작한다"는 말을 신호로 동결된다(「야생교육」「다 정한 공포」).

가족 안의 우울

'다정한 공포'로 명명된 친밀감의 원천은 서윤후에게 있어서는 무엇 보다도 '가족'이다. "잠든 걸 후회해본 적 있는 문고리와 자꾸 커지는 발과 디딜 곳을 내줄 수 없는 바닥과 자꾸 반짝거리기 시작하는 압정 들의 무질서 이 모든 것들이 전시되어 있는 방"에서 그는 "누군가 방문 을 열어줄 것"이라는 기대감과 아무도 오지 않으리라는 불안감을 동시 에 경험한다(「방물관(房物館)」). 누군가 자신을 찾아내 주었으면 하고 바라는 혼자 하는 숨바꼭질은 외롭다. "괘종시계가 무서웠다"(「메종 드 앙팡」)고 하는 고백에서도 드러나듯 집은 그를 외롭게 그냥 방치해둔 장소로 어둡게 그려진다. 그렇다고 해서 그가 이 무심한 집, 혹은 방,

혹은 가족과의 투쟁에 나서는 것은 아니다. 당장은 집을 떠날 수도 없고, 떠나고 싶은 것도 아니다.

> 파피루스가 마당에서 자라나고, 너는 그것을 먹었네
> 부스럭거리는 잎사귀 먹고 가시나무를 낳았네
> 자초한 일들만 앙상하게 남았네 하지 못한 말들이
> 화석의 테두리처럼 부스러기로 쌓이고
> 뼈에 바람이 차올라 더 이상 걸을 수 없었다
> 혼자서 제 집을 나가지 못했다
> ―「에고 사우르스」 부분

'집'은 이야기의 원천이기에 서윤후는 집을 떠나지 못한다. 떠나지 않는다면 발을 다칠 것이 분명하지만, 그는 "반짝거리기 시작한 압정들의 무질서"(「방물관」) 속에서 우두커니 서 있다. 그는 자신의 자아를 버려진 '공룡 인형'에 투사하면서 스스로를 수동적인 자리에 위치시킨다. 그러나 인형을 가지고 노는 아이들이 반드시 수동적인 것은 아니다. 이 인형 놀이에서 서윤후는 인형을 조작함으로써, 혹은 행방불명된 인형을 찾아 나섬으로써 역설적으로 능동적인 위치를 회복한다. 「스무 살」의 시적 화자가 '할머니의 죽음'을 거치면서 "나는 누군가를 데리러 갈 수 있는 용기가 생겼다"고 고백한 것은, 어쩌면 상처뿐인 빈집으로 돌아갈 용기, 그곳에 버려져 있을 자기 자신의 유년과 대면할 용기를 말한 것인지도 모르겠다.

서윤후는 '빈집'의 재건, 관계의 회복을 도모한다. 그는 보통의 가족을 상상하면서 집 나간 형제들을 다시 집으로 불러 모은다. 불러 모은 것은 정작 어머니지만, 그것은 사실 그도 원하던 일이었다.

누나가 왔고 형도 뒤늦게 왔다. 다시 모인 집은 여전했지만 여전하지 않은 구석을 가졌다. 밤낮으로 부대끼던 곳에서 머쓱하게 앉아 안부를 묻는 사이. 떨어져 있는 만큼의 누적된 거리로 벌어져 있는 사람들. 집 열쇠 대신 고장 난 초인종을 연신 눌러댔다. 텅 빈 자기 방에 더 이상 들어가지 않았다. 최근에 개봉한 영화에 대해 이야기 했다. 말의 부스러기만 내뱉는 것 같은 기분이지만 푹 꺼진 소파라도 눕고 싶은 자리가 아니겠는가. 오래 익은 식구들의 눈에는 아직도 철없는 막내이지만 저녁거리를 생각하고 스스로 청소도 한다는 것을 영원히 알지 못할 것이었다. 각자의 청바지가 맞지 않는 것이 어째 개인적인 문제일까. 폭식을 유발하는 뉴스도, 거식을 일으키는 흥미로운 소문도, 부모자식 관계도 피로한 육체가 되어 등에 업히고, 또 등에 업히고. 무너질 때쯤에야 내뱉을 수 있는 말. 듣고 싶지는 않았지만 왜 하지 않았나 기다렸던 그런 말. 좋은 감정이나 나쁜 경향이나 어느 쪽으로 침을 뱉을 수 있는지는 더 살아봐야지 알겠다고.

—「자화상」 부분

「자화상」에는 근친 살해와 같은 자극적인 환상이 나오지 않는다. 가족을 위해 자신을 희생하는 가족의 성원도 나오지 않고, 떠났던 가족의 일부가 집으로 돌아와 엉엉 우는 장면도 없다. 「자화상」은 부모의 속옷을 애잔하게 바라보는 자식의 이야기도 아니고, 가족끼리 말로 상처를 주고받는 이야기도 아니다. 시라고 하기에는 분행도 없고, 특별한 시적 장치가 눈에 띄는 것도 아닌, 그저 평범한 진술의 집적이다. 어떤 의미에서 「자화상」은 일기의 일종이라고 해야 할지도 모르겠다. 그러나 시라는 것은 도대체 무엇인가. 아니, 차라리 가족이란 무엇인가라고 물어야 하는지도 모르겠다. 혹은 그 둘이 포개지는 쪽에 나는 주목하고 싶은 것일까.

많은 시인들이 가족에 대해 썼다. 가족을 떠난 사람들, 가족을 파괴한 사람들, 가족과 싸운 사람들, 가족과 화해한 사람들, 가족에게 돌아간 사람들, 가족을 잃은 사람들 등 그 목록은 아직도 계속 길어지고 있다. 가족을 파괴하고 가족을 떠난 사람들조차 가족으로부터 자유로울 수는 없다. 가족을 떠나는 사람은 가족의 음영을 어깨에 지고 길을 떠난다. 이렇게 말할 수도 있다. 가족에 대해 말하지 않는 사람들조차 한편으로는 가족의 음영을 등에 업고 세상과 맞대면하고 있다. 가족은 그저 제도일 뿐이라고 말하는 사람도 있지만, 이 오래된 제도와 아무 상관도 없는 곳에서 혼자 서 있을 수 있는 사람은 없다. 독신자도 페미니스트도 동성애자도 히키코모리도 가족에 대해 매 순간 쿨할 수는 없다. 쿨하게 가족을 떠날 수 있는 사람의 시는 믿을 수 없다. 차라리 집 기둥에 도끼질이라도 하고 떠나는 사람의 시를 믿어야 한다.

마치 가족이라는 고정불변의 실체가 있는 것처럼 이야기를 하고 말았다. 그러나 가족은 정적이라기보다는 동적인 관계다. 서윤후는 "다시 모인 집은 여전했지만 여전하지 않은 구석을 가졌다"고 말한다. 「다정한 공포」에서 그가 무섬증을 느꼈던 것이 '여전한 것'이었음을 환기할 때, 이 '여전하지 않음'은 그리 나쁜 것만은 아니다. 식구들은 매일 보는 사이기 때문에 그 성원들의 작은 변화를 눈치채지 못할 수도 있겠지만, 막내는 어제의 막내가 아니다. 결국 가족이란 이 변화들을 용인하면서, 때로는 상처를 주고받기도 하면서 지속되는 것이라고 서윤후는 말하고 싶었던 것 같다. 가족이라는 동적인 관계를 지속시킨다는 것은 '용기'가 필요한 일이다. 「스무 살」의 "누군가를 데리러 갈 수 있는 용기"와 「가족」의 "식물원에 함께 갈 수 있는 용기"에서 보듯이 집을 떠나는 일도 집을 지키는 일도 '용기'가 필요하다.

「자화상」이 미학적인 충위에서는 범용한 것에 머물고 있음에도, 한 편의 훌륭한 시라고 인정할 수 있는 것은 이 고민의 선함이 아무런 장신구를 걸치지 않고 독자의 마음에 직접 전달되기 때문이다. 오늘날 시를 잘 쓰는 사람은 많아졌지만, 시를 '선함' 위에 올려놓고 있는 사람은 점점 줄어들고 있어서 좀 아쉬울 때가 있다. 그런 의미에서 서윤후의 시를 우리가 기억해두는 것도 의미 있을 것이다.

세계 재건의 방식—편집증적 방식

1980년대 이후에 태어난 시인들에게서 다시 '가족'에 대한 이야기가 많이 보인다고 하는 이야기를 들었다. 1970년대생 시인들은 의도적으로 '가족'에 대한 이야기를 피해왔다는 것이다. 그러나 1970년대생 시인들이 정말로 그랬는지 나는 확신할 수 없다. 반면 1980년대 이후에 태어난 시인들이 '가족'에 대해 많이 쓴다는 것은 그리 대단한 발견이 아니다. 그들은 10대를 벗어난 지 얼마 되지 않았고 가족이나 학교 이외의 세계를 많이 경험해보지 않았다. 그들이 가족이나 학교에 대해 말하는 것은 어떤 의미에서는 매우 정직한 것이다. 1990년생 서윤후에게는 더 말할 것도 없는 일이다.

서윤후의 시 세계에서 가족은 매우 중요한 부분을 차지하고 있다. 그의 세계에서 가족의 위기는 세계의 위기다. 「방물관」「에고 사우르스」「메종 드 앙팡」 등 일련의 어두운 기억에도 불구하고, 그가 「자화상」에서처럼 가족을 한자리에 불러 모은 것은 이해할 만하다. 가족을 재건함으로써 폐허가 된 자기 세계를 복원해야 할 내적 필연성이 그에게는 있었던 것이다.

그래서 서윤후의 시에는 복원의 의도가 엿보이는 징후가 자주 등장한다. 그중에서 우선 눈에 띄는 것이 조어 형태의 제목이다. 「풋사과 주스 열차」 「방물관」 「에고 사우르스」 「참수형 요리」 등 조어 형태의 제목은 해체된 세계에서 떨어져 나간 파편들을 편집증적으로 그러모은 것들이다. 이런 편집증적 방식은 세계를 재조립하려는 의도를 반영한 것이며, 그 자체로 회복을 위한 노력으로 해석할 수 있다.

그러나 조어 형태의 제목보다 더 중요한 것은 역시 환상일 것이다. 환상에 대해 말하는 것은 물론 쉽지 않다. 환상에는 여러 가지가 있고, 그것을 범주화하려는 시도들도 한두 가지가 아니다. 가령 학술적인 방식은 아니지만, 세계 질서의 재편에 기여하는 환상과 그렇지 않은 환상으로 나누는 구분법을 생각해볼 수도 있다. 서윤후 시만 하더라도 환상은 균질적이지 않다. 예를 들어 「참수형 요리」는 학교 교육의 문제점이라는 다소 식상한 프레임이 우선 눈에 띄지만, 사실은 '거세불안'이 환상의 외피를 뒤집어쓴 경우다. 이 시에서 '참수'와 '요리'의 기괴한 조합이 빚어내는 환상은 세계 질서의 재편에 기여하지 않는다. 그러나 가령 「스와힐리의 썸머」와 같은 시에 나타나는 환상은 「참수형 요리」의 환상과는 전혀 다른 종류의 환상이다.

해변은 위험해서 여름을 데리고 노는 너를
집에 돌아가자고 보채는 부모님이 낳았고 여름을 낳은 건 어떤 잠이었을까. 어떤 사고였을까. 발정 난 햇빛들이 사나운 벌이 되어 등껍질을

등껍질을 자꾸 벗겨냈다.
그 자리를 핥아주는 여름의 혀에는 백태가 내렸다. 여름에 눈이라니 생각만 해도 발가락이 촉촉해졌다.

소라게의 집구석이, 파라솔이 꽂혔다. 빠진 구멍이, 불꽃놀이
를 관람하는 즐거운 방관이
여름의 털갈이를 핥아주었고, 시원한 젖을 내주었다는 속설.

네가 유일하게 알고 있는 여름의 염색체가
네 눈에서 알록달록 해지면 하나씩 터지는 실핏줄
해변에서 왔다는 말을 하지 않으면 폭설이 막 지난 모래 위에서

여름과 여름이 술래잡기 한다.
파블로프의 실험이 틀렸다는 종소리가 해변 가득
소금기를 머금고 반짝이면
군침을 흘리는 네가 까맣게 그을린 얼굴로
스와힐리어로
안녕.
　　　　　　　　　　　　　　　　―「스와힐리의 썸머」부분

　「스와힐리의 썸머」에서 '해변'은 일종의 경계선 구실을 한다. "집에
돌아가자고 보채는 부모님"이 있는 한 '해변'은 집의 연속이다. 그러나
'해변'은 '여름'으로 불리는 '개'를 낳은 우발적인 '잠', 우발적인 '사고'가
있는 한 하나의 탈주선임도 분명하다. 이 시의 후반부에서 '너'는 또 하
나의 '여름'으로, 다시 말해 개로 변신하여 해변을 종횡무진 달린다. 그
순간 해변에는 과학과 이성의 세계가, 즉 식사 종을 울리면 개는 주인
에게 돌아와야 한다는―파블로프의 개 실험이 비록 그런 내용은 아
니지만―규율의 세계가 허구임을 폭로하는 신호가 종소리로 반짝인
다. 그리고 '개'로 변한 '너'는 어른들의 말이 아니라, 그 세계의 부정성
에 물들지 않은 외국어로 '내'게 인사를 건넨다. 이 시에서 서윤후는 인

간계와 동물계를 가로지르는 환상을 통해 어른들과 파블로프와 일상어의 세계를 교란하고, 아이들과 개와 외국어(시)의 새로운 세계의 질서를 다시 세운다. 서윤후 환상의 묘미는 「참수형 요리」와 같은 환상에서보다는 「스와힐리의 썸머」와 같은 환상에서 더 돋보인다.

나오며

서윤후는 미래의 자신과 자신의 시에 대해 걱정과 함께 기대를 품고 있을 것이다. 그런 걱정과 기대를 숨기지 못하고 들키는 이 젊은 시인을, 시를 조금 먼저 쓰기 시작한 사람으로서 역시 걱정과 기대를 품은 채 바라보게 되는 것은 어쩔 수가 없다.

그는 가족에 대해 쿨할 수 없는 사람, 그러나 풋사과가 자신의 의사와는 상관없이 무르익어가듯이(「풋사과 주스 열차」), 언젠가는 집을 떠나야 한다는 것을 아는 사람이다. 그는 집을 떠나더라도 변해가는 가족을 보고 싶어 하는 다정한 사람, 집을 떠나는 일에도 가족을 유지하는 일에도 '용기'가 필요하다는 것을 깨달은 사람이다. 그리고 이제 막 '용기'를 내보려고 마음을 낸 사람이다. 그의 발심(發心)에 "먹구름"이 먼저 도착한다. "아직도 비를 맞고 있니? / 비가 막 그쳤고 모래성은 무너졌어. / 먹구름이 먼저 / 도착했어."(「방사능비가 내리고 우리는」) 그렇다고 해도 우기(雨期)의 소년들은 앞으로 나아갈 수밖에 없다. 그 나아가려는 찰나의 표정이 '시작하는 장면'으로 끝나는 시들(「야생교육」「다정한 공포」)에 포착되어 있다. 나는 '먹구름'이 도착하고, 빗속으로 전진하는 소년들의 모습을 상상한다.

그는 이제 막 '반짝이는' 것들에 눈을 뜬 사람. "파블로프의 실험이 틀렸다는 종소리가 해변 가득 / 소금기를 머금고 반짝이면"(「스와힐리의 썸머」)이나 "자꾸 반짝거리기 시작하는 압정들"(「방물관」)에서처럼 눈부신 빛의 감각, 혹은 어둠의 폐부를 찌르는 통증의 감각에 눈을 뜬 사람. 시의 환희와 시의 고통에 나란히 "안녕" 하고 인사를 건네는 사람. 스와힐리어로 인사를 건네지나 않을까 싶은 사람이다. 그러나 '어제의 막내'는 아닌 사람! "피가 나기 시작한다." 나는 이 막내 시인이 이 '피'의 의미를 어떻게 돌파하면서 자기를 갱신해갈 것인지 보고 싶다.

점액질과 도시적 상상력

―상상력의 비평적 기능을 위하여

들어가며

1930년대의 모더니스트들보다 '도시'에 대해 더 잘 묘사하기는 어렵다. 백화점의 반짝거리는 상품들과 쇼윈도 안에서 진주목걸이를 걸치고 바다를 꿈꾸는 마네킹과 거리에서 휜소를 즐기고 있는 모던 보이들·모던 걸들과 다방에서 축음기 음악을 듣고 있는 댄디 혹은 룸펜들과 제국의 시간표에 따라 움직이는 기차, 경성역의 시계탑과 박래품들, 유행, 그리고 활동사진들! 1950년대 모더니스트들은 이 긴 목록에 '생활자'로서의 도시인이 가지는 이미지를 추가했다. 이 1950년대 모더니스트들의 레퍼토리는 김수영을 경유해 1970년대에는 모더니즘은 물론 리얼리즘 진영에도 받아들여졌다. 도시는 더 이상 모더니즘의 지평에만 머물 수 없게 되었다.

『난장이가 쏘아올린 작은 공』(1978)은 바로 그 모더니즘과 리얼리즘이 회통하는 지점을 선명하게 부각시킴으로써 고전의 반열에 오른 대표적인 사례로 기억할 만하다. 도시는 하나의 통합된 비전으로 존재하지 않는다. 빛의 세계가 있는가 하면 어둠의 세계가 바로 그 옆에 있다. 청계천의 쾌적한 흐름 뒤에는 청계천에서 떠밀려 동대문운동장 부근으로 쫓겨나야만 했던 '쾌적하지 못한 풍경'으로서의 노점상들의 흐름도 있었다는 것을 기억해야 한다. 그러므로 도시는 시골의 대척에 있지도 않고 자연이나 생태의 대척에 있는 것도 아니며 오직 그 자체의 대척에 서 있을 뿐이다.

구역들

도시는 여러 개의 구역으로 나뉘어 있다. 은행들과 백화점들, 대기업의 본사 사옥들, 영화관과 커피전문점들이 즐비한 중심가에서 사람들은 누구나 황홀한 표정으로 군중에 섞여 하나의 흐름을 만들어낸다. 대형 통유리를 통해 따뜻한 조명이 언제까지나 새어 나오고 거기에 진열된 상품들은 그 상품 수만큼의 다양한 행복의 척도들을 제시하며 행인들의 시선을 사로잡는다. 그러나 그곳은 주거지로 개발된 곳이 아니어서 가난한 사람들도 자주 들락날락하며 풍경의 일원으로 참여하곤 한다. 보들레르의 「가난뱅이들의 눈」에서처럼 피곤한 얼굴에 회색빛 수염을 한 남자가 그의 아이들과 함께 낡은 옷을 입고 최고급 카페의 쇼윈도 앞에 우뚝 멈춰 서서 찬탄과 선망의 눈빛으로 실내를 구경하는 일이 지금 이 순간에도 일어나고 있을 것이다. 잠시 그 가난한 사람들이 중심가로 이동해온 궤적을 거슬러 올라가면 어느 산동네가 나올지도 모른다. "오래전 월세 들어 살던 방, 더듬이가 긴 곤충들이 출몰하던 방, 연탄불을 넣던 방, 이 도시의 야경을 내려다보며 울먹이던 방, 외롭던 방, 고맙던 방, 아주아주 춥던 방"(안현미, 「post 아현동」)에서처럼 가난이 주거의 양태로 펼쳐지는 구역이 도시의 한쪽 끝을 다닥다닥 채우고 있다. 그곳에서 가난은 '더듬이가 긴 곤충들'처럼 징그럽고 지긋지긋한 것이리라. 그러면서도 가난한 사람들은 도시 반대편의 아름다운 야경을 바라보며 희망을 키우기도 하고 끝없는 박탈감에 서러운 눈물을 흘리기도 할 것이다.

그러나 대개의 경우 각각의 구역들은 다른 구역에서 그 내부를 들여다보기가 거의 불가능하다. 각각의 구역들은 신체의 내장기관들, 혹은 그 안의 '주름'이거나 '막'이거나 '겹'을 형성하고 있다. '검은 비닐봉지'나 '쓰레기 봉투'처럼 수상하며 냄새를 풍기기 일쑤다.

그 거리는 어둠의 딱딱한 껍질에 둘러싸여 있어 그게 벽인 줄
알고 사람들은 그만 지나치고 말지 일단 어둠을 밀고 들어서

는 자에게 어둠은 스펀지처럼 편안해 그 거리에선 과거나 미래
따위는 중요하지 않아 단지 자신이 영원히 현재인 것만 증명하
면 되지 그러자면 몸에 붙은 기억들을 모조리 떼어내야 해 이
따금 그 거리에선 기억을 떼어버린 소년들이 발에 차여
그것의 술집들은 모두 눈알을 술값으로 받지 사실 술을 파는
것은 눈속임에 불과해 은밀하게 눈알을 사고파는 거래가 이루
어진다는 걸 사람들은 모두 알고 있어 푸르고 단단한 웃음을
지으며 사람들은 자신의 눈알이 팔리기만 기다리지
— 김근, 「어두운, 술집들의 거리」 부분

어둠은 도처에 모험을 잉태하고 있다. 도시는 거대한 '해저드
(hazard)'라고 할 수도 있어서 도시에 사는 사람들은 매일같이 모험을
하고 있으며 가끔은 현대 생활의 영웅이 되기도 한다. 현대 생활의 영
웅이 되기 위해서 도시인들은 자신이 '영원히 현재인 것'을 증명해야 한
다. 그것은 용과 대적하는 용맹한 영웅 이상의 용기를 필요로 한다. 왜
냐하면 그것은 스스로 "눈알을 빼낼 용기"를 강요하기 때문이다. 김근
의 이 우화는 오늘날 젊은 예술가들이 처한 위험을 역설적으로 드러낸
다. 예술가들은 이 어둠의 도시로 표상되는 소비 사회에서 그들의 상상
력을 팔아야 하는 생산 주체지만 그들의 생산 행위는 '몸'을 훼손해가
는 지극히 소비적인 방식을 통해서만 달성된다.

도시인들은 자신들이 '영원한 현재'에 산다는 것을 증명으로써 어
둠의 영역에서 빛의 영역으로, 변두리 골목에서 중심가로 끊임없이 이
동하기를 꿈꾼다. 욕망은 곳곳에서 비등한다. 욕망의 충족을 위해 도
시인들은 기꺼이 소비 주체가 되어 중심가로 몰려간다. 지하철과 버스
의 완미한 환승체계와 도시의 웅장한 스케일을 감상하며 달릴 수 있
도록 정비된 도로망이 구역과 구역들을 가로지르며 욕망을 실어 나른

다. 이 '이동'의 상징이 계층·계급 간의 '이동성'을 환기한다는 점은 중요한데, 그보다 더 중요한 것은 우리가 살고 있는 도시에서 이 상징적인 이동은 매우 예외적으로만 인정된다는 사실이다. 거리에는 "어둠의 딱딱한 껍질"처럼 상징적 이동을 가로막는 장애물들이 수두룩하다. 그보다 더 끔찍한 버전의 결말은 우리 모두가 도시라는 괴물의 내장기관 속에서 서서히 죽어가고 있다는 상상이다. 가령 우리는 끊임없이 술값을 요구하는 자본주의의 교환 논리 속에서 열심히 소비만 하다가 죽고 있는 것은 아닐까. 우리를 에워싸고 있는 단단하고, 그러나 물컹물컹한 막, 주름, 혹은 겹!

욕망의 찌꺼기들

도시인은 더 이상 '산책자'에만 머물지 않는다. 그들은 무엇보다도 먼저 '소비 주체'다. 소비를 하지 않으면 스스로의 존재를 증명할 길이 없다. 그 많은 문화코드들의 빈번한 조합은 그 소비 행위를 통해 얻은 재화(財貨)로 자기만의 세상을 재구성하고자 하는 욕망의 소산이다. 황병승 시에 등장하는 수많은 외국 이름들은 그렇게 갖가지 재화로 독자들 앞에 펼쳐지고 소모된다. 황병승의 시에서 외래어나 외국어 물신(物神)들은 국어와 이종교배를 통해 전적으로 새롭고 낯선, 그래서 두렵기까지 한 풍경을 만들어낸다. 그의 장시들은 인접한 문화 텍스트들을 흡수하면서 스토리를 형성하는 것처럼 보이지만 정작 스토리는 보이지 않고 헛헛한 소비의 블랙홀만을 보여준다.

모든 도시인들은 '소비자'라고 불리는 '좀비'가 되어가고 있다. 좀비이기 때문에 눈알이 빠지거나 창자가 배 밖으로 삐져나와도 걱정할 필요가 없다. 김민정 시의 자극적인 이미지와 모티프들은 단순히 엽기 취향을 드러내고 있는 것이 아니라 도시 생활자들의 삶을 지배하고 있는 최종 심급으로서의 소비 구조와, 이 구조 속에서 소외당한 자의 절망감을 망상의 형태로 폭로한다.

> **이미죽은내가** 쇠도끼로 엄마아빠의 머리뼈와 종지뼈를 쳐내
> 그걸 고아 프림색 국물을 우려낸다 **이미죽은내가** 엄마아빠의
> 살을 조근조근 손톱깎이로 뜯어 홈을 판다 **이미죽은내가** 엄
> 마아빠의 뜯긴 살집에 손을 넣어 큼직큼직하게 살점을 떼어낸
> 다 **이미죽은내가** 떼어낸 살점을 조물조물 납작납작 주물러서
> 국솥에 떨어뜨린다 **이미죽은내가** 엄마아빠의 깎아놓은 털에
> 말간 뇌수액을 붓고 끈적끈적한 혈장을 버무려 양념장을 만
> 든다 **이미죽은내가** 엄마아빠의 발라놓은 뼈에 비계칠을 하고
> 불을 붙여 국솥의 아궁지를 달군다 **이미죽은내가** 링거바늘로
> 뽑아둔 엄마아빠의 피로 국물 간을 맞춘다
> ─ 김민정, 「살수제비 끓이는 아이」 부분

「살수제비 끓이는 아이」에서 아이는 **'이미죽은'** 좀비로 귀환하는데 이 아이를 오븐에 넣고 구운 것은 바로 **'엄마아빠'**다. 이 좀비-아이는 부모에게서 받은 만큼 그대로 부모에게 돌려준다. 이 교환의 논리가 부모·자식 간에도 어김없이 작동을 한다는 데 소비 사회의 무서움이 있다. 이것이 무서운 이유는 이 소비 구조에서는 소비자로 존재할 때에만 존중을 받을 수 있을 뿐 어떤 인간관계에서든 감정을 교류할 만한 대상을 구할 수 없기 때문이다.

아무튼 이 복수담은 참으로 기발하다. 기실 이 이야기는 아이가 바깥세상에서 욕망을 채우지 못하고 가정으로 돌아가 부모에게 그 스트레스를 망상의 형태로 전가하는 내용이다. 그 스트레스의 크기가 크

면 클수록 더욱 잔혹한 복수의 이미지가 동원된다. 뼈와 살의 이격 모티프는 시적 자아가 받은 사회적 스트레스의 강도를 보여줌과 동시에 좌절된 욕망이 '신체의 해체'라는 방식으로 시각화된 것이다. 김민정은 이처럼 잔혹한 이미지들을 통해 충족될 수 없는 욕망을 끝없이 증폭시키는 사회에 대해 위화감을 표시한다. 독자들이 그녀의 시에서 받는 위화감은 그녀가 사회에서 받는 위화감과 등가교환이 가능하다.

김민정 시의 저류를 형성하고 있는 이 위화감은 그로테스크로만 설명될 수 없다. 엄마아빠의 살로 수제비를 끓이는 이야기는 현실감이 없기 때문에 잔인함보다는 징그러움이나 더러움의 느낌이 강하다. 이와 같은 경향은 그녀의 동물 모티프에도 똑같이 적용된다. 『날으는 고슴도치 아가씨』(2005)에 등장하는 '두꺼비'나 '거북이' '문어' '고등어' '지렁이' 등과 같은 동물들은 하나같이 가축이 아니고 '점액질'로 뒤덮여 있어 징그럽다. 그녀의 '눈알' 파는 이야기도 역시 징그럽다. "눈알팔이 소년은 눈알 파는 소년들을 따라 내 눈알에다 주삿바늘을 꽂고 홍채를 쭉 빨아들인다"(「눈 내리는 거리에 눈알 파는 소년들이 들끓었다」) '눈알' 역시 끈적끈적한 점액질로 뒤덮여 있다. 그녀가 '파는' 풍경들은 하나같이 '점액질에 싸인' 징그러운 이야기들뿐이다. 점액질은 개인이 사회에 대해 느끼는 위화감(징그러움)의 표시이고, 이것은 점차 주름이나 막을 형성한다. 개인은 '점액질의 막에 싸여' 끝없이 고립될 수밖에 없다. 김민정 시의 화자가 '거의 언제나' 누군가를 향해 말을 거는 방식을 택할 수밖에 없는 것은 그녀의 고립감이 감정적 교류를 할 만한 대상을 부단히 모색하고 있기 때문이다. 그러나 발화자가 소비 주체인 이상, 물건을 사고 파는 흥정의 시스템 속에 들어 있는 이상 대화는 그 자체로 불가능성을 띠고 나타난다. 남는 것은 욕망의 찌꺼기들이 남긴 비릿한 냄새와 더러운 기분!

욕망은 늘 찌꺼기를 남긴다. 욕망은 더럽다. 우리 시대의 시들에 넘쳐나는 골편과 살점들, 토막 난 시체들은 무엇보다도 도시의 미관을 망친다. 그것은 흡사 쓰레기차가 지나가기 전의 새벽 거리에 흩날리는 전단지나 각종 포장지, 염치없이 비대한 토루소의 몸통을 하고 퍼질러 앉아 있는 쓰레기 봉투 더미를 연상시킨다.

> 검은 봉투 속에 밀봉된 채 악몽의 풍경 속을
> 기차를 타고 갔었지요 달아났었지요
> 잘려진 손톱처럼 날카로운 산의 나무들
> 핏빛 파도를 닮은 생리대와
> 사각의 푸른 종이 상자에서 툭툭 틑어지던 희디흰 크리넥스
> 처럼 내려앉은 저녁의 날개 없는 새들
> 머나먼 레일처럼 도르르 말린 필름
> 내 몸 속 어딘가에서 송출하는 영화
> 그 어디에 목숨이 숨어 있는 걸까요
> 몸부림치고 있었어요 검은 쓰레기 봉투 속에서
> 다시 태어나려고요 나는 아직 태어나지도 않았던 거예요
> 검은 쓰레기 봉투 속에서 날벌레의 애벌레들이 확 쏟아지자
> 흠칫 놀란 청소부들이 한발짝 물러나고
> 절대로 썩지 않을 꿈의 냄새가
> 밤거리를 물들였어요 내 몸 속 어디에 목숨이 숨어 있는
> 걸까요?
> ―김혜순, 「이다지도 질긴, 검은 쓰레기 봉투」 부분

욕망이란 더러운 것이기 때문에 '검은 쓰레기 봉투'에 담을 수밖에 없다. 그 버려진 욕망은 절단된 신체나 돌출된 기관들처럼 찢겨지고 깨진 욕망이기 때문에 '악몽의 풍경'으로 귀환하게 되어 있다. 「이다지도

357

질긴, 검은 쓰레기 봉투」에서 그 악몽은 '손톱'이나 '생리대'의 페티시 (fetish)로 복귀한다. 리비도를 비롯한 모든 욕망의 에너지들은 소멸하지 않고 형태를 바꾸어 미끄러지기를 거듭한다. 스크린 메모리(screen memory)로 악몽은 매일같이 찾아와 사산(死産)된 욕망의 원가상환을 요구한다. 이 모든 악몽을 밀봉하기에는 쓰레기 봉투만 한 것도 없다. 이 합성수지는 김민정 시의 점액질의 '막'처럼 생체적 상상력의 자극을 받아 자궁으로 변신한다. 이 자궁이 아무것도 생산해내지 못할 것이라고 지레짐작하는 것은 큰 오산이다. 이 자궁은 '날벌레의 애벌레들'을 확 쏟아놓는다. 욕망은 썩지 않을뿐더러 수백 수천 마리의 애벌레들로 증식한다. 그 총체가 바로 '나'라면 그 '나'는 소비 주체로서의 도시인에 다름 아닐 것이다. 오늘날 도시인들은 바로 재앙 그 자체다.

이 악몽을 부활시키는 자궁의 이미지는 도시의 구역들을 가로지르며 격리시키는 점액질의 '막'을 연상시킨다. 그리고 이 막은 인간과 인간 사이에도 미끈한 단절로 작용을 한다. 단자화(單子化)된 도시인들이 고립을 자립으로 착각하면서 각자의 서랍 속에 들어가 잠을 청한다. 이 악몽의 어디에 목숨이 있는가 묻고 싶지만 우리는 이 쓰레기 봉투로부터 쉽게 도망칠 수 없다. 수천 마리의 애벌레로 해체된 육체를 다시 추스르는 것은 지난한 일이다. 과연 이래도 살아 있다고 할 수 있을까.

도시형(型) 시의 '겹' 공간

도시는 그 자체의 의지에 따라 움직이는 생명체처럼 날마다 새로워진다. 오늘날 도시의 도처에서 진행되고 있는 파괴와 재건의 반복은 전적으로 정부의 계획대로 이루어지고 있는 것도 아니고 전적으로 민간 주도로 진전되고 있는 것도 아니다. 국가 정책의 변화와 상권의 이동,

요동치는 투기 열풍, 주거 환경의 시시콜콜한 변화, 거주민들의 변덕 등이 난마처럼 얽히면서 도시의 풍경은 끊임없이 달라지고 있다. 내일 도시가 어떤 모습으로 바뀔 것인지에 대해 시민들은 아무도 정확하게 예측할 수 없다. 우리는 도시의 개발 의지에 종속되어 있는 무기력한 존재에 불과하다. 도시에 더 이상 개발할 공간이 남아나지 않게 되는 날에는 도시의 개발 의지가 인간을 향하게 되어 있는지도 모른다. 아니, 벌써 이 악몽은 진행되고 있는 것처럼 보인다. 김경주의 '기형(畸形)'에 관한 이야기라든지(「파이돈―가늘어진다는 것에 대해서」) 이영주의 「동생의 진화론」 등에 나타나는 신체변형의 이미지들은 도시가 도시인들에게 가하는 형언할 수 없는 압력에 의해 신체들이 어떻게 비정상적으로 뒤틀리고 망가질 수 있는가를 예시한다.

물론 도시 자체가 가지고 있는 개발 동력이 도시 공간의 개발을 완료한 것은 아니다. 도시는 신통하게도 끊임없이 개발할 공간을 만들어낸다. 도시는 용적률을 고려한다. 고층건물들이 도시의 풍경을 바꾼 것은 이미 오래전의 일이어서 서울 사람들은 황량한 들판에서 해가 솟고 또 지는 풍경을 이미 잊어버린 지 오래다. 이제는 지하 공간의 풍경이 급속도로 바뀔 차례. 여전히 지하철 역사에서 지상으로 꾸역꾸역 몰려나오는 군중을 보면 마치 무덤에서 기어 나오는 좀비들을 보는 듯하다. 그러나 도시의 지하 공간은 지상에 필적할 만한 활기와 현란한 상품들로 채워지기 시작했다. 지하의 풍경이 바뀌고 있는 것이다. 2호선 삼성역의 풍경을 한번 떠올려볼 일이다. 그 지하 세계에는 대형 영화관이 있고 그 근처에 각종 식당들이 군락을 형성하고 있으며 식당가는 다시 사방팔방으로 뻗어 있는 통로를 따라 각종 사치품을 비롯한 상품들을 취급하는 상가 지역으로 이어져 있다. 이 상가들은 20, 30대 유동 인구와 역세권의 직장인들을 주요 고객으로 하고 있는 것이 분명하다. 이 '움직이는 젊은 소비 욕구'들은 이곳에서 친구들을 만나고 선물을 주고

받으며 함께 쇼핑을 하고 영화를 보고 밥을 먹고 차를 마신다. 심지어 삼성역에는 지하에만 '커피빈(커피전문점)' 분점이 두 개나 있다. 지하 세계는 지상 세계를 이렇게 반복하면서 일종의 '도플갱어'로서 새롭게 부상한다.

도시는 지상과 지하의 '겹' 구조로 서서히 진화하고 있다. 이 두 겹은 여러 경로로 연결되어 있어서 사람들은 지하철에서 내려 비를 맞지 않고도 자신의 사무실로 이동할 수 있다. 이 두 겹의 도시는 공간 활용의 효율성을 단적으로 나타내고 있는 것 같다. 그러나 용적률에 따라 변화된 이 도시 공간이 가끔 일그러진 것처럼 여겨지는 때가 있다. 이 입체적인 겹 공간에서는 대단한 공간지각능력이 필요하다. 도시인들은 길을 찾는 데 천체의 운행을 참고할 수 없을뿐더러 개미집이 그렇듯이 비슷비슷하게 생긴 상점들 역시 이정표로 삼을 수 없다. 통로들이 온통 지상을 향해 나 있었던 초창기의 지하철역과는 차원이 다르게 통로들은 각종 빌딩의 지하로, 혹은 지하철의 다른 노선으로, 상가 구역이나 식당 구역으로 연결되어 있다. 가끔 이 연결로들을 걷다 보면 뫼비우스의 띠나 펜로즈의 육면체 삼각형처럼 현실적으로 불가능한 공간을 걷고 있는 것 같은 착각을 불러일으키게 되곤 한다. 이 일그러진 공간에 관한 사유가 우리가 살고 있는 세계의 구조에 대한 호기심을 자극한다. 두 개의 겹들이 서로 자기가 원본이며 세계의 본질에 가깝다고 주장한다.

우리 시대 시에 나타난 환유적 이미지들과 알레고리들이 우리가 살고 있는 도시 자체의 겹 구조와 상동성을 지닌다는 사실은 김중일의 시에서 가장 인상적으로 드러난다. 「태양건설(주)」를 위시한 'Sun/Moon_Light Company(SMLC)' 계열의 작품들은 '해'와 '달'이 떠 있는 바깥세상과, '해'와 '달'에 의해 통어되는 우화적 공간을 겹쳐 놓은 것들이다. 그는 이 두 겹의 세계를 오가며 세계의 진리에 대해 깊이 궁리한다. "둥근 달은 파울성 타구로 공중에 비스듬히 떠 있고, 지구로 파견된 SMLC의 영업사원인 나는 오늘도 눅눅한 아스팔트 위를 걷고 있다. 피로한 발목이 솜이불 같은 아스팔트 속으로 푹푹 빠져든다. [⋯] 먼 우주 저편 '연구소의 어둠' 속에서 누군가 모래시계를 한번 뒤집자 3월, 눈발과 황사가 번갈아가며 날린다."(「모래시계」) 그는 외계자의 시선으로 여기저기를 두리번거린다. 세계란 SMLC의 초월적인 의지에 의해 움직이고 있으며 그 작동 원리를 알지 못하는 평사원으로서의 인간은 피곤하게 삶을 살아보고 나서야 자연의 초월적인 의지에 조금 다가설 수 있다.

『국경꽃집』(2007)은 그와 같은 변경, 중간 지대, 어느 모로 보나 전이(轉移) 상태에 놓인 공간 위에 세워져 있는 것처럼 보인다. "그 공간 내에서 대상은 상실되지 않고도 거리를 두고 떨어져 있을 수 있으며 주체의 영역을 침범하지 않고도 가까이 머무를 수 있다."* 그의 시에 자주 등장하는 군대풍의 이미저리(「4월의 전쟁」 「해바라기 전쟁」 등)들만이 이 중간 지대가 안정된 상태가 아니라 아직도 서로 우위를 다투는 분쟁 지역임을 암시한다. 이 겹의 충돌이야말로 사실 김중일 시의 참 주제다.

　　잠시, 우리는 요리에 대해 약간은 체념한 상태로 허기를 채우
　　는 데 열중한다. 이렇게 잔말 없이 한 접시의 익숙한 음식을
　　나눠먹는 것만큼 배를 채우는 데 좋은 게 없지요. 그런데 사
　　실 오늘도 너무 질기군요. 씹어도씹어도 삼킬 수가 없어. 이렇
　　게 칼끝으로 질질 석양이 흘러나오는, 저녁이면 한 접시의 창
　　문 가득 온통 비린내가⋯⋯ 접시는 또 어떻고. 봐요, 나한테
　　기어이 쌍욕까지 하면서 돌아선 얼굴들도 아직 그대로 다 들

---

* 　미셸 콜로, 정선아 옮김, 「공간의 고고학」, 『현대시와 지평구조』, 문학과지성사, 2003, 180면.

러붙어 있고! 다시 흥분을 참지 못하고 K가 웨이터를 부르는
사이,

나는 슬쩍 얼굴의 ㄱ과 ㄹ을 바꿔치기 한다. 제발 좀 K, 이제
그건 겨우 얼룩일 뿐인걸요. 대수롭지 않아요. 이렇게 쓱 냅킨
으로 닦아버리면 그만인걸요. 웨이터를 괴롭히지 마세요. 그
를 피곤하게 하지 마세요. 이 시에서 질긴 저녁을 질겅거리고
있는 건 당신뿐이 아니니까요.

　　　　　　　―김중일, 「창문 한 접시가 놓인 식탁」 부분

　「창문 한 접시가 놓인 식탁」에서 '얼굴/얼룩'의 음운도치(metathesis)
는 단순한 말장난에 그치는 것이 아니라 도시의 '겹' 구조에 관한 근원
적인 물음을 제기한다. 그것은 바로 어느 쪽이 원본인가 어느 쪽이 참
인가 하는 것이지만 모든 것이 너무 복잡해진 도시에서 그와 같은 난
제는 해결될 가능성이 희박하다. 김중일이 이 시에서 말하고자 하는
바는 '얼굴'의 겹과 '얼룩'의 겹의 각축, 'K'의 겹과 '나'의 겹의 각축, 시
의 겹과 현실의 겹의 각축이다. 모든 겹들이 너무 완강하게 각축을 벌
이고 있기 때문에 어느 쪽이 진리인지 알 수 없다. 그것은 우리 시대 시
인들이 모두 경험하고 있는 '재현의 어려움'이라는 더욱 큰 주제로 뻗어
있다.

　이 시에서 '나'는 '얼굴'을 '얼룩'으로 바꾸어 적음으로써 'K'가 발견한
시적 풍경의 신빙성을 훼손한다. 독자들은 눈 크게 뜨고 이 조작의 현
장을 보고 있었으면서도 어느 쪽이 참인지 몰라 당황하게 된다. '창문'
을 무슨 요리처럼 품평하고 있는 상황 자체가 현실성이 없는 초현실적
이고 부조리한 상황이지만 이것은 중간 지대, 국경의 특징이라고 할 수
있다. 더 중요한 것은 '나'와 'K'가 국경의 존재를 명확하게 알고 있다는
것, 그들이 국경 안쪽에 존재한다는 것을 명확하게 안다는 것이다. 이

시에서 '나'는 'K'에게 "이 시에서 질긴 저녁을 질겅거리고 있는 건 당신뿐이 아니니까요"라고 면박을 준다. 'K'는 '웨이터'를 불러 요리에 대해 따지려고 한다. '웨이터'는 '나'와 'K'에게 '창문'을 가져다준 사람, 시 바깥에서 이 거창한 요리를 가져온 사람, '나'와 'K'를 마주 앉게 한 장본인이기 때문이다. '웨이터'는 '진짜 나', 시의 겹과 완전히 다른 겹에서 창문을 통해 시의 겹을 들여다보고 있는 사람, 다시 말해 시인 자신이다. 그런데 이 시의 시인은 시의 내용을 완전히 통어하는 절대적인 존재, 풍경을 요리하는 요리사가 되기를 포기하고 있다. 그는 '나'와 'K'를 중개하는 존재인 '웨이터'에 만족한다. 이 시의 시인은 '창문'이라는 미학적 프레임을 통해 그가 만들어낸 '나'와 'K'를 지켜보지만 그들은 이미 그의 통제를 벗어나 자기들끼리의 부조리한 수다에 여념이 없다. 시인은 그들을 지켜보고 있지만 그들 역시 시 속에서 '창문'이라는 미학적 프레임 너머로 '얼굴들'과 '얼룩들'을 지켜보고 있다. 시인과 '나' 혹은 'K'는 모두 같은 일을 하고 있는 것이다. 이와 같은 일은 불안을 야기한다. 왜냐하면 시인 자신 역시 원본이 아닐지도 모른다는 회의가 바로 이 장면에서 발생하기 때문이다. 누군가 '나'와 'K'를 지켜보고 있는 시인 자신을, 다른 겹의 차원에서 지켜보고 있는 더욱 근원적인 '나'가 존재하지 않는다고 확언할 수 없다. 우리는 우리가 발을 딛고 있는 도시가 원본이라고 강력하게 주장할 수 없다. 도시의 '겹' 구조와 우리 시대 시의 '겹' 구조가 환기하는 것은 바로 그와 같은 회의와 불안이다.

상상력의 비평적 기능

오늘날 도시는 도처에 있다. 대부분의 시인들이 도시의 영향을 받고 있다. 그들은 도시에 대해 쓴다. 도시는 시인들에게 거대한 스펙터클을 선사한다. 그들은 알게 모르게 도시의 구조를 모방한다. 이것은 일종의 감염 현상처럼 보인다. 그리고 도시는 시인들에게 도시적 망상을 제공한다. 우리는 도시로부터 벗어날 수 없는 운명에 놓여 있다.

　많은 사람들이 도시에 대해 쓰는 것을 '도시적 상상력'이라고 오해하고 있다. 그러나 우리는 도시에 대해 쓰고 있지 않을 때에도 도시에서 자유롭지 않다. 도시는 우리가 생각하는 것처럼 농촌이나 자연의 대척에 존재하는 것이 아니다. 도시는 하나의 통합된 비전을 제공하지 않는다. 도시는 오직 도시 그 자체의 대척에 존재할 뿐이다. 중심가와 주변부를 연결하는 완미한 도로망은 쉴 새 없이 계층 이동에 관한 판타지를 가난한 사람들에게 실어다 나르고 있지만, 현대 사회에서 실제로 계층 이동이 일어나는 경우는 매우 드물다. 가난한 집 아이들일수록 교육으로부터, 노동으로부터 도피하려는 경향이 높다. 교육을 받아도, 직장에서 열심히 일해도 살림살이가 나아질 기미가 보이지 않기 때문이다. 부잣집 아이들은 가난한 집 아이들과 똑같은 출발선에서 출발하지 않는다. 그들은 유형·무형의 자본을 부모에게 물려받기 때문이다. 그래서 계층의 골은 더욱 깊어질 수밖에 없다.

　누구나 도시의 세목들을 '도시적 상상력'과 곧바로 연결 짓고 싶어 한다. 그러나 상상력은 눈에 보이는 것을 그대로 묘사하는 것이 아니라 눈에 보이지 않는 것을 양감을 가진 실체로 드러내는 힘이다. 이와 같은 맥락에서 상상력에는 비평적 기능이 있다고 감히 말할 수 있는 것이다. 상상력은 비평적이어야 한다. 도시에 관한 상상력은 도시의 여러 구역들이 지닌 특성을 간파하는 데서 멈추는 것이 아니라 '도시'라는 시스템이 시와 인간에 미치는 영향까지를 밝혀내는 데서만 온전히 구할 수 있을 것이다.

마을의 '정치', 혹은 자연에 지지 않는 범부의 지혜
— 「비에도 지지 않고」를 둘러싸고

미야자와 겐지(宮沢賢治)의 동화 「구스코 부도리의 전기」(1932)를 토대로 하여 만들어진 스기이 기사부로(杉井ギサブロー) 감독의 애니메이션 「구스코 부도리의 전기」(2012)를 최근 우연히 보았다. 이하토브 숲의 소년 '부도리'가 자연의 힘―구체적으로는 냉해와 기근―에 의해 부모님과 여동생을 잃고,* 마을의 농가로 내려와 농사를 돕지만 그마저 자연재해로 여의치 않게 되자, 이번에는 도시로 가서 '구보 대박사'를 만나고 이하토브 화산국의 기사가 되어 인공강우를 내리게 하는가 하면, 다시 냉해가 찾아오자 화산을 인위적으로 폭발시켜 대기의 탄소량을 증가시킴으로써 냉해에 맞선다는 내용이었다. 그러나 이 인위적인 폭발을 위해서 '부도리'는 자신을 희생하지 않으면 안 된다는 매우 우울한 이야기였다.

이 애니메이션에는 미야자와 겐지의 「비에도 지지 않고」라는 시도 나오는데, 이 시가 이 애니메이션과 어울리는지에 대해서는 조금 생각해야 할 점들이 있다.

　　비에도 지지 않고

　　바람에도 지지 않고

　　눈에도 더위에도 지지 않는

　　튼튼한 몸으로

　　욕심도 없이

　　결코 화내지 않으며

　　언제나 조용히 웃는다

　　하루에 현미 사 홉과

---

* 　　원작에서 여동생 '네리'는 누군가에게 납치되었다가 어느 농가에 민며느리로 들어간다. 그리고 '부도리'가 인공강우 실험에 성공했을 때, '네리'는 그 기사를 보고 오빠를 찾아온다. 그러나 애니메이션에서는 '네리'가 죽은 것으로 설정되어 있다.

된장과 약간의 야채를 먹고

모든 일에 대하여

객관적 자세로

잘 보고 들으며 이해하고

그리고 잊지 않고

들의 소나무 숲 속의

작은 초가 오두막에 살면서

동쪽에 아픈 아이가 있으면

가서 병을 돌봐 주고

서쪽에 지친 아낙네가 있으면

가서 볏단을 지어 나르고

남쪽에 죽어 가는 사람이 있으면

가서 두려워하지 말라 위로하고

북쪽에 싸움이나 소송이 있으면

사소하니까 그만 두라 말리고

가물 때에는 땀을 흘리고

냉해인 여름에는 허둥대며 걷고

사람들에게 얼간이라 불리고

칭찬도 받지 않고

미움도 받지 않는

그러한 사람이

나는 되고 싶다

―미야자와 겐지, 「비에도 지지 않고」 전문

「비에도 지지 않고」라는 시는 대학생 때 제법 애송했던 기억이 있다. 특히 도입부의 "비에도 지지 않고 / 바람에도 지지 않고 / 눈에도 더위에도 지지 않는"다고 하는 부분을 좋아했다. 그때에는 지지 않는다고 하는 '근성'이 마음에 들었다. 아직도 가끔 힘든 일이 있을 때면 그 구절을 떠올리곤 하지만, 지지 않는다는 것은 이긴다는 의미는 아닐 것이라고 생각한다. 인간이 자연을 이길 수는 없다. 기껏해야 '비'나 '바람'이나 '눈'이나 '더위'를 간신히 견디는 것이 아마도 전부겠지만, 역시 지지 않는다는 것은 사소한 일은 아니다. 인간이 사회를 이루고 문명을 만들어가는 것도 이 자연과의 대결에서 시작하는 것이기 때문이다.

「비에도 지지 않고」의 내레이터는 무욕한 사람일 뿐만 아니라 낙천적인 행동가다. 이 시 중반부의 동서남북으로 종횡무진하는 내레이터의 모습은 오지랖이 넓어 보이는 면도 있다. 동서남북 사방으로 오가는 이 동선 자체가 산만해 보이는 탓도 있다. 그러나 이 동선 하나하나에 새겨진 '행위'는 인간 사회에서 지극히 중요한 것들의 열거라는 점을 간과해서는 안 된다. 병을 다스리고, 상호부조하며, 갈등을 조정하는 일, 이런 것들이야말로 오늘날 모사가들이 하고 있는 현실 정치와는 구분되는 정치 본연의 모습인지도 모른다. 특히 이 시에서 이 행위들에는 "가서"라는 적극성이 수반되고 있다는 점도 기억되어야 한다. 여기저기 기웃거리면서 넉살 좋게 참견을 하는 내레이터지만 그는 어엿한 실천가다.

"칭찬도 받지 않고 / 미움도 받지 않는" 사람이 되고 싶다는 「비에도 지지 않고」의 소망은 일견 소박한 것도 정도가 있다는 생각을 하게 한다. 아무것도 하지 않는다면 "칭찬도 받지 않고 / 미움도 받지 않는" 사람이 저절로 되는 것이 아닐까. 물론 그런 생각도 있을 수 있지만, 이 시의 내레이터는 마을을 휘젓고 다니는 실천가라는 점을 잊어서는 안 될 것이다. 실천가는 칭찬도 받지만 미움을 받기도 십상이다. 어쩌면 바로 그렇기 때문에 그런 평범한 사람으로 남을 수 있기를 스스로 바라는 것인지도 모른다.

「비에도 지지 않고」에 그려진 삶은 어떤 공동체를 떠올리게 한다. 물론 그것은 근대적인 의미의 국민국가와 같은 것은 아니다. 오히려 전통사회에 가까운 마을공동체 쪽에 더 근접한 것은 아닐까. 마을 사람들은 아주 친하니까 이 시의 내레이터를 종종 "얼간이" 같은 말로 부르기도 하지만, 그는 결코 어리석은 사람은 아니다. 우스꽝스러운 몸짓을 하곤 하지만, 그가 진짜 바보는 아니다. 그렇다고 그가 천재적인 사람인 것도 아니지만, 그는 언제나 "객관적 자세로" 매사를 잘 보고 들으려고 하는 사람이다. 부르주아적 근대주의자들이 계몽하려고 한 촌부에 지나지 않을지도 모르지만, 미적 근대주의자들이 '축군(畜群)'이라고 부른 존재일지도 모르지만, 그런 존재자들에게는 삶을 살아가는 '간지(奸智)'가 있다. 이 현자들은 초야에 묻혀서 검소한 삶을 살고, 이웃들과 관계를 맺고, 함께 자연과 싸우며 그 귀퉁이에 사회를 이루어 사는 것이 행복으로 이어진 길이라는 사실을 아는 사람들이다.

「비에도 지지 않고」에 묘사된 것과 같은 삶을 고도자본주의 사회에서도 고집할 수 있을까. 도시에서도 「비에도 지지 않고」의 내레이터는 동서남북으로 종횡무진할 수 있을까. 단지 마을공동체의 유대가 사라지고 단자화된 삶을 살아가고 있다고 하기보다, 가난한 사람들에게서 '관계의 기회'마저 박탈해버리는 이 저속한 시대에 「비에도 지지 않고」에 그려진 삶의 방식은 다소 낭만적인 것으로 비칠지도 모르겠다. 혹은 각종 스마트 기기로 '전뇌화(電腦化)'에 가까운 신체를 얻어가고 있는 21세기 신인류에게 몸과 몸으로 부대끼는 '유대'라는 전망은 아직도 유효한지 물어야 하는 것인지도 모르겠다. 그러나 가령 신사회운동의 자장에서 새롭게 일어난—혹은 일어나고 있는—협동조합 운동과 같은 데서 「비에도 지지 않고」가 제시한 꿈의 흔적들을 조금은 되짚어볼 수도 있을 것이다. 그런 가능성은 열어두고 싶다.

그건 그렇고 애니메이션 「구스코 부도리의 전기」는 「비에도 지지 않고」의 전망과는 매우 동떨어진 것을 이야기하고 있어서 놀랐다. 원작에서도 '부도리'는 냉해로 인해 고통을 받는 사람들을 위해서 스스로 자기희생의 길을 선택하지만, 자기희생에 방점이 찍혀 있는 것은 아니었다고 생각한다. 동화 「구스코 부도리의 전기」는 인간이 자연과 대결하면서 사회를 만들어왔다는 것, 그 동력은 '부도리'와 같은 평범한 사람이라는 메시지를 담고 있다고 보고 싶다. 그것이 이 동화가 '전기(傳記)'의 형식을 취한 이유라고도 할 수 있다. 전기에는 위인의 삶이 기록된다고 하는 것이 보통의 생각이지만, '부도리'와 같은 평범한 사람도 전기의 주인공이 될 수 있다는 것을 미야자와 겐지는 보여준다. 그러나바로 그 때문에 이 동화는 애니메이션으로 만들어지기에는 지나치게평면적이고 지루한 것이 아닐까 하는 회의도 없지 않다. 아무튼 애니메이션 「구스코 부도리의 전기」는 '산화(散花)'와 같은 자기희생에 방점을찍고 있다. 어딘지 모르게 애니메이션판의 인물들은 감정의 기복이 적고 슬픔을 잘 표현하지 않는 것도 신경이 쓰인다. 더욱이 이 애니메이션판의 '부도리'는 가족을 모두 잃은 외톨이다. 마치 이 애니메이션은가족이 없는 외톨이기 때문에 더 마음 편하게 자기희생을 결심할 수있었다고 말하고 있는 것처럼 보이는 면이 있다. 그러나 그것은 상당히 잔인한 일이다. 아마도 3·11 동일본 대지진 이후 일본의 사회 분위기를 대변하는 것이겠지만, 이런 것을 어린이들에게 보이는 것이 좋을지 어떨지 잘 모르겠다. 다시 말하지만 인간은 자연을 이길 수 없다. 자연보호와 같은 표어는 당치 않고 주제 넘은 것이라고 어떤 철학자가 말하고 있듯이, 인간은 기껏해야 자연과 부대끼면서 살 수 있을 따름이다. '부도리'의 죽음은 그런 것을 말하는 것이지 자연을 이긴 인간의 위대함을 말하는 것은 아니라고 생각한다. 애니메이션 「구스코 부도리의전기」는 전통사회의 유대를 말하고 있는 것이 아니다. 그것은 3·11과같은 국가 재난과 맞물리면서 개인을 국가공동체의 '이야기' 안으로 회수해버린다. 일종의 '동원'이다. 물론 「비에도 지지 않고」에도 개인이나 프라이버시와 같은 것은 나오지 않지만 말이다.

'동원'이라고 하면, 한국에서도 애니메이션 「구스코 부도리의 전기」와 같은 동원이 거의 매일 일어나고 있기는 하다. 지난 18대 대선 정국에서 극에 달했지만, 현실 정치에 대한 담론들이 연예 뉴스와 동렬에서 매일 반복적으로 나오고 있으며, 이 엔터테인먼트화한 정치에서 소위 국민들은 눈을 뗄 수 없게 된 것이다. 엔터테인먼트화한 정치가 국민들을 동원하고 있다. 요즘 같아서는 나도 내 자신이 '정치 허무주의'로 귀착해버리지나 않을까 심각하게 걱정하고 있기는 하지만, 또 어딘가에 '동원'되는 '축군'이 되고 싶지는 않은 것이다. '동원'된 적이 있기 때문에, 오히려 이것을 반성의 기회로 삼아야 한다.

'동원'되지 않는 지혜. 「비에도 지지 않고」는 요즘 나에게 '동원'되지 않는 지혜에 대해 생각하게 한다. 미야자와 겐지가 자연재해와 싸우면서 사회를 만들어가는 시대의 노래로서 「비에도 지지 않고」를 썼지만, 나에게는 이 엔터테인먼트화한 정치로 사방이 막혀버린 인공자연의 악몽에서 어떻게 하면 벗어날 수 있을지 하는 문제가 일생일대의 난제로 목전에 있다. 「비에도 지지 않고」의 마음 편한 내레이터라면 아무렇지도 않게 마실이라도 다녀올지 모르지만 말이다.

인용·소개된 시집

강우식, 『사행시초』, 현암사, 1974

　『고려의 눈보라』, 창작과비평사, 1977

　『꽃을 꺾기 시작하면서』, 문학예술사, 1979

　『물의 혼』, 예전사, 1986

　『설연집』, 청맥, 1988

　『어머니의 물감상자』, 창작과비평사, 1995

　『바보 산수』, 문학아카데미, 1999

　『바보 산수 가을 봄』, 고요아침, 2004

　『강우식 시 전집 1, 2』, 고요아침, 2007

　『별』, 연인M&B, 2008

　『종이학』, 문학아카데미, 2010

고운기, 『자전거 타고 노래 부르기』, 랜덤하우스코리아, 2008

김경주, 『나는 이 세상에 없는 계절이다』, 랜덤하우스코리아, 2006

　『기담』, 문학과지성사, 2008

　『시차의 눈을 달랜다』, 민음사, 2009

김광림, 『상심하는 접목』, 백자사, 1959

김근, 『뱀소년의 외출』, 문학동네, 2005

　『구름극장에서 만나요』, 창비, 2008

김민정, 『날으는 고슴도치 아가씨』, 열림원, 2005

　『그녀가 처음, 느끼기 시작했다』, 문학과지성사, 2009

김병호, 『과속방지턱을 베고 눕다』, 랜덤하우스코리아, 2006

　『포이톨로기』, 문학동네, 2012

김소연, 『눈물이라는 뼈』, 문학과지성사, 2009

김승일, 『에듀케이션』, 문학과지성사, 2012

김안, 『오빠생각』, 문학동네, 2011

김언, 『소설을 쓰자』, 민음사, 2009

김중일, 『국경꽃집』, 창비, 2007

　　『아무튼 씨 미안해요』, 창비, 2012

김혜순, 『달력 공장 공장장님 보세요』, 문학과지성사, 2000

　　『당신의 첫』, 문학과지성사, 2008

마종기, 『조용한 개선』, 부민문화사, 1960

　　『두 번째 겨울』, 부민문화사, 1965

　　『변경의 꽃』, 지식산업사, 1976

　　『안 보이는 사랑의 나라』, 문학과지성사, 1980

　　『모여서 사는 것이 어디 갈대뿐이랴』, 문학과지성사, 1986

　　『그 나라 하늘빛』, 문학과지성사, 1991

　　『이슬의 눈』, 문학과지성사, 1997

　　『마종기 시 전집』, 문학과지성사, 1999

　　『새들의 꿈에서는 나무 냄새가 난다』, 문학과지성사, 2002

　　『우리는 서로 부르고 있는 것일까』, 문학과지성사, 2006

　　『하늘의 맨살』, 문학과지성사, 2010

문태준, 『그늘의 발달』, 문학과지성사, 2008

박상수, 『후르츠 캔디 버스』, 천년의시작, 2006

　　『숙녀의 기분』, 문학동네, 2013

박시하, 『눈사람의 사회』, 문예중앙, 2012

박용래, 『먼 바다』, 창작과비평사, 1984

박준, 『당신의 이름을 지어다가 며칠은 먹었다』, 문학동네, 2012

신경림, 『낙타』, 창비, 2008

안현미, 『곰곰』, 랜덤하우스코리아, 2006

　　『이별의 재구성』, 창비, 2009

오은, 『호텔 타셀의 돼지들』, 민음사, 2009

유형진, 『피터래빗 저격사건』, 랜덤하우스코리아, 2005

　　『가벼운 마음의 소유자들』, 민음사, 2011

윤은경, 『검은 꽃밭』, 애지, 2008

이영주, 『언니에게』, 민음사, 2010

이용임, 『안개주의보』, 문학과지성사, 2012

이이체, 『죽은 눈을 위한 송가』, 문학과지성사, 2011

이제니, 『아마도 아프리카』, 창비, 2010

장철문, 『무릎 위의 자작나무』, 창비, 2008

진은영, 『우리는 매일매일』, 문학과지성사, 2008

최금진, 『새들의 역사』, 창비, 2007

최하연, 『피아노』, 문학과지성사, 2007

　　『팅커벨 꽃집』, 문학과지성사, 2013

하재연, 『세계의 모든 해변처럼』, 문학과지성사, 2012

허수경, 『내 영혼은 오래되었으나』, 창비, 2001

　　『빌어먹을, 차가운 심장』, 문학동네, 2011

황병승, 『여장남자 시코쿠』, 랜덤하우스코리아, 2005

　　『트랙과 들판의 별』, 문학과지성사, 2007

　　『육체쇼와 전집』, 문학과지성사, 2013

인용·소개된 시

김소연, 「메타포의 질량」

미야자와 겐지, 「비에도 지지 않고」

박상수, 「모노드라마」

박재삼, 「울음이 타는 가을강」

박형준, 「버스가 옛날에 살던 동네를 지나가는 동안」

박희수, 「라이트Light―가벼운 빛」

서윤후, 「곰팡이, 첫사랑」「스와힐리의 썸머」「다정한 공포」
　　「야생교육」「방물관(房物館)」「메종 드 앙팡」「에고 사우르스」
　　「스무 살」「자화상」「가족」「풋사과 주스 열차」「참수형 요리」
　　「방사능비가 내리고 우리는」

전봉건, 「사랑을 위한 되풀이」

진은영, 「그런 날에는」

최문자, 「갈대로 사는 법」

송재학, 「공중」

장이지

웹 기반 사회로의 진전, 지구화, 신자유주의의 팽창, 출판상업주의의 심화 등
시적 환경의 변화를 시 비평의 영역에 끌어들였다. 언어물신, 알레고리 등을
중심으로 2000년대 한국시의 향방을 탐색하는 작업을 이어가고 있다.
2000년 『현대문학』 시 부문 신인추천으로 등단했다. 성균관대학교
국어국문학과 및 동 대학원을 졸업했다. 시집으로 『안국동울음상점』(2007),
『연꽃의 입술』(2011), 『라플란드 우체국』(근간), 연구서로 박사학위논문을
개고한 『한국 초현실주의 시의 계보』(2011), 번역서로 아즈마 히로키의
『게임적 리얼리즘의 탄생』(2012), 편저로 『이수복 시전집』(2009) 등이 있다.
『연꽃의 입술』로 2012년 제2회 김구용시문학상을 수상했다. 계간 『리토피아』,
『포지션』의 편집위원으로 참여하고 있으며, 시 동인 '불편'의 멤버다.

환대의 공간
장이지 문학평론집

© 장이지 2013

첫 번째 찍은 날	2013년 9월 2일
지은이	장이지
펴낸이	김수기
편집	이정남, 김수현, 문용우
디자인	김재은
마케팅	임호
제작	이명혜
펴낸곳	현실문화연구
등록번호	제300-1999-194호
등록일자	1999년 4월 23일
주소	서울시 종로구 교북동 12-8번지 2층
전화	02-393-1125
팩스	02-393-1128
전자우편	hyunsilbook@daum.net

ISBN 978-89-6564-079-0 03800
가격은 뒤표지에 있습니다.

이 도서의 국립중앙도서관 출판시도서목록(CIP)은 e-CIP홈페이지(http://www.nl.go.kr/ecip)와
국가자료공동목록시스템(http://www.nl.go.kr/kolisnet)에서 이용하실 수 있습니다.
(CIP제어번호 : CIP2013013290)